Q.
b.

e
1491

LES
OFFICES
DE
CICERON.

LES
OFFICES
DE
CICERON,

TRADUITS EN FRANCOIS

SUR LA NOUVELLE EDITION LATINE

DE GRÆVIUS,

AVEC DES NOTES,

ET DES SOMMAIRES DES CHAPITRES.

Par l'Autheur de la Traduction des Lettres de S. Augustin.

A PARIS,

La Veuve de JEAN BAPTISTE COIGNARD,
Imprimeur & Libraire ordinaire du Roy.

ET

Chez JEAN BAPTISTE COIGNARD, Imprimeur
& Libraire ordinaire du Roy, ruë S. Jacques, à la Bible d'Or.

M. DC. XCI.

AVEC PRIVILEGE DE SA MAJESTE.

A MONSIEUR
DE BONNEUIL
DE HARLAY,
CONSEILLER D'ETAT.

ONSIEUR,

Vous sçavez que je ne vous
perds gueres de veuë ; ceux qui

*

ont l'honneur de vous connoître
un peu à fond n'en seront pas surpris ; quand ils ne sçauroient pas
ce que je dois à la bonté si particuliere dont vous m'honorez depuis tant d'années. Mais vous
ne m'avez jamais été si present,
que pendant que j'ay travaillé
à traduire les Offices de Ciceron;
& le portrait qu'il nous fait
dans cet ouvrage du plus honnête homme du monde, vous
ressemble si parfaitement, qu'on
diroit qu'il a été fait d'aprés
vous. Ainsi je puis dire, comme
Seneque disoit à Neron, en luy
adreßant son Livre de la Cle-
mence, mais avec bien plus de
fondement & de sûreté de ne m'en
jamais dedire, que quand je vous

presente celuy-cy, ce n'est que pour faire en quelque sorte l'office d'un miroir, & pour vous montrer à vous-mêmes. *Vous vous reconnoîtrez aisément dans ce miroir ; & vous y verrez tous ces sentimens si purs, que j'ay tant de fois admirez dans vos paroles, & encore plus dans vos actions, & dans toute la conduite de vôtre vie. Vous y verrez cette superiorité de la raison & de la vertu à toutes sortes de passions & d'interêts, qui fait vôtre caractere particulier; & qui vous distingue si noblement entre les plus honnêtes gens. Vous y verrez cet accord si rare de la sagesse la plus severe,*

EPITRE.

avec les graces les plus parfaites,
& la politesse la plus exquise,
qu'on a remarqué en vous dés
vôtre plus grande jeunesse. Vous
y verrez cette fidelité si exacte
à tous les devoirs de la vie, &
sur tout à ceux de l'amitié, que
tant de gens croyent incompatible avec les grands emplois; & que
vous avez toujours sçû si bien
accorder avec les vôtres. Vous y
verrez ce parler si pur, si précis
& si juste, qui fait que nôtre langue paroît, dans vôtre bouche, ce
que Ciceron nous dit que la langue
latine paroissoit dans celle de Catule & de son frere Cesar*. Enfin
vous y verrez jusqu'à cet air
de noblesse & de dignité qui re-

* Liv. I.
chap. 37.

EPITRE.

luit dans tout vôtre exterieur, & dans toutes vos manieres; & qui annonce par avance, à tous ceux qui vous abordent, ce qu'un peu de communication leur fait bientôt découvrir. Si je voulois, MONSIEUR, vous regarder par d'autres endroits, que n'aurois-je point à dire icy du grand nom que vous portez, & du nouvel éclat que ceux avec qui il vous est commun, & dont vous faites les délices, luy donnent encore presentement; bien plus par leur rare merite, & par leurs grandes qualitez, que par les premieres places de l'Eglise & de la Robe, qu'ils remplissent si dignement ? Que n'aurois-je

point à dire de celuy que vous
tirés de l'illustre alliance d'un
Chancelier, encore plus digne de
respect par sa vertu, que par sa
dignité ? Mais quelque grand
que soit tout cet éclat exterieur,
j'ose dire, que c'est descendre de
bien haut, que de revenir à vous
regarder par là , aprés vous
avoir regardé par les qualités de
vôtre cœur & de vôtre esprit. Ce
sont celles-là , MONSIEUR, que
je revere principalement en vous,
& qui m'attachent à vous par ce
respect interieur qu'attirent les
grandeurs veritables & naturelles ; & qui est si fort au dessus de
celuy que peuvent imprimer les
grandeurs d'établissement. Com-

bien souhaiterois-je, & peut-
être plus pour l'interêt du public,
que pour vôtre avantage particulier ; que ce que j'en connois
fût connu de tout le monde, comme il l'est de tous ceux qui ont
l'honneur de vous voir d'aussi
prés que moy ; & quel bonheur seroit-ce pour moy, si ce Livre pouvoit avoir assés de cours, & mes
paroles assés de poids & de force
pour y contribuer ? Mais j'espere
qu'elles feront voir au moins à
ceux qui vous connoissent, que
j'ay sçû sentir ce que vous êtes.
Rien ne me sçauroit faire plus
d'honneur auprés d'eux ; comme
rien ne me fera jamais plus de
plaisir ; que d'avoir eu cette occa-

*fion de vous donner une marque
publique du tendre & parfait
attachement que j'ay pour vous ;
& du profond refpect avec lequel je fuis ,*

MONSIEUR,

Vôtre tres-humble & tres-
obeïffant ferviteur ***

AVERTISSEMENT.

NO u s devons à l'oppreſſion de la Republique Romaine par Ceſar les Ouvrages Phi-loſophiques de Ciceron. Il avoit na-turellement beaucoup de goût & d'ouverture pour la Philoſophie ; & quoy qu'elle fût encore peu connuë à Rome de ſon tems, il s'y étoit ap-pliqué dez ſa jeuneſſe * , pour for-mer ſon eſprit & ſes mœurs ; & pour ſe rendre même d'autant plus capa-ble de ſervir la Republique ; perſua-dé que c'eſt dans cette école de ſa-geſſe, de vertu & d'honnêteté qu'il faut apprendre à gouverner les Etats *, auſſi bien qu'à ſe gouverner ſoy-même. Les affaires de la Repu-

*Liv. 2. chap. 1.

*Liv. 1. chap. 44.

á ij

blique , où il entra de fort bonne
heure , & qui l'occupoient tout entier, luy firent en quelque sorte abandonner cette étude si noble , & si
digne d'un esprit comme le sien ; ses
grands emplois ne luy permettant ,
comme il dit luy-même *, de donner à la Philosophie que les momens
de loisir que les affaires de la Republique & celles de ses amis luy pouvoient laisser ; & qu'il ne pouvoit
même employer qu'à lire , n'en
ayant point assez pour s'embarquer
à rien écrire.

*Liv. 2.
chap. 1.

Mais aprés que Cesar se fut rendu maître de la Republique , Ciceron ne trouvant plus de lieu d'employer pour elle ni ses soins, ni les
conseils que ses lumieres & son experience le mettoient en état de
donner *, & voyant que l'authorité du Senat étoit aneantie & que ni
dans les affaires publiques, ni dans

*Liv. 2.
chap. 1.

celles du barreau, il n'y avoit plus
d'autre regle que la volonté du Tyran, il se retira à la campagne, pour
se redonner tout entier à cette même Philosophie qu'il avoit cultivée
avec tant de soin dez ses premieres
années ; & elle fut tout son recours
& toute sa consolation.

Ce fut dans cette retraite qu'il
commença de travailler à ses Ouvrages Philosophiques, dont la beauté n'est pas moindre que celle de ses
pieces d'éloquence, & qui luy font
sans comparaison plus d'honneur ;
puis qu'elles font voir qu'il sçavoit
encore mieux l'art de bien vivre, que
celuy de bien parler ; & qu'il faisoit
beaucoup plus de cas de l'un que de
l'autre.

C'est de cet art de bien vivre qu'il
traite particulierement dans ses Livres des Offices, qu'il a adressez à
son fils.

Il l'avoit donné à Pompée, dont il ſuivoit le parti, dez qu'il le vit en état de porter les armes ; & ce jeune homme ſervoit dans les trouppes qui combattoient pour la liberté publique. Mais aprés la défaite de Pompée, Ciceron, qui avoit encore plus de ſoin des mœurs de ſon fils que de ſa fortune, crut ne pouvoir rien faire de meilleur pour luy, que de l'envoyer à Athenes, pour y étudier la Philoſophie ; & de le mettre entre les mains de Cratippus ſon ancien ami, & le plus grand Philoſophe de ce tems-là. Ce fut un peu avant le commencement de la guerre que les enfans de Pompée rallumerent en Eſpagne contre Ceſar, aprés la mort de leur Pere ; & qui n'eut pas un meilleur ſuccez que celle que ce grand homme avoit ſoûtenuë pour la défenſe de la liberté de ſa patrie.

Ciceron se tenoit alors dans ses maisons de campagne , & il donnoit tout son tems à la Philosophie. Mais aprés la mort de Cesar , qui fut tué dans le tems que son authorité paroissoit le mieux établie, par la défaite de tout ce qui avoit voulu s'y opposer , Ciceron revint à Rome , où il sembloit que les choses avoient pris une autre face , & qu'on pouvoit esperer de rétablir l'ancienne forme de la Republique; Antoine , qui étoit celuy dont on craignoit le plus , affectant de paroître plus zelé que personne pour la liberté ; & ayant même ouvert l'avis de ce decret du Sénat , par lequel la dictature , dont Cesar avoit abusé pour opprimer sa patrie , fut abolie pour jamais.

Mais ces belles esperances s'évanoüirent bien-tôt : Antoine ayant tout d'un coup fait éclater ses mau-

vais desseins, par cette harangue se-
ditieuse, où il montra au peuple la
robe de Cesar percée de coups, &
teinte de son sang. Le peuple frappé de cet objet, & animé par les
declamations furieuses d'Antoine,
prend les armes, & cherche de toutes parts les meurtriers de Cesar.
Brutus & Cassius sont reduits à se
sauver par la fuite. Ciceron luy-
même sort de Rome, & s'embarque
pour aller à Athenes trouver son
fils. Mais le vent contraire l'ayant
forcé de relâcher à terre, il apprend
dans la maison d'un de ses amis, voisine du lieu où il avoit été repoussé,
que les choses se calmoient à Rome.
On luy fit même voir une nouvelle
harangue d'Antoine, prononcée depuis son départ, où il paroissoit tout
changé ; & on ajoûtoit qu'il y avoit
une assemblée solemnelle de tout le
Senat indiquée au premier de Sep-

tembre, où Antoine, revenu à luy, & ayant rejetté tous les mauvais conseils, devoit remettre toute l'authorité au Senat.

Sur ces avis, Ciceron persuadé que sa patrie avoit besoin de son secours, & qu'elle le rappelloit à haute voix, pour user de ses termes *, retourne promptement à Rome. Mais il reconnut bien-tôt que toutes ces belles apparences n'étoient que des artifices d'Antoine ; & qu'il étoit plus ferme que jamais dans ses mauvais desseins. Ciceron ayant donc perdu toute esperance sort de Rome une seconde fois, & se retira à la campagne, pour ne plus penser qu'à philosopher.

Ce fut alors qu'il écrivit ses Livres des Offices, pour l'instruction de son fils ; & comme pour luy tenir lieu de celles qu'il auroit pû luy donner de vive voix, si son voya-

*Liv. 3.
chap. 32.

ge d'Athenes n'eût point été inter-
rompu *.

* Liv. 3.
chap. 33.

Cet ouvrage est, de l'aveu de
tout le monde, un des plus beaux
monumens de l'antiquité. Ciceron
y traitte des devoirs de l'homme : car
c'est ce que signifie en latin le mot
d'*Offices* ; & les regles qu'il y donne
pour la conduite de la vie sont si
étenduës, qu'on y trouve une morale complette ; & si pures, qu'il n'y
a presque point de Chrétien qui pût
soûtenir l'examen de son cœur sur
ces regles-là.

Il suit dans cet Ouvrage le même
Plan que Panætius, Philosophe Stoïcien, qui avoit aussi écrit des devoirs de l'homme ; & fait dépendre
comme luy toute la recherche de
nos devoirs de trois considerations ;
dont la premiere consiste à examiner si ce qui se presente à faire est
honnête, c'est à dire, s'il est con-

forme à ce que la raison & la vertu
nous préscrivent : La seconde, s'il
est utile : & la troisième, si ce qui
paroît utile n'est point contraire à
l'honnêteté. Il étend neanmoins les
deux premieres de ces considerations un peu plus loin que Panætius
n'avoit fait, & il veut non seulement
qu'on examine si les choses sont
honnêtes ou utiles, mais qu'on en
fasse la comparaison, pour voir lesquelles le sont le plus. Il traite donc
dans le premier Livre de la recherche de ce qui est honnête, & de
l'examen de ce qui l'est le plus : ces
mêmes considerations sur l'utilité,
font le sujet du second Livre ; & la
comparaison de l'honnête & de l'u-
tile celuy du troisième.

Ce que Ciceron appelle *honnête*,
c'est ce qui est conforme à la raison & à la vertu, & c'est le sens qu'il
donne à ce mot là, d'un bout à l'au-

tre de cet ouvrage. Pour le mot *d'utile*, il le prend dans le sens ordinaire, lors qu'il parle de ce qui peut procurer à l'homme quelque sorte d'avantage, comme des biens, du credit, de la consideration & de la santé. Mais il ne reconnoît rien de veritablement utile à l'homme, que ce qui luy convient à le considerer par le fonds de sa nature; & dans tous les endroits où il n'est point question de ces avantages exterieurs, Ciceron n'entend par le mot *d'utile* que ce qui peut contribuer à rendre l'homme tel qu'il doit être, par son esprit & par son cœur.

Aussi établit-il d'abord, dez le commencement du premier Livre, que l'homme est né pour la verité, & pour la vertu; que c'est à quoy la nature le porte, & que c'est de cela seul qu'il tire tout son prix & tout son merite.

C'eſt ſur cette maxime fonda-
mentale que roule tout le deſſein
de Ciceron. Auſſi étoit-ce le grand
principe des Stoïciens, dont il ſuit
la doctrine dans cet Ouvrage ; &
qui ont été, ſans contredit, les plus
éclairez de tous les Philoſophes ſur
la Morale, & ſur les devoirs de
l'homme. Non ſeulement ils enſei-
gnoient que l'homme eſt né pour
la vertu, & que c'eſt la ſeule choſe
que la nature demande de luy, mais
ils ne reconnoiſſoient point d'autre
bien que celuy-là ; & ſelon eux
toutes les autres choſes, juſqu'à celles qui paſſent pour les plus utiles,
comme les richeſſes, la gloire, la
ſanté, la liberté, & la vie même,
ne ſont ni des biens ni des maux ;
& ne deviennent bonnes ou mauvaiſes que ſelon l'uſage qu'on en
fait.

Quant à la vertu, ils avoient fort

bien compris, autant que les tenebres du Paganifme le leur pouvoient
permettre, qu'elle ne confifte qu'à
fe conformer à une certaine loy naturelle, éternelle & immuable, qui
eft la regle de tout bien ; & que
la raifon n'a été donnée à l'homme
que pour le rendre capable de la
connoître, & de luy obéïr : & c'eft
ce qui fait qu'ils reduifoient tous les
devoirs de l'homme à *fuivre la nature.* C'eft donc ce qu'il faut entendre par cette façon de parler, que
Ciceron a prife d'eux, & dont il fe
fert dans tout cet Ouvrage.

De ce principe general, que l'homme eft né pour la vertu, & que
c'eft à quoy la nature le porte, &
ce qu'elle demande de luy, il def-
cend aux quatres vertus principales;
qui font la Prudence, la Juftice, la
Force & la Temperance ; & aprés
avoir expliqué la nature de chacune,

ne, il les reprend une à une, pour
faire voir quels font les devoirs qui
en naiffent; & ne fait plus que fuivre ce qui dérive de ces quatre four-
ces. C'eft de là qu'il tire les admira-
bles regles qu'il nous donne dans
tout le refte de l'Ouvrage pour la
conduite de la vie; & qu'il autho-
rife par des exemples pris des actions les plus celebres de tout ce
qu'il y a eu de plus grands hommes,
chez les Grecs, & chez les Romains.

Ce qu'on vient de dire peut fuf-
fire, pour donner une idée du deffein de Ciceron, & pour mettre le
Lecteur en état d'entendre fon langage ; & un plus grand détail ne
feroit qu'ôter la grace de la nou-
veauté à ce qu'il va lire dans l'Ouvrage même, avec bien plus de plaifir qu'il ne pourroit faire dans les
extraits qu'on en donneroit icy.

ē

Ce qui merite le plus d'attention dans cette lecture, c'est le haut point de pureté où Ciceron porte les mœurs des hommes. Car si l'Autheur d'un tel Ouvrage nous étoit inconnu, que pourrions-nous penser d'un homme qui nous dit,

» Que l'usage que nous devons faire
» de nôtre esprit est la recherche de
» la verité : Que nous ne devons ac-
» corder au corps que ce qui est ne-
» cessaire pour le soûtenir : Que de
» deux principes de mouvement qui
» sont en nous, l'appetit & la raison,
» il faut resister à l'un, & ne nous con-
» duire que par l'autre : Que nôtre
» premier soin doit être de nous tenir
» exempts, non seulement de toute
» passion, mais des moindres mouve-
» mens qui pourroient tant soit peu
» alterer cette situation calme & tran-
» quille qui convient à la dignité de
» nôtre nature : Que nous sommes

nez pour les autres, auſſi-bien que «
pour nous-mêmes; & que nous de-«
vons nous conſiderer comme divers «
membres d'un même corps, & nous «
aimer ſincerement & veritablement «
les uns les autres: Que bien loin de «
faire nulle injuſtice à qui que ce «
ſoit, il n'y a point d'homme que «
nous ne devions être toûjours prêts «
d'aſſiſter, de ſecourir, & de prote-«
ger; & pour qui nous ne devions «
faire ce que chacun feroit pour ſon «
meilleur amy: Que comme la juſ-«
tice doit être l'unique regle de nos «
actions, le bien de la ſocieté hu-«
maine en doit être l'unique but; «
& qu'il n'y a point de travail que «
nous ne devions entreprendre, ni «
de péril à quoy nous ne devions nous «
expoſer pour la ſervir. «

Qui ne croiroit que celuy qui nous
donne des regles ſi pures & ſi élevées eſt un ſolitaire, retiré dans le

fonds d'un defert, & qui a paffé fa
vie à s'étudier luy-même, & à mediter fur les devoirs de l'homme ?
Qui ne croiroit que c'eft un Chrétien, & même un des plus parfaits
& des plus faints ?

Cependant, ce n'eft ni un foli-
taire & un contemplatif, ni un
faint, ni un Chrétien. C'eft un homme du monde, & du plus grand
monde ; un Conful Romain, appliqué aux plus grandes affaires de
la Republique, & qui a paffé fa vie
fur le plus grand theatre de l'Univers. Enfin c'eft un Payen, dépour-
vû de toutes les lumieres de l'Evangile ; & qui a fçû s'élever jufques-
là, fans autre fecours que celuy de
la raifon naturelle, & des medita-
tions des autres Philofophes, enve-
lopez comme luy dans les tenebres
du Paganifme.

Il y auroit de grandes reflexions

à faire fur cette admirable pureté de
fentimens , & de principes de Morale, où les feules lumieres de la raifon ont fait arriver des Payens. Mais
qu'elle nous apprenne au moins jufqu'où nôtre raifon nous pourroit mener, fi nous avions quelque foin de
la confulter & de la fuivre ; & combien peu la Religion trouveroit à faire en nous, pour la conduite de la vie,
fi quand elle entre dans nos cœurs,
elle les trouvoit tels que Ciceron
nous apprend qu'ils doivent être.

Je fçay bien que le principal y
manque ; c'eft à dire l'efprit de foy
& de charité , qui fait l'effence du
Chrétien.

On ne voit dans toutes ces regles,
que la fidelité que l'homme doit à fa
propre raifon ; & on n'y trouve point
ce rapport perpetuel que la foy demande de tous nos mouvemens & de
toutes nos actions à la raifon éternel-

le, qui est nôtre veritable regle; & qui
ne nous a donné ce que nous avons
de raison, que pour nous rendre capables de la consulter, & de la suivre.

On n'y voit point ce sentiment
de componction, qui naît de ce que
la Religion nous apprend de la dépravation de nôtre nature; & que
nôtre propre experience ne nous
confirme que trop.

On n'y voit point cette reconnoissance de nôtre impuissance pour le
veritable bien, qui nous tient dans
une humiliation profonde devant
Dieu; & qui nous fait sans cesse im-
plorer le secours de sa grace.

Enfin on n'y voit rien de ce qui
est enfermé dans le mystere de
JESUS-CHRIST, & qui ne pouvoit être revelé ni apporté aux hommes que par luy; & sans quoy toute la justice philosophique est vaine, & inutile pour le salut.

Mais combien tous ces sentimens
se placeroient-ils plus aisément dans
un homme retiré au dedans de luy-
même, & occupé de la recherche
de la verité ; accoûtumé au joug
de la raison ; en garde contre ses
sens, & contre les douceurs pernicieuses de la volupté ; attentif à ses
devoirs ; équitable, bienfaisant, a-
mateur de la societé humaine ; ne
cherchant que le bien commun, &
ne trouvant rien d'utile pour luy
que ce qui l'est pour tout le monde ; méprisant la douleur aussi-bien
que le plaisir, & ne connoissant de
bien veritable que la vertu ?

Combien un tel homme se trouveroit il disposé à recevoir ces grandes veritez du Christianisme, qui
luy démêleroient tout ce qu'il trouve d'incomprehensible en luy-même ; qui luy apprendroient d'où
vient ce soûlevement de l'appetit

ē iiij

contre la raison qu'il éprouve à tout moment. Combien il est déchû du veritable état de sa nature ; de quels remedes & de quels secours elle a besoin pour se rétablir ; où il les peut trouver , à qui il doit les demander; & par qui il peut les obtenir?

Quelle avance seroit-ce donc pour faire un Chrétien, que de trouver un homme tel qu'on vient de le dépeindre ; & que Ciceron voudroit que nous fussions?

Qui doute même que ces dispositions ne dûssent être supposées dans quiconque veut embrasser la Religion Chrétienne ? Car enfin, la matiere d'un Chrétien c'est un homme : d'un homme on peut aisément faire un Chrétien. Mais comment faire un Chrétien de celuy qui n'est pas homme, & qui n'a jamais pensé à le devenir ? Qui ne s'est jamais étudié luy-même ; qui ne distingue

pas son appetit & ses passions de sa
raison ; qui est livré aux impres-
sions de ses sens , & dont elles sont
l'unique regle: qui ne connoît point
sa veritable fin ; & qui n'a jamais
pensé à se faire un plan de vie tel que
le demande la dignité de sa nature.

Cependant tout est plein de gens
qui sont dans cet état-là , & qui se
prétendent Chrétiens : qui bien
loin d'avoir porté dans la Religion
Chrétienne ces dispositions qui font
l'homme, & sans lesquelles on ne
l'est point, ne se mettent pas même en devoir de les y acquerir,
comme si le Christianisme ne les
demandoit pas ; qui font tout consister dans les exercices exterieurs ;
& qui bien loin de travailler à regler
le dedans d'eux-mêmes, n'y sont
peut-être jamais rentrez.

Que ceux-là apprennent donc
des Payens à être hommes , avant

d'apprendre de JESUS-CHRIST à être Chrétiens. Ce n'eſt pas que la Religion ne nous apprenne également l'un & l'autre : mais elle nous eſt donnée pour aider nôtre raiſon, & pour nous porter où ſes ſeules forces ne ſont pas capables de nous conduire ; & non pas pour nous diſpenſer d'en faire uſage. Car nous n'avons pas trop de tout pour réüſſir à un auſſi grand ouvrage que celuy de nôtre ſalut.

Nôtre raiſon toute ſeule ne nous fera jamais rien faire, qui ſoit de quelque prix devant Dieu ; puiſque rien ne luy ſçauroit plaire, que ce qui part d'un principe ſurnaturel de charité, que luy ſeul nous peut donner. Mais elle peut au moins diminuer en nous les obſtacles de la grace, diſſiper les illuſions des ſens, moderer la fougue des paſſions, rappeller nôtre cœur à luy.

même, nous retirer des plaisirs, nous tenir dans les bornes de nos veritables besoins, nous donner des sentimens d'équité & d'humanité pour les autres hommes ; & enfin faire en nous tout ce que les Offices de Ciceron nous font voir qu'elle a fait dans les Payens qui n'avoient point d'autre secours que celuy-là.

Qui peut douter qu'on ne doive beaucoup plus attendre de ceux d'entre les Chrétiens qui ont eu soin de tirer tous ces avantages de leur raison, que de ceux qui n'y ont jamais pensé ; & qui ne se mettent point en peine d'émousser, par les reflexions & par les lumieres de la raison ; non plus que par celles de la foy, l'impression que les biens & les maux de la vie font sur nos sens & sur nos passions?

On ne sçauroit donc s'empécher de convenir que les Livres moraux des Payens, qui nous apprennent à nous servir de nôtre raison pour regler nos mouvemens, ne puissent être tres-utiles aux Chrétiens mêmes. Les grandes veritez dont ils *] Conf. liv. sont remplis, sont, dit S. Augustin*, 7. chap. 9. comme l'Or des Egyptiens, dont il faut que les Israëlites s'enrichissent. Cet Or appartient à JESUS-CHRIST; & quelque part qu'un Chrétien trouve quelque chose de vray, qu'il * De la doc- sçache, dit le même Saint*, que c'est trine chrêt. liv.2.ch.18. le bien de son Maître; qu'il le prenne, & qu'il en profite.

Mais de tous les Livres des Payens, il n'y en a peut-être aucun où il y ait tant à profiter que dans les Offices de Ciceron; puisque c'est un corps methodique d'instructions & de regles, pour toute la conduite de la vie, qui descend dans le plus grand détail, & jusques aux moindres égards de la bien-seance.

C'eſt ce qui a fait penſer à les donner au public en nôtre langue, aſſortis de tout ce qui pouvoit contribuer à les rendre utiles, & à les faire bien entendre. C'eſt ce qu'on a tâché de faire, non ſeulement par la clarté de la traduction ; mais encore par les notes. Les plus importantes ſont celles qui vont à démêler & à rectifier certains ſentimens de la Philoſophie payenne, où il y a quelque ſorte de verité ; mais qui ont beſoin d'être reduits aux principes de la Religion Chrétienne. Les autres ne ſont que pour donner un plus grand jour à ce que la ſeule clarté de la traduction ne pouvoit aſſez éclaircir ; pour faire connoître les perſonnes, les lieux, ou les actions dont Ciceron parle en beaucoup d'endroits de cet ouvrage ; & pour ſuppléer en d'autres certains faits dont la connoiſſance eſt neceſfaire pour les bien entendre. On s'eſt borné dans celles cy à ce qui étoit d'une neceſſité indiſpenſable, & on n'a pas crû devoir entrer dans aucun détail d'érudition ni de critique.

Toutes ces notes ſont au bas de la page ; & on y renvoye par des chiffres, qu'on n'a mis dans le texte, qu'à la fin des endroits qui peuvent avoir beſoin d'éclairciſſement.

On a encore mis d'autres notes à la marge, qui ne ſont que pour faire remarquer où retrouver les choſes les plus importantes ; & celles cy ne ſont que des extraits de ce qui ſe trouve dans le texte, ou des reflexions qui en naiſſent naturellement.

Les ſçavans ſe paſſeroient aiſément des unes & des autres ; mais ceux pour qui les traductions ſont faites principalement, peuvent en avoir beſoin.

Au reste, c'est une entreprise hardie, que de prêter son stile à celuy qui est regardé de tout le monde comme le maître & le modele de l'éloquence. Il y auroit même eu de la témérité, si on avoit pretendu égaler la beauté du sien. C'est de quoy nôtre langue n'est peut-être pas capable; & quand elle y pourroit atteindre, celuy qui a fait cette traduction ne se flate pas d'être de ceux qui pourroient la porter jusques-là. Il ne peut répondre que de son exactitude & de ses soins : le public jugera du reste.

Il a tâché de conserver tres-religieusement, non seulement la pensée de Ciceron, mais son tour & ses expressions, autant que nôtre langue le peut permettre : car cela n'est pas possible par tout; & il y a des endroits où il a falu necessairement prendre un tour un peu dif-

ferent du fien. Mais bien loin que
la penfée en foit alterée, elle eft bien
mieux renduë en ces endroits-là ,
qu'elle ne le feroit fi on avoit gardé
le tour de Ciceron ; & l'expreffion
exacte & fidele de la penfée eft tellement l'unique but de la traduction , qu'on n'a nulles excufes à faire des plus grandes libertez , lors
qu'en les prenant , la penfée fe trouve mieux renduë qu'elle ne l'auroit
pû être , fi on s'étoit tenu dans une
contrainte plus fcrupuleufe.

C'eft par ce principe , dont les
gens de bon goût ne difconvien-
dront pas , qu'on a quelquefois a-
joûté quelques mots , qui ont paru
neceffaires pour mieux marquer les
liaifons ; ou pour rendre la conf-
truction plus complete. Car au lieu
que les conftructions fufpenduës ,
& où on laiffe quelque chofe à fous-
entendre , font des graces en latin ;

ce

ce font des défauts en nôtre langue,
qui eft ennemie des moindres obf-
curitez ; & qui ne fouffre pas qu'on
laiffe rien à fuppléer.

Cette traduction a été faite fur là
nouvelle Edition latine de Grævius,
qui eft divifée par chapitres, auffi-
bien que quélques autres ; & ces
divifions foulagent ceux qui lifent.
Ils font même bien aifes de trouver
des fommaires à la tête de chaque
chapitre ; & on n'a pas oublié de
leur faire ce plaifir.

Mais comme ceux qui ont divifé
l'Ouvrage en chapitres, ont plus regardé à les faire à peu prés égaux,
qu'à l'ordre & aux changemens des
matieres, on n'a pas crû fe devoir
affujettir à cette divifion ; & on a
fouvent fait commencer les chapitres plus haut ou plus bas que dans
l'Edition de Grævius. Mais par tout
où l'on a fait de ces changemens,

on a eu foin d'en avertir ; afin que ceux qui voudront conferer la traduction avec le latin, le pûffent faire plus aifément.

Quelque foin qu'on ait apporté à ce travail, on ne doute point qu'il ne s'y puiffe trouver beaucoup de défauts. Si ceux qui les remarqueront veulent bien en avertir, on recevra leurs avis avec reconnoiffance ; & on tâchera d'en profiter.

Il s'eft gliffé des fautes dans l'impreffion, dont il y en a qui font un fort mauvais effet. Elles ne font pas en grand nombre ; & fi ceux qui liront cet Ouvrage commencent par les corriger, ils le liront avec plus de plaifir.

PRIVILEGE DU ROY.

LOUIS PAR LA GRACE DE DIEU, ROY DE FRANCE & DE NAVARRE: À nos amez & feaux Conseillers les gens tenant nos Cours de Parlement, Maîtres des Requêtes ordinaires de nôtre Hôtel, Baillifs, Senéchaux, Prevôts, Juges, leurs Lieutenans, & tous autres nos Justiciers & Officiers qu'il appartiendra, Salut. Nôtre cher & bien-amé le Sieur * * * nous a fait remontrer qu'il auroit fait une Traduction des *Offices de Ciceron, sur la nouvelle Edition Latine de Grævius ; avec des Sommaires à chaque Chapitre, & des Notes qui peuvent servir à les faire mieux entendre ;* & qu'il desireroit la faire imprimer, s'il nous plaisoit luy en accorder la permission ; requerant qu'il Nous plût luy faire expedier nos Lettres à ce necessaires. A CES CAUSES, voulant favorablement traiter l'Exposant, & le faire joüir du fruit de son travail, Nous luy avons permis & accordé, permettons & accordons par ces presentes, de faire imprimer ledit Livre, par tel Libraire ou Imprimeur qu'il voudra choisir, le vendre & debiter par tout nôtre Royaume, Terres & Seigneuries de nôtre obéïssance, en tel volume, marges & caracteres, & autant de fois que bon luy semblera, pendant le tems & espace de quinze années entieres & consecutives, à commencer du jour qu'il sera achevé d'imprimer : faisonstres-expresses défenses à tous Imprimeurs, Libraires & autres personnes, de quelle qualité & condition qu'elles soient, d'imprimer ou faire imprimer ledit Livre sous pretexte d'augmentation, correction, changemeut de titre, impression étrangere en quelque sorte & maniére que ce soit, sans le consentement de l'Exposant ou de ses ayans causes, à peine de confiscation des Exemplaires contrefaits, trois mille livres d'amende, & de tous dépens, dommages & interêts ; à la charge que l'impression en sera faite dans nôtre Royaume, & non ailleurs ; & que l'impression en sera faite sur de beau & bon papier, & en de beaux caracteres, suivant les Reglemens des années 1618. & 1686. faits pour la Librairie & Imprimerie, & de faire enregistrer ces presentes sur le Livre de la Commu-

hauté des Marchands Libraires & Imprimeurs de nôtre
bonne ville de Paris, à la charge auſſi par ledit Expoſant
de mettre deux exemplaires dudit Livre dans nôtre Bibliotheque publique ; un en celle de nôtre Château du Louvre,
& l'autre en celle de nôtre tres-cher & feal Chevalier le
ſieur BOUCHERAT, Chancelier de France, auſſi-tôt qu'il
ſera achevé d'imprimer, & avant que de l'expoſer en vente,
à peine de nullité des preſentes, du contenu deſquelles
vous mandons faire joüir & uſer l'Expoſant & ſes ayans
cauſe, pleinement & paiſiblement, ceſſant & faiſant ceſſer
tous troubles & empêchemens contraires. Voulons qu'en
mettant au commencement ou à la fin dudit Livre l'Extrait
des preſentes, elles ſoient tenuës pour bien & dûëment ſi-
gnifiées, & qu'aux copies d'icelles, collationnées par l'un
de nos amez & feaux Conſeillers Secretaires, foy ſoit
ajoûtée comme à l'original : Commandons au premier nôtre Huiſſier ou Sergent ſur ce requis, faire pour l'entiere
exécution des preſentes toutes ſignifications, actes & ex-
ploits requis & neceſſaires, ſans demander autre permiſ-
ſion ; nonobſtant clameur de Haro, Chartre Normande, &
Lettres à ce contraires : CAR tel eſt nôtre plaiſir. Donné
à Paris le vingt-ſixiéme jour d'Octobre l'an de grace mil
ſix cens quatre-vingt dix, & de nôtre Regne le quarante-
huitiéme.

Regiſtré ſur le Livre de la Communauté des Imprimeurs
& Libraires de Paris, le 7. Decembre 1690.

Signé, P. AUBOÜIN, Syndic.

Ledit ſieur *** a cedé & transporté le preſent Privilege
à la veuve du ſieur JEAN BAPTISTE COIGNARD,
Imprimeur & Libraire ordinaire du Roy ; & à JEAN
BAPTISTE COIGNARD Fils, Imprimeur & Libraire ordinaire du Roy, pour en joüir ſuivant l'accord fait entre
eux.

Achevé d'imprimer pour la premiere fois, le 15. Janvier
1691.

LES

L. Mariette fec.

LES OFFICES
DE CICERON.
LIVRE PREMIER.

CHAPITRE PREMIER.

Ciceron exhorte son fils à profiter du sejour d'A-
thenes, & des leçons de Cratippus ; & luy
conseille en même tems de lire ses Ouvrages, ora-
toires & philosophiques, où il trouveroit d'au-
tant plus à profiter, que Ciceron avoit egale-
ment cultivé l'un & l'autre de ces deux genres
d'écrire ; au lieu que les plus grands Hommes
d'entre les Grecs ne s'étoient attachez qu'à
l'un des deux.

E ne doute point, mon
cher fils, que depuis
un an qu'il y a que vous
prenez des leçons de
Cratippus [1], & dans

1 Philosophe Peripateticien, le plus celebre de ce

A

Athenes même[2], vous n'ayez déja fait
une ample provision de ces preceptes
& de ces regles de morale que fournit la
philosophie. On ne sçauroit moins se
promettre des soins d'un maître si capable de vous instruire & de vous former, & qui s'est acquis une si grande
authorité par son merite, & de vôtre
séjour même dans une ville si fameuse,
& qui vous met tant de grands exemples
devant les yeux. Neanmoins, comme
j'ay toûjours eu soin, pour mon utilité
particuliere, de joindre l'étude des Livres latins à celle des grecs, non seulement dans les matieres de philosophie,
mais encore dans l'éloquence ; je suis
d'avis que vous fassiez la même chose,
pour vous rendre capable de traiter
également bien, dans l'une & dans l'au-

Rien ne rap-
pelle si vive-
ment le sou-
venir des
grands hom-
mes, de leurs
vertus, &
de leurs
grandes ac-
tions, que les
lieux où ils
ont vécu.

rems-là. Il étoit de Mitilene, & amy particulier de
Ciceron, qui s'étoit employé pour luy auprés de Cesar,
pour luy faire avoir le droit de citoyen Romain.

Au 16. liv. des lettres de Ciceron, il y en a une de son
fils, qui est la 21. par laquelle il paroît, que Cratippus
étoit aussi honnête homme que bon philosophe ; & qu'il
sçavoit quand il falloit quitter la severité de la philosophie, pour se mêler parmy les jeunes gens qu'il instrui-
soit, & entrer dans leurs plaisirs.

2 Cette ville étoit si celebre pour les sciences & pour
la politesse, que les Romains de la premiere qualité y
envoyoient leurs enfans pour les former.

tre langue, & les chofes de philofophie,
& celles qui regardent plus particulierement l'Orateur.

C'eft furquoy je croy n'avoir pas peu
fait pour nos Latins ; & je voy que non
feulement ceux d'entr'eux qui n'ont
point de connoiffance de la langue
grecque, mais les fçavans même, font
perfuadez que mes ouvrages ne leur
font pas inutiles, pour former leur
jugement & leur raifon ; auffi bien
que pour acquerir la fcience de bien
parler.

Continuez donc d'apprendre du plus
grand Philofophe de nos jours, & ne
vous en laffez point ; puifque ce feroit
vous laffer d'avancer & de profiter ;
mais ne laiffez pas auffi de lire mes ouvrages. Vous y trouverez une doctrine
qui n'eft pas fort differente de celle des
Peripateticiens : puifque nous faifons
profeffion de part & d'autre de fuivre
Socrate & Platon 3. Je vous laiffe nean-

3 C'eft à dire, qu'encore que Cratippus fuivît les Peripateticiens, & Ciceron les Academiciens, leur doctrine
ne pouvoit être fort differente ; puifque ces deux fectes
n'étoient que comme deux branches d'un même tronc.
Car Ariftote, chef des Peripateticiens, & Xenocrate,
chef des Academiciens, étoient l'un & l'autre difciples

A ij

moins toute liberté fur le fond des chofes ; & vous n'en prendrez que ce qui
fera de vôtre goût. Mais pour ce qui
regarde la langue latine , vous y profi-
terez beaucoup ; & vôtre ftile en fera
plus riche & plus plein.

Et qu'on ne dife pas que je m'en fais
accroire , quand je parle de la forte. Je
cede volontiers à beaucoup d'autres , fur
ce qui regarde la philofophie. Mais pour
ce qui eft du fait de l'Orateur , & qui
confifte à fçavoir dire ce qui convient
fur chaque chofe, & à le dire avec ordre,
& d'une maniere noble & elegante; comme j'ay paffé ma vie à cette forte d'étude , il me femble que je fuis en droit de
croire que j'y fçay quelque chofe.

Je vous exhorte donc , mon cher Ciceron, de lire avec foin non feulement
mes harangues , mais encore mes ouvrages philofophiques, dont le nombre n'eft
prefentement guere moindre.   Le ftile
des unes eft plus fort & plus élevé ; mais
ce ftile plus doux & plus uni , que vous
trouverez dans les autres n'eft pas à ne-

de Platon , qui l'étoit luy-même de Socrate , que Ciceron dans fon 2. livre *de finibus* appelle le pere de la Philofophie.

gliger. Je me suis également appliqué
à tous les deux : c'est aux autres à juger
du succez.

Pour les Grecs, je ne voy pas qu'aucun d'eux ait pris soin de cultiver l'un
& l'autre, si ce n'est peut-être Demetrius 4 de Phalere 5, qui pour s'être attaché à traiter des matieres philosophiques, & l'avoir fait avec toute l'exactitude & toute la subtilité que demande
ce genre d'écrire, n'a pas laissé d'être
Orateur. Il est vray qu'il n'est pas des
plus vehemens, mais il a ses graces ; &
l'on reconnoît aisément en luy l'air & le
caractere de son maître Theophraste 6.

Je croy que si Platon avoit voulu s'é-
xercer à l'éloquence du barreau, il auroit eu & la force & l'abondance ; & que

Les anciens se fixoient à une seule chose; & c'est ce qui faisoit qu'ils y reussissoient si bien.

4 Philosophe Peripateticien. Il vivoit du tems d'A-
lexandre ; & quelques-uns disent que ce fut luy qui com-
posa à Ptolomée Philadelphe cette fameuse Bibliotheque, où il ramassa jusques à 200000 Volumes ; &
que ce Prince rendit complette, en y mettant la version
grecque qu'il fit faire des livres de l'ancien Testament,
& qu'on appelle la version des 70.

5 Ville maritime de l'Attique.

6 Philosophe Peripateticien, disciple de Platon, &
ensuite d'Aristote. Son vray nom étoit Tirtame, mais
Aristote, qui trouvoit quelque chose de divin dans son
eloquence, luy donna celuy de Theophraste, au lieu
de celuy-là.

A iij

si Demosthene se fût attaché à ce qu'il avoit appris de Platon , & qu'il eût voulu le debiter , il l'auroit fait d'une maniere noble & élevée. Je fais le même jugement d'Aristote & d'Isocrate, dont chacun s'étant attaché à celuy de ces deux genres d'écrire qui étoit le plus de son goût , a tout à fait negligé l'autre.

CHAPITRE II.

Importance & étenduë de la matiere des devoirs. Desquels d'entre les Philosophes on pouvoit attendre des instructions sur ce sujet. Les Epicuriens & les Sceptiques indignes d'être écoutez sur les devoirs de l'homme. Ciceron tirera des Stoïciens ce qu'il en dira dans cet ouvrage.

MAIS enfin ayant resolu de travailler presentement à quelque ouvrage qui vous pût être utile,& à quoy j'espere d'en ajoûter beaucoup d'autres avec le tems ; j'ay voulu commencer par ce qui convient le plus & à vôtre âge , & à ce que je puis m'être acquis de creance & d'authorité ; c'est à dire par ce qui regarde les devoirs de la vie.

Aussi peut-on dire , que de tant de
differentes matieres utiles & importantes qui sont comprises dans ce qu'on
appelle Philosophie , & qui ont été
traitées fort au long , & avec beaucoup de soin par ceux qui font profession de cette science , celle des devoirs
doit être mise au premier rang , & que
c'est celle qui a le plus d'étenduë.

Car il y a des devoirs à observer , &
dans les fonctions publiques , & dans les
affaires particulieres , & dans ce qui se
traite au barreau , & dans la conduite
du domestique , & dans ce qu'on ne fait,
pour ainsi dire , qu'avec soy-même , &
dont on n'a à rendre compte qu'à soy-
même , aussi bien que dans ce qu'on
peut avoir à traiter avec les autres.
Enfin , de toutes les parties & de toutes les actions de la vie , il n'y en a
aucune qui n'ait ses regles & ses devoirs ; & l'on n'est honnête homme
ou mal-honnête homme , qu'à proportion qu'on les observe ou qu'on les né-
glige.

Comme il n'y a personne qui osât
prétendre à la qualité de Philosophe,
s'il manquoit de parler des devoirs de

*On n'est ja-
mais sans
avoir quel-
que devoir à
observer.*

*Par où on
est honnête
homme , ou
mal-honnê-
te homme.*

A iiij

l'homme, cette matiere a été traitée
par tous ceux qui font profeſſion de philoſophie. Mais entre ceux-là il y en a
qui renverſent toutes ſortes de devoirs,
par les ſentimens qu'ils ont ſur le ſouverain bien, & ſur le ſouverain mal [1]. Car
lorſqu'on ne fait point dépendre le ſouverain bien de la vertu & de l'honnêteté,
& qu'au lieu de l'y faire conſiſter, on
ne le meſure que par l'utilité & l'interêt ; il eſt clair, que ſi l'on veut être
d'accord avec ſoy-même, & ſi la bonté
du naturel ne l'emporte quelquefois
ſur les principes, on ne ſçauroit être ni
bon ami, ni équitable, ni bien faiſant ;
& qu'IL N'EST pas poſſible de trouver
ni force dans celuy qui croit que la douleur eſt le ſouverain mal, ni temperance dans celuy qui fait ſon ſouverain bien
de la volupté. C'eſt ce que j'ay fait
voir ailleurs fort au long, & par un

1 C'eſt à dire les Epicuriens, qui faiſoient conſiſter
le ſouverain bien dans la volupté, & le ſouverain mal
dans la douleur. Or cette doctrine renverſe toute la morale, puiſqu'elle en renverſe le fondement, qui eſt la
connoiſſance du ſouverain bien, d'où celle de nos devoirs dépend tellement, que nous ne devons faire ou ne
pas faire les choſes, que ſelon qu'elles ſont capables
de nous approcher ou de nous éloigner du ſouverain
bien.

grand nombre de preuves ; quoy que
la chofe foit d'un degré de clarté à fe
faire fentir tout d'un coup.

Tant que ces fectes fe tiendront donc
à leurs principes, & qu'elles voudront
ne fe pas démentir elles-mêmes, elles
ne fçauroient rien établir fur les devoirs de l'homme ; & l'on ne peut attendre fur ce fujet de preceptes folides,
& conformes à ce que la nature demande de nous ², que de ceux d'entre les
Philofophes, qui foûtiennent que rien
n'eft defirable par luy-même que la
feule honnêteté ³, ou qu'elle l'eft au
moins par deffus toutes chofes ⁴.

Ainfi, il n'appartient qu'aux Stoïciens, aux Academiciens, & aux Peripateticiens de nous parler fur nos devoirs. Car pour Arifton, Pirrhon, &
Herillus ⁵, il y a long temps que leur

*Aufquels
d'entre les
Philofophes
il appartient
de traiter
des devoirs
de l'homme.*

2 Le grand principe des Stoïciens étoit qu'il falloit
fuivre la nature, c'eft à dire la droite raifon, puifque
la raifon eft la nature de l'homme. Auffi fes devoirs luy
font-ils fi bien marquez par cette lumiere naturelle de
la raifon, qu'il a reçûë de la bonté du Createur, & qui
fait la difference effentielle de fa nature & de celle des
bêtes ; que s'il étoit fidele à la confulter & à la fuivre,
il ne luy faudroit point d'autre regle.
3 Les Stoïciens.
4 Les Peripateticiens.
5 Ces trois hommes ayant été quelque tems difciples

doctrine a été sifflée & rejetée de tout le monde ; & ces Philosophes, en confondant toutes chosés, comme ils font, se font eux-mêmes dépoüillez du droit de rien enseigner sur les devoirs de l'homme, & ne se font même laissé nulle ouverture par où ils pûssent les découvrir [6].

Combien la doctrine des Sceptiques est pernicieuse.

Nous suivrons donc les Stoïciens [7], quant à present, sur le sujet que nous avons à traiter ; non pas à pas, & comme de simples interpretes, mais comme nous avons accoûtumé ; puisant dans leurs sources, autant & de la maniere que nous le jugerons à propos, & prenant d'eux ce qui nous paroîtra le meilleur.

de Zenon, fondateur de la sečte des Stoïciens, s'éloignerent de ses sentimens, rendant toutes choses douteuses ; en sorte que selon eux il n'étoit pas possible de discerner le bien du mal, ny le faux du vray.

6 Car comment trouver les devoirs de l'homme, quand on pretend qu'il n'est pas possible de discerner le viay du faux, ny le bien du mal ?

7 Par le privilege que les principes des Academiciens leur donnoient, de prendre de toutes parts ce qui leur paroissoit le plus vray-semblable.

CHAPITRE III.

Deux chefs à quoy se reduit toute la matiere des devoirs. Devoirs parfaits & devoirs moyens. Diverses sortes de deliberations, où l'on peut entrer sur tout ce qui se presente à faire.

AYANT à parler des devoirs de l'homme, il faut commencer par la définition de ce qu'on appelle *devoir*. C'est ce que je m'étonne que Panæ-tius [1] ait oublié. Car de quoy que ce soit que l'on traite, si l'on veut suivre l'ordre que la raison prescrit, il faut commencer par definir la chose dont il s'agit ; afin d'en donner une idée nette & precise.

A quoy se reduit toute la matiere des devoirs.

* Toute la matiere des devoirs de l'homme se peut reduire à deux chefs; dont l'un va à établir ce que c'est que le souverain bien [2]; & l'autre comprend

1 Philosophe Stoïcien, qui avoit écrit des devoirs, & que Ciceron suit dans cet ouvrage. Il étoit de l'Isle de Rhodes ; & Scipion l'Affriquain, le deuxiéme de ceux à qui on a donné ce nom là, avoit pris de ses leçons.

* Le commencement du chap. 3. est icy dans le latin, mais il doit être où on l'a porté.

2 Les Payens même ont vû que toute la conduite de la vie dépendoit de la connoissance du souverain bien ;

les preceptes particuliers qui reglent toutes les actions de la vie.

Au premier chef appartiennent ces sortes de questions, si tous les devoirs sont égaux, & du même degré de perfection, ou s'il y en a de plus parfaits les uns que les autres, & plusieurs autres du même genre 3. Ce n'est pas que les preceptes qui reglent les devoirs particuliers ne dépendent aussi de la question du souverain bien 4 ; mais on

qu'il doit être l'unique fin de l'homme, que toutes nos actions ne sont bonnes qu'autant qu'elles nous en approchent, & qu'il n'y a rien de mauvais que ce qui nous en éloigne.

3 Dans cet endroit, & dans la plûpart des autres de cet ouvrage, Ciceron entend par le mot de *devoirs*, non seulement les devoirs en eux-mêmes, mais encore les actions par où on les accomplit. Ce qu'il en dit icy convient même bien mieux aux actions qu'aux devoirs mêmes : car à regarder les devoirs en eux-mêmes, & dans la loy eternelle qui nous les prescrit, tous les devoirs sont parfaits, & ils le sont tous également; comme tout ce qui est vray est également vray. Mais les actions par où on les accomplit peuvent être parfaites ou imparfaites. Elles sont parfaites, lorsque d'une part il ne manque rien à l'exterieur de l'action ; & que de l'autre on s'y porte par les vûës & les intentions les plus pures, & par un amour souverain de la loy éternelle qui nous les ordonne ; & elles sont imparfaites, lorsque dans l'action, ou dans le motif qui nous y porte, il y a quelque chose qui n'est pas de ce dernier point de rectitude & de pureté.

4 Toute action nous approche ou nous éloigne du

ne voit pas si bien par où ils y tiennent,
& sans les prendre de si haut, on se
contente de les regarder par le rapport
qu'ils ont à la conduite ordinaire de la
vie. C'est de ceux-là dont j'ay à parler
dans cet ouvrage.

On divise encore les devoirs en devoirs *parfaits*, que les Grecs appellent
κατορθώματα, & devoirs *communs* ou
moyens, qu'ils appellent καθήκοντα. Les
devoirs parfaits sont ceux qui sont du
dernier degré de rectitude & de pureté;
& les devoirs *communs* ou *moyens* sont
ceux à quoy l'on se porte sur le fondement de quelque raison plausible &
recevable.

Il y a donc, selon Panætius, trois
differentes considerations où l'on peut
entrer, quand il s'agit de prendre quelque resolution que ce puisse être.

La premiere, si ce qui se presente à faire est honnête ; & c'est sur quoy les esprits se partagent souvent, dans des
sentimens non seulement differens, mais

souverain bien ; & par là il est clair que les preceptes
qui reglent les devoirs, & les actions par où on les accomplit, ont une connexité necessaire avec la question
du souverain bien.

*Ce qu'on
examine
d'ordinaire,
quand il
s'agit de
faire ou de
ne pas faire
quelque
chose.*

oppofez. La feconde, s'il eft utile ; c'eft
à dire , s'il eft propre à augmenter les
biens , les commoditez, le credit & la
confideration : en un mot , fi l'on en
peut tirer quelque forte d'avantage pour
foy-même , ou pour les autres. Et la
troifiéme , quel parti l'on doit prendre ,
lorfque ce qui a quelque apparence d'u-
tilité⁵ paroît contraire à l'honnêteté , &
que pendant que l'on eft attiré par l'un,
on eft retenu par l'autre.

Dans cette divifion de Panætius , il
y a deux chofes oubliées , & elle eft
par confequent vicieufe ; puifqu'il n'y
a pas de plus grand vice dans une divi-

5 Ciceron parle avec precaution , comme l'on voit,
& il ne dit pas que ce qui eft veritablement utile puiffe jamais être contraire à l'honnêteté . mais feulement ce qui
a *quelque apparence d'utilité*. Car il n'en reconnoît de
veritable que dans ce qui eft honnête ; c'eft à dire dans
ce qui convient à l'homme comme capable de vertu , &
comme tirant tellement de la vertu feule tout fon prix &
tout fon merite , que comme il eft bon , heureux & efti-
mable quand il la fuit ; il eft méchant , malheureux &
méprifable quand il s'en éloigne. C'eft ce qu'on pourra
remarquer dans toute la fuite de l'ouvrage , & fur tout
au troifiéme Livre , où il traite de la comparaifon de
l'honnête & de l'utile ; & l'on verra , au chapitre troifiéme de ce Livre là , qu'il nous donne pour regle , que
de toutes les chofes qui peuvent convenir aux befoins &
à la nature de l'homme , comme les biens , les honneurs
& la confideration , on ne doit rechercher que celles que
la vertu peut admettre.

fion que d'oublier quelque chofe. Car,
fur le premier chef , on peut non feulement être en peine fi ce qui fe prefente eft honnête ou mal-honnête ;
mais entre deux chofes conftamment
honnêtes , on peut être en doute laquelle des deux l'eft le plus. Il en eft
de même du fecond , qui regarde l'u-
tilité. Ainfi ce que Panætius n'a divifé qu'en trois chefs en fait cinq :
deux fur l'honnêteté de ce qu'il s'agit
de faire , deux fur l'utilité , & le dernier fur la comparaifon de l'honnête
avec l'utile.

Une divi-
fion doit
tout com-
prendre pour
être bonne.

CHAPITRE IV.

Pour mieux reconnoître la nature des devoirs, il remonte jusqu'aux sentimens que la nature a imprimez à tous les animaux. Ce que l'homme a par dessus les bêtes. Avantages de la raison. L'homme est le seul entre tous les animaux qui soit capable de la verité, & qui soit touché de la beauté de l'ordre, qu'il recherche dans les choses même spirituelles, aussi-bien que dans les autres. Que c'est ce qui le conduit à ce qu'on appelle honnêteté.

LA premiere chose qui est à remarquer, c'est que la nature a imprimé à chaque animal un instinct qui le porte à se conserver, à défendre son corps & sa vie, à éviter ce qui luy peut nuire, à chercher ce qu'il luy faut, & pour se nourrir, & pour se mettre à couvert des injures de l'air, & des autres choses qui le pourroient attaquer, & ainsi du reste. Elle a encore donné aux differens sexes de chaque espece d'animaux une pente l'un pour l'autre, qui les porte à se joindre pour multiplier ; & un certain soin pour ce qu'ils mettent au monde.

Mais

Mais entre les bêtes & l'homme il y a cette difference, que les bêtes ne vont qu'autant que le fentiment les mene ; qu'elles ne fe portent qu'à ce qui eft devant elles, & ne font touchées que du prefent, n'ayant que tres-peu de fentiment du paffé, ni de l'avenir: au lieu que l'homme a l'avantage de la raifon, qui le rend capable de voir les caufes & les confequences des chofes ; de remarquer ce qui les precede & ce qui les fuit, dans le cours ordinaire ; de comparer les unes aux autres, & de joindre l'avenir au prefent. C'eft par là que cette même lumiere de la raifon luy faifant voir, tout d'une veuë, le cours entier de la vie, le porte à faire provifion de ce qui luy eft neceffaire pour en fournir la carriere.

Ce qui fait la differente de l'homme & des bêtes.

Avantages de la raifon.

C'eft elle qui joint les hommes les uns aux autres, par le lien de la bienveillance, & par celuy du commerce, dont l'ufage de la parole eft le principal inftrument. C'eft elle qui leur donne une tendreffe particuliere [1] pour ce

---

[1] C'eft à dire bien differente de celle que la nature infpire aux bêtes même pour leurs petits ; puifqu'elle les porte à prendre encore plus de foin de l'efprit que du

B

qu'ils ont mis au monde. C'eſt elle enfin qui leur fait deſirer de vivre en ſocieté, & qui les y fait entrer ; & tout cela
les porte à ſe procurer tout ce qui eſt
neceſſaire pour la conſervation & pour
les commoditez de la vie ; & non ſeulement à eux-mêmes, mais à leurs femmes, à leurs enfans, & à tous ceux
qu'ils aiment, & dont ils ſe trouvent
obligez de prendre ſoin. Tous ces beſoins leur ouvrent & leur aiguiſent l'eſprit ; & les rendent capables d'affaires
& d'entrepriſes.

Quel eſt le plus grand avantage que l'homme tire de ſa raiſon.

Une autre choſe, qui eſt particuliere
à l'homme, & qui eſt le plus grand avantage de ſa nature & de ſa raiſon, c'eſt
la recherche & l'examen de la verité.
C'eſt cette inclination, que la nature
nous a donnée, qui fait que dés que nous
ſommes libres des ſoins & des affaires
ordinaires de la vie, nous cherchons à

Nôtre cu- rioſité mê- me nous marque que nous ſommes faits pour la verité.

voir, à entendre, ou à apprendre quelque choſe : juſques là, que la découverte même de ce qu'il y a de plus admirable & de plus caché dans la nature nous
paroît contribuer quelque choſe au

corps, & à inſpirer à leurs enfans des ſentimens d'honnêteté & de vertu.

bon-heur de nôtre vie ; & par là il eft
aifé de voir , que LA CONNOISSANCE
de la verité, dans fon dernier point de
fimplicité & de pureté, eft ce qui convient le plus à la nature de l'homme².

A cet amour de la verité fe trouve
joint un defir de fuperiorité fur les autres, qui fait qu'un homme bien né ne
veut obeïr à perfonne³, fi ce n'eft à
ceux qui l'inftruifent, ou qui exercent
fur luy, pour fon propre bien, une authorité legitime, & reglée felon les
loix de la juftice ; & c'eft cet amour de
l'indépendance qui fait la grandeur d'a-
me ; & qui éleve les hommes au deffus
de toutes les chofes de la vie.

C'eft encore un grand avantage , &
une merveilleufe proprieté de la nature

Amour
de l'indé-
pendance
naturel à
l'homme.

2 Tous les Philofophes ont bien fenti que l'homme
étoit fait pour la verité ; jufqu'aux Academiciens même, qui croyoient qu'elle ne fe pouvoit voir avec certitude. Mais ils n'ont pas vû, non plus que les autres ,
d'où viennent les tenebres qui nous la cachent.

3 Il y avoit de l'orgueil dans ce fentiment des Philofophes payens ; mais cet orgueil même les menoit à
quelque chofe de vray ; puifqu'il eft vray , à proprement parler , que l'homme ne doit obeïr à nul autre
homme, mais à Dieu feul & à la raifon. Car quoy qu'en
une infinité de rencontres , Dieu & la raifon nous obligent d'obeïr aux hommes , c'eft à Dieu & à la raifon
qu'on obeït en cela plûtôt qu'aux hommes.

B ij

Connoissan-ce & senti-ment de ce qu'on appel-le ordre, bien-seance, proportion, prerogative de la nature de l'homme.

& de la raison de l'homme, qu'entre tous les animaux il est le seul qui sente ce que c'est qu'*ordre* & *bien-seance*, & qui connoisse quelles sont les mesures qu'il faut garder dans les paroles & dans les actions : luy seul connoît ce que c'est que la beauté, l'agrément, le rapport & la convenance des parties d'une même chose.

Analogie de l'ordre & de la proportion exterieure, avec la bien-seance & la vertu.

C'est ce qu'il remarque d'abord dans celles qui frappent ses sens. Mais sa raison le luy fait aisément transporter de celles-là à celles qui ne touchent que l'esprit[4]; & c'est ce qui luy fait prendre garde, que dans tous ses desseins & dans toutes ses actions, il y ait de la décence, de l'égalité, de la suite, & de

Amour de l'ordre & de la bien-seance, naturel à l'homme.

l'ordre ; de ne rien faire de messéant, ni de lâche & d'efféminé ; & que dans tous ses sentimens, non plus que dans ses actions, il n'y ait rien de dereglé, ni qui tienne de la passion ou de l'emportement. C'est de tout cela que resulte cette honnêteté[5] que nous cherchons,

---

4 Il y a une sorte d'analogie des choses corporelles & sensibles aux choses spirituelles ; & la justice, la moderation & la bienseance sont à l'égard de celles-cy, ce que la proportion & la symetrie sont à l'égard des autres.

5 Ce que Ciceron appelle *honnêteté* dans cet ou-

dont le prix ne dépend point des juge-
mens ni des applaudissemens des hommes ; & qui est loüable & estimable par
elle-même , quand elle ne seroit loüée
ny estimée de personne.

Le prix des
choses est in-
dépendant
du jugement
des hommes.

vrage ; n'est donc autre chose , comme l'on voit , que
ce que la raison , la sagesse , la vertu , & la bien-seance demandent de nous ; & cela va plus loin que ce que
nous appellons communément de ce nom là   Il faut
donc bien prendre cette idée , pour l'appliquer à tous
les endroits où il parle de l'honnêteté.

CHAPITRE V.

Que l'honnêteté dérive des quatre vertus princi-
pales. Quel est l'objet précis de chacune.

CE que je viens de vous dire , mon
cher fils , vous fait voir la nature &
le caractere , & , pour ainsi dire , le visage même de ce qu'on appelle *sagesse*
& *honnêteté* ; & c'est , pour user des
termes de Platon , celle de toutes les
beautez qui donneroit le plus d'amour,
si elle étoit visible aux yeux du corps .

1 On ne sçauroit assez admirer que les payens , tout
destituez qu'ils étoient de tous les principes & de tous
les secours qui nous rappellent au dedans de nous-mêmes , ayent été si touchez de la beauté , de l'honnêteté,
& de la vertu ; pendant qu'avec tous ces secours nous

D'où derive & en quoy consiste ce qu'on appelle honnêteté.

Or tout ce qui se peut appeller *honnête* se reduit à quatre chefs ; & consiste ou dans cette perspicacité d'esprit qui fait chercher & decouvrir la verité, & c'est ce qu'on appelle *Prudence* ; ou dans ce qui va à maintenir les loix de la societé humaine, & la foy des conventions , & à rendre à chacun ce qui luy appartient ; & c'est ce qui s'appelle *Justice* ; ou dans cette grandeur d'ame que rien ne sçauroit abatre , & qui rend capable des plus hautes entreprises , & de tenir bon contre les plus terribles accidens , & c'est ce qu'on appelle *Force* ; ou dans cet ordre & ces mesures si justes , & si précises , qu'on doit garder dans ses actions , & même dans ses paroles ; & c'est ce qui s'appelle *Moderation* ou *Temperance.*

Or quoy que ces quatre choses se tiennent [2], & dépendent l'une de l'autre , chacune produit une certaine sor-

ne connoissons presque de ces choses-là que le nom ; & que nôtre ame est entierement livrée aux choses sensibles.

2 Il parle selon les sentimens des Stoïciens, qui soûtenoient que toutes les vertus étoient inseparables , & qu'on ne pouvoit en avoir une sans les avoir toutes : & cela est vray dans la doctrine même de ceux d'entre les Peres qui ne reconnoissent pour veritables vertus que

te de devoirs. A la premiere, en quoy
l'on fait consister ce qu'on appelle *pru-*
dence, appartient la recherche & la découverte de la verité ; & c'est comme
la fonction particuliere de cette vertu.
Car ceux-là passent avec raison pour
les plus prudens & les plus sages, qui
ont les yeux de l'esprit les meilleurs,
qui decouvrent le mieux, & le plus
promptement, ce qu'il y a de vray en
chaque chose ; & qui sont le plus capables de le faire voir aux autres. La verité
est donc le propre objet de cette vertu;
& comme la matiere sur laquelle elle
travaille. Les trois autres regardent
l'acquisition & la conservation de ce qui
est necessaire pour soûtenir les actions
& le commerce de la vie. *La justice*
maintient la societé civile : *la force*, ou
la grandeur d'ame, porte à tout ce qui
se peut faire de plus grand pour aug-

Quel est l'objet precis de chaque sorte de vertu.

Découverte de la verité, fin de la prudence.

---

celles qui ont leur racine dans la charité, c'est à dire
dans l'amour de l'ordre, & de la loy eternelle, qui
veut que cet ordre soit gardé. Car celuy qui sera juste
par ce principe sera infailliblement temperant ; puisque
l'ordre veut l'un aussi bien que l'autre, & que qui aime
l'ordre en une chose l'aime en tout. Voyez le chap.
15. du Livre de S. Augustin, *des Mœurs de l'Eglise Ca-*
tholique ; & le chap. 4. de la 150. de ses Lettres, nombre 13.

menter la puissance des Etats ; & pour se procurer à soy-même , & à ceux dont on doit avoir soin , de la consideration & des biens ; mais elle paroît encore davantage à mépriser l'un & l'autre.

Quant à l'ordre, l'uniformité , la moderation , & les autres choses qui sont comprises dans ce que l'on appelle *temperance* , il en faut dans tout ce qui demande de l'action[3] , & à quoy la meditation ne suffit pas ; & c'est du soin qu'on a de garder ces mesures , dans toute la conduite de la vie , que resulte ce qu'on appelle *honnêteté* & *bienseance*.

3 Il en faut même dans les choses de pure speculation; & il y a des mesures à garder jusques dans la recherche de la verité.

CHAPITRE VI.

Que de tout ce qu'on peut appeller honnête, la recherche de la verité est ce qui convient le plus à la nature de l'homme. Quelles précautions elle demande. Qu'elle doit ceder aux devoirs de la societé humaine. Qu'il y a une sorte d'étude qui se peut faire en tout tems, & jusques dans l'action même. Ce que l'application de l'esprit doit avoir pour objet.

DE ces quatre sources, d'où dérive tout ce qu'on peut appeller *honnête*, & qui en font tout le prix, la premiere, qui consiste dans la découverte & dans la connoissance de la verité, est celle qui appartient le plus intimement à la nature de l'homme. Aussi sentons-nous tous un ardent desir de sçavoir & de connoître : nous trouvons qu'il n'y a rien de plus beau que d'exceller dans quelque science ; & qu'IL N'Y A rien au contraire de si miserable, ni de si honteux, que d'être dans l'ignorance ou dans l'erreur ; de se méprendre, ou de se laisser imposer.

Amour de la verité, inclination dominante de la nature de l'homme.

On a honte de l'erreur ; mais on ne pense ni à s'en garder ni à s'en tirer.

Mais quoy que cette inclination à sçavoir nous soit naturelle, & qu'elle

Inconve-
niens à evi-
ter dans l'a-
mour & la
recherche de
la verité.

n'ait rien que d'honnête, elle eſt ſujet-
te à deux inconveniens, où il faut tâcher de ne pas tomber. L'un eſt de croire ſçavoir ce qu'on ne ſçait pas, & de
prononcer temerairement ſur ce qu'on
ne connoît point aſſez : & l'autre, de
s'attacher avec trop d'ardeur, & de
donner trop de temps, à des choſes
obſcures & difficiles, & dont on peut
ſe paſſer. Si l'on veut eviter le premier de ces deux inconveniens (&
qui eſt-ce qui ne le doit pas vouloir ?)
il faut donner à l'examen de chaque

L'applica-
tion que l'on
donne aux
choſes doit
être propor-
tionnée au
merite de
chacune.

choſe tout le tems & tout le ſoin neceſſaire pour la bien connoître. Pourvû
qu'on ſçache donc ſe garder de l'un &
de l'autre, il n'y aura rien que de loüable
dans l'application qu'on pourra donner
à des choſes honnêtes par elles-mêmes,
& qui meritent qu'on s'en inſtruiſe. Telle étoit celle que nous avons appris de
nos peres que C. Sulpicius avoit pour
l'aſtronomie[1] ; celle que nous avons vûë

---

1 Cette ſcience de Sulpitius ne fut pas inutile à la Republique ; car dans la guerre que les Romains avoient
contre les Macedoniens, ſous le commandement de Paul
Æmile, Sulpitius ayant prédit une eclypſe de Lune,
prévint le trouble que ces ſortes de Phenomenes avoient
accoûtumé de jetter dans les armées des Romains ; au

à Sext. Pompeius [2] pour la geometrie ;
celle de beaucoup d'autres pour la dia-
letique ; & d'autres, encore en plus
grand nombre, pour la jurifprudence.

Mais quoy que toutes ces fciences
ayent pour objet la découverte de la
verité, ce feroit pecher contre les re-
gles de nos devoirs, que de nous y ap- *Les fpecula-*
pliquer avec une ardeur qui nous dé- *tions doi-*
tournât des affaires & des fonctions de *vent ceder*
la vie civile. Car TOUT le prix & tout *aux devoirs.*
le merite de la vertu confifte dans l'action. Mais l'action a fes intermiffions,
qui nous donnent fouvent moyen de retourner à nos Livres : fans compter,
qu'en quelque état que nous foyons,
l'activité de l'efprit, qui ne s'arrête jamais, peut fans le fecours des Livres &
des conferences, nous tenir dans une
étude continuelle [3].

Or TOUTE application de l'efprit doit *A quoy doit*
avoir pour objet ou l'étude des fcien- *aller l'ap-*

lieu que les Macedoniens en furent fi confternez, qu'on
n'eut pas de peine à les deffaire.
  2 Il étoit oncle du grand Pompée.
  3 Quel ufage ne feroit-on point de cette activité de
l'efprit, fi on fçavoit la regler ; & fi elle s'exerçoit fur
quelque chofe de folide & d'honnête, au lieu de toutes les chimeres qui l'occupent d'ordinaire.

pliation de
l'esprit.

ces, ou l'examen de ce que l'honnêteté
demande de nous, & qui peut contribuer à nous faire bien vivre, & à nous
rendre heureux. Voila pour ce qui regarde la premiere des quatre sources de
nos devoirs.

CHAPITRE VII.

*D'où le maintien de la société humaine dépend
principalement. Premier devoir de la justice.
Par où les biens, qui sont naturellement communs à tous les hommes, ont commencé d'ap-
partenir à l'un plûtôt qu'à l'autre. Les hommes nez les uns pour les autres. Fidelité, fondement de la justice. Injustice positive, qui consiste à faire du mal à quelqu'un ; & negative,
qui consiste à manquer à ce que l'on doit à
quelqu'un. Combien les devoirs des hommes
les uns envers les autres sont sacrez. Source
de l'injustice.*

LEs trois autres vertus vont plus
loin; puisqu'elles comprennent tout
ce qui peut servir à maintenir la société
humaine, & ce commerce reciproque
d'offices & de soins sur quoy elle roule.
Mais ce maintien de la société humaine
dépend principalement de deux cho-

fes. L'une eſt *la juſtice* , & c'eſt de toutes les vertus celle qui a le plus d'éclat , & par où nous pouvons le mieux meriter le titre de gens de bien : l'autre eſt cette inclination à faire du bien à tout le monde, qu'on appelle *bonté ou liberalité.*

Quant à la juſtice , le premier devoir qu'elle preſcrit eſt de ne faire jamais aucun mal à perſonne , ſi l'on n'y eſt forcé par la neceſſité de repouſſer quelque injure : de n'uſer de ce qui eſt en commun que comme étant en commun ; & de n'uſer en maître que de ce qui eſt veritablement à ſoy. A ne regarder que la nature , il n'y a, rien qui appartienne à l'un plûtôt qu'à l'autre ; & ſi telle choſe eſt preſentement à celuy-cy , & telle autre à celuy-là , cela vient ou de s'en être emparé le premier, comme ont fait ceux qui ont rencontré des terres inhabitées , & dont perſonne ne s'étoit encore mis en poſſeſſion ; ou de ce qu'on la conquiſe par les armes , ou acquiſe par quelque ſorte de loy , ou de convention , conditionnée ou non conditionnée ; où même par le droit du fort. C'eſt ſur quelqu'un de ces ſortes

de fondemens que le territoire d'Arpine ou de Tivoli [1] appartient à ceux du
lieu , & il en est de même de ce que
chaque particulier possede. Ce qui étoit
naturellement commun à tous se trouvant donc partagé , CHACUN a droit
de conserver ce qui luy est échû ; &
on ne sçauroit l'envahir ni le convoi-
ter , sans violer les Loix de la societé
humaine.

Mais comme il n'y a rien de plus vray
que ce beau mot de Platon , que NOUS
sommes nez pour nôtre patrie & pour
nos amis , aussi - bien que pour nous-
mêmes ; & que, comme disent les Stoïciens , SI LES productions de la terre
sont pour les hommes , les hommes
eux - mêmes sont les uns pour les autres , c'est à dire pour s'entr'aider , & se
faire du bien les uns aux autres ; NOUS
devons tous entrer dans les desseins de
la nature , & suivre sa destination ; mettant chacun du nôtre dans le fonds de
l'utilité commune , par un commerce
reciproque & perpetuel d'offices & de

Les droits acquis à chacun, par le partage des choses, inviolables & sacrez.

Pour quelle fin nous sommes au monde, selon Platon,

& selon les Stoïciens.

Belle peinture de la dis-position où les hommes doivent être les uns pour les autres.

---

1 Il apporte en exemple les lieux les plus connus de
son fils : car Ciceron étoit d'Arpine , & il avoit à Tivoli une maison de campagne magnifique.

fervices ; n'étant pas moins empreffez
à donner qu'à recevoir ; & employant,
non feulement nos foins & nôtre induftrie , mais nos biens mêmes , à ferrer,
pour ainfi dire , de plus en plus , les
nœuds de la focieté humaine.

Or le fondement de la juftice c'eft la
fidelité , qui confifte à être fincere dans
fes paroles , & à tenir inviolablement
ce qu'on a promis. Et cela étant, pourquoy ne nous fera-t'il pas permis , à
l'exemple des Stoïciens , qui cherchent
avec foin l'étimologie de chaque terme,
d'admettre celle que quelques-uns ap-
portent du mot de *fidelité* , quelque du-
re qu'elle paroiffe ; & de croire , comme eux , que la *fidelité* n'a été ainfi nommée , que par ce qu'elle confifte à *faire*
ce que l'on a *dit* [2] ?

Quant à l'injuftice , il y en a de deux
fortes ; l'une, de faire injure à quelqu'un ;
& l'autre, de ne pas empêcher , quand
on le peut , celle que l'on voit qu'un
homme va faire à un autre. A bien confiderer jufqu'où vont les droits de la
focieté humaine , ATTAQUER injufte-

Quel eft le fondement de la juftice.

Etimologie du mot de fidelité.

On eft in-jufte par manquer de faire le bien, comme par faire le mal.

2 FIDES , *quia fit quod dicitur.*

Jufqu'où va ce que les hommes se doivent les uns aux autres.

ment qui que ce soit , par un mouve-ment de colere, ou de quelqu'autre paf-fion ; c'eſt comme qui ſauteroit à la gor-ge de ſon meilleur ami ; & ne pas dé-fendre quelque homme que ce ſoit d'u-ne injure que l'on voit qu'un autre luy va faire ; c'eſt comme qui abandonne-roit au beſoin ſes amis & ſa patrie.

Ce qui porte les hommes à ſe faire du mal les uns aux au-tres.

Quand on ſe porte de ſoy-même à nuire, & à faire injure à quelqu'un , c'eſt ſouvent pour en prevenir quel-qu'une que l'on craint de ſa part. Mais ce qui porte la plûpart des hommes à faire du mal aux autres, c'eſt l'envie de ſe contenter ſur ce qu'ils deſirent ; & particulierement ſur ce qui regarde le bien. Ainſi on peut dire que l'avarice eſt la grande ſource de l'injuſtice.

CHAPITRE

CHAPITRE VIII.

Quelles sont les sources ordinaires du desir d'a-
voir. Il faut le contenir dans les bornes de ce
que la justice permet. Que l'ambition est ce
qu'il y a de plus capable de la faire violer ;
& que les plus grandes ames sont d'ordinaire
les plus ambitieuses. Difference à faire entre
les injustices de surprise ou de dessein formé.

LE desir des richesses a d'ordinaire
pour principe le besoin, ou la volupté: mais ceux qui ont quelque élevation,
cherchent par là de la consideration &
de l'éclat ; & le plaisir de répandre,
& de se faire des creatures par leurs liberalitez. C'est ce qui faisoit dire à
Crassus, dans ces derniers tems, qu'un
homme qui vouloit être du premier
rang dans la Republique, n'avoit point
assez de bien, à moins de pouvoir entretenir une armée [1] de ses revenus. On

---

[1] Ce que les Romains appelloient *une armée*, étoit
composé de quatre legions, de six mille hommes de
pied chacune, & dont la solde se montoit par mois à
cent huit mille écus sans compter la cavalerie, dont
chaque legion étoit soûtenuë à droit & à gauche, & qui
étoit de trois cens chevaux par legion. On peut juger
par là du bien de Crassus.

C

aime encore la magnificence, les grands
équipages, les beaux meubles, l'abondance & la délicateſſe de la table ; &
ce ſont ces ſortes de choſes qui font
que l'amour de l'argent n'a point de
bornes.

On ne ſçauroit blâmer un homme
qui cherche à augmenter ſon bien par
de bonnes voyes, & ſans faire tort à
perſonne. Mais il faut s'en tenir là ; &
ſe garder de toute ſorte d'injuſtice. Or
ce qu'il y a de plus capable de faire oublier la juſtice, & de faire paſſer par
deſſus toutes ſes loix, c'eſt la paſſion de
dominer, & de ſe rendre maître des autres. Car, ce que dit Ennius, que *les
loix les plus ſacrées de la ſocieté & de la
fidelité ne ſont rien à quiconque veut regner*, s'étend à tous les avantages qui
ne ſçauroient être communs à pluſieurs;
& les conteſtations où l'on entre pour
y parvenir ſont d'ordinaire ſi vives, que
rien n'eſt plus difficile que d'y garder le
reſpect qui eſt dû à ces ſaintes loix.
C'eſt ce que nous venons de voir, par
l'entrepriſe audacieuſe & temeraire de
Ceſar [2]; qui pour venir à bout de ce

*Ambition,
ſource d'in-
juſtices.*

2 La maniere dont Ciceron parle de Ceſar en cet

deſſein inſenſé qu'il s'étoit mis dans la tête, de ſe rendre maître de la Republique, a violé toutes les loix divines & humaines³.

Ce qu'il y a de plus fâcheux en ce point, c'eſt que ceux qui ont le plus d'eſprit & d'élevation ſont d'ordinaire les plus touchez de cette paſſion qui fait aſpirer à la gloire, aux honneurs, aux dignitez, au credit & au commandement; & c'eſt ce qui doit faire prendre garde de plus prés à ne ſe pas permettre la moindre faute ſur ce ſujet.

A quoy conduit d'ordinaire la grandeur d'eſprit & de courage.

Entre les diverſes ſortes d'injuſtices que l'on peut commettre, il faut faire une grande difference de celles qui ne ſe font que par quelque ſurpriſe de paſſion ou d'emportement, & qui ne ſont que paſſageres; & de celles qui ſe font de ſang froid, & de deſſein prémedité. Voila pour ce qui regarde cette premiere ſorte d'injuſtice, qui conſiſte à faire du mal à quelqu'un.

Le ſang froid augmente également & le prix des bonnes actions, & l'énormité des mauvaiſes.

endroit, & en beaucoup d'autres de cet ouvrage, fait aſſez voir que Ceſar étoit mort, quand Ciceron écrivoit.

3 Ceſar ayant pillé le threſor public, que les Romains tenoient dans le Capitole, comme pour le mettre ſous la protection de Jupiter; & ayant même dépoüillé les temples de tout ce qu'il y avoit de plus precieux.

CHAPITRE IX.

De l'injustice negative. Quelles en sont les cau-
ses. Que les Philosophes mêmes y sont sujets.
Ce que doit avoir une action pour être une
action de justice. Qu'il n'est pas permis de se
renfermer si fort dans ses propres affaires, qu'on
ne soit d'aucun secours aux autres. Ce qui
nous empêche de reconnoître ce que nous leur
devons. Belle régle pour éviter toutes sortes
d'injustices.

QUANT à la seconde sorte d'injustice, qui est celle où l'on tombe
lors qu'on abandonne ceux que l'on
pourroit défendre de quelque injure, &
qu'on ne se met pas en devoir de les en
garentir, elle peut avoir diverses causes;
comme sont la crainte de se faire des ennemis, & celle du travail ou de la dépense. Souvent même, par pure negligence, par paresse, ou pour ne vouloir
pas se détourner de quelque occupation
qui plaît, on laisse à la merci des méchans ceux qu'on seroit obligé de défendre & de proteger.

Combien de
choses font
abandonner
ceux qu'on
seroit obligé
d'assister &
de proteger.

Il ne faudroit peut-être, pour nous
corriger sur cela, que ce que Platon a

dit des Philosophes , qu'ils font sujets à
se croire gens de bien sur cela seul , qu'ils
s'occupent à la recherche de la verité,&
qu'ils n'ont que du mépris pour les choses qui acharnent d'ordinaire les hommes les uns contre les autres. Mais quoy
qu'ils évitent par là cette premiere sorte d'injustice qui consiste à nuire , & à
faire injure à quelqu'un , ils tombent
dans l'autre , lorsque la passion d'apprendre , & d'étendre leurs connoissances , leur fait abandonner ceux qu'ils
seroient obligez de secourir. Ils ne
croyent pas même devoir entrer dans
les affaires de la Republique , à moins
qu'on ne les y force. Mais il seroit
mieux & plus juste de le faire de leur
bon gré ; puisqu'UNE action , quelque
bonne qu'elle soit en elle-même , n'est
une action de justice , à l'égard de celuy
qui la fait , que lors qu'il s'y porte volontairement.

Condition que doit avoir toute action de justice.

Il y en a d'autres , qui pour s'appliquer entierement au soin d'augmenter
ou de conserver leur bien, ou par une espece de misantropie, se retirent de tout
commerce ; & qui croyent qu'en decla-
rant qu'ils se renferment dans leurs pro-

Il n'est pas permis de ne vivre que pour soy.

C iij

pres affaires , on les doit tenir quittés
de tout ; & qu'on ne sçauroit leur re-
procher de faire aucun tort à personne. Mais en pensant éviter la premiere
sorte d'injustice , ils tombent dans la
seconde ; puisque c'est y tomber que
d'abandonner ceux à qui l'on doit quelque sorte de secours ; & que c'est abandonner la societé humaine , que de ne
l'aider ni de son bien , ni de son industrie.

Aprés ce que nous venons de dire,
pour faire voir ce que c'est que la justice, & en quoy elle consiste , aussi bien
que les deux sortes d'injustice qui luy
sont contraires , & par où l'on tombe
dans l'une ou dans l'autre ; il ne sera pas
difficile de reconnoître ce que le devoir
nous prescrit dans chaque rencontre
particuliere ; & rien ne sçauroit nous
empêcher de le voir , qu'un trop grand
attachement à nôtre repos & à nôtre
interêt.

Nôtre intereÌt nous ferme les yeux sur nos devoirs.

C'est là ce qui nous aveugle, & qui fait
que nous avons toûjours tant de peine à
nous charger du soin des affaires des autres;& qu'au lieu que nous devrions être
comme ce vieillard d'une des comedies

deTerence[1],qui étoit touché de celles de
tout le monde comme des siennes propres , nous sentons tout autrement ce
qui nous arrive de bien ou de mal , que
ce qui arrive aux autres. Nous voyons
l'un de fort prés , & l'autre ne nous
paroît que comme dans un éloignement, qui diminuë merveilleusement les
objets ; & de là vient que nous jugeons
si differemment de ce qui regarde les
autres , & de ce qui nous regarde nous-
mêmes. Or pour ne s'y pas méprendre,
IL N'Y A point de meilleure regle, que
de se garder de toutes les choses dont
on est en doute si elles sont justes ou
injustes[2]. Car LA JUSTICE a par elle-
même un certain éclat qui la fait découvrir sans peine, par tout où elle est ;
& DEZ QU'ON est en doute si une cho-

On trouvera
toûjours, que
tous les
maux ne
viennent que
de ce qu'on
n'aime pas
son prochain
comme soy-
même.

Combien
Ciceron étoit
éloigné de
croire qu'on
pût suivre
le moins pro-
bable & le
moins seur.
Qui aime-
roit la justi-
ce la discer-
neroit aisé-
ment.

1 Chrémes, *Heautontimorumenos.* Il est si vray que
nous devrions tous être ainsi , & ce sentiment , qui est
une suite necessaire de la charité envers le prochain, subsiste encore si vivement dans le cœur des hommes, malgré leur corruption, que S. Augustin dans sa Lettre 155.
nomb. 14. rapporte que quand ce vers de Terence fut
prononcé sur le Theatre , il excita un applaudissement
universel de tous les spectateurs.
2 Combien de cas de conscience seroient decidez
par ce principe si les Chrétiens le vouloient suivre ?

C iiij

se est juste ou non , c'est signe qu'on y
entrevoit quelque sorte d'injustice.

CHAPITRE X.

Que souvent ce qui est juste en soy cesse de l'être
par le tems & les circonstances. Qu'il y a mê-
me des cas où l'on est dispensé de sa parole. Sub-
ordination des devoirs. Des promesses arra-
chées par fraude ou par force. Les loix mê-
mes servent quelquefois de pretexte à l'injusti-
ce. Qu'il faut executer les conventions de bonne
foy, & ne les pas prendre à la lettre. Toute
surprise dans les affaires, odieuse.

La justice
d'une action
dépend sou-
vent des cir-
constances.

IL arrive assez souvent, par le changement des tems & des circonstances , que ce qui est le plus essentielle-
ment du devoir d'un homme juste , ou
d'un homme de bien , change de nature ; & alors , on se trouve obligé de faire tout le contraire de ce qu'on auroit
dû faire dans un autre tems ; & la justice même défend ce que la sincerité &
la fidelité auroient exigé , si les choses
n'avoient point changé.

Nous ne devons , par exemple , ni
rendre un depôt qui nous aura été confié , ni executer ce que nous aurons pro-

mis , qu'autant que nous le pouvons
fans donner atteinte à ces fondemens
immuables de toute justice que j'ay établis d'abord , qui sont de ne jamais nuire à personne , & d'aller toûjours au
plus grand bien. Le devoir change
donc par le changement des circonstances & du tems , lors qu'il se trouve que
l'execution d'une chose promise ou con-
venuë porteroit préjudice à celuy même à qui on l'auroit promise , ou à celuy qui s'y seroit engagé [1].

C'est dequoy les fables même nous
fournissent des exemples. Car si Neptune s'étoit dispensé de ce qu'il avoit promis à Thesée , Thesée n'auroit pas eu la
douleur de perdre son fils. La mort de
ce fils étoit une des trois choses qu'un
mouvement de colere luy avoit fait desirer de Neptune ; & combien luy en
coûta-t'il de larmes & de douleurs,
pour avoir obtenu ce qu'il avoit sou-
haité ?

Il ne faut donc pas se faire une loy
absoluë de tenir sa parole , quoy qu'il

*Par où on
peut sûre-
ment éviter
toutes sortes
d'injustices.*

---

1 Cela s'entend d'un prejudice que celuy qui auroit
promis la chose n'auroit pû prevoir , & à quoy on ne
presumeroit pas qu'il eût eu intention de s'exposer.

En quel cas
on peut être
dispensé de
tenir sa pa-
role.

en puisse arriver ; & on en est dispensé, lors qu'en la tenant on feroit du mal à celuy à qui on la donnée, ou qu'on s'en feroit à soy-même , plus qu'on ne luy feroit de bien [2].

Ce seroit encore pecher contre les regles des devoirs, que de ne pas préferer un plus grand devoir à un moindre.

Subordina-
tion à gar-
der entre les
devoirs.

Un Avocat, par exemple , a promis à quelqu'un de plaider sa cause un tel jour , qu'elle se doit juger. L'accusera-t'on de manquer à son devoir , s'il abandonne la cause pour secourir son fils , qui vient à être surpris tout d'un coup d'une dangereuse maladie ; & la partie ne pecheroit-elle pas plûtôt contre le sien , si elle se plaignoit que l'Avocat luy eût manqué ?

Quant aux promesses arrachées par crainte ou par fraude, il n'y a personne qui ne voye qu'on n'est point obligé de les tenir [3]. Aussi en est-on relevé par le Preteur ; & de quelques-unes par les loix mêmes.

2 Cela se doit entendre selon la note precedente.
3 Cela se doit entendre avec les restrictions que Ciceron même y apporte au ch. 29. du 3. Liv. un peu avant la fin.

On fait fouvent des injuftices, à quoy les loix mêmes fervent de pretexte ; & c'eft ce qui arrive quand on les prend trop à la lettre, & qu'on leur donne des interpretations artificieufes & malignes. Auffi eft-ce une chofe paffée en proverbe, que *le droit trop pouffé devient une fouveraine injuftice.* Ceux mêmes qui gouvernent les affaires de la Republique péchent fouvent en ce point ; comme celuy qui ayant fait avec l'ennemi une treve de trente jours, ravageoit la campagne toutes les nuits ; fous pretexte que par les termes de la treve elle n'étoit que pour le *jour*, & non pas pour la *nuit*.

Parmi les nôtres mêmes, on ne fçauroit non plus approuver la fubtilité de Labeon, ou de quelqu'autre (car je ne fçay de cette hiftoire que ce que j'en ay appris par le bruit commun) qui ayant été nommé pour regler le different de ceux de Nole avec les Neapolitains, touchant leurs limites, les prit chacun en particulier ; & leur remontra qu'il étoit dangereux pour eux de paroître intereffez, & de témoigner trop de paffion d'étendre leur territoire ; & qu'il

Les loix mêmes fervent quelquefois de pretexte à l'injuftice.

L'injuftice eft toûjours ce qu'elle eft, de quelque adreffe qu'elle fe couvre.

leur feroit plus avantageux de rétrain-
dre leurs pretentions, que de les pouffer au delà des bornes. De forte que
chacun ayant rétraint les fiennes, &
s'étant trouvé du terrain de reste, il
fixa leurs limites à l'endroit que chacun avoit marqué ; & ajugea le furplus
au peuple Romain. Or c'est ce qu'on
peut appeller une fraude & une fuper-
cherie, plûtôt qu'un jugement. Qu'on
fe garde donc bien d'ufer, fur quoy
que ce puiffe être, d'une pareille habileté.

CHAPITRE XI.

Mefures à garder, jufques dans la punition même.
Loix de la guerre, inviolables. Comment les
hommes devroient regler leurs differens. Dans
quelle vûë on peut faire la guerre : quel-
les mefures on y doit garder, & quelles condi-
tions elle doit avoir pour être jufte. Combien
les anciens Romains obfervoient religieufement
les loix de la guerre.

IL y a des devoirs à obferver à l'é-
gard même de ceux dont on a reçû
quelque injure ; & il faut garder des
mefures jufques dans la vangeance &

dans la punition des coupables. Je ne ſçay même ſi pour reprimer ceux qui ont fait la faute, & les empêcher d'y retomber, il ne ſuffiroit pas de les reduire à s'en repentir, quoy que pour contenir les autres on ſoit peut-être obligé à quelque choſe de plus.

Dans quelle vûë on doit punir, & quelles meſures il y faut garder.

Dans les querelles même de la Republique, on doit obſerver inviolablement les loix de la guerre. Il faut remarquer ſur ce ſujet, que DE DEUX manieres de conteſter, dont l'une conſiſte dans la diſcuſſion des droits & des raiſons, & l'autre dans la force ouverte, la premiere eſt particuliere à l'homme; & que l'autre n'appartient proprement qu'aux bêtes; & que les hommes n'y doivent jamais venir, tant que l'autre peut ſuffire. QU'ON faſſe donc la guerre, s'il eſt neceſſaire, pour aſſurer le répos de l'Etat, & ſe mettre à couvert de toute inſulte. Mais aprés la victoire, qu'on épargne ceux qui n'auront point exercé de cruautez pendant la guerre, & qui l'auront faite ſans bleſſer les loix de l'humanité.

La guerre même a ſes loix, qui ne ſont pas moins ſacrées que les autres.

De quelle maniere les hommes devroient regler tous leurs differens.

Dans quelle veuë il eſt permis de faire la guerre.

C'eſt ainſi que nos ancêtres en ont uſé à l'égard de ceux de Tivoli, des

Æquiens [1], des Volsques [2], des Sabins [3],
& des Herniciens ; à qui ils ont même
accordé les droits de Citoyens Romains ; au lieu qu'ils ont rasé Carthage & Numance [4]. Je voudrois qu'ils
eussent épargné Corinthe ; mais ils ont
eu leurs raisons ; & peut-être que la
situation avantageuse de cette place [5],
leur a fait craindre qu'elle ne fût une
occasion à ceux du païs de recommen-
cer la guerre.

Je serois toûjours d'avis qu'on ne re-
fusât jamais une paix de bonne foy, &
qui ne pourroit servir de pretexte à
aucun mauvais dessein ; & si on m'avoit
voulu croire sur ce sujet, nous aurions
encore une Republique, sinon aussi parfaite qu'autrefois, au moins telle que

1 Anciens peuples d'Italie, voisins du territoire de
Rome, qui furent achevez de dompter par le Dictateur
Q. Cincinnatus.

2 Autres peuples d'Italie, qui occupoient le païs
qu'on appelle aujourd'huy la Campagne de Rome ; ils
se défendirent prés de cent ans contre les Romains, &
furent enfin entierement soûmis l'an 365. de la fondation de Rome.

3 Autres peuples d'Italie, voisins de la Toscane.

4 Ce fut Scipion, fils de Paul Æmille, qui détruisit
l'une & l'autre.

5 Elle étoit bâtie dans la langue de terre qui sepate
le Peloponese ou la Morée du reste de la Grece.

le malheur du tems le pouvoit permettre ; au lieu que nous n'en avons plus
du tout.

Non seulement il faut conserver &
laisser en état de subsister ceux même
qu'on a vaincus par la force des armes ;
mais toutes les fois que des assiegez of-
frent de se rendre sur la foy du General,
il ne faut jamais manquer de les recevoir ; quand la breche seroit déja
faite.

Il n'est non plus permis d'oublier l'humanité à la guerre qu'en toute autre chose.

Nos peres ont été de si religieux ob-
servateurs de ce que l'équité & l'humanité prescrivent sur ce sujet ; que,
par une coûtume établie dés les premiers tems de la Republique, les peuples ou les villes, que ses armes avoient
obligez de se rendre, ont toûjours eu
pour patrons & pour protecteurs auprés d'elle, les Generaux sur la parole
desquels ils s'étoient rendus.

Generaux, garens de la foy promise aux peuples qui se sont rendus à eux.

Les conditions que doit avoir une
guerre pour être juste sont prescrites
parmi nous, selon les regles les plus
exactes de la justice, par les loix que
l'on appelle *feciales* 6 ; & la maniere

6 Il y avoit parmi les Romains un certain ordre de
Magistrats ou de Prêtres, établis par le Roy Numa.

dont ces loix sont conceuës fait assez
voir, qu'il n'y a de guerre juste que
celle que l'on fait pour ravoir ce qui a
été usurpé sur l'Etat ; ou celle que l'on
a declarée dans les formes 7, avant de
l'entreprendre.

Pompilius, commandant pour la Republique, avoit le fils de Caton dans
son armée. Ce General ayant jugé à
propos de licentier une legion, ce jeune homme, qui en étoit, se trouva licentié. Mais comme il aimoit la guerre, il ne laissa pas de demeurer à l'armée ; & Caton l'ayant sçû, il écrivit
à Pompilius, que s'il jugeoit à propos de
le retenir, il l'engageât par un nouveau
serment ; parce que celuy qu'il avoit

En quels cas la guerre peut être juste.

Beaux exemples de l'observation religieuse des loix de la guerre parmi les Romains.

qu'on appelloit *Feciales*, & qui étoient dépositaires des
loix de la guerre. On n'en faisoit jamais sans les consulter ; & aprés que la guerre étoit resoluë par leur avis,
un d'eux l'alloit dénoncer aux ennemis sur la frontiere,
en presence de témoins ; & jettoit sur leurs terres une
fleche ou un javelot. Il subsistoit encore quelque chose
de cette coûtume sous les premiers Empereurs Chrétiens ; & Grotius, au 2. Livre *de jure belli & pacis.*
chap. 23. dit qu'avant de s'embarquer à une guerre, ils
consultoient les Evêques, pour sçavoir s'ils pouvoient
la faire en conscience.

7 Lors qu'on a d'ailleurs un juste sujet de la faire ;
comme quand le droit des gens a été violé dans la personne des Ambassadeurs, & ce fut ce qui porta les Romains à faire la guerre à ceux de Corinthe.

fait

fait en prenant les armes ; & par lequel il avoit acquis le droit de combattre contre les ennemis de la Republique, ne subsistant plus, il ne pouvoit plus le faire legitimement : tant on étoit religieux à observer tout ce que prescrivent les loix de la guerre.

On voit encore une lettre du vieux Caton à son fils, qui étoit alors en Macedoine, à la guerre contre le Roy Persée [8], mais qui avoit été licentié par le Consul, par laquelle il l'avertit de ne se point trouver au combat ; parce que dés qu'on n'étoit plus soldat, on étoit privé du droit de combattre les ennemis.

[8] Dernier Roy de Macedoine, qui fut pris dans cette guerre, & mené en triomphe à Rome ; devant le char de Paul Æmile, qui l'avoit vaincu ; l'an 586. de la fondation de Rome.

D

CHAPITRE XII.

*Moderation des anciens Romains, envers leurs en-
nemis mêmes, marquée par le nom même qu'ils
leur donnoient. Que les guerres où il ne s'agit
que de la gloire de commander se doivent faire
encore plus noblement que les autres. Sentimens
nobles du Roy Pyrrhus.*

**Comment on
regarde les
ennemis mê-
me d'un
Etat, quand
la guerre se
fait par rai-
son, & non
pas par pas-
sion.**

SUr le mot même *d'ennemi* ou *d'hostis*, il est encore à remarquer, qu'il
ne signifioit autrefois qu'un *étranger*,
comme il paroît par plusieurs textes
des loix des douze tables. *S'il y a jour
pris avec* L'ENNEMI, disent-elles en un
endroit, c'est à dire avec *l'étranger*; &
ailleurs, *On est toûjours reçû à redeman-
der le bien usurpé par* L'ENNEMI; c'est à
dire, *par l'étranger*, qui ne joüissoit pas
du privilege des prescriptions, établies
en faveur des citoyens. Ceux avec qui
on étoit en guerre s'appelloient en ce
tems-là *perduelles*, & non pas *hostes*;
& l'on n'est venu à leur donner ce nom-
là, que pour tempérer, par la douceur
du terme, ce qu'il y a de dur & de triste
dans la chose. Peut-on rien voir de
plus honnête ni de plus humain, que de

ne traiter que *d'étranger* celuy qui nous fait la guerre?

Tout ce qu'il y a de dur & d'odieux dans le mot *d'hostis* ou *d'ennemi*, ne vient donc que de ce qu'il est presentement fixé par l'usage, à ceux qui prennent les armes contre nous : les étrangers, que l'on appelloit autrefois *hostes*, n'ayant plus d'autre nom parmi nous que celuy de *peregrini*.

Les guerres même qui se font à qui sera le maître, & où l'on ne cherche que la gloire, doivent avoir un sujet legitime, comme ceux que je viens de marquer. Celles-là se doivent même faire encore plus noblement, & avec moins d'aigreur que les autres : comme entre concitoyens on conteste autrement avec un accusateur, & autrement avec un competiteur ; parce qu'avec l'un il n'y va pas de moins que de la vie ; & qu'avec l'autre il n'est question que d'un rang, & d'une magistrature.

C'est ainsi que quand nous avons eu affaire aux Celtiberiens [1] & aux Cim-

La guerre qui se fait pour la gloire, doit encore moins faire oublier l'humanité que nulle autre.

1 Peuples d'Espagne, venus de la Gaule Celtique, & établis le long de l'Iber ; & de là venoit leur nom, *C. Ita-*

D ij

bres [2], comme ce n'étoit pas à qui seroit le maître l'un de l'autre que la guerre se faisoit , mais à qui s'extermineroit
l'un l'autre ; elle se faisoit à feu & à
sang. Mais avec les Latins [3], les Sabins,
les Samnites [4], les Carthaginois , & le
Roy Pirrhus [5], elle se faisoit d'une autre maniere ; parce qu'on n'y cherchoit
de part & d'autre que la gloire de commander. Les Carthaginois se compor-
terent neanmoins avec beaucoup de perfidie ; & Annibal , leur General , exer-
ça de grandes cruautez : les autres en

Iberi. Leur capitale étoit Numance, qui fut prise & rasée
par le second Scipion.

2 Barbares venus du Nord , qui inonderent l'Alema-
gne & les Gaules ; & qui aprés avoir eu divers avantages
sur les Romains , furent enfin défaits par Marius , l'an
652. de la fondation de Rome, entre Aix & S. Maximin;
dans un lieu où l'on voit encore quelques restes d'une
piramide qu'on y éleva, en memoire de cette victoire.

3 Peuples qui occupoient ce qu'on appelle aujour-
d'huy la Campagne de Rome , jusqu'à la riviere de Ga-
rigliano.

4 Autres peuples d'Italie qui occupoient le païs où
est presentement le Duché de Benevent , l'Abbruzze ,
la Capitanate , & la Terre de Labeur.

5 Roy de l'Epyre , qui vivoit dans le cinquiéme siecle de Rome. Il se rendit maître de la Macedoine , &
d'une grande partie du Peloponese , & il eut une grande guerre contre les Romains. Les succez furent divers.
Mais il fut enfin entierement défait, par le Consul Curius
Dentatus , l'an 479. de la fondation de Rome,

uſerent avec plus d'honnêteté & de juſtice.

C'eſt ce qui paroît, à l'égard de Pirrhus, par cette belle réponſe qu'il fit
lors qu'on voulut racheter nos priſonniers, & qu'on luy en offrit la rançon :
Ce n'eſt pas de l'or que je cherche : je ne
vous demande point de rançon ; & je ne
ſçay point faire un trafic de la guerre.
C'eſt par le fer, & non par l'argent, qu'il
faut vuider nos differens. Si nous com-
mettons nos vies au ſort des armes, c'eſt
pour voir à qui de vous ou de moy la for-
tune a deſtiné l'Empire. C'eſt dequoy il
faut que le courage & la vertu decident.
Du reſte, j'accorde volontiers la liberté à
ceux dont le ſort de la guerre a reſpecté la
valeur. Emmenez-les donc : je vous les re-
mets ; je vous les donne ; ſeur que les Dieux
m'en ſçauront gré [6]. Voila des ſentimens
dignes d'un Roy ; & d'un Roy du ſang
des Æacides [7].

Belle parole
du Roy Pir-
rhus.

6. Cecy eſt cité d'Ennius.
7 C'eſt à dire, les deſcendans d'Æacus, que les Poëtes faiſoient fils de Jupiter, & qui eut pour fils Pelée
pere d'Achille. Il eſt encore plus celebre par ſa juſtice,
que par ſa naiſſance ; & les Poëtes en ont fait un des
juges des enfers.

D iij

CHAPITRE XIII.

Promesses faites à l'ennemi, indispensables à l'é-
gard des particuliers, aussi bien qu'à l'égard
des Etats. Exemple de Regulus sur ce sujet.
Combien les Romains étoient ennemis des subti-
litez, par où l'on prétendoit éluder les promes-
ses & les sermens. Grand exemple de leur pro-
bité. Justice dûë aux esclaves mêmes. L'in-
justice déguisée, plus odieuse que celle qui se
montre à visage découvert.

La foy doit
être gardée
aux enne-
mis par les
particuliers,
aussi bien
que par les
Etats.

LORS que les particuliers même se
seront trouvez obligez par quelque avanture, comme il en arrive à la
guerre, de promettre quelque chose aux
ennemis, ils ne sont pas moins tenus de
leur garder fidelité que les Generaux ou
les Etats. C'est ce que fit Regulus tres-
religieusement. Les Carthaginois, qui

Bel exemple
de Regulus
sur ce sujet.

l'avoient pris prisonnier, à la premiere
guerre punique, l'ayant envoyé à Rome, pour traiter de l'échange de ceux
que nous avions faits sur eux, aprés luy
avoir fait promettre avec serment de revenir; il commença par opiner dans le
Senat à ne les point rendre; & quoy que
pûssent faire ses proches & ses amis

pour le retenir, il aima mieux retourner chez les ennemis, que de leur manquer de foy ; quoy qu'il ſçût que d'y retourner c'étoit retourner au ſupplice [1].

Au tems de la ſeconde guerre punique, peu aprés la bataille de Cannes ;
Annibal, ſur qui nous avions fait des
priſonniers, ayant envoyé à Rome, pour
les racheter, dix de ceux qu'il avoit faits
ſur nous, aprés leur avoir auſſi fait
promettre avec ſerment qu'ils revien-
droient, s'ils ne pouvoient obtenir ce
qu'il ſouhaittoit ; tous ceux de ce nombre-là qui manquerent à leur ſerment,
furent dégradez par les Cenſeurs, & remis dans le rang du bas peuple qui paye
quelque choſe par tête à la Republique ;
ſans en excepter celuy qui ſe croyoit quitte du ſien, ſous prétexte qu'aprés être
ſorti du camp d'Annibal, avec ſon congé,
il y étoit rentré, comme pour reprendre
quelque choſe qu'il feignoit d'avoir oublié. Auſſi n'en étoit il quitte que ſelon la lettre ; & il ne l'étoit nullement
dans le fonds. Or EN MATIERE DE

*Combien
l'infraction
de la foy pro-
miſe aux en-
nemis même,
étoit odieuſe
parmi les
Romains.*

1. En effet, les Carthaginois le firent mourir par le
long ſupplice de l'inſomnie, comme Ciceron le rapporte au 3. Liv. de cet ouvrage, ch. 27.

Belle regle
sur la since-
rité des pro-
messes & des
sermens.

promesses & de sermens , c'est par le
fonds & l'intention qu'on se regle ; &
non pas par la signification literale des
termes [2].

Nos peres donnerent encore un exemple illustre de justice & de probité, lors
qu'un transfuge de l'armée de Pirrhus,
étant venu offrir au Senat de l'empoi-
sonner ; le Senat, & le Consul Fabrice,
remirent le traitre entre les mains de
Pirrhus : TANT ils étoient éloignez

Ce qui blesse
les vertus, ne
peut jamais
être utile, ni
glorieux.

d'acheter par la simple approbation d'un
crime, l'avantage même d'être défaits
d'un ennemi si puissant, & qui s'étoit
porté de gayeté de cœur à faire la
guerre à la Republique. Voila pour ce
qui regarde les devoirs qui sont à observer sur le fait de la guerre.

Pour achever ce qui regarde la justice,
souvenons-nous, que nous la devons si
generalement à tous les hommes, que
ceux même du dernier rang, c'est à dire

Justice à
garder en-
vers les es-
claves mê-
mes.

les esclaves, n'en sont pas exceptez ; &
sur ce sujet, la meilleure regle est de les
traiter comme des ouvriers; en sorte que

---

2 Quelle honte ne doit pas faire cette décision d'un
Payen à la plûpart des Chrêtiens, & de ceux même qui
se mêlent de leur donner des regles de conscience.

comme on en tire du fervice, on leur fourniffe leur falaire, qui confifte dans une fubfiftance raifonnable.

Quant à l'injuftice, elle ne peut prendre que deux differentes formes, dont l'une tient du Renard, & c'eft celle de l'artifice & de la fraude ; & l'autre du Lion, & c'eft celle de la violence. L'une & l'autre font également indignes de l'homme, & contraires à fa nature : mais la plus odieufe, & la plus détestable, eft la fraude & la perfidie ; fur tout, lors qu'elle couvre des dehors de la probité fes attentats les plus noirs.

Perfidie d'autant plus détestable, qu'elle fçait mieux fe contrefaire.

CHAPITRE XIV.

De la liberalité. Trois précautions qu'elle de-
mande. Fauffes liberalitez. Ne pas faire de
liberalitez aux dépens de ce que l'on doit à
fes proches. Garder l'ordre & la juftice dans
les liberalitez.

APRES avoir parlé de la juftice, le deffein que nous nous fommes propofez nous engage à parler de la liberalité. Il n'y a rien de plus digne de l'homme, ni de plus conforme à fa nature ; mais elle demande beaucoup de précautions.

Précautions à garder en fait de liberalité.

La premiere est de prendre garde, que le bien que l'on veut faire à quelqu'un ne tourne à son préjudice, ou à celuy de quelqu'autre. La seconde, est de proportionner ses liberalitez à ses facultez. Et la derniere, de la regler selon le merite de ceux à qui l'on en fait.

Rien n'est loüable, ni honnête, de ce qui blesse la justice.

Car LA LIBERALITE' même doit avoir la justice pour fondement ; & il faut que tout s'y rapporte, & qu'elle soit gardée en tout.

Fausses liberalitez.

Quand la liberalité est de telle nature, qu'elle tourne à desavantage à ceux à qui il semble que l'on veüille faire du bien ; c'est une adulation pernicieuse & empoisonnée, plûtôt qu'une veritable liberalité. Et QUAND on ne fait du bien aux uns, qu'en faisant du mal aux autres ; on commet la même injustice, que si on prenoit le bien d'autruy pour se l'appliquer. Cependant, on en voit plusieurs qui prennent aux uns pour donner aux autres ; & ce sont même ceux qui paroissent le plus amoureux de l'éclat & de la gloire. Ceux-là croyent qu'ils se donneront une grande reputa-

tion de liberalité envers leurs amis,
pourvû qu'ils les enrichissent, de quelque maniere que ce puisse être. Mais
tant s'en faut que par ces sortes de liberalitez on remplisse les devoirs d'un
honnête homme, que rien n'y sçauroit
être plus contraire.

C'est de son bien qu'il faut donner, & non pas de celuy des autres.

Qu'on soit donc liberal envers ses
amis, mais d'une maniere dont personne
n'ait sujet de se plaindre. Car quand
Silla, ou Cesar, ôtoient le bien à ceux à
qui il appartenoit legitimement, pour
le donner à des étrangers, ce n'étoit
rien moins que liberalité ; puis qu'IL
N'Y A point de liberalité où il y a de
l'injustice.

Rien de bon sans la justice.

La seconde précaution, qui consiste à
proportionner ses liberalitez à ses facultez, est d'autant plus à observer, que
ceux qui sont plus liberaux que leurs
facultez ne le comportent, font injustice à leurs proches, en faisant passer à
des étrangers, ce que la justice les obli-
geroit de leur donner ou de leur laisser ;
& que cette liberalité mal reglée porte
souvent à prendre le bien des autres,
pour avoir dequoy l'exercer.

Ce qu'on doit à ses proches, preferable au plaisir de faire des li-beralitez.

On en voit aussi plusieurs, à qui une

Le bien mê-
me se fait
souvent par
un mauvais
principe.

certaine oftentation , & un vain amour
de la gloire , plûtôt qu'une liberalité
naturelle , & un veritable fond d'honnêteté & de vertu , fait faire bien des
chofes , par où ils prétendent s'acquerir
une grande réputation de liberalité &
de generofité : mais on démêle aifément
le principe qui les fait agir.

Il faut que
la juftice
regle tout.

Enfin la troifiéme précaution, qui confifte à regler fes liberalitez felon le merite de chacun , demande qu'on ait égard,
& aux mœurs de ceux à qui l'on fait du
bien , & aux fentimens qu'ils ont pour
nous , & au degré de liaifon & d'amitié
où l'on eft avec eux , & aux fervices
qu'on en a reçûs. Quand toutes ces chofes concourent , & fe rencontrent dans
une même perfonne , c'eft tout ce qu'on
peut fouhaiter. Sinon , il faut fe déterminer par celles qui s'y trouvent en plus
grand nombre , ou qui font d'un plus
grand poids.

CHAPITRE XV.

Faire du bien à tous ceux qui ont du merite & de
la vertu ; mais sur tout aux gens sages , justes
& moderez. Combien on doit être appliqué à
faire du bien à ceux dont on en a reçû. Les
liberalitez à quoy la reconnoissance porte , pré-
ferables à celles de bon plaisir. Eviter l'in-
consideration dans la liberalité. Entre plusieurs
à qui l'on a les mêmes raisons de faire du bien,
préferer ceux qui en ont le plus de besoin.

MA is comme ceux avec qui nous
vivons ne sont pas des hommes
parfaits , ni qui soient parvenus à la souveraine sagesse , & que c'est beaucoup
de trouver en eux quelque teinture de
vertu ; je croy qu'on ne doit jamais refuser de faire du bien, quand on le peut,
à tous ceux en qui il en paroît tant soit
peu. Mais il faut s'attacher particulierement à en faire à ceux en qui l'on remarque les vertus les plus aimables ;
c'est à dire la moderation & la temperance, & cette justice même dont nous
avons déja tant parlé ¹. Car c'est prin-

A qui feroit-
on du bien,
si on n'en
vouloit faire
qu'à des
gens par-
faits?

---

1 Ce n'est pas seulement l'interêt des hommes , qui
leur fait mettre ces sortes de vertus au dessus de toutes

cipalement par ces sortes de vertus qu'on est homme de bien ; & ces autres qualitez plus éclatantes ; je veux dire, l'élévation & la grandeur d'ame, sont d'ordinaire trop ardentes & trop fougueuses ; dans quiconque n'est pas arrivé au plus haut point de la perfection & de la sagesse. Voila ce que nous avons à regarder, dans les mœurs de ceux à qui nous voulons faire du bien.

Inconvéniens des qualitez éclatantes, qui ne sont pas temperées par un grand fonds de sagesse & de vertu.

J'ay dit qu'il faut encore prendre garde aux sentimens qu'ils ont pour nous ; & sur cela nôtre premier devoir est de faire davantage pour ceux qui nous aiment le plus. Mais ce n'est pas par l'ardeur & l'empressement qu'on doit juger de l'amitié, comme font d'ordinaire les jeunes gens ; c'est par ce qu'elle a de ferme & de solide. Que s'il y a non seulement de l'amitié, mais des services rendus ; en sorte qu'il ne soit pas tant question de liberalité que de reconnoissance ; c'est alors qu'il faut se porter avec le plus d'ardeur à faire du

Par où nous devons juger de l'amitié qu'on a pour nous.

Nul motif de faire du bien, comparable à la reconnoissance.

les autres, c'est la verité même ; puis qu'elle nous apprend que quand on manque de celles-là, toutes les autres qu'on pourroit avoir ne sont qu'un orgueil déguisé.

bien à ses amis ; puis qu'IL N'Y A point
de devoir plus essentiel ni plus indispensable, que d'en faire à ceux qui
nous en ont fait.

Que si Hesiode veut que ceux qui
ont emprunté quelque chose le rendent, s'il est possible, avec usure ; que
ne devons-nous point faire, quand il
s'agit de marquer nôtre reconnoissance
à celuy qui nous à prevenu par ses bien-
faits ? Ne devons-nous pas être comme
ces terres fertiles, qui rendent toûjours
sans comparaison plus qu'elles n'ont reçû ? Car si nous sommes si disposez à
rendre office à ceux dont nous esperons
quelque bien, que ne sommes-nous point
obligez de faire pour ceux qui nous en
ont déja fait ?

De ces deux sortes de liberalitez, dont
l'une consiste à faire du bien par pure
bonne volonté, & l'autre à en faire par
reconnoissance, la premiere dépend de
nôtre bon plaisir, & nous en sommes les
maîtres : mais l'autre est un devoir de
justice, à quoy un homme de bien ne
doit jamais manquer ; dez qu'il peut
s'en acquitter sans faire injustice à personne. Il y a neanmoins quelque dif-

*On ne sçau-
roit trop fai-
re pour ceux
dont on a
reçû du
bien.*

Differences à faire entre les bien-faits.

ference à faire entre les bien-faits reçûs ; & on ne sçauroit douter, que nous ne devions faire davantage pour ceux dont nous en avons reçû de plus grands. Et sur cela, il faut prendre garde dans quelle vûë, par quel esprit, & avec quel degré de chaleur & d'amitié on

La liberalité n'est veritable, que lors qu'elle est conduite par la raison.

s'est porté à nous en faire. Car il y en a beaucoup en qui la liberalité n'est qu'une certaine impulsion temeraire, & comme un mouvement fiévreux, qui les porte à faire du bien à tout le monde, sans jugement & sans choix ; & par une certaine saillie d'esprit, qui les emporte comme un tourbillon. Or il s'en faut bien que l'on doive faire le même cas de ces sortes de bien-faits, que de ceux qui sont l'effet d'une volonté ferme & arrêtée, & conduite par la raison & le jugement.

Le besoin doit appliquer la liberalité à l'un plûtôt qu'à l'autre, quand tout le reste est égal.

Enfin, & dans les bien-faits purement gratuits, & dans ceux que la reconnoissance exige de nous, si tout ce que je viens de marquer se trouve égal, de la part de ceux que nous avons en vûë d'obliger ; il est de nôtre devoir de préferer ceux dont le besoin est le plus grand. Cependant, la plûpart font le

contraire,

contraire ; & celuy dont ils efperent le
plus, eft toûjours celuy à qui ils font du
bien, par préference à ceux qui en auroient le plus de befoin.

CHAPITRE XVI.

La liberalité doit fuivre le degré de liaifon. Pre-
mier principe de la focieté humaine. Premier
devoir qui refulte de cette focieté generale. Ne
refufer jamais à perfonne ce qui fe peut donner
fans qu'il en coûte. Se referver dequoy affifter
ceux à qui l'on doit le plus.

MAIS ce que les loix de la focieté
humaine demandent fur toutes
chofes, & qui eft le plus propre à l'entretenir, c'eft que chacun s'attache particulierement à faire du bien, & à rendre fervice, à ceux avec qui il eft dans
une liaifon plus étroite. Mais pour le
faire bien entendre, il faut reprendre
de plus haut les principes naturels de la
focieté humaine.

Le premier de tous, eft celuy qui
forme la focieté generale, où tout le
genre humain eft compris ; & ce n'eft
autre chofe que le commerce de la raifon

A qui l'on
doit être le
plus porté
à faire du
bien.

Premier
principe de
la focieté
humaine.

E

& de la parole. Car cela seul forme naturellement entre les hommes une societé, qui les porte à se communiquer leurs pensées, à s'instruire réciproquement, à discuter & à juger les affaires qu'ils ont ensemble. C'est aussi ce qui éleve le plus nôtre nature au dessus de celle des bêtes. Nous reconnoissons bien dans quelques-unes de la force & du courage, comme dans les chevaux & les lions : mais nous ne dirons jamais qu'il y ait en elles ni justice, ni probité ; parce qu'elles n'ont ni l'avantage de la raison, ni l'usage de la parole qui en est une suite.

Cette premiere sorte de societé, qui est la plus étenduë, & qui unit tous les hommes entre eux, & chacun d'eux à tous les autres, demande qu'on laisse en commun toutes les choses que la nature produit pour l'usage commun de tous les hommes ; que sur celles dont le domaine est acquis par le droit à quelques-uns, on observe ce qui est prescrit par les Loix ; & qu'au surplus on s'en tienne à ce mot des Grecs, qui a passé en proverbe, que *tout est commun entre amis.*

Se souvient-on que ce n'est que par la raison & la vertu qu'on est au dessus des bêtes?

Premier devoir de la societé humaine.

Les choses qui doivent être communes entre tous les hommes, se peuvent
reconnoître par un mot d'Ennius, qui
n'a été dit que d'une seule, mais qui se
peut appliquer à toutes celles du même genre. *Remettre un homme égaré dans*
son chemin, dit Ennius, *c'est comme luy*
laisser allumer son flambeau au nôtre, qui
ne nous en éclaire pas moins, pour avoir
allumé celuy-là. Ce seul exemple nous
fait voir, que nous devons être toûjours
prêts de faire part à tout le monde, &
même à ceux que nous ne connoîtrions
point, de ce qui se peut communiquer,
sans qu'il nous en coûte. De là viennent ces regles si communes, *N'empê-*
cher personne de puiser dans une eau cou-
rante : Trouver bon qu'on prenne du feu au
nôtre : Conseiller sincerement celuy qui de-
mande conseil, & qui est en peine de ce
qu'il doit faire, & autres choses pareilles, à quoy celuy qui les donne ne perd
rien, & qui sont utiles à celuy à qui
l'on les donne. Il faut donc que l'usage
de toutes ces sortes de choses demeure
libre à tout le monde ; & que chacun
contribuë toûjours quelque chose du
sien à l'utilité commune.

Quelles sont
les choses
qu'il ne faut
jamais re-
fuser à per-
sonne.

E ij

Du reste, comme les facultez de chaque particulier sont bornées, & que le
nombre de ceux qui sont dans le besoin est infini ; cette liberalité qu'on
exerce envers tout le monde se doit ré-
traindre à ce qu'Ennius nous fait entendre, quand il dit, que *pour avoir al-*
lumé le flambeau de quelqu'un au nôtre, il
ne nous en éclaire pas moins ; afin qu'il
nous reste dequoy faire du bien à ceux
qui nous touchent de plus prés ; car
dans la societé humaine il y a divers de-
grez de liaison.

La liberali-
té generale
se doit exer-
cer d'une
maniere qui
ne mette
point hors
d'état de se-
courir ceux
à qui l'on
doit le plus.

CHAPITRE XVII.

Diverses sortes de liaisons, plus particulieres que
celle qui unit tous les hommes par le commerce
de la raison & de la parole. Liaison de l'a-
mitié, au dessus de toutes les autres. Par où
l'amitié se forme, & à quel point elle peut unir
les hommes. Liaison de services réciproques.
Celle par où l'on tient à sa patrie, préferable
même à celle du sang.

LA premiere sorte de liaison qui se
presente, lorsque de cette societé
generale, où tout le genre humain est
compris, on descend au particulier, c'est

celle d'entre les gens de même païs, qui
ne font qu'un même peuple, & qui
parlent la même langue. Celle-cy est
bien plus étroite que la premiere ; cette communauté de païs & de langage
étant un des principaux liens qui puis-
fent unir les hommes les uns aux autres.

Une autre liaifon, plus ferrée que celle-cy, c'est celle des citoyens d'une même ville ; & elle l'est d'autant plus, qu'ils
ont un plus grand nombre de chofes
qui leur font communes ; comme les
places publiques, les ruës, les temples,
les promenades, les loix, les coûtumes,
les tribunaux, les droits de fuffrage dans
les affemblées ; fans compter les habi-
tudes qu'ils contractent les uns avec les
autres, & toutes les autres chofes fur
lefquelles ils entrent en commerce. Une
autre forte de liaifon, encore plus étroite que celle dont je viens de parler,
c'est celle d'entre les proches, qui dans
cette focieté generale, où tous les hommes font compris, en font une fort re-
ferrée.

Mais comme la nature a donné à
tous les animaux un inftinct qui les porte

à produire leurs semblables, la premiere, & la plus intime de toutes les liaisons, c'est celle d'entre le mari & la femme. Aprés vient celle des enfans, & de
ce qui ne compose qu'une même maison,
où toutes choses sont communes. C'est
de ces petites societez que les villes sont
composées ; & elles sont comme les Se-
minaires de la Republique. Ensuite vient
la proximité des freres, & celle des cousins, au premier ou au deuxiéme degré,
qui ne pouvant plus tenir dans une même maison, passent en d'autres, qui sont
comme des Colonies de la premiere.

Enfin, viennent les alliances, qui se
contractent entre les familles par des
mariages, & qui augmentent le nombre des proches ; & c'est, comme je
viens de dire, par cette multiplication
de familles que se forment les Republiques. Le lien du sang est donc un des
plus puissans pour unir les hommes, par
une bien-veillance reciproque. Aussi
est-ce quelque chose de bien fort que
de descendre des mêmes ancêtres, de
partager la gloire des monumens qu'on
leur a dressez[1], & d'avoir les mêmes

Liaison du sang.

1 On élevoit des statuës & des trophées aux grand

Dieux domestiques, & la même sepul-
ture.

Mais la plus excellente & la plus étroite de toutes les liaisons , c'est celle que
l'amitié fait entre des gens de bien, par
la conformité des inclinations & des
mœurs. Car cette vertu & cette honnêteté, à quoy je reviens toûjours , nous
charme quelque part qu'elle se rencontre, & nous rend aimables ceux en qui
nous en apercevons. Toute vertu fait
naturellement cet effet là ; & sur tout la
justice & l'inclination à faire du bien.
La vertu est donc le vray principe de
l'amitié. Mais rien ne la rend si douce
ni si étroite , que la conformité de
mœurs & de sentimens entre gens de
bien ; & c'est par là , qu'il arrive que de
deux hommes qui pensent l'un comme
l'autre , & qui ont les mêmes goûts &
les mêmes inclinations , chacun aime
son amy comme luy-même ; & qu'on
parvient enfin à ce dernier degré de l'a-
mitié , où, comme dit Pitagore, *de deux*
hommes il ne s'en fait qu'un. C'est encore

Combien la
liaison que
forme l'ami-
tié est au
dessus de
toutes les
autres.

Quel effet
la vertu &
l'honnêteté
font natu-
rellement sur
le cœur des
hommes.

Ce qui fait
la plus dou-
ce & la plus
forte liaison
de l'amitié.

hommes, & ces monumens faisoient honneur à tous leurs
descendans , en quelques branches que leurs familles se
trouvassent partagées.

E iiij

une forte d'union fort étroite que celle
qui se forme par un commerce reciproque de services & de bien-faits.

Mais quand on a parcouru toutes les
differentes liaisons qui peuvent unir les
hommes, on trouve qu'il n'y en a point
de si douce ni de si forte, que celle qui
nous unit à la Republique. Nous avons
de l'amour pour nos peres & nos meres,
nous en avons pour nos enfans, pour
nos proches, pour nos amis : mais tous
ces differens amours se trouvent reünis
dans celuy que nous avons pour nôtre
patrie ; & il n'y a point d'homme de bien
qui ne soit disposé à la servir, aux dépens de sa propre vie. C'est ce qui rend
d'autant plus detestable le crime, ou
plûtôt le parricide, de ceux qui ont dé-
chiré les entrailles de leur patrie², par
toutes sortes d'attentats ; & de ceux qui
ne travaillent encore qu'à la détruire de
fond en comble.

Nulle liai-
son n'est
comparable
à celle qui
unit les
hommes à
leur patrie.

2. C'est de Cesar qu'il veut parler ; & ce qu'il ajoûte regarde Marc-Antoine, qui ayant été fait Consul,
aprés la mort de Cesar, ne songeoit qu'à opprimer la
liberté publique ; & l'opprima en effet, avec le secours
d'Octavius & de Lepidus, qui entrerent dans le complot.

CHAPITRE XVIII.

Comparaison & subordination des différentes sortes de liaisons ; & des devoirs qui en résultent. Belle peinture de l'amitié. Quelques regles pour se déterminer à rendre office à l'un plûtôt qu'à l'autre. Les regles sont peu utiles, si on ne s'en fait une habitude, & si elles ne sont soûtenuës de la pratique.

QUE si l'on vient à comparer les devoirs qui resultent de toutes ces sortes de liaisons, pour voir à qui nous devons le plus, & pour qui nous devons le plus faire, de tous ceux avec qui nous sommes unis ; sans doute qu'entre ceux-là, nôtre patrie, & ensuite nos peres & nos meres, tiennent le premier rang. Les enfans viennent ensuite, & toute nôtre famille, qui ne subsiste que par nous, qui n'attend rien que de nous, & dont nous sommes l'unique refuge. Aprés viennent ceux de nos proches qui vivent bien avec nous, & dont la fortune tient d'ordinaire à la nôtre. Voila quels sont ceux à qui nous sommes particulierement obligez de procurer les secours necessaires à l'entretien de la vie.

A qui l'on doit le plus de tous ceux avec qui on est en quelque sorte de liaison.

Subordination des differentes sortes de liaisons.

Belle peinture de l'amitié.

Mais pour ce commerce intime, qui consiste à être presque toûjours ensemble, à se communiquer ses plus secretes pensées, à se donner reciproquement des conseils, à s'encourager & à se consoler les uns les autres, & à se faire même quelques fois des remontrances & des corrections, il ne se trouve que dans l'amitié, qui étant fondée sur la conformité des inclinations & des mœurs, est sans comparaison la plus douce de toutes les liaisons qui peuvent unir les hommes.

Entre plusieurs, qu'on est également obligé de servir, le plus grand besoin l'emporte.

* Or de quelque sorte de devoirs dont il s'agisse, il faut extrémement prendre garde au besoin le plus pressant, & faire la difference des choses que l'on peut avoir sans nous, & de celles qu'on ne sçauroit attendre que de nous. On a souvent plus d'égard à de certaines circonstances particulieres, & à la conjoncture du tems, qu'au degré de liaison. C'est ainsi, par exemple, que nous aidons plûtôt nôtre voisin à recueillir ses fruits, que nôtre frere ou nôtre ami; au lieu que s'il s'agit d'un procez, nous

* Le chap. 18. ne commence qu'icy dans le Latin, mais il doit commencer plus haut.

follicitons pour nôtre parent, plûtôt que
pour nôtre voifin.

Il faut donc fe faire une habitude de
toutes ces regles , & avoir égard à toutes ces circonftances , en matiere de devoirs , afin d'être en état de compter
toûjours jufte , fur ce qui va à les remplir , & que tout pefé & balancé , nous
puiffions voir précifément , en toute
rencontre , à quoy nous fommes obligez,
& ce que nous devons à chacun.

Mais comme il ne fuffit pas aux Medecins , aux Orateurs , & aux Generaux
d'armée , de fçavoir chacun les regles
de fon art ; & que ni les uns ni les autres ne feront jamais rien de grand ni de
glorieux , à moins que la fpeculation ne
foit aidée & foûtenuë de la pratique ; de
même , dans ce qui regarde les devoirs
de la vie , ce n'eft pas affez d'en prefcri-
re les regles , comme nous faifons icy ;
& une chofe fi grande & fi difficile , demande encore plus d'ufage & d'exercice
que de preceptes.

Les fpecula-
tions font
peu utiles
fans la pra-
tique.

CHAPITRE XIX.

Ce qui a le plus d'éclat de tout ce qui part de quel-
qu'une des quatre vertus principales. Combien les
hommes sont touchez de la grandeur d'ame. De
quelles vertus la grandeur d'ame doit être ac-
compagnée, pour être de quelque prix. Belle dé-
finition de la force. Nulle veritable grandeur
d'ame sans justice & sans probité. Ce que fait
la grandeur d'ame, quand elle en est dépour-
vûë. Combien l'envie de dominer fait faire d'in-
justices.

EN voila à peu prés assez, pour
faire voir de quelle maniere nous
devons nous conduire dans les choses
qui ont le plus de rapport à la societé
humaine, si nous voulons suivre cette
honnêteté qui regle nos devoirs ; &
dont les actions par où nous les accom-
plissons tirent tout ce qu'elles ont de
prix & de lustre. Mais il faut encore remarquer, que de tout ce qui sort de ces
quatre sources, dont nous avons fait voir
que dérive cette honnêteté & ces devoirs, il n'y a rien de si éclatant ni de si
noble, que ce qui part d'une certaine
grandeur d'ame, qui met au dessus

Quelles sont
de toutes les
actions de
vertu celles
qui ont le
plus d'éclat.

de toutes les choses humaines, & qui fait mépriser tous les accidens de la vie.

Aussi voyons-nous que de dire à un homme, *qu'il a moins de cœur qu'une femme ; que sa Déesse est la Nimphe Salmacis ; & que les victoires qu'il luy demande sont celles qui ne coûtent ni sueur ni sang* [1], c'est le reproche le plus honteux que l'on croye luy pouvoir faire ; & qu'au contraire, IL N'Y A RIEN qui attire si naturellement les loüanges, & sur quoy on les ménage moins, que les actions où il paroît de la grandeur d'ame & du courage : témoin le ton que prennent les Retheurs, quand il est question des journées de Marathon [2], de Salamine [3], de Platée [4], des Ther-

Marques sensibles de l'impression que la grandeur d'ame fait sur les hommes.

1 Cecy est cité d'Ennius. *Salmacis* étoit le nom de la Nimphe d'une certaine fontaine, dont on croyoit que les eaux rendoient effeminez ceux qui en bevoient.

2 Petite ville de l'Attique, prés de laquelle 12000 Atheniens, sous la conduite de Miltiade, d'Aristide & de Themistocle, défirent l'armée des Perses, qui étoit de plus de 500000 hommes.

3 Isle de la Grece, prés de laquelle Themistocle gagna une bataille navalle contre les Perses.

4 Ville de Bœotie ; prés de laquelle Pausanias, qui commandoit les forces de toute la Grece, défit, avec le secours d'Aristide, l'armée des Perses, commandée par Mardonius.

mopiles 5, ou de Leuctres 6.

C'est cette grandeur d'ame qui a éclaté dans nôtre Cocles 7, dans les deux Decies 8, les deux Scipions, Marcellus 9, & une infinité d'autres. Enfin, c'est par elle que le peuple Romain s'est si noblement distingué entre tous les peuples de la terre. Une autre grande marque du cas qu'on a toûjours fait de la gloire qui s'acquiert par la voye des armes, c'est de voir que dans les statuës qu'on éleve aux plus grands hommes, on les represente presque toûjours en habit de guerre.

5 Détroit du Mont Oeta dans la Thessalie, que Leonidas, Roy des Lacedemoniens, soûtenu seulement de 300 hommes, défendit avec une valeur incroyable, contre une armée effroyable des Perses, que Xerces commandoit en personne.

6 Ville de Bœotie, prés de laquelle Epaminondas, General des Thebains, gagna une celebre bataille contre les Lacedemoniens, dont l'armée étoit de beaucoup plus forte que la sienne.

7 Qui défendit le pont du Tybre contre Porsenna.

8 Qui se dévoüerent pour la Republique. Ce dévoüement consistoit à donner tête baissée dans les troupes ennemies, & se faire percer de leurs coups. On s'y preparoit par de certaines ceremonies, & de certaines paroles prononcées entre les mains du Pontife.

9 C'est celuy qui fut cinq fois Consul; qui remporta la premiere victoire sur Annibal; & qui prit Siracuse, aprés un siege opiniâtré, que les machines d'Archimede soûtinrent trois ans durant.

* Mais si cette grandeur d'ame, que l'on fait paroître à soûtenir les travaux les plus durs, & à s'exposer aux perils les plus affreux, n'est accompagnée d'un grand fonds de justice, & si on l'employe pour soy-même, & pour ses avantages particuliers, au lieu de l'employer pour le bien commun ; bien loin que ce soit une vertu, c'est un vice ; c'est une ferocité toute pure, qui étouffe tous les sentimens de l'humanité.

Dequoy la grandeur d'ame doit être accompagnée, pour être veritablement estimable.

Ainsi LES STOÏCIENS ont admirablement bien défini la force, quand ils ont dit, que c'est une vertu qui combat pour la justice. Aussi n'a-t'on jamais vû, que les actions même de la plus grande valeur ayent fait arriver personne à la gloire qui s'acquiert par cette vertu, lors qu'elles n'ont été employées qu'à faire reüssir des méchancetez & des trahisons. Car CE QUI SEROIT le plus honnête & le plus estimable cesse de l'être, dez qu'il est injuste. Et, comme Platon a dit excellemment, DE LA même maniere que l'habileté, qui n'est point conduite par la justice, doit

Belle définition de la force ou de la grandeur d'ame.

Rien d'estimable hors la justice.

* Le chap. 19. ne commence qu'icy dans le latin ; mais il doit commencer plus haut.

paſſer pour fraude & pour tromperie, plûtôt que pour habileté ; ainſi, LE COURAGE le plus intrepide, dont l'interêt eſt le premier mobile, & non pas l'utilité publique, eſt plûtôt audace & brutalité que courage.

IL N'Y A donc ni veritable grandeur d'ame, ni veritable courage, que dans ceux qui ſont d'ailleurs gens de bien, ſinceres, amateurs de la verité, & incapables de tromper ; & toutes ces qualitez ne ſont que des ſuites de ce qu'on appelle juſtice & probité ; ſans quoy la grandeur d'ame a toûjours quelque choſe d'odieux & de ſuſpect. Auſſi voyons-nous, qu'à moins d'être balancée par ce contrepoids, elle ne manque point de dégenerer en emportement ; d'inſpirer une opiniâtreté inflexible, dans des choſes injuſtes & pernicieuſes ; & de faire naître l'envie de s'élever au deſſus des autres ; juſqu'à les opprimer & à ſe les aſſujettir. Et, comme le même Platon a dit des Lacedemoniens, que la paſſion de vaincre étoit une ſuite naturelle de leurs mœurs; nous voyons auſſi que l'envie d'être au deſſus des autres, ou plûtôt de poſſeder

Nulle veritable grandeur d'ame, ſans juſtice & ſans probité.

Inconveniens de la grandeur d'ame ſans ſon correctif.

A quoy porte la fauſſe grandeur d'ame.

ſeul

feul tous les avantages qui peuvent
élever les hommes, eſt une ſuite tres-
ordinaire du courage & de la grandeur
d'ame.

Or dez que l'on veut être au deſſus
des autres, combien eſt-on éloigné de
garder cette égalité qui tient tout en
équilibre entre les hommes, & qui eſt
la partie la plus eſſentielle de la juſtice?
Ceux-là ne ſçauroient ſouffrir qu'on les
faſſe plier ſur rien, ni qu'on veüille les
contenir dans les termes de ce qui eſt
reglé par le droit & par les loix. On les
voit former des factions dans la Republique, ſe concilier les peuples par des
largeſſes, & mettre tout en œuvre pour
augmenter ſans meſure leur credit &
leur pouvoir; afin de parvenir à ſe
rendre maîtres des autres par la violence, au lieu de ſe borner à l'égalité que
demande la juſtice.

La paſſion de dominer eſt toûjours injuſte.

Mais plus il eſt difficile d'allier la
juſtice & la grandeur de courage, plus
il eſt beau de le ſçavoir faire. Car DE
TOUTES les actions & de toutes les
conjonctures de la vie, il n'y en a aucune où la juſtice ne doive être gardée;
& ON NE DOIT reconnoître pour ve-

Caractere

F

ritable grandeur d'ame & de courage que celle qui s'oppose à l'injustice ; & non pas celle qui la fait.

CEUX qui ont l'ame veritablement grande , ce qui ne sçauroit être si elle n'est en même tems sage & reglée , sont persuadez que cette honnêteté, à quoy la nature nous porte , & qu'elle demande de nous par dessus toutes choses , ne consiste que dans les bonnes actions ; & non pas dans la gloire qu'elles peuvent attirer ; & ils aiment mieux être en effet les premiers hommes de la Republique, par le merite & la vertu , que d'y tenir le premier rang.

On ne doit donc pas compter entre les grands hommes ceux dont les fausses opinions de la multitude reglent la conduite. Car CEUX qui sont touchez de ce que le commun du monde appelle gloire , se portent d'autant plus aisément à des entreprises injustes, qu'ils ont plus de courage & de hauteur. Il n'y a qu'un pas à faire de l'un à l'autre ; & c'est un pas si glissant , que de tous ceux qui ont mis la main à quelque chose de grand , & qui ont affronté le peril, on n'en trouve presque aucun qui ne pretende à cette forte de gloire , comme à une recompenfe qui luy eſt dûë, & qui n'en veüille à quelque prix que ce ſoit.

CHAPITRE XX.

Caractère de la veritable grandeur d'ame. Inconveniens de la fauſſe. Deux marques principales de la grandeur d'ame. Qu'elle eſt incompatible avec l'amour de la volupté & de l'argent. L'amour de la gloire fait perdre la liberté. Conſerver la tranquilité interieure, premier devoir de l'homme.

LA grandeur d'ame & de courage ſe reconnoît principalement à deux marques ; l'une eſt un mépris parfait pour tout ce qui eſt hors de nous¹ ; &

Quelles ſont les deux principales marques de la grandeur

1 C'eſt à dire les honneurs & les biens , pour leſquels Ciceron veut que nous ayons un mépris qui nous empeſche , non d'en rechercher autant qu'il en faut pour les beſoins de la vie ; mais d'en faire nôtre bon-heur. Auſſi eſt-il ſi peu poſſible d'être heureux par l'amour & la poſſeſſion de ces ſortes de choſes ; qu'on ne le ſçauroit être , ſi on ne les mépriſe ; puis qu'il n'y a que cela ſeul qui puiſſe nous mettre au deſſus des accidens à quoy nous ſommes expoſez de toutes parts ; & dont la crainte rend neceſſairement malheureux quiconque n'eſt pas arrivé à ce parfait mépris de toutes les choſes de la vie.

F ij

d'ame.

Rien n'est
digne de
l'homme que
la vertu.

c'eſt à quoy l'on ne ſçauroit parvenir, à moins d'avoir compris, & d'être vivement perſuadé, que L'HOMME ne doit ni admirer, ni ſouhaiter, ni rechercher que l'honnêteté, la droiture, & la probité; & qu'il eſt indigne de luy de ſe laiſſer emporter, ni par la crainte ou la conſideration de quelque homme que ce ſoit, ni par les paſſions, ni par les accidens de la fortune. L'autre, qui eſt une ſuite naturelle & ordinaire de cette trempe d'eſprit, conſiſte à executer de ces choſes qui ſont non ſeulement grandes & utiles, mais encore ardües & difficiles; & dont on ne ſçauroit venir à bout ſans de grands travaux, & ſans hazarder ſa fortune & ſa vie.

Tout ce que la grandeur d'ame peut produire de reputation & de gloire, & même d'utilité, dépend de la derniere de ces deux choſes. Mais la premiere eſt proprement celle qui fait les grands hommes; & qui met l'ame à ce point de nobleſſe & d'élevation qui luy fait voir au deſſous d'elle toutes les choſes humaines. Celle-là conſiſte, comme j'ay dit, à ne connoître rien de bon ni de grand que l'honnêteté & la vertu; &

Toute la
veritable
grandeur
de l'homme
eſt au de-
dans de luy-
même.

à ne pouvoir être ébranlé , ni par les
paſſions , ni par les choſes du dehors.

Car LE PROPRE de la grandeur d'a-
me c'eſt d'avoir un veritable mépris,
fondé ſur les lumieres d'une raiſon ſaine
& ferme ², pour tout ce que la plûpart
des hommes admirent le plus ; & celuy
de la conſtance & de la force , c'eſt de
porter les plus cruels accidens de la vie,
& les plus grands revers de la fortune,
ſans ſortir de ſon aſſiette ; & ſans rien
faire au dehors , ni rien éprouver au dedans , qui bleſſe la dignité d'un homme
ſage.

Or il ne conviendroit pas que celuy que
les plus grands travaux ne pourroient
abattre , & que nulle crainte n'ébranle-
roit , ſe laiſſât vaincre par la volupté , &
par l'avarice. Il faut donc y prendre
garde , & ſe défendre de l'amour de l'argent. Car IL N'Y A pas de plus grande marque de baſſeſſe , & de petiteſſe
d'eſprit, que d'aimer le bien ; & rien au

*Caractere
de la gran-
deur d'ame.*

*En vain
fait-on bon-
ne mine au
dehors , ſi le
dedans ne ſe
ſoûtient.*

*Avarice ,
marque de
baſſeſſe &
de petiteſſe
d'eſprit.*

---

2. On voit beaucoup de gens qui ont la raiſon aſſez
ſaine pour connoître le neant de toutes les choſes que
le commun du monde admire le plus ; mais il y en a peu,
qui l'ayent aſſez *ferme* , pour reſiſter à l'impreſſion que
ces ſortes de choſes font ſur eux malgré leur raiſon.

F iij

contraire ne marque plus de grandeur
d'ame , & de noblesse de cœur, que de
le mépriser ; & de n'être bien aise d'en
avoir , que pour en faire des liberalitez.

Il faut encore être en garde contre
l'amour de la gloire , comme j'ay déja
dit plus haut, puisque cette passion ne
nous laisse aucune liberté ; & que LA
LIBERTE' [3] est la chose du monde que
ceux qui ont quelque grandeur d'ame,
tâchent de se conserver avec le plus de
soin [4].

Bien loin donc de rechercher le commandement, & de mettre tout en œuvre pour y parvenir , il y a des rencontres où l'on doit le refuser ; & quelques-
unes mêmes où il est glorieux de s'en

On n'aime & on ne cherche la gloire qu'aux dépens de sa liberté.

Il est beau de bien commander, mais il l'est encore plus de ne point aimer à commander.

3 Cela est vray en toute sorte de gouvernement ; mais
particulierement dans ceux où les grandes charges se
donnent par les suffrages du peuple. Car ce qu'il faut
faire pour gagner tout un peuple, composé de tant de tê-
tes mal-faites , & où il y a une si grande diversité de
goûts & de sentimens, va si loin , qu'on peut dire
qu'on n'arrive à leur commander qu'en se faisant leur
esclave ; sans compter que la servitude est certaine , &
que la puissance où l'on croit qu'elle menera est tres-in-
certaine.

4 Quiconque a l'ame grande , est occupé de grandes
choses ; & n'en descend pas volontiers dans toutes les pe-
titesses où l'ambition force d'entrer.

démettre. Car NÔTRE premier soin
doit être de nous tenir exempts de toute passion ; & non seulement de celles
qui troublent l'ame , comme sont la
convoitise , la crainte, l'anxieté , & l'a-
battement ; mais encore de la joye excessive & emportée & de tout ce qui
tient de la colere ; afin de conserver
ce calme & cette securité d'esprit qui
tient dans une situation toûjours égale ; & qui répand sur les dehors même une certaine dignité qui attire le
respect.

Toute agi-
tation , juf-
qu'à celle
que donnent
les grandes
joyes , tire
l'homme de
la veritable
affiette ; qui
convient à
la dignité
de sa natu-
re.

CHAPITRE XXI.

L'amour de la tranquilité défait de l'ambition, & porte à la retraite. En quoy consiste la veritable liberté. Tout le monde la cherche, mais par differentes voyes. Qui sont ceux qui doivent être dispensez d'entrer dans les affaires publiques. Que la paresse est un mauvais prétexte pour s'en retirer. Privation du bien, plus aisée à porter que le mal. On doit entrer dans les affaires quand on y est propre. La grandeur d'ame, & la tranquilité interieure qui en resulte, plus necessaires dans l'action que dans la retraite. Consulter ses forces & ses talens, avant de s'engager dans les affaires. Eviter également sur cela la paresse & la présomption.

Qui sçauroit que la tranquilité d'esprit est le vray bien de l'homme, se garderoit bien de la sacrifier à la consideration & à la gloire.

Qui sentiroit bien vivement l'im-

C'EST l'amour de cette heureuse tranquilité qui en a porté plusieurs, dans tous les tems, & de nos jours même, à quitter le maniment des affaires publiques, pour goûter la douceur du loisir & de la retraite. C'est ce qu'on a vû faire aux plus grands Philosophes, & à plusieurs autres personnes de rare merite, qui se conduisant par des maximes pures & severes, & ne pouvant s'accommoder des mœurs & des

manieres du peuple, ni des grands, se
font retirez à la campagne ; & ont sçû
trouver la douceur de leur vie dans la
conduite de leurs affaires domestiques.
Ceux-là se sont proposé le même but
que les Rois ; & ils ont cherché, comme
eux, à se mettre en état de n'avoir besoin de rien, de ne dépendre de personne, & de joüir de la liberté ; qui consiste principalement à pouvoir vivre
comme l'on veut.

justice & la fausseté des maximes du monde, n'y dureroit pas.

Combien il est aisé, quand on est sage, de se mettre dans l'indépen-dance, qui fait le bon-heur des Rois.

* Mais quoy que les uns & les autres
se proposent le même but, ils y vont
par differentes voyes. Ceux qui aiment
l'élevation & la grandeur, croyent que
les grands biens sont le seul moyen par
où ils puissent arriver à cette fin ; &
ceux qui aiment la vie tranquile, croyent
que pour y arriver, il n'y a qu'à se contenter du peu que l'on a.

Ce sont les moyens qu'on aime, & non pas la fin, quand on ne prend pas les plus courts & les plus faciles.

Il ne faut condamner ni les uns ni les
autres ; & ce qu'on en peut dire, c'est
que ceux-cy prennent le party le plus
facile & le plus sûr ; & que ce sont de tous
les hommes ceux qui sont le moins à
charge, & dont on est le moins en dan-

Qui sçait se passer de gloire & de bien, n'est à charge à personne.

* Le chap. 21. ne commence qu'en cet endroit dans le
latin, mais il doit commencer plus haut.

ger d'avoir à souffrir ; mais que ceux qui
entrent dans les emplois de la Republique, & qui se rendent capables des grandes affaires , sont plus utiles à la societé
humaine ; & plus en état d'acquerir de
la consideration & de la gloire.

Par où on
est dispensé
d'entrer
dans les
affaires pu-
bliques.

On n'a peut-être rien à dire à ceux
qu'une ouverture extraordinaire d'esprit
pour les sciences porte tout entiers de
ce côté-là ; & qui par cette raison ne
veulent point s'engager dans les emplois
de la Republique. Ceux que leur mauvaise santé , ou quelqu'autre raison encore plus forte , oblige de s'en retirer,
& de laisser à d'autres le soin de la conduire , & la gloire que l'on y peut acquerir , en sont encore plus dispensez. Mais
pour ceux qui ne s'en retirent que par ce
qu'ils ne sont, disent-ils , nullement touchez de cet éclat de la magistrature ou
du commandement des armées , dont la
plûpart se laissent ébloüir ; je croy que
bien loin de leur en sçavoir gré , on ne
sçauroit s'empêcher de les blâmer. Ce

La paresse
prend quel-
quefois le
masque de la
philosophie.

n'est pas qu'on puisse condamner le peu
de cas qu'ils font de la gloire ; mais je
ne sçay si c'est ce qui les tient ; & si ce
n'est pas plûtôt , que le travail leur fait

peur ; qu'ils ne veulent point courir la
risque de s'attirer personne, comme il
est difficile qu'on ne s'attire toûjours
quelqu'un, quand on a part au gouvernement de la Republique ; & qu'ils se
croiroient deshonorez, si dans la pour-
suite de quelque magistrature ils venoient à succomber.

Car IL Y EN A dont la vertu ne
porte pas si aisément le mal, que la privation du bien. Ils mépriseront la volupté, mais ils ne pourront souffrir la
douleur : ils ne seront point touchez de
la gloire, mais la moindre atteinte à
leur reputation les abattra ; & sur le
mépris même de la gloire & de la volupté, ils ne seront pas toûjours les mêmes. Mais enfin, tous ceux qui sont propres aux affaires, & à qui la nature a
donné dequoy s'en bien acquitter, doivent sans hesiter se mettre en état d'entrer dans les emplois, & de servir la Republique : autrement, comment pour-
roit-elle être administrée ; & quelle occasion auroit-on de faire paroître ce
qu'on peut avoir de courage & d'industrie ?

Mais ceux qui prennent ce parti-là

Combien les plus Philoso-phes mêmes sont divers, & peu d'ac-cord avec eux-mêmes.

Il est beau de vouloir servir l'E-tat ; mais il faudroit que ce fût pour luy-même, & non pas pour soy.

ont autant, ou peut-être plus, de besoin
que les Philosophes de cette grandeur
d'ame, à quoy je reviens toûjours, qui
mettant au dessus de toutes les choses
humaines, tient l'esprit dans une tranquilité & une securité parfaite. Car ce
n'est que par là qu'ils peuvent se défendre du trouble & de l'inquietude, &
conserver de la dignité & de l'égalité
dans leur conduite.

C'est ce qui coûte d'autant moins
aux Philosophes, qu'ils sont moins exposez aux injures de la fortune, qu'ils
ont sans comparaison moins de rela-
tions & de besoins; & que quand il leur
arriveroit quelque disgrace, ils ne tom-
beroient pas de si haut. Mais pour ceux
qui ont quelque part au gouvernement
de la Republique, comme ils sont obligez d'entrer dans de bien plus grandes
affaires, que ceux qui vivent dans la retraite; ils sont aussi exposez à de bien
plus grands mouvemens; & c'est ce qui
fait qu'ils ont d'autant plus de besoin
d'avoir de la grandeur d'ame & de la
fermeté; & d'être au dessus de tout ce
qui peut causer du trouble & de l'agita-
tion à l'esprit.

Les gens du monde, qui méprisent tant la philosophie, en auroient plus de besoin que les autres.

Ceux qui ont le moins dequoy soûtenir les agitations du monde & de la fortune, sont ceux qui s'y exposent le plus volontiers.

Qui auroit bien compté avec soy-même, ne se jetteroit pas si aisément dans le tracas du monde & des affaires.

Or quand on entre dans les emplois, ce n'eſt pas aſſez de conſiderer ce qu'il y a de beau dans ce qu'on entreprend, & combien il eſt conforme à l'honnêteté; il faut encore prendre garde ſi l'on a dequoy s'en bien acquiter. C'eſt ſurquoy, il faut éviter également, & le découragement que produiſent la pareſſe & la nonchalance; & la preſomption, qu'inſpire le deſir de s'avancer. Enfin, en toutes ſortes d'affaires, il faut, avant de les entreprendre, s'être pourvû de tout ce qui eſt neceſſaire pour y reüſſir; & n'avoir rien oublié pour s'y preparer.

Milieu difficile à garder.

CHAPITRE XXII.

Qu'on a tort de mettre les grandes actions de la guerre au deſſus des actions de tête & de conſeil. Divers exemples ſur cela. Belle parole de Pompée à l'honneur de Ciceron.

MAIS comme il y a bien des gens, qui croyent qu'entre les grandes actions, celles de la guerre ſont beaucoup au deſſus de celles qui ſe paſſent dans l'interieur de la Republique; il faut

Les actions de la guerre perdent beaucoup de leur prix

quand on les pese à la balance de la raison.

un peu rabattre de l'opinion que l'on à de celles-là. Car en premier lieu, combien ce mauvais amour de la gloire, dont nous avons parlé * , a t'il fait entreprendre des guerres? C'est à quoy ceux qui ont le plus d'esprit & de courage sont fort sujets, sur tout, lors qu'ils se sentent propres pour la guerre , & que leur naturel les y porte.

D'ailleurs , si nous voulons juger sainement des choses , combien trouverons-nous d'actions de tête & de conseil plus glorieuses & plus importantes que les plus grandes actions de la guerre ? Car quelque justes que soient les loüanges qu'on donne à Themistocle [1], & quelque haut qu'on le mette au dessus de Solon [2], & la glorieuse victoire qu'il remporta à Salamine , au dessus de l'établissement de l'Areopage , institué par ce sage legislateur ; l'un n'est pas moins glorieux que l'autre. On peut mê-

* Au chap. 8.

[1] Le plus grand Capitaine de la Grece , qui gagna contre Xercés cette fameuse bataille de Salamine , dont il est parlé au chap. 19.

[2] Un des sept sages de la Grece , Legislateur des Atheniens , & qui avoit donné la forme à leur Republique.

me dire , qu'au lieu que la victoire de
Salamine ne fut qu'un avantage passa-
ger pour les Atheniens , l'établissement
de l'Areopage leur est d'une utilité con-
stante & perpetuelle ; puisque c'est par
là que leurs loix & leurs coûtumes se
sont maintenuës ; & qu'au lieu que Themistocle ne sçauroit dire qu'il ait été du
moindre secours à l'Areopage, par aucune de ses actions ; l'Areopage peut
dire qu'il a été d'un grand secours à
Themistocle ; puisque c'est par les conseils de ce Senat établi par Solon , que
la guerre où ce General s'est acquis tant
de gloire a été conduite, aussi bien qu'entreprise.

On en peut dire autant de Pausanias
& de Lisander₃ : car quoy que la domination des Lacedemoniens ait été beaucoup étenduë par ces deux Generaux,
ce qu'ils ont fait n'est nullement comparable aux loix & à la discipline éta-

---

3 Ils regnoient conjointement à Lacedemone, vers le
milieu du 4. siecle de la fondation de Rome , & eurent
divers avantages sur les Atheniens. Mais en l'an 358.
de Rome , ils perdirent une grande bataille contre eux,
où Lisander fut tué. L'autre craignant l'indignation des
Lacedemoniens , se retira à Tegée , où il mourut bien-
tôt aprés.

blie par Licurgus 4; puisque cette discipline a été le veritable principe de ce
qu'ils ont trouvé d'obeïssance & de valeur dans les troupes qu'ils ont commandées.

Pour moy , je n'ay jamais trouvé ni
Scaurus 5 inferieur à Marius , dans ma
plus grande jeunesse ; ni Catule 6 à Pompée , lors que j'étois déja entré dans

4 Fils d'Eunome, Roy des Lacedemoniens. Il fit paroître sa vertu & sa probité en refusant l'offre que luy fit
la veuve de son frere Polydecte , Roy de Lacedemone
aprés Eunome , de faire perir l'enfant dont Polydecte
l'avoit laissée grosse , s'il vouloit luy promettre de l'é-
pouser. Il ne voulut point regner à ce prix ; & se con-
tenta de prendre la tutelle de cet enfant lors qu'il fut né.
Ce fut luy qui par ses sages loix donna à l'Etat des Lacedemoniens cette forme admirable qui les a fait subsister
si long-tems. Il leur fit jurer de les observer jusqu'à son
retour d'un voyage qu'il alloit faire , & se retira en Can-
die où il mourut , aprés avoir ordonné qu'on jettât ses
cendres dans la mer ; de peur que si on les reportoit à
Lacedemone , cette espece de retour ne fût un pretexte
aux Lacedemoniens de se croire quittes de leur serment.

5 Que l'extrême pauvreté où il se trouva, quoy qu'il
fût d'une naissance illustre , reduisit à vendre du char-
bon ; ce qui ne l'empêcha pas de faire connoître sa sagesse & sa vertu , qui l'éleverent plus d'une fois au Consulat , & ensuite à la dignité de Censeur.

6 C'étoit un homme distingué par son sçavoir & par
sa vertu , & encore plus par une merveilleuse douceur,
accompagnée de beaucoup de valeur & de talent pour la
guerre. Aussi fut-il Consul jusqu'à cinq fois; & il l'é-
toit avec Marius,lors de l'irruption des Cimbres ; & par

les

les affaires de la Republique. Auffi peut-
on dire, que C'EST PEU DE CHOSE
que d'avoir de grandes armées au dehors, s'il n'y a un bon confeil au dedans.

Nous n'avons point eu de plus grand
homme, ni de plus excellent Capitaine
que Scipion. Cependant on peut dire
que Nafica [7], qui n'étoit qu'un homme
privé, ne fit pas moins pour la Republique, en ôtant la vie à T. Gracchus [8];
que ce General dans le même tems, en
rafant Numance. Il eft vray que l'action de Nafica tenoit de celles de la
guerre, puifque ce fut un coup de main

tagea avec luy la gloire de la défaite de ces Barbares, dans
cette celebre bataille dont on a parlé fur le chapitre 12.
& où ils laifferent 140000 hommes fur la place, & firent 60000 prifonniers.

7 Il étoit fils de Cn. Scipion, & coufin germain de
Scipion l'Affriquain, vainqueur de Carthage & de Numance; & il étoit dans une telle reputation de vertu & de
probité, que l'oracle ayant ordonné que la ftatuë de la
Mere des Dieux, qu'on faifoit venir à Rome, fût dé-
pofée dans la maifon du plus homme de bien de la ville,
le Senat la fit dépofer dans celle de Nafica.

8 Citoyen feditieux, qui pour faire plaifir au peuple,
vouloit faire faire un partage égal de toutes les terres
poffedées par les Citoyens; & qui pouffoit les chofes
avec tant de chaleur & de violence, qu'on n'y trouva
point d'autre remede que de fe faifir de luy, & de s'en défaire. Ce fut Scipion Nafica qui fut chargé de la chofe,
& qui s'en acquita vigoureufement.

G

& de vigueur. Mais ce fut aussi un coup de tête & de conseil, concerté, resolu & executé dans la ville ; & à quoy les armées n'ont point eu de part. Ainsi, quoy que puissent dire les méchans & les envieux, il faut s'en tenir à cette maxime, que *la longue robe l'emporte sur la cuirasse ; & qu'il faut que les lauriers cedent au merite de l'esprit & de l'éloquence* [9].

Car, pour ne point parler des autres, *la robe ne l'a-t-elle pas emporté sur la cuirasse*, dans le tems que le gouvernement de la Republique a été entre mes mains ? Fut-elle jamais, ni dans une paix plus profonde, ni dans un plus grand peril ? Cependant, par mes soins & par mes conseils, on vit tout d'un coup les armes tomber à des citoyens, dont l'audace & les factions étoient sur le point de l'aneantir [10]. A-t'on jamais rien fait de plus glorieux par la force des armes ; & quel triomphe est comparable à un tel succez ?

9 C'est un vers de la façon de Ciceron, qui le repere en plusieurs endroits de ses ouvrages.

10 C'est de la conjuration de Catilina qu'il veut parler.

C'eſt à vous que je parle , mon cher
fils ; & il m'eſt permis de me parer avec
vous d'une gloire dont vous devez he-
riter ; puiſque c'eſt vous principalement
que mes exemples regardent. J'ay d'autant plus de droit de le faire, que Pompée même , qui avoit acquis tant de gloire par les armes, m'a rendu publiquement ce témoignage, qu'en vain auroit-
il merité pour la troiſiéme fois les honneurs du triomphe, ſi mes travaux & ma
vigilance ne luy avoient conſervé une
Republique où il pût les recevoir.

Il y a donc une valeur , pour ainſi dire,
domeſtique & privée , qui n'eſt pas de
moindre prix que la valeur militaire , &
qui demande même bien plus de travail
& d'application.

CHAPITRE XXIII.

Qu'on doit accoûtumer le corps à suivre l'action de l'esprit. Que les seules qualitez interieures font les grands hommes. Que la tête est encore plus necessaire à la guerre même que la valeur. Dans quelle vûë on doit faire la guerre. Difference de la grandeur d'ame & de celle de l'esprit.

On peut être grand homme par les seules qualitez de l'esprit; mais on ne le paroît guere sans celles du corps.

Par où on est veritablement honnête homme.

QUOY que cette honnêteté que nous cherchons, & qui ne se peut rencontrer que dans ceux qui ont l'ame grande & élevée, dépende de la force de l'esprit, & non pas de celle du corps; elle demande pourtant qu'on exerce le corps; qu'on le dresse à suivre l'action & le mouvement de l'esprit; & qu'on le rende capable de porter les travaux où il faut entrer pour faire reüssir les affaires. Mais après tout, CE N'EST que dans les dispositions du cœur, & les qualitez de l'esprit, & dans l'usage qu'on en fait, que reside cette honnêteté que nous cherchons; & c'est par là que les Magistrats qui gouvernent la Republique ne luy font pas moins utiles que les Generaux qui commandent ses armées.

Auſſi eſt-ce ordinairement par les conſeils du dedans que ſe reglent les affaires
même de la guerre ; qu'on l'évite, quand
il eſt à propos ; qu'on la conduit à une
heureuſe fin , quand on a pris le party de
la ſoûtenir ; & qu'on la declare même
quelques fois ; comme la troiſiéme guerre punique fut declarée par le conſeil de
Caton [1] , à quoy on défera même aprés
ſa mort. Ainſi on ne ſçauroit douter ,
que la capacité neceſſaire pour prendre
les reſolutions ſur le fait de la guerre, ne
ſoit plus à deſirer , que la force de les
executer.

Il faut neanmoins prendre garde que
ce ſoit l'avantage de la Republique qui
regle nos ſentimens ſur cela ; & non pas
la crainte de la guerre , & des perils qui
en ſont inſeparables. Mais TOUTES les
fois qu'on prend le parti de ſoûtenir la
guerre, il faut qu'il paroiſſe que ce n'eſt
que pour parvenir à la paix ; & pour l'a-
voir plus ſolide & plus aſſurée.

Comme IL EST de la grandeur d'a-
me de ne ſe point troubler dans les mauvais ſuccez , & de ne ſe laiſſer jamais ti-

*C'eſt la tête
qui fait
marcher les
affaires mê-
me de la
guerre.*

*Unique
motif juſte
& raiſon-
nable d'en-
treprendre
ou de ſoûte-
nir la guer-
re.*

*Effets de la
grandeur
d'ame.*

[1] C'eſt Caton le Cenſeur , bizayeul de Caton d'U-
tique.

rer de son assiette ; de se tenir toûjours
en état de se servir de toutes ses lumieres ; de bien prendre son party , & de
ne perdre jamais la raison de veuë ; il est
de la grandeur de l'esprit d'anticiper l'a-
venir ; de prevoir tout ce qui peut arriver , & de resoudre par avance tout ce
qu'il y aura à faire , de quelque côté
que les choses tournent ; en sorte que
quoy qu'il arrive , on ne se trouve jamais surpris ; ni reduit à dire qu'on n'y
avoit pas pensé.　Voila ce que sçavent
faire ceux qui ont l'ame veritablement
grande ; & qui sentent en eux-mêmes
un assez grand fonds de prudence & de
capacité , pour y pouvoir prendre une
juste confiance.　Car DE NE sçavoir
qu'aller tête baissée aux ennemis , &
donner des coups d'épée ; c'est une pure
ferocité , qui tient plus de la bête que
de l'homme.　Cependant , quand il en
est question , il faut y faire son devoir ;
& sçavoir préferer la mort , à la servitude , & à la honte.

Effets de la grandeur de l'esprit.

Ce qu'on admire d'or-dinaire dans la va-leur ne le merite gue-res.

CHAPITRE XXIV.

*Ne se porter aux dernieres extrémitez contre les
ennemis que le moins qu'il est possible ; & éviter de prendre des resolutions sur cela dans la
chaleur. Rien de plus insensé que de s'exposer
inutilement. Qu'il faut être encore plus reservé à ne pas hazarder le bien des affaires que
soy-même. Exposer pour le bien des affaires jusqu'à sa propre reputation. Exemples des malheurs arrivez faute d'avoir observé cette maxime. Nulle consideration ne doit empêcher de
proposer ce qui est utile à l'état.*

LORs qu'il s'agira de resoudre si
l'on doit raser ou saccager les villes
qu'on aura prises, il faut y regarder de
bien prés, pour ne se pas porter temerairement à de telles extrémitez ; &
s'abstenir de toute sorte de cruauté. Il
est d'un grand homme, de bien examiner toutes choses, avant de prendre son
party dans ces sortes d'occasions ; de ne
punir que les coupables, & de sauver la
multitude; & enfin de suivre exactement,
dans la bonne comme dans la mauvaise
fortune, ce que l'équité & l'honnêteté
luy prescrivent.

*On doit
d'autant
moins ou-
blier l'hu-
manité à la
guerre, que
rien ne la
fait tant ou-
blier.*

G iiij

Il eſt rare de voir dans la chaleur, tout ce qu'on verroit de ſang froid.

C'eſt à quoy l'on doit d'autant plus prendre garde, que comme nous avons vû qu'il y en a qui mettent les grandes actions de la guerre au deſſus de tout ce qu'on peut faire de plus grand dans l'interieur de la Republique ; il y en a auſſi qui croyent que les reſolutions hazardeuſes, & qui ſe prennent dans la chaleur de l'action, ont quelque choſe de plus beau que celles qui ſont l'effet d'une deliberation tranquille & de ſens raſſis.

Ce n'eſt pas la valeur qui fait qu'on s'expoſe inutilement, c'eſt l'envie de faire croire qu'on en a.

La crainte du peril ne nous doit jamais rien faire faire qui ait le moindre air de foibleſſe ou de lâcheté. Mais auſſi ne faut-il pas s'expoſer inutilement, & de gayeté de cœur ; & on ne ſçauroit rien faire de plus inſenſé. Il faut imiter ſur cela la conduite des Medecins, qui n'employent que des remedes doux, dans les maladies legeres ; & qui ne viennent aux remedes violens & hazardeux, que lors que la grandeur du mal les y force. Il y a de la folie à deſirer & à rechercher la tempête, quand on eſt dans le calme. Mais quand la tempête eſt venuë, il eſt d'un homme ſage de mettre

En quel cas

tout en œuvre pour s'en tirer ; ſur tout,

lors qu'il y a plus de bien à esperer, par une décision, que de mal à craindre en hazardant.

il faut ha-zarder à la guerre.

Les perils de la guerre regardent non seulement ceux qui s'y exposent, mais encore la Republique. Il y en a où l'on ne hazarde que sa vie & sa gloire : mais il y en a aussi où l'on court risque de s'attirer la haine des citoyens. Or nous devons être bien plus reservez à mettre en peril les affaires de la Republique, qu'à nous y mettre nous-mêmes; & sur ce qui ne regarde que nous, nous devons combattre bien plus volontiers pour l'honneur & pour la gloire, que pour quelqu'autre avantage que ce puisse être.

On en a vû qui n'auroient pas fait de difficulté d'exposer leurs biens & leurs vies pour leur patrie ; mais qui n'auroient pas voulu luy sacrifier la moindre chose de ce qui pouvoit regarder leur gloire.

C'est ainsi que Callicratidas, qui avoit commandé l'armée des Lacedemoniens, à la guerre du Peloponese, & qui les avoit servis avec beaucoup de valeur & de succez, les mit à deux doigts de leur ruine, pour n'avoir pas voulu écouter ceux qui luy conseilloient de retirer la flote d'Arginusse[1], & de n'en point venir à un combat contre les Atheniens[2]. Le conseil étoit salutaire ; & il n'eut rien à répondre à ceux qui le luy donnoient, sinon que quand les Lacedemoniens perdroient cette flotte, ils pourroient en remettre une autre à la mer; au lieu qu'il ne pouvoit se retirer sans se deshonorer. Il est vray que l'échec que les Lacedemoniens receurent en cette occasion ne fut pas considerable; mais le même entêtement pour la gloire les desola entierement, lors que Cleombrotus[3], ayant plus d'égard à ce qu'on auroit pû dire de luy, qu'au bien de la Republique, se porta temerairement à donner la bataille à Epaminondas.

Il y en a peu qui aiment assez l'Etat pour luy sacrifier leur reputation.

Combien doit-on plus estimer la sage conduite de Fabius Maximus, dont le Poëte Ennius a dit, *Qu'il avoit rétably*

1 Lieu maritime de la Grece.
2 Dont les troupes étoient commandées par Conon.
3 Il étoit fils de Pausanias 2. & l'action dont Ciceron parle icy, est cette celebre bataille de Leuctres dont il a parlé au chap. 18. & qu'Epaminondas gagna contre Cleombrotus, environ l'an 382. de la fondation de Rome.

luy seul les affaires de la Republique ;
pour avoir sçû se ménager, & ruiner peu
à peu les forces de son ennemi ; & qu'il
avoit acquis d'autant plus de gloire, qu'il
avoit moins balancé entre ce qu'on pouvoit
dire de luy, & le salut de sa patrie.

On peut faire la même faute dans
l'interieur de la Republique. Car il y
en a qui de peur de s'attirer la haine
de quelqu'un, n'osent proposer ce qu'ils
pensent pour le bien de l'état, quelque utile qu'il luy pût être ; & c'est
à quoy il faut extrémement prendre
garde.

CHAPITRE XXV.

Deux maximes principales à observer par ceux qui gouvernent les Etats. Belle définition d'un Ministre d'Etat. Il doit aller au bien general, s'exposer luy-même & jamais les autres; & souffrir sans aigreur que l'avis des autres Ministres, prevale sur le sien. Bel exemple de Scipion & de Metellus sur ce sujet. La grandeur d'ame met au dessus des ressentimens. Quels doivent être ceux qui rendent la justice. Comment on doit reprendre & châtier. Ne rien faire par colere.

Quelles doivent être les deux principales maximes de ceux qui gouvernent les Etats.

CEUX qui sont en état de par venir quelque jour au gouvernement de la Republique, doivent observer ces deux regles de Platon; l'une de n'avoir en veuë que le bien public, sans jamais regarder ce qui seroit de leur avantage particulier; & l'autre d'étendre leurs soins également à tout le corps de l'état; & de n'en pas abandonner une partie, en faisant du bien à l'autre. Car CELUY qui gouverne la Republique est proprement un tuteur, qui doit faire le bien de son pupille, & non pas le sien; & celuy qui n'auroit soin que d'une partie des

Belle définition d'un Ministre d'Etat.

citoyens, & negligeroit les autres, exci-
teroit la difcorde & la fedition ; qui font
ce qu'il y a de plus pernicieux à la Republique.

C'eft pourtant ce que font la plûpart
de ceux qui gouvernent : nous en voyons
qui font tout à fait populaires ; d'autres
qui s'attachent à faire plaifir aux perfonnes de confideration ; mais peu qui éten-
dent leurs foins également fur tout le
monde.

Un grand homme d'E-tat doit al-ler au bien general.

C'eft ce qui a fait naître parmy les
Atheniens tant de troubles & de divifions ; & parmi nous tant de feditions,
& même de guerres civiles tres-funeftes.
Or c'eft de quoy un bon citoyen, qui
par fon courage, & fes autres bonnes
qualitez, peut être jugé digne qu'on luy
confie le gouvernement de la Republique, doit avoir le plus d'éloignement &
d'horreur.

Celuy-là fe donnera donc tout entier
à la Republique entiere : il n'aura jamais
pour but de s'élever ni de s'enrichir ; &
fes foins s'étendront également au general & au particulier. Jamais il ne luy
arrivera d'expofer perfonne à la haine
publique, par de fauffes accufations ; &

Belle peintu-re d'un vray Miniftre d'Etat.

il sera si inviolablement attaché à ce que l'honnêteté & la justice luy prescrivent, que plûtôt que de s'en départir, il sera toûjours prêt de s'exposer à toutes sortes de disgraces, & à la mort même.

Il n'y a rien de plus miserable que l'ambition, & les contestations où l'on entre pour les grandes places ; & sur cela Platon a dit admirablement, que ceux qui contestent entr'eux, à qui gouvernera la Republique, sont comme des Nautonniers, qui au lieu de se défendre de concert contre la tempête, se battroient à qui tiendroit le timon.

Le même Philosophe dit encore, que nous ne devons regarder comme nos ennemis que ceux qui font la guerre à la Republique ; & non pas ceux qui veulent qu'elle se gouverne par leurs avis, plûtôt que par les nôtres. C'est surquoy Scipion & Metellus [1] nous ont laissé un bel exemple. Car quoy que toute leur vie ils ayent été d'avis contraire, sur le gouvernement de la Republique ; leurs

Les Ministres qui ne chercheroient que le bien de l'Etat, s'accorderoient aisément entr'eux.

La difference de sentimens ne produit de l'aigreur que dans les petits esprits.

---

1 Ce Scipion est le 2. Affriquain, & Metellus est celuy qu'on a appellé Macedonien, pour avoir soûmis la Macedoine, ce qu'il fit l'année même que Scipion avoit pris & rasé Carthage.

contestations ont toûjours été sans aigreur.

Qu'on se garde donc bien d'écouter
ceux qui croyent qu'il faut pousser la
haine contre nos ennemis jusqu'aux dernieres extrémitez ; & qui prétendent
que cela est d'un grand homme , & que
c'est un effet naturel du courage & de la
grandeur d'ame. Car IL N'Y A rien
au contraire de plus loüable , & de plus
digne d'un honnête homme , que d'ê-
tre incapable de ressentiment ; & de
conserver de la douceur pour tout le
monde.

Les grands hommes sont peu capables de ressentiment.

Au reste , dans un Etat libre , IL
FAUT que ceux qui rendent la justice
soient d'une humeur aisée ; affables , &
accessibles à tout le monde ; & qu'ils se
mettent au dessus des petites choses.
Car si nous repoussons avec chagrin ceux
qui nous abordent à contre-tems,ou qui
demandent les choses avec un peu plus
de chaleur qu'il ne faudroit , nous nous
rendrons odieux, insupportables & inutiles à tout. Il faut donc de l'affabilité
& de la douceur : mais il faut aussi de la
fermeté , & même de la severité jusqu'à un certain point ; & le gouverne-

Quels doi- vent être ceux qui rendent la justice.

ment de la Republique en demande necessairement.

On conser-
veroit de
l'humanité
jusques
dans les
châtimens, si
l'on ne châ-
tioit que par
raison &
par necessité.

Quand on est obligé de reprendre,
ou même de châtier, il faut le faire d'u-
ne maniere qui n'ait rien de dur ni d'ou-
trageant ; & n'avoir pour but en cela
que le bien de la Republique, sans y
chercher aucun avantage pour soy-même. Il faut encore proportionner la peine à la faute, & garder l'égalité entre
les coupables ; en sorte qu'il n'arrive
pas, que pendant qu'on envoye les uns
au supplice, on n'ait pas seulement pensé à faire comparoître les autres.

La colere ne
connoît point
de mesures.

Mais à quoy l'on doit le plus prendre garde sur ce sujet, c'est à ne punir
jamais par colere; autrement on ne sçauroit se tenir dans ces justes bornes, entre
le trop & le trop peu, qui sont si re-
commandées par les Peripateticiens. Il
n'y auroit rien de mieux que ce qu'ils
disent sur ce sujet, si en même tems ils
avoient bien voulu ne point faire valoir
la colere, comme quelque chose d'utile, & comme un present avantageux de
la nature [2]. Car LA COLERE ne doit

2 La doctrine des Stoïciens étoit plus saine en ce
point, que celle des Peripateticiens ; & ils avoient fort

jamais

jamais avoir aucune part à rien ; & **IL SEROIT** à defirer que ceux qui gouvernent la Republique fuffent comme les loix, qui fans être capables de colere, ne laiffent pas de punir les méchans, avec toute la feverité que la Juftice demande.

Quel doit être le caractere de ceux qui gouvernent les Etats.

bien compris que toutes les paffions font mauvaifes : Qu'on a tort de croire qu'elles puiffent aider la vertu : Que ce n'eft qu'à fon deffaut qu'on les employe : Que même ce qui feroit bon, s'il étoit fait par vertu, devient mauvais dez qu'il eft fait par paffion ; & qu'enfin, quand les paffions pourroient être de quelque fecours à la vertu, elles font toûjours dangereufes ; parce que dés qu'on s'y abandonne, on ne fçauroit dire jufqu'où on ira.

H

CHAPITRE XXVI.

Se garder de l'orgueil & de l'arrogance dans la prosperité ; & être toûjours le même dans la bonne & dans la mauvaise fortune. Philippe, bien au dessus d'Alexandre, par les qualitez qui font un honnête homme. Moderation, plus necessaire dans les grandes places, que dans les conditions privées. Se tenir toûjours sous le frein de la raison & des regles de Morale. La docilité plus necessaire, & la flatterie plus à craindre à ceux qui sont dans l'élevation qu'aux autres. Les grandes places donnent moyen de faire connoître ce qu'on a de grandeur d'ame, mais il s'en peut trouver beaucoup dans ceux qui menent une vie retirée.

Ceux qui sont en place croyent s'élever par leur fierté ; & rien ne les rabaisse davantage.

C'est une grande vertu que l'é-

QUAND la fortune nous rit, & que tout nous reüssit à souhait, c'est alors qu'il faut avoir le plus de soin de se défendre de l'orgueil, du dédain & de l'arrogance. Car IL Y A autant de petitesse d'esprit, à ne sçavoir pas porter la bonne fortune que la mauvaise ; & rien au contraire n'est plus beau, que d'être toûjours le même dans l'une & dans l'autre ; & d'y conserver le même esprit & le même visage, comme ont fait Socrate parmi les Grecs , & Lælius parmi nous.

Philippe , Roy de Macedoine , a été inferieur à son fils , quant à la gloire , & aux actions d'éclat. Mais il a été bien au dessus de luy par l'humanité , la facilité & la douceur. Aussi le pere a-t'il toûjours été grand ; au lieu que le fils s'est souvent laissé aller à des choses honteuses , & capables de le deshono- rer[1]. Ce qui nous fait bien voir qu'il n'y a rien de plus sage que cette regle, que PLUS nous sommes élevez , plus nous devons avoir soin de nous tenir dans les bornes que la moderation nous prescrit.

Panætius rapporte, qu'un de ses amis & de ses disciples avoit acoûtumé de dire, que de la même maniere que quand le bruit & le tumulte des combats, avoit rendu des chevaux trop farouches , on les donnoit pour les reduire à ceux qui en font métier , afin qu'ils les remissent en état qu'on s'en pût servir ; ainsi quand les hommes s'étoient laissé enfler & em- porter par la bonne fortune , & qu'elle les avoit remplis d'une confiance pré-

[1] Comme entre autres le meurtre de Callisthene.

H ij

Marginal notes:

galité & l'uniformi- té.

Le commun du monde se connoit bien peu en grands hom- mes.

Belle regle pour ceux qui sont dans les grandes places.

On auroit souvent be- soin de reve- nir aux re- gles des

mœurs, mais le plus sûr seroit de ne les perdre jamais de vûë.

somptueuse ; ils avoient besoin d'être reduits, & domptez, par le frein de la raison & des preceptes de Morale ; & d'apprendre à connoître le peu de solidité des choses humaines, & l'inconstance de la fortune.

Où sont ceux qui soient en garde contre la prosperité ?

C'est dans la prosperité qu'il faut avoir le plus de soin de prendre conseil de ses amis, & y déferer le plus ; & c'est alors qu'on doit être le plus en garde contre les flateurs ; & donner le moins d'entrée à leurs discours empoisonnez. C'est par où on se laisse aisément seduire. Car NOUS avons naturellement si

Ce qui fait qu'on écoute les flatteurs.

bonne opinion de nous-mêmes, que nous croyons meriter toutes les loüanges qu'on nous donne, & cela fait faire une infinité de fautes ; & cause une en-

Ceux qui se livrent aux flatteurs, ne sçavent pas ce qu'il leur en coûte.

flûre qui nous tenant dans l'aveuglement & dans l'erreur, nous attire le mépris & les railleries de tout le monde. Mais en voila assez sur ce sujet.

Le gouvernement des Etats est sans doute ce qui donne lieu de faire les plus grandes choses, & où ce qu'on a d'élevation & de grandeur d'ame se fait le mieux voir ; soit par l'étenduë, &, pour ainsi dire, la richesse de la matiere

fur quoy l'on travaille, quand on eſt dans
ces grandes places ; ſoit par le grand
nombre de gens qui ſont ſous la main
des grands Magiſtrats, ou qui ont rela-
tion à eux. Mais on ne ſçauroit douter
non plus, qu'il n'y ait beaucoup de grandeur d'ame parmi ceux qui de tout
tems, & de nos jours même ſe ſont ren-
fermez dans leurs propres affaires, & ont
pris le parti de la retraite, pour s'occuper tout entiers à mediter ou à tâcher
de découvrir, & de faire entendre aux autres, des choſes tres-importantes & tres-
élevées. Il y en a d'autres, qui tenant
comme le milieu entre les Philoſophes &
ceux qui gouvernent la Republique,
trouvent la douceur de leur vie dans la
conduite de leurs affaires & de leur bien;
non pour l'augmenter ſans meſure, par
toutes ſortes de moyens , & pour en
joüir tout ſeuls, ſans en faire part à
leurs proches & à leurs amis ; mais plûtôt pour les en aider, & pour l'employer
même dans les rencontres au ſervice de
la Republique. Ils n'en ont que de bien
acquis, & par des voyes innocentes, &
éloignées de tout ce qui pourroit avoir
quelque choſe de honteux ou d'odieux.

Ceux qui ſont le plus de bruit dans le mon-de, ne ſont pas ceux qui ont le plus de grandeur d'ame.

Il y a plus de grandeur d'ame qu'on ne penſe par-mi ceux qui menent une vie cachée.

H iij

ils ne connoissent point d'autres moyens pour l'augmenter, que l'habileté, le soin & le bon menage ; & bien loin de le consumer ni en luxe, ni en débauches, ils l'employent au contraire à des liberalitez honnêtes ; qu'ils répandent même, autant qu'il est possible, sur tous ceux qui le meritent. Qui peut douter que dans ceux même qui menent une vie retirée, & qui sçavent garder ces mesures, il n'y ait non seulement de la candeur, de la sincerité, & de la probité, & de tout ce qu'il y a de plus propre à se faire aimer de tout le monde, mais encore de la grandeur d'ame, de la noblesse & de la dignité ; & quelque chose même de magnifique ².

La magnificence dépend plus de la grandeur de l'ame, que de celle de la fortune.

2. Le portrait que Ciceron vient de faire ressemble fort à son amy Atticus, & peut-être qu'il l'a eu en vûë.

CHAPITRE XXVII.

Avantages & grands effets de ce que l'on appelle
moderation & temperance. Dignité & bien-
seance, inseparables de l'honnêteté, & par con-
sequent de toute vertu. Ce que c'est que la
bien-seance en general & par rapport à la na-
ture de l'homme, & par rapport à chaque
action particuliere.

IL nous reste à parler du dernier de
ces quatre chefs, à quoy tout ce qui
se peut appeller honnête se reduit, c'est
à dire de celuy qui comprend la pudeur,
la modestie, la temperance, la soûmission de toutes les passions à la raison, &
cette précision si juste qui sçait garder
sur chaque chose les mesures qu'elle demande ; & d'où il resulte un certain
lustre, qui se répand sur toutes les actions
de la vie.

Combien il
y a de ver-
tus comprises
dans ce
qu'on appel-
le temperan-
ce.

C'est en cela précisément que consiste cette décence & cette bien-seance,
que les Grecs appellent πρέπον ; & c'est
quelque chose de si étroitement lié à
l'honnêteté, qu'on ne sçauroit l'en separer. Car TOUT ce qui est honnête

L'honnêteté
est necessai-
rement ac-
compagnée
de décence
& de digni-
té.

eſt bien ſeant ; & tout ce qui eſt bien ſeant eſt honnête.

S'il y a même quelque difference de l'un à l'autre , c'eſt une difference qu'il eſt plus aiſé de concevoir que d'expliquer. Auſſi n'apperçoit-on jamais de décence & de bien-ſeance que dans quelque choſe d'honnête , qui marche toûjours devant ; & c'eſt ce qui fait qu'il en paroît , non ſeulement dans ce dernier chef dont nous parlons préſentement; mais dans tous les trois dont nous avons déja parlé.

Car il ſied bien, par exemple , de conſulter la raiſon, de parler ſagement , de bien conſiderer ce qu'on fait , & de voir & d'examiner ſur chaque choſe ce qu'il y a de vray. Comme au contraire il ſied mal d'être dans l'erreur, de ſe tromper, & de prendre le faux pour le vray; auſſi bien que d'extravaguer , & d'être hors de ſon bon ſens.

Tout de même , CE QUI eſt juſte ſied toûjours bien ; & L'INJUSTICE ne bleſſe pas moins la bien-ſeance que les bonnes mœurs. Il en eſt de même de ce qui regarde la force ; & comme rien ne ſied mieux que les actions où il paroît

C'eſt en vain qu'on pretend conſerver de la décence & de la dignité,lors qu'on neglige l'honnêteté.

Tout ce qui marque de la prudence ſied bien.

Toute action de juſtice eſt accompagnée de bien-ſeance; & tout ce qui marque de la force

du courage & de la grandeur d'ame; celles où l'on voit des marques de foiblesse
& de lâcheté, ne font pas moins contraires à la bien-feance qu'à la vertu.

LA BIEN-SEANCE eft donc tellement
de l'effence de tout ce qui eft honnête,
qu'on l'y apperçoit du premier coup
d'œil, fans avoir befoin de l'y chercher;
& c'eft quelque chofe de fi attaché à la
vertu, & même à l'idée que l'on en a,
qu'il en eft infeparable, & qu'on ne
fçauroit même faire la difference de l'un
& de l'autre que par la penfée[1]. Car il
n'eft non plus poffible de les feparer, que
de feparer la beauté de la fanté. Mais
quoy que la vertu & la bien-feance
foient infeparables, jufqu'à fe confondre
l'une avec l'autre; on peut, comme j'ay
dit, les diftinguer par la penfée.

Il y a deux differentes définitions de
ce qu'on appelle bien-feance, dont l'une
luy convient à la regarder en general;
& l'autre à la regarder dans chaque

Ce que c'eft que la bien-feance, par rapport à la nature de l'homme.

---

1 Les précifions de l'efprit, qui font d'un fi grand fecours pour démêler la verité, ne laiffent pas d'être
quelquefois une fource d'erreur; & la difference des
vûës par où on confidere une même chofe, fait fouvent
que d'une feule on en fait plufieurs. C'eft dequoy il y a
mille exemples dans la mauvaife philofophie.

action particuliere. A regarder la bien-
feance en general, on peut dire que c'eſt
ce qui convient à l'excellence de la nature de l'homme, confideré par ce qui
le diſtingue des autres animaux [2]; & à
la regarder dans chaque action particuliere, on peut dire que c'eſt ce qui convient à la nature de l'homme, confideré
par rapport à un certain air de nobleſſe & de dignité, qui reſulte de l'obſervation des meſures que la moderation & la
temperance luy preſcrivent ſur chaque
choſe.

Ce que c'eſt que la bien-ſeance, par rapport à chaque action.

2 L'homme ne doit jamais rien faire qui ne parte d'un
principe de raiſon & de vertu. Voila ce qui luy convient
à le regarder par la difference de ſa nature & de celle des
autres animaux ; & c'eſt dans cette convenançe de ce
que preſcrivent la raiſon & la vertu avec la nature de
l'homme, que conſiſte la premiere ſorte de bien-ſeance. Mais dans ces actions même, dont la raiſon & la
vertu ſont le principe, il y a encore de certaines meſures à garder, qui leur donnent comme leur dernier luſtre,
& c'eſt en quoy conſiſte cette autre ſorte de bien-ſeance, dont Ciceron parle dans ce qui va ſuivre.

CHAPITRE XXVIII.

Le soin que les Poëtes mêmes ont d'observer ce qui
convient à chacun de leurs personnages, nous
apprend à observer ce que la nature nous pres-
crit. L'honnêteté prend garde à ce qu'elle doit
être en elle-même, & à ce qu'elle doit être par
rapport aux autres. L'ordre, la proportion &
la convenance des parties d'un même tout, fait
la dignité & la bien-séance, aussi bien que la
beauté. Avoir pour but de plaire generale-
ment à tous des hommes. Difference de ce que
la justice & la retenuë nous prescrivent à leur
égard. L'ordre que la moderation fait observer,
necessaire dans toutes les vertus. Que c'est le
vray principe de la bien-séance, & qu'il doit
regler le dedans & le dehors. Soûmission de
l'appetit à la raison.

POUR voir que ce que nous venons
de dire est vray, & que tout le monde en juge de la sorte, il n'y a qu'à prendre garde au soin que les Poëtes mêmes
ont d'observer ce qui convient à chacun
de leurs personnages. C'est surquoy il y
auroit bien des choses à dire : mais ce
n'est pas icy le lieu ; & il suffit de remarquer, que cette convenance qu'ils observent consiste à faire parler & agir

Rien ne peut
plaire qu'-
autant que
la bien-
seance & la
convenance
y sont gar-
dées.

chacun felon fon caractere.

C'eſt ainſi., par exemple , que ſi l'on faiſoit dire à Minos[1] ou à Æacus, *Qu'on me haïſſe , pourvû qu'on me craigne*[2] ; ou bien, *L'eſtomach du Pere eſt le meilleur ſepulchre que puiſſent avoir les enfans*[3], on trouveroit que la convenance ne ſeroit pas bien gardée ; parce que ces gens-là paſſent pour avoir été d'une grande probité ; au lieu que quand on met ces ſortes de diſcours dans la bouche d'A-trée , tout le theatre y applaudit ; parce que cela eſt de ſon caractere.

Si les Poëtes obſervent donc avec tant de ſoin ce qui convient à chacun de leurs perſonnages ; combien plus devons-nous penſer à ſoûtenir dignement le grand rôle dont la nature nous a

On a bien plus de ſoin d'obſerver la bien-ſeance dans les choſes du plaiſir, que

1 Roy de Crete, que les Poëtes ont fait fils de Jupiter & d'Europe , & qui ſe rendit ſi celebre par ſon integri-té , que les mêmes Poëtes en ont fait un des trois Juges des enfers.

2. C'eſt un mot d'Ennius., cité en pluſieurs endroits de Ciceron & de Seneque ; & c'eſt comme la deviſe des tyrans.

3 C'eſt ce que le Poëte Accius fait dire à Atrée , fils de Pelops , & Roy d'Argos & de Micene , qui en haïne d'un commerce , dont il ſoupçonnoit ſa femme , avec Thieſte ſon frere, & dont il croyoit que les enfans qu'elle avoit eus étoient nez , les luy fit manger dans un feſtin.

chargez, par le haut point d'excellence où elle nous a portez, au deſſus de tous les autres animaux ?

dans la con-
duite de la
vie.

C'eſt aux Poëtes à voir, dans tous les differens caracteres de leurs perſonnages, ce qui convient à chacun ; & même aux plus vicieux & aux plus méchans[4]. Pour nous, celuy que la nature nous impoſe, c'eſt celuy de la conſtance[5], de la moderation, de la temperance & de la pudeur ; & celuy-là ne regarde que nous-mêmes. Mais elle veut encore que nous ayons ſoin de prendre garde à ce que nous devons aux autres hommes ; & ce ſera en nous acquittant de l'un & de l'autre, avec la même exactitude, que nous ferons remarquer en nous, & cette bien-ſeance generale que tout ce qui eſt honnête porte avec ſoy ; & cette autre plus particuliere, qui reluit dans chaque ſorte de vertu.

Ce que la
nature exi-
ge en gene-
ral de tous
les hommes.

Il faut pren-
dre garde à
ce qu'on doit
être par rap-
port aux au-
tres, auſſi
bien que par
rapport à
ſoy-même.

Or COMME la beauté, qui conſiſte dans la diſpoſition & la convenance des

4 La convenance plaît tellement en tout, que quelque odieux que ſoit ce que les Poëtes font dire aux plus méchans, il fait une ſorte de plaiſir, lors qu'il convient à ce qu'on connoît de leur caractere.

5 Il entend par là une ſoûmiſſion perpetuelle & toûjours égale de l'appetit & des paſſions à la raiſon.

Beauté, &
par où elle
plaît.

On veut
plaire, & on
neglige le
vray princi-
pe par où
l'on peut
plaire.

Un honnê-
te homme a
pour but de
plaire à tout
le monde.

Difference
de ce que la
justice & la

parties d'un même corps, plaît naturellement aux yeux, & que c'est par
cette convenance même qu'elle leur
plaît ; ainsi celle qui reluit dans une vie
bien ordonnée nous attire l'estime &
l'approbation de ceux avec qui nous vivons ; & nous l'attire par cet ordre même qu'on y remarque ; par la constan-
ce & l'égalité de la conduite, & par la
justesse des mesures que demandent les
paroles & les actions[6]. Car IL FAUT
avoir pour tous les hommes un certain
respect qui nous fasse faire cas, non seulement de l'approbation des plus honnêtes gens, mais même de celle de tout
le monde ; & POUR ne se pas mettre
en peine de ce qu'on peut penser de
nous, il faudroit être à un étrange
point d'arrogance ; & n'avoir même
nulle sorte de regle ni de pudeur.

Or entre les égards que nous devons
avoir pour les hommes, il faut sçavoir

6 C'est ce qu'il a dit à la fin du chap. 4. que l'homme est naturellement touché de ce que l'on appelle *ordre,*
proportion & *convenance* : que c'est ce qu'il remarque d'a-
bord dans les choses qui frappent les sens ; mais que sa
raison le luy fait aisément transporter de celles-là à celles qui ne touchent que l'esprit ; Ainsi, dans les unes &
dans les autres, ce n'est jamais que cela seul qui luy
plaît.

faire la difference de ceux que la juſtice
demande, & de ceux que demande la
retenuë & la pudeur. LA JUSTICE nous
défend de leur faire aucune ſorte de tort;
& la retenuë de rien faire qui les choque, ou qui leur déplaiſe ; & c'eſt en
quoy cette bien-ſeance dont nous parlons ſe fait le mieux remarquer. Je croy
que ce que nous venons d'en dire ſuffit
pour faire entendre ce que c'eſt.

Quant aux devoirs qu'elle nous preſcrit, leur premier effet eſt de nous mener à ce qui convient à la nature 7 ; &
de maintenir l'ordre qu'elle a établi.
Or en ſuivant cet ordre-là, nous ne

7 Qui feroit vivement touché de ce qu'on appelle
ordre, convenance & bien-ſeance, & qui le ſçauroit diſcerner en tout, iroit par cela ſeul à tout ce que la vertu & l'honnêteté demandent, & ne feroit jamais aucun
mal ; puiſque, comme on a vû au chap. 27. rien n'eſt
bien-ſeant que ce qui eſt honnête ; & que les mauvaiſes actions ne ſont pas moins contraires à la bien-ſeance
qu'à la vertu. Il eſt donc vray que cela ſeul nous mene
à ce que la nature nous preſcrit ; puiſqu'elle ne nous demande autre choſe que de ſuivre la vertu & l'honnêteté
en tout ; & de ne faire jamais aucun mal. Ainſi le preſent qu'elle nous a fait, quand elle nous a imprimé le
ſentiment de la convenance & de la bien-ſeance, eſt
plus grand que nous ne penſons ; & il eſt ſi vray
que ſi nous en uſions bien, il ne nous faudroit point
d'autre regle pour nous conduire, que c'eſt de là que
toutes les regles ſont priſes.

bien-ſeance
exigent de
nous à l'é-
gard des
autres.

nous égarerons jamais ; ni dans la recherche de ce qui se peut découvrir par les lumieres de l'esprit ; ni dans ce qui convient à la societé humaine, ni dans ce qui demande de la force & du courage; mais c'est dans ce juste temperament des actions & des paroles, dont nous traitons presentement, que cette bienseance que la nature exige de nous est le mieux marquée.

C'est aussi ce qui en fait le mieux voir la force & l'étenduë ; puisqu'elle va à regler, non seulement les mouvemens exterieurs & corporels ; mais encore, & à bien plus forte raison, ceux de l'esprit. Car il faut que les uns & les autres soient reglez selon l'intention de la nature ; & on ne sçauroit les approuver, qu'autant qu'ils luy sont conformes.

Ceux de l'esprit ont deux differens principes: l'appetit & la raison. L'appetit, qui est ce que les Grecs appellent ὁρμὴ, n'est qu'une impulsion aveugle & temeraire, qui nous porte tantôt d'un côté, tantôt d'un autre ; au lieu que la raison est une lumiere certaine, qui nous instruit, & nous montre ce que nous devons faire, & ce que

nous

nous devons éviter ; & il faut donc que
la raison gouverne, & que l'appetit luy
soit soûmis.

CHAPITRE XXIX.

Ce qu'on doit observer dans toutes les actions.
Deux conditions de la soûmission de l'appetit à
la raison. Ce qui arrive quand ses fougues ne
sont pas domptées. Par où on vient à bout de
les dompter. Mesures à observer dans les di-
vertissemens & les jeux.

IL NE doit donc jamais y avoir ni
temerité ni negligence dans aucune
de nos actions ; & IL NE nous est pas
permis de rien faire dont nous ne puissions rendre raison : cela seul nous donne une juste idée de ce qu'on appelle
devoir. Or CETTE soûmission de l'appetit à la raison ne permet, ni qu'il la
previenne, ni qu'aucune sorte de paresse ou de lâcheté luy fasse refuser de
la suivre ; & il faut que tous ses mouvemens soient tellement reduits & moderez, qu'ils ne puissent jamais exciter de
trouble dans l'esprit.

C'est de là que resulte ce qu'on appel-

Regle abre-
gée pour ne
jamais
manquer à
ce qu'on
doit.

Ce n'est pas
assez que
l'appetit ne
s'oppose pas
à la raison,
il faut qu'il
la suive, &
qu'il agisse
sous ses or-
dres.

I

le *égalité & moderation.* Car TANT qu'il y a de la fougue dans l'appetit, & qu'il est sujet à des mouvemens violents, de desirs ou de craintes, il n'est pas possible que la raison en soit la maîtresse ; & on ne sçauroit garder les mesures qu'elle prescrit. Ainsi, au lieu que les loix de la nature veulent que l'appetit soit soûmis à la raison, il en secoüera le joug ; & ne se conduisant plus par elle, il mettra le corps même en desordre aussi bien que l'esprit.

Il n'y a qu'à voir ceux qui sont transportez de colere, ou de quelqu'autre passion violente, soit de desir ou de crainte, & même de quelque mouvement extraordinaire de joye ; & quel changement cela fait à leur visage, à leur ton de voix, à leurs gestes, & à tout leur exterieur. Il n'en faut pas davantage pour nous rappeller aux regles de nos devoirs ; & pour nous faire comprendre, de quelle consequence il est de reprimer, & de calmer les mouvemens de l'appetit ; d'exercer sur nous mêmes une censure perpetuelle ; de prendre garde, avec tout le soin possible, à ne point agir temerairement, &

Comment veut-on que l'appetit soit soûmis à la raison, quand à force de le suivre on l'a accoûtumé à être toûjours le maître?

Providence de la nature, d'avoir mis en nous des marques sensibles du désordre qu'y cause le soûlevement de l'appetit contre la raison.

Par où on vient à bout de soûmettre l'appetit à la raison.

l'aventure , & de ne rien faire où il paroiſſe de l'inconſideration ou de la negligence.

Auſſi la nature ne nous a-t-elle pas
faits pour nous joüer comme des enfans ; elle demande de nous une conduite grave & ſerieuſe ; & nous appelle
à des occupations plus importantes que
les divertiſſemens & les jeux. Ce n'eſt
pas qu'on ne puiſſe quelquefois ſe les
permettre ; mais ON N'EN doit uſer
que comme on uſe du ſommeil , & des
autres ſoulagemens neceſſaires à la nature ; & ce ne doit être qu'aprés avoir
ſatisfait aux affaires ſerieuſes.

Il faut même prendre garde , que nos
jeux n'ayent rien d'emporté ni d'exceſ-
ſif , non plus que de bas , & d'indigne
d'un honnête homme. Car ſi nous ne
permettons pas aux enfans même toutes
ſortes de jeux , mais ſeulement ceux qui
ſe peuvent accorder avec l'honnêteté ;
combien plus devons-nous prendre garde de ne nous rien permettre ſur ce ſujet qui ne convienne au caractere d'un
honnête homme ?

Il y a donc deux manieres de ſe réjoüir : l'une mal-honnête, petulante, &

I ij

qui bleſſe l'innocence & la pudeur : l'autre honnête, polie, ingenieuſe, & plaiſante ſans baſſeſſe. On voit des traits de celle-cy dans Plaute, & dans les anciens Comiques grecs : les Livres mêmes des Philoſophes qui ont été diſciples de Socrate en ſont remplis ; à quoy l'on peut ajoûter les bons mots de la nature de ceux dont le vieux Caton a fait un recueil, & qu'on appelle des Apophtegmes.

Ces deux differentes manieres ſont aiſées à diſtinguer ; & autant que l'une
peut convenir à un honnête homme, quand on ne cherche pas à ſe divertir à contre-tems, & qu'on ne le fait que pour ſe délaſſer l'eſprit ; autant l'autre eſt-elle indigne de quelque homme que ce ſoit ; ſur tout, lors que l'obſçoenité des paroles eſt jointe à la baſſeſſe & à la groſſiereté des choſes.

Enfin, LES DIVERTISSEMENS doivent avoir leurs bornes, & il ne faut pas les pouſſer trop loin ; de peur que le plaiſir ne nous emporte, & ne nous faſſe faire quelque choſe de meſſeant & de honteux. La chaſſe, & les divers exercices qui ſe font parmi nous dans le champ

de Mars, font affez voir quelle eft la
maniere honnête de fe divertir.

CHAPITRE XXX.

Ne perdre jamais de vûë la dignité de la nature
de l'homme, & fa difference d'avec celle des
bêtes. En quoy elle confifte principalement. Les
plaifirs du corps indignes de luy. Ce qu'il doit
regarder dans ce qui a rapport au corps. Ob-
ferver, & ce que la nature demande en general
à tous les hommes, & ce que demandent nos
qualitez particulieres. Diverfité de qualitez
& de caracteres.

SUR tout ce qui regarde les devoirs
de l'homme, IL FAUT toûjours fe
fouvenir, combien fa nature eft au deffus
de celle des bêtes ; & c'eft comme un
point fixe, qu'il ne faut jamais perdre
de vûë.

Regle abré-
gée pour fe
tenir dans
le devoir
fur tout.

Les bêtes ne font fenfibles qu'aux
plaifirs du corps, & tout ce qu'il y a en
elles les y porte avec impetuofité ; au
lieu que la vie & la nourriture de l'homme, c'eft d'aprendre & de penfer. Auffi
voyons-nous qu'il eft touché du plaifir
de voir, d'entendre & de connoître ; &
qu'il n'eft jamais fans avoir quelque

Partage des
bêtes.

Partage de
l'homme.

chose à faire , ou à chercher & à découvrir.

S'il y en a même , parmi ceux qui ne
font pas tout à fait bêtes , car on voit
des hommes qui ne font hommes que
de nom ; si , dis-je , parmi ceux qui font
tant foit peu au deſſus des bêtes , il y en
a qui fe fentent quelque pente un peu
violente vers la volupté , une fecrete
honte fait qu'ils s'en cachent ; & cela
feul fait aſſez voir que DANS LES
PLAISIRS du corps , il y a quelque
choſe qui déroge à la nobleſſe de nôtre
nature ; & qu'ainſi nous devons les mépriſer & les rejetter. Que s'il y en a qui
croyent qu'il faut donner quelque choſe au plaiſir ; au moins ne ſçauroient-
ils diſconvenir , qu'on n'y doive garder
beaucoup de meſures.

Il ne faut donc chercher dans la nourriture , & dans toutes les autres choſes
qui regardent le corps, que la conſervation des forces & de la ſanté , & non pas
la volupté. Car POUR PEU qu'on ſe
ſouvienne de l'excellence & de la dignité de nôtre nature, on verra clairement,
qu'il n'y a rien de plus honteux qu'une
vie molle , délicate , & abandonnée au

La honte qu'on a de s'abandon-ner au plai-fir, ne peut venir que de ce que l'on fent bien qu'il ne s'accorde pas avec cette bien-feance & cette dignité que deman-de la nature de l'homme.

Par où on doit fe regler fur ce qui a rapport au corps.
Si ce que Ciceron dit icy eft vray, cette dignité de la nature de l'homme eft bien ou-bliée.

plaifir ; & qu'IL N'Y A RIEN au contraire de plus honnête, & de plus convenable à l'homme, qu'une vie frugale,
& affujettie aux loix les plus severes de
la fobrieté & de la tempérance.

Il eft encore à remarquer, que LA
NATURE nous a donné comme deux
perfonnages à joüer. L'un eft commun à
tous les hommes, & confifte dans ce
que demande de nous cette prerogative
de la raifon qui nous éleve fi fort au deffus des bêtes ; qui nous fait connoître
nos devoirs, & d'où dérive tout ce qui
s'appelle honnêteté & bien-feance. L'autre eft particulier à chacun, & confifte
dans ce qui convient à fes qualitez per-
fonnelles. Car autant qu'il y a de difference entre les hommes par les qualitez
du corps ; qui font que celuy-là eft le-
ger, & propre à la courfe, & celuy-cy
robufte, & propre à la lutte ; que dans
l'un il y a de la bonne mine & de la dignité, & dans l'autre de la beauté & de
l'agrément ; autant y en a-t-il entre les
efprits, & même beaucoup davantage.

Lucius Craffus [1], & Lucius Philip-

Ce que la nature demande generalement de tous les hommes.

Ce qu'elle demande à à chacun en particulier.

[1] C'eft celuy qu'il fait parler dans fes Livres de l'O-
rateur.

I iiij

Diverſité de
qualitez &
de caracte-
res.

pus[2], étoient tout pleins de graces toutes naturelles. C. Ceſar, fils de Lucius[3],
en avoit encore davantage; mais ce n'é-
toit pas ſans art. Dans le même tems, on
a remarqué dans Scaurus[4], & dans Dru-
ſus même dés ſa jeuneſſe, quelque choſe de fort grave, & même de fort ſevere[5]. Dans Lælius[6], beaucoup de douceur & de gayeté; & dans Scipion[7] ſon
ami, plus d'ambition; & quelque choſe
de plus auſtere dans les mœurs & dans
la maniere de vie.

Parmi les Grecs, Socrate étoit un
homme d'un eſprit doux, d'une con-
verſation aiſée & réjoüiſſante; grand
amateur de l'ironie; & parlant toûjours
à contre-ſens de ce qu'il vouloit faire entendre. Au contraire, Pytagore & Periclés n'avoient nulle gayeté dans l'eſprit: mais leur ſerieux n'a pas laiſſé de

2 Il parle de celuy-là dans le 2. Livre *de l'Orateur*,
& dans celuy qui eſt intitulé *Brutus*.

3 C'étoit le frere de Catule le pere, dont on a parlé
ſur le chap. 22.

4 On en a parlé au chap. 22.

5 Il en parle de la même maniere dans le Livre intitulé *Brutus*.

6 C'eſt celuy qu'il fait parler dans ſon Livre *de l'a-
mitié*.

7 C'eſt le ſecond Scipion.

leur acquerir beaucoup de reputation
& d'authorité [8].

 Annibal, parmi les Affriquains, a
été un General plein de rufes & d'artifices ; & entre les nôtres, Fabius Maximus étoit un homme d'un fecret impe-
netrable, maître de fes paroles, cachant
fes deffeins, prevenant ceux de l'ennemi, & luy tendant inceffamment des
pieges. C'eft en quoy Themiftocle [9],
& Jafon de Phérée [10] ont excellé parmi
les Grecs. Solon même en fçavoit tant
fur ce fujet, que pour mettre fa vie en
fûreté, & fe trouver en état de mieux

[8] Pytagore s'en étoit acquis une fi grande, que fes
paroles paffoient pour des oracles ; & que pour faire
croire quelque chofe, c'étoit affez de pouvoir dire,
Pytagore l'a dit. Periclés de fon côté en avoit tant fur les
Atheniens, qu'il leur infpiroit tout ce qu'il luy plaifoit,
quelque repugnance qu'ils y euffent; en forte que Socrate difoit qu'il y avoit de l'enchantement.

[9] Socrate difoit de Themiftocle, qu'encore qu'il n'eût
pas le don d'enchanter comme Periclés, il fçavoit tourner les chofes en tant de manieres, qu'il venoit enfin à
fon but.

[10] Pherée étoit une ville de la Greee, entre Thebes
& Megare. Ce Jafon en étoit, & c'étoit un des grands
Capitaines d'entre les Grecs. Il étoit beaupere de cet
Alexandre de Pherée, dont Ciceron parle au chap. 7.
du 2. Livre. On dit de luy qu'un homme qui le vouloit
affaffiner luy donna un coup de poignard, qui perça un
abcez qu'il avoit dans la poitrine, & dont nul remede
n'avoit été capable de le guerir.

fervir la Republique , il fçut fe contrefaire jufqu'à paffer pour infenfé [11].

Il y en a d'autres , tout oppofez à
ceux-cy, dont toutes les manieres font
fimples & ouvertes ; qui croyent qu'envers l'ennemi même on ne doit jamais
ufer d'artifice ni de furprife ; qui aiment
la verité , & qui ont horreur de tout ce
qui tient de la fraude.

Il y en a qui pour arriver à leur but
fouffriront tout , & fe feront valets de
qui l'on voudra. Tel étoit Craffus à
l'égard de Silla ; & l'on dit que dans ce
genre de gens rufez , & endurans pour
venir à leurs fins , perfonne n'a été au
deffus de Lifander [12] Lacedemonien ; au

On donnera toûjours la préference à ceux-cy fur ceux dont il vient de parler.

11 Les Atheniens avoient difputé long-tems l'Ifle de Salamine avec ceux de Megare; & les guerres qu'ils avoient
entreprifes pour cela leur avoient fi mal reüffi , qu'ils
avoient ordonné une peine de mort contre quiconque
propoferoit au peuple d'en entreprendre de nouvelles.
Solon , qui voyoit que cette Ifle leur étoit abfolument
neceffaire pour leur fûreté , n'y trouva d'autre expedient
que de contrefaire le fou ; & dans la confiance qu'on pardonne tout aux foux , il parut dans un équipage & avec
des manieres d'un homme qui avoit perdu l'efprit ; &
s'étant mis à parler au peuple, en vers bizarres & extra-
vagans en apparence , il toucha l'affaire de Salamine ; &
fit fi bien que la guerre fût refoluë , & l'Ifle conquife
fur les Megariens.

12 On l'accufe même d'avoir manqué de candeur &
de fincerité ; & d'avoir eu pour maxime, qu'on pou-

lieu que Callicratidas[13], qui commanda
l'armée navale aprés luy, étoit d'une humeur tout oppoſée.

Enfin, il y en a eu qui parlant auſſi
bien & auſſi noblement qu'il eſt poſſible,
ſçavoient ſe rabaiſſer quand ils vouloient ; & prendre ſi bien le ſtile & les
manieres les plus ſimples, qu'on les auroit pris pour des gens du commun. C'eſt
ce que nous avons vû dans les deux Catules, le pere & le fils ; & dans Mutius
Mancia ; & que nos peres ont vû dans
Scipion Naſica ; au lieu que ſon pere,
qui vangea la Republique des attentats
de Tib. Gracchus en luy donnant la mort,
n'avoit nulle politeſſe de langage. Xenocrate a été le plus ſevere de tous les Philoſophes ; & cette ſeverité même eſt ce
qui l'a mis au rang des grands hommes.

On peut remarquer parmi les hommes
une infinité d'autres differens caracteres, dont il n'y en a aucun que l'on puiſſe condamner.

voit employer indifferemment le menſonge & la verité,
ſelon qu'on ſe trouvoit bien de l'un ou de l'autre.
  13 C'étoit un homme tout de feu, qui trouvoit fort mauvais que tout le monde ne fût pas auſſi exact que luy ; &
qui s'emporta beaucoup contre Cyrus, ſur le retardement
d'une paye que ce Prince devoit luy faire toucher dans
un certain tems.

CHAPITRE XXXI.

Ne point sortir de son caractere, & garder une
parfaite uniformité dans sa vie. Regles à ob-
server par quiconque cherche la bien-séance.
Exemples sur ce sujet. Ce qu'on doit faire
quand on est forcé de se charger de quelque
chose qui ne convient pas à son caractere. Il est
plus aisé de se corriger de ses vices, que d'ac-
querir les bonnes qualités que l'on n'a pas.

Regle abre-
gée pour se
bien condui-
re.

SI l'on veut donc atteindre à cette
bien-séance dont nous parlons, il
faut que chacun se tienne à ce qui est
de son naturel, pourvû qu'il n'y ait rien
de mauvais & de vicieux. Car NOUS
DEVONS nous conduire de telle sorte,
que sans jamais aller contre ce que la
nature exige generalement de tous les
hommes, nous demeurions dans nôtre
caractere particulier ; & qu'encore que
ce qui n'en est pas nous paroisse meilleur,
nous ne nous appliquions qu'à des choses proportionnées à ce que la nature
nous a donné en partage. Car en vain
iroit-on contre la nature ; & IL FAUT
bien se garder d'aspirer où l'on ne sçauroit atteindre.

Ce que nous venons de dire fait mieux comprendre que nulle autre chose , ce que c'eſt que *convenance & bienſéance* [1] ; puis que le proverbe même nous apprend , que ce qui ſe fait *en dépit de Minerve* , c'eſt à dire en dépit de la nature , *ne ſied jamais bien.* RIEN ne ſied ſi bien qu'une grande uniformité de vie & de conduite. Or on ne la ſçauroit garder , quand on ſort de ſon naturel, pour imiter celuy des autres. Comme il faut donc parler chacun ſa langue, qui eſt toûjours celle que l'on ſçait le mieux ; & ne point entremêler de mots grecs dans le diſcours , comme font de certaines gens , qui par là ſe rendent ridicules à tout le monde ; ainſi il faut que chacun demeure dans ſon caractere, & qu'on ne voye point de bigarrure dans la vie ni dans les actions.

Il n'y a que ce qui eſt naturel qui ſe puiſſe ſoûtenir.

Ce que chacun doit à ſon caractere va même ſi loin , que dans une même conjoncture , l'un doit ſe donner la mort, & non pas l'autre.

Juſqu'où va, ſelon les Stoïciens, ce que chacun doit à ſon caractere.

Caton , & ceux qui ſe rendirent à

1. C'eſt à dire celle qui reſulte de l'obſervation de ce qui convient au caractere particulier de chacun ; & non pas cette bienſeance generale qui eſt inſéparablement attachée à l'honnêteté, & dont il a parlé au chap. 27.

Cefar en Afrique, n'avoient-ils pas fui-
vy le même party, & n'étoient-ils pas
dans les mêmes termes ? Cependant on
auroit peut-être defapprouvé que ces
autres fe fuffent donné la mort ; parce
que c'étoient des gens d'une forte de vie
moins tenduë, & qui ne fe conduifoient
pas par des maximes fi feveres. Mais
pour Caton, à qui la nature avoit donné une fermeté d'ame incroyable, &
qui l'avoit encore augmentée par une
conftance qui ne s'étoit jamais démen-
tie ; il étoit de fon caractere de mourir
plûtôt, que de voir le vifage du Tiran. [2]

2 Les Stoïciens, que Ciceron fuit dans cet Ouvrage,
& dont Caton avoit embraffé la fecte, mettoient la vie
même au nombre des chofes qui ne font ni des biens ni
des maux ; & dont on doit fe défaire, dés qu'on ne peut
plus les conferver qu'aux dépens de la vertu, & même
d'une certaine dignité dont le fage, felon eux, ne devoit
jamais fe departir ; & qu'ils croyoient incompatible avec
la fervitude. Ces maximes paroiffoient avoir quelque chofe de grand ; & il y a en effet de la grandeur de courage à
méprifer la mort. Mais elles n'en étoient pas moins fauffes ; & Ciceron lui-même en propofe de plus faines, & de
plus conformes au Chriftianifme, dans le *fonge de Scipion*, où il enfeigne que *comme c'eft Dieu qui a engagé
l'ame dans le corps, il n'appartient qu'à luy de l'en degager;
& que l'entrée du Ciel eft fermée à tous ceux qui fortent de
la vie fans fon ordre.* C'eft ce que les Stoïciens font d'autant moins excufables de n'avoir pas vû, que felon leurs
principes mêmes, la vertu confifte *à fuivre la nature ;*

Que n'a point souffert Ulisse, dans
cette longue suite d'avantures & de
voyages ? Ne s'est-il pas vû reduit jusqu'à servir des femmes , si ce sont des
femmes que Circé [3] & Calipso [4] ? Que
n'a-t'il point fait pour se rendre agreable à tout le monde , par la douceur
de ses manieres & de ses paroles ? Combien d'outrages a-t'il essuyé dans sa propre maison , des valets mêmes & des
servantes ? Enfin que n'a-t'il point pris
en gré , pour parvenir à son but [5] ? Ajax

que *suivre la nature* n'est autre chose que suivre Dieu,
& demeurer soûmis à ses ordres ; & qu'ainsi c'est attaquer la vertu dans son principe, que de se soustraire aux
ordres de Dieu ; & d'usurper son autorité , en s'ôtant la
vie à soy-même. On pourroit ajoûter, que cette dignité
même , dont les Stoïciens faisoient tant de cas, n'est
blessée que par ce qui blesse la vertu ; & qu'il n'y a rien
de honteux que les mauvaises actions. Ainsi on peut dire
avec S. Augustin, au prémier Livre *de la Cité de Dieu*,
ch. 23. que quand Caton crut se devoir ôter la vie , plûtôt que de tomber entre les mains de Cesar, ce n'étoit
pas tant l'honnêteté qui prenoit ses précautions contre
quelque chose de honteux , que la foiblesse qui se déro-
boit à des maux qu'elle ne se sentoit pas capable de porter.

3. Cette fameuse Magicienne, chez qui la tempête jetta
Ulisse , dont elle changea les compagnons en pourceaux.

4. Nimphe , fille de l'Océan & de Thetis. Elle re-
çevoit dans l'isle d'Ogigie, lors qu'Ulisse ayant fait naufrage s'y sauva ; & elle l'y retint six ou sept ans.

5. Qui étoit de surprendre les galans de sa femme Pé-
nelope , & de la posseder en repos.

au contraire, de l'humeur dont on nous
le dépeint, auroit mille fois mieux aimé mourir, que d'en souffrir autant.

Tout cela merite de grandes reflexions, & nous doit apprendre qu'IL
FAUT que chacun s'étudie à bien connoître son caractere particulier ; qu'il
se borne à le regler & à le cultiver, &
qu'il ne luy prenne jamais envie de voir
si le caractere d'un autre luy siéroit bien.
Car CE QUI EST du caractere de
chacun, est toûjours ce qui luy sied le
mieux.

Que chacun connoisse donc son naturel & son génie, & se juge severe-
ment luy-même, sur ce qu'il a de bon
& de mauvais⁶. Ayons au moins autant
de prudence & de discernement que les
Comediens, qui entre les pieces de
theatre choisissent, non les meilleures,
mais celles qui leur conviennent le
mieux. Ceux qui ont la voix forte,
joüent volontiers les Epigones⁷, & Mé-

C'est une grande sagesse que de demeurer dans son caractere, & de ne rien entreprendre qui n'y convienne.

6. C'est à quoy tend cette maxime des Philosophes,
qu'ils donnoient pour un oracle d'Apollon, *Connoissez-
vous vous même.*

7. Tragédie d'Euripide, traduite en latin par Accius,
& dont le sujet étoit pris de la seconde guerre de Thebes. Comme cette guerre fut entreprise par les enfans de

dus

dus[8], & ceux qui ont le geste beau, aiment mieux joüer Menalippe[9] & Cly-
temnestre.[10] Je me souviens que Ruplius
joüoit toûjours Antiope[11]; & qu'Esope[12] évitoit tant qu'il pouvoit de joüer
Ajax.[13] Quoy, un Comedien verra fort
bien ce qui luy convient sur le theatre,
& un honnête homme ne verra pas ce
qui luy convient dans la vie?

Appliquons-nous donc principalement aux choses à quoy nous sommes

On sçait garder la decence & la convenance en toutes choses, hors la principa-le.

ceux qui avoient péri à sa premiere, on leur donna le
nom d'*Epigones*, qui signifie proprement *seconde race*;
parce que c'étoit en effet une seconde race d'ennemis,
qui s'élevoient contre les Thebains, à la place de ceux
qu'ils avoient défaits ; & ceux-cy furent victorieux à
leur tour, ayant pris & rasé la ville de Thebes, sous la
conduite d'Alcmeon.

8. Fils de Medée, dont les avantures, aussi-bien que
celles de sa mere, ont fourni aux Poëtes de quoy s'exercer. Cette piece étoit de Pacuvius, Poëte Latin, fils
d'une sœur d'Ennius.

9. Sœur d'Antiope Reine des Amazones. Hercule
l'ayant pris prisonniere à la guerre, Antiope donna pour
sa rançon jusqu'à ses armes & son baudrier. Le Poëte
Accius avoit fait une tragédie de cette avanture.

10 Femme d'Agamemnon, celebre par ses avantures
avec Egiste. Cette Tragédie étoit d'Accius.

11. Reine de Thebes, dont Jupiter fut amoureux, &
qui fut mere d'Amphion & de Zeté.

12. Celebre Comedien, dont Ciceron avoit appris la
maniere de bien prononcer.

13. Les emportemens d'Ajax ne convenoient pas à un
Comedien aussi mesuré que l'étoit Esope.

K

Ce n'est que malgré soy qu'on doit se charger de ce qui n'est pas de son caractere.

propres ; & s'il arrive que nous nous trouvions forcez de nous charger de quelques-unes de celles qui ne sont pas de nôtre génie ; faisons en sorte, à force de les mediter, & d'y apporter tout le soin & toute l'exactitude imaginable, que si nous ne pouvons y réüssir parfaitement, au moins nous nous en acquittions le moins mal qu'il nous sera possible ; & souvenons-nous qu'IL NE FAUT pas tant songer à acquerir les qualités qu'il n'a pas plû à la nature de nous donner, qu'à nous défaire de ce que nous pouvons avoir de vices & de défauts.

Il est bien plus aisé de corriger ses défauts, que d'acquerir les talens & les qualités que l'on n'a pas.

CHAPITRE XXXII.

Devoirs qui resultent de la difference des condi-
tions ou des professions. Imiter les vertus de
ses peres, & encherir même pardessus. Rien de
plus important que le choix d'un genre de vie.
Il est rare de le faire par raison. Ce qui doit
porter à l'un plûtôt qu'à l'autre. N'en pas chan-
ger sans de grandes raisons. Ce qu'il faut obser-
ver quand on y est obligé. Ne rien entreprendre
qui ne soit de sa portée. L'honnêteté & la pro-
bité suppléent au défaut de toutes les autres
qualités. Ne pas déroger à la vertu de ses peres.

OUTRE ces deux principaux personnages, dont la nature nous a
chargez, & dont nous avons parlé, il
y en a un troisiéme, qui est celuy que
la fortune & les conjonctures du temps
nous imposent ; comme la royauté, le
commandement des armées, la grandeur de la naissance, les dignités, les
grands biens, & même les états oppo-
sez à ceux-là : car ce sont toutes choses
qui dépendent de la fortune, ou des
conjonctures du tems.

Il y en a encore un quatriéme, qui
est entierement de nôtre choix : car il
dépend de chacun de s'appliquer, ou à

Ce n'est pas
assez de sa-
tisfaire aux
devoirs ge-
neraux de
l'homme, il
faut encore
remplir ceux
de l'état &
du rang où
l'on se trou-
ve dans le
monde.

K ij

la Philofophie, ou à l'étude des loix, où à celle de l'éloquence. Il y a même des vertus en quoy l'on aime mieux exceller qu'en d'autres, & que l'on cultive davantage par cette raifon.

Les chofes où nos peres & nos ancêtres ont excellé, font d'ordinaire celles à quoy nous nous attachons, & où nous voudrions auffi exceller. C'eft ainfi que Quintus Mucius [1], fils de Publius, s'attacha à l'étude des loix ; & Scipion [2], fils de Paul Æmile, à la guerre. Il y en a qui ajoûtent quelque nouveau merite, & qui vient de leur propre fonds, à celuy dont ils ont herité de leurs peres ; comme ce même Scipion ajoûta celuy de l'éloquence à la gloire militaire.

1. C'eft celuy qui fnt grand Pontife ; il étoit gendre de Lelius, & il eft un des interlocuteurs du Livre que Ciceron a fait *de l'amitié* ; il en parle encore dans le troifiéme des Offices, ch. 15. & 17.

2. C'eft le fecond Afriquain, quoique la famille Æmilienne dont il étoit, fût une des plus illuftres de Rome ; & que Paul Emile fon pere, en eût encore rehauffé la gloire, par la défaite du Roy Perfée qu'il avoit pris & mené en triomphe à Rome, le fils ne laiffa pas de fe tenir honoré de prendre le nom de Scipion, ayant été adopté par le fils du premier Afriquain. Perfonne n'étoit plus digne de ce grand nom, il luy donna un nouveau luftre par fon merite & fa vertu, & par l'éclat de fes grandes actions, ayant pris & rafé Carthage & Numance, comme on a déja vû ailleurs.

C'eſt ce que fit encore Timothée [3], fils
de Conon [4], qui n'étant point inferieur
à ſon pere, par les qualités militaires,
les rehauſſa encore par un grand fonds
d'eſprit & de ſcience.

Mais il arrive quelquefois, que ſans
s'attacher à marcher ſur les traces de
ſes peres, on ſe fait un autre plan, &
l'on prend des routes tout differentes.
C'eſt ce que font d'ordinaire ceux qui
étant d'une naiſſance obſcure, ne laiſ-
ſent pas d'aſpirer à quelque choſe de
grand.

Tout ce que je viens de dire demande beaucoup de refléxions ; & chacun
y doit avoir égard, lors qu'il s'agira de
voir ce qui luy convient le mieux.

Sur cela il faut commencer par voir
ce que nous voulons être, & quel genre de vie nous devons ſuivre ; & c'eſt ſur

*Où ſont ceux
qui ſe ſoient
determinez
par raiſon &*

3. Il fut diſciple d'Iſocrate, & ſon amour pour les
lettres ne l'empécha pas d'être aſſez grand Capitaine pour
ſe faire donner le nom de *Preneur de villes* ; juſques-là
qu'on le peignit dormant, tenant de la main un filet, où
la fortune faiſoit entrer des villes en foule.

4. C'a été un des grands Capitaines qu'ayent eu les
Atheniens. Il les avoit délivrez de l'oppreſſion des étrangers, & avoit rebâti les murs de leur ville ; & depuis il
gagna encore une bataille à la tête de leurs troupes, contre les Lacedemoniens, l'an 360 de la fondation de
Rome.

un genre de vie plûtôt qu'à l'autre?

quoy il est plus difficile qu'on ne sçauroit croire, de bien prendre son party. Car dans la jeunesse, qui est le tems où l'on le prend d'ordinaire, comme on n'a point encore la raison assez forte pour se conduire par elle, on se laisse aller à ce qui flate le plus ; & c'est par là qu'on se détermine. Ainsi on se trouve engagé dans un genre de vie, avant d'avoir été en état de juger lequel est le meilleur.

Je sçay bien que Xenophon, aprés Prodicus[5], rapporte qu'Hercule, dez la premiere jeunesse, qui est le temps qu'il semble que la nature nous ait donné pour choisir un genre de vie, se retira dans la solitude ; & que là, voyant comme devant luy la voye de la volupté, & celle de la vertu, il fut long-tems à déliberer en luy-même, laquelle des deux luy seroit la plus avantageuse. Mais cela

Les hommes vivent au hazard.

étoit bon pour le fils de Jupiter, & non pas pour nous ; qui ne faisons que suivre l'exemple, l'un de celui-cy, & l'autre de celui-là, selon que nous aurons été frappez de l'un ou de l'autre ; & qui

5. Sophiste de l'isle de Cos, qui avoit été maître d'Euripide.

nous laissons entraîner par là dans le
genre de vie qu'il aura plû à ceux que
nous prenons pour modéles de choisir.

CHAPITRE XXXIII.

*Ce qui détermine la plûpart des hommes a un genre
de vie plûtôt qu'à l'autre. Combien il y en a peu
qui se donnent le tems d'y bien penser. A quoy
l'on doit principalement avoir égard dans ce
choix-là. Que dez qu'on a pris un genre de vie
il s'y faut tenir; & n'en pas changer sans de
grandes raisons. Ce qui peut empêcher qu'on ne
suive l'exemple de ses peres. Par où l'on peut
suppléer au défaut des qualités éclatantes. Avec
quel soin on doit conserver la gloire dont on a
herité de ses peres.*

LA plûpart, imbus des preceptes
qu'ils ont reçûs de leurs peres dans
leur bas âge, en prennent les manieres,
& se font un plan de vie sur le leur.
D'autres se laissent emporter par la multitude, & ne trouvent rien de si beau
que ce qu'elle approuve. Quelques-uns
néanmoins, par quelque bonheur extraordinaire, ou par l'avantage d'un
beau naturel, ou d'une bonne éduca-
tion, se tournent comme il faut; &
prennent la bonne voye.

K iiij

* On en voit même, quoyque rarement, qui ayant beaucoup de lumieres,
naturelles ou acquises, ou s'étant même trouvez également pourvûs des unes
& des autres, n'ont formé le plan de
leur vie qu'après s'être donné le tems
d'y bien penser.

Sur quoy on se doit regler principale-ment, dans le choix d'un genre de vie.

Toutes ces sortes de déliberations
doivent rouler principalement sur ce
qui convient au naturel & au caractere
de chacun. Car si pour reüssir dans chaque action particuliere, & pour s'en
acquiter avec bienseance, il faut, comme nous avons dit plus haut, que chacun consulte son caractere ; combien
plus doit-on le consulter, lors qu'il s'a-
git de former le plan de toute la vie, si
l'on veut luy donner une forme certaine, & toûjours égale à elle-même, &
ne se démentir jamais sur aucune sorte
de devoirs ?

Cela dépend un peu de la fortune,
aussi-bien que du naturel ; mais beaucoup moins de l'une que de l'autre. Ainsi,
quoyque dans le choix d'un genre de
vie on doive avoir égard aux deux, on

* Le Chapitre ne commence qu'icy dans le latin,
mais il doit commencer plus haut.

en doit bien plus avoir au naturel, qu'à ce qui peut dépendre de la fortune ; puis qu'au lieu que la fortune est variable & chancelante, le naturel a une forme certaine & arrêtée ; & qu'ainsi quand la fortune combat contre la nature, c'est comme si une force mortelle combattoit contre une puissance immortelle.

On se prend souvent à la fortune des vices du naturel.

Quand on aura donc choisi un genre de vie conforme à son naturel, pourvû que ce ne soit pas un naturel vicieux & déreglé, on ne sçauroit mieux faire que de s'y tenir : car rien ne sied si mal que d'en changer. Si néanmoins on s'appercevoit qu'on eût fait un mauvais choix, comme il peut fort bien arriver ; il faut changer sans hesiter. Si la conjoncture du tems favorise un tel changement, il coûte moins, & on le fait plus à propos. Sinon, il faut le faire peu à peu, & d'une maniere insensible. C'est ainsi que lors qu'on ne se trouve pas bien de certaines amitiez, & qu'on a un sujet legitime de s'en détacher, les sages trouvent plus à propos qu'on s'en retire peu à peu, que de les rompre tout d'un coup. Or quand on a tant fait que de chan-

N'epas changer legerement de genre de

Mesures à garder, quand on croit devoir se déprendre de certaines amitiez.

ger de genre de vie, il faut faire en forte qu'il paroiſſe qu'on l'a fait par de bonnes raiſons.

Ce que nous avons dit plus haut, qu'il eſt bon d'imiter ſes ancêtres ou ſes peres, a ſes exceptions. Car, en premier lieu, il faut bien ſe garder d'imiter leurs vices, s'ils en avoient eu ; & il ne faut pas non plus entreprendre de les imiter dans ce qui paſſe nos forces ;

& que nôtre conſtitution naturelle ne ſçauroit porter. C'eſt ainſi qu'au lieu que le premier des deux Scipions à qui l'on a donné le nom d'*Afriquain*, avoit merveilleuſement bien ſoûtenu la gloire de ſon pere [1] ; ſon fils [2], qui adopta celuy de Paul Æmile, ſe trouva, par ſa mauvaiſe ſanté hors d'état de marcher ſur les tra-

1. C'étoit Cornelius Scipion. Il avoit ſoûtenu les premiers efforts du premier Annibal contre les Romains, & remporté ſur luy un ſi grand nombre de victoires en Eſpagne, que les Romains, en reconnoiſſance de ſes ſervices, voulurent le faire Conſul & Dictateur pour toute ſa vie. Mais il refuſa ces honneurs, dit Valere-Maxime, au chapitre premier du Liv. 4 avec autant de grandeur d'ame, qu'il en avoit fait paroître à les meriter.

2. Ce fils auroit égalé la gloire de ſon pere, ſans ſa mauvaiſe ſanté. Il continua la guerre en Eſpagne contre Annibal ; le ſuivit en Afrique, le défit, & rendit Carthage tributaire. Il étoit d'ailleurs homme de lettres, & on a de luy une hiſtoire écrite en grec, d'un ſtile aiſé & plein de graces.

ces de son pere, du même pas dont ce grand homme avoit marché sur celles du sien.

Si l'on ne se trouve donc pas capable, ni des actions du barreau, ni de celles qui se font devant le peuple, & qui vont à le contenir dans son devoir, ni des emplois de la guerre; qu'au moins on soit exact à s'acquitter de ce qui dépend de soy; c'est à dire, de tous les devoirs de la justice, de la probité, de la liberalité, de la modestie, & de la tempérance; & par là le public s'appercevra d'autant moins de ce qui nous manque; & nous en tiendra quittes d'autant plus volontiers.

L'honnêteté & la probité tiennent lieu de tout, & suppléent à tout.

Or l'HERITAGE le plus precieux & le plus noble qui puisse passer des peres aux enfans, c'est la gloire qu'ils ont acquise par leur vertu & par leurs grandes actions; & c'est un espece de crime & d'impieté que de la ternir par quelque chose de honteux, & d'indigne d'un honnête homme.

La vertu & le merite des peres, font qu'on pardonne moins aux enfans, de n'en pas avoir.

CHAPITRE XXXIV.

Devoirs differens selon les âges : ceux des jeunes
gens : ceux des vieillards. Le déreglement de
ceux-cy honteux à eux-mêmes , & pernicieux
aux autres. Devoirs des Magistrats , des par-
ticuliers & des étrangers. L'uniformité est ce
qu'il y a de plus important pour la bienseance.

COMME les devoirs changent selon les âges , & que ceux des jeunes gens sont differens de ceux des vieillards ; il faut dire quelque chose des uns
& des autres.

Devoirs des
jeunes gens.
Il est du devoir des jeunes gens d'a-
voir du respect pour ceux qui sont
avancez en âge , & entre ceux-là ils
doivent choisir les plus gens de bien ,
& ceux qui se sont acquis le plus de
reputation par leur vertu , & s'attacher
à eux pour se conduire par leurs conseils & par leurs exemples. Car le peu
d'expérience des jeunes gens a besoin
d'être conduit par la sagesse des vieillards.

La maniere
dont on pas-
se sa jeunes-
Sur tout ils doivent se garder de toutes sortes de débauches , & s'accoûtumer au travail du corps & de l'esprit.

afin de se rendre capables de soûtenir & les emplois de la guerre, & ceux de la vie civile.

Lors même qu'ils voudront se réjoüir, & se délasser par quelque sorte de plaisir, qu'ils évitent l'intemperance ; & qu'ils ne perdent jamais de vûë la pudeur & la modestie. C'est ce qui leur coûtera beaucoup moins, si dans leurs plaisirs mêmes ils sont bien aises d'avoir pour spectateurs & pour témoins de leurs actions, des personnes d'un âge avancé.

se influë sur tout le reste de la vie.

Les yeux des personnes sages sont un puissant frein aux emportemens des jeunes gens

Pour ceux-cy, moins ils sont capables des exercices du corps, plus ils doivent s'appliquer à ceux de l'esprit. Leur principale occupation doit être d'assister les jeunes gens, & encore plus leurs amis & la Republique, des conseils que leur sagesse & leur expérience les mettent en état de donner.

Devoirs des vieillards.

Ce qu'ils doivent le plus éviter, c'est de se laisser aller à une certaine sorte de langueur & de paresse qui rend inutile à tout.

La vieillesse même doit se roidir contre la paresse.

Quant à la dissolution & au dérègle-ment des mœurs, il n'y a rien de plus honteux, à quelque âge que l'on soit, & sur tout dans la vieillesse. Mais quand

Combien le dérèglement des vieillards est hon-

l'impudicité s'y joint, les vieillards qui s'y laissent aller sont doublement coupables; & par l'infamie dont ils se couvrent, & par le mal qu'ils font aux jeunes gens, dont l'intempérance devient plus insolente par de tels exemples.

Outre ces devoirs generaux, il y en a de particuliers pour les Magistrats, pour les personnes privées, & pour les étrangers; & il faut dire un mot de chacun.

Quant aux Magistrats, ils doivent avoir compris qu'ils representent la Republique, & que c'est à eux à en soûtenir la dignité; à maintenir les loix, & à rendre la justice, dont ils sont les depositaires.

Le devoir des personnes privées est de ne point prétendre de distinction entre les autres citoyens : de trouver bon que l'égalité soit gardée ; d'éviter également la hauteur & la prostitution ; & de ne rien desirer que l'honnêteté ne puisse permettre, & qui ne soit propre à maintenir la tranquilité de la Republique. Car voila ce que nous avons accoûtumé de demander d'un bon citoyen.

Pour les étrangers, leur devoir est

Beaux pour eux.

& pernicieux pour les jeunes gens.

Devoirs des Magistrats.

Devoirs des particuliers.

Devoirs des

de faire chacun leurs affaires, fans fe mêler de celles des autres ; & fans vouloir pénétrer les fecrets, ni juger de la conduite, d'un état dont ils ne font point.

Voilà à peu prés de quelle maniere nous pouvons arriver à la connoiffance de nos devoirs, par rapport à ce qui convient aux perfonnes, aux conjonctures des tems, & à la difference des âges. Mais il faut toûjours fe fouvenir que rien ne fied fi bien, à toutes fortes de perfonnes, que l'uniformité dans les actions, & la conftance dans les refolutions.

Ce qui fied le mieux à tout le monde.

CHAPITRE XXXV.

Bienféance exterieure, en quoy elle confifte. Regles de la pudeur, prifes de la nature. Erreur des Cyniques & de quelques Stoïciens fur ce fujet. Détail de ce qui fait la bienféance exterieure. Quel foin les Romains avoient de la pudeur.

LA bienféance doit reluire non feulement dans les paroles & les actions ; mais jufques dans les mouvemens du corps, & dans tout l'exterieur. C'eft ce qui fe peut reduire à trois chofes ; à

Bienféance dans l'exterieur.

être bien fait ; à faire toutes choses à propos , & avec un certain ordre ; & à se prendre de bonne grace à tout ce qu'on fait ; & c'est par là que nous pouvons le mieux réüssir dans le soin que nous devons avoir de plaire à ceux avec qui nous vivons. Ce sont choses qui s'entendent assez , mais qu'il est difficile d'expliquer. Nous ne laisserons pourtant pas d'en dire un mot.

D'où elle resulte.

Il faut remarquer d'abord , que la nature a apporté beaucoup d'art & de soin à la construction de nos corps ; ayant mis en évidence , non seulement le visage , mais encore toutes les autres parties qui pourroient faire plaisir à voir ; & ayant caché , & pour ainsi dire dérobé aux yeux , celles qui ne sont que pour de certaines necessités , & dont la vûë ne pouvoit être que choquante & desagreable.

La construction même de nos corps est une instruction pour nous.

C'est sur ce soin de la nature , dans cette construction si bien entenduë , que la pudeur a formé ses regles. Car tous ceux qui n'ont pas perdu le sens , ne manquent point de tenir couvert ce que la nature même a caché ; & ce n'est jamais qu'en secret qu'ils satisfont

Les regles de la pudeur sont prises de la nature.

à de

de certains besoins du corps. Ils ne nomment jamais par leurs noms, ni les parties qui nous ont été données pour ces sortes de besoins, ni l'usage qu'on en fait. Car quoy qu'il n'y ait rien de honteux dans ces actions, pourvû qu'elles se fassent en secret, on n'en sçauroit parler sans honte, & autant qu'il y auroit de grossiereté & d'impudence à ne les pas cacher, autant y en auroit-il à en parler ouvertement.

Il ne faut donc écouter ni les Cyniques [1], ni les Stoïciens demi-cyniques [2],

1. Ces pretendus Philosophes avoient outré la maxime qu'il faloit *suivre la nature*, ou plûtôt ils ne l'avoient jamais comprise; & ils la prenoient dans le sens par où elle pourroit convenir aux bêtes, plûtôt que dans celuy par où elle convient à l'homme. Car au lieu qu'à l'égard de l'homme; *suivre la nature* n'est autre chose que suivre la raison, puisque la raison est la nature de l'homme; ils croyoient qu'il faloit suivre tous ces mouvemens naturels de l'appetit, qui nous sont communs avec les bêtes; & que c'étoit une foiblesse que d'en avoir honte, & de s'en cacher.

2. Quelques Stoïciens, abusant aussi de la maxime, qu'*il n'y a rien de loüable & d'honorable que la vertu. ni rien de blâmable & de honteux que les mauvaises actions*, se mocquoient aussi bien que les Cyniques, des égards de la pudeur, faute d'avoir compris quel en est le fondement. Car il est vray, comme ils disoient, que les actions dont la pudeur se cache n'ont rien de mauvais en elles-mêmes: mais ils ne prenoient pas garde que la violence du soulevement de la partie inferieure, dans ces

L

qui se mocquent de certe retenuë, & qui
trouvent mauvais qu'on nous fasse une
espece de crime de nommer des choses qu'il n'est point honteux de faire,
pendant que nous ne faisons nulle façon de nommer par leurs noms de veritables crimes, que l'on ne sçauroit
commettre sans infamie. Y a-t'il rien,
disent-ils, de plus honteux que le vol, la
fraude, l'adultere ? Cependant nous
n'avons point de honte de les nommer
par leur nom. Il n'y a rien, au contraire, que d'honnête dans les actions par
où l'espece se conserve & se perpetuë :
d'où vient donc qu'on n'ose les nommer, & que nous en faisons façon,
comme de quelque chose de deshon-
nête ? C'est par ces sortes de discours, &
par plusieurs autres semblables, qu'ils
attaquent les regles de la pudeur. Quant

La nature est une regle plus seure que les rai-

sortes d'actions, blesse la dignité de la raison, qui se
trouve alors comme une Reine sous les pieds de son esclave. C'est ce qui produit un sentiment de honte qui
n'est que trop bien fondé ; puisque rien n'en doit tant
faire à l'homme, que ce qui l'entraîne malgré sa raison. C'est ce que les Stoïciens n'ont pas vû, non plus
que les Cyniques ; mais que S. Augustin a bien vû &
bien démêlé ; comme on peut voir au Livre 4. de la
Cité de Dieu, ch. 17. 19. & 23. au premier Livre du
Mariage & de la concupiscence, chap. 6. au cinquiéme
Livre contre Julien, ch. 2. & 3. &c.

nous, suivons la nature, & gardons-
nous de tout ce qui choque naturellement les oreilles & les yeux.

En quelque état que nous soyons,
debout, ou marchant; assis, ou sur des
[...] de table, que la bienseance reluise
donc toûjours sur nôtre visage, dans
nos yeux, & dans nos gestes. Sur cela
il faut également éviter tout ce qui paroît efféminé, & qui tiendroit de la
molesse; & tout ce qui est rude & gros-
sier; & ne disons pas que c'est aux Orateurs & aux Comediens à observer ces
sortes de bienseances, & que nous n'a-
vons que faire de nous y assujettir.

Les Comediens ont porté si loin les
regles de la bienseance & de la pudeur,
que par une loy établie parmi eux, &
qu'ils observent inviolablement, ils ne
viennent jamais sur le theatre, sans avoir
sous leurs habits de quoy cacher ce qui
ne doit jamais paroître, en sorte que
quand leurs habits viendroient à s'en-
trouvrir, on ne verroit rien de ce qui
peut blesser la pudeur.

Il est même établi parmi nous, que

* Les anciens mangeoient à demi couchez, sur une
espéce de lits, qu'ils mettoient autour de la table,

L ij

Marginal notes:

...sonnemens de la plûpart des Philoso-phes.

Bienseance à garder dans tout l'exterieur.

Combien les Comediens mêmes obser-voient exac-tement les regles de la bienseance & de la pu-deur.

les enfans qui ont atteint l'âge de pu-
berté, ne se baignent jamais avec leurs
peres; ni les gendres avec les peres de
leurs femmes. Nous devons donc observer ces regles de pudeur ; & avec d'autant plus de soin, que la nature même
nous y conduit, & nous les enseigne.

*Belle mar-
que de la pu-
deur des Ro-
mains.*

CHAPITRE XXXVI.

*Ce que c'est qu'être bien fait. Il n'y a que les airs
naturels qui plaisent. Quelle doit être la propreté, à l'égard des hommes. Ce qu'il faut observer dans le marcher. L'exterieur découvre l'interieur. Regler les mouvemens de l'ame, avec
bien plus de soin que ceux du corps. Par où on
parvient à les regler. Deux sortes de mouvemens dans l'ame, l'appetit & la pensée. Tenir
l'un soûmis à l'autre.*

*Ce que c'est
qu'être bien
fait.*

CE QUI fait dire qu'une personne
est bien faite consiste en deux
choses : beauté, & bonne mine. L'une
est proprement le partage des femmes,
& l'autre celuy des hommes. Evitons
donc dans ce qui accompagne le visage
tout ce qui n'est pas de la dignité de
l'homme ; aussi bien que dans les gestes,
& dans tous les mouvemens du corps.

Car il y a quelque chofe de ridicule & de choquant, dans de certains mouvemens qui fentent le baladin ou le maî-tre d'armes ; & dans de certains geftes ftudiez, comme ceux des comediens ; & au contraire, on aime ceux qui font fimples & naturels.

Il y a une forte de teint & de couleur qui convient aux hommes, & qu'il faut avoir foin d'entretenir ; & c'eft par l'e-xercice qu'on l'entretient. Du refte, ils doivent avoir une forte de propreté qui n'ait rien de trop recherché ni de choquant ; & qui foit feulement exem-pte de tout ce qui marqueroit de la groffiereté ou de la negligence. Il faut fuivre la même regle dans la maniere de s'habiller ; & fur cela, comme fur une infinité d'autres chofes, la mediocrité eft ce qui convient le mieux.

En marchant, il faut également évi-ter une certaine lenteur molle & com-pofée, comme celle de ces gens qui dans les fêtes publiques portent les images des Dieux ; & une précipitation turbu-lente, qui met hors d'haleine, & qui change le vifage : car il n'y a pas une plus grande marque de legereté d'efprit.

L iij

Mais nous devons travailler avec bien plus de soin à regler les mouvemens de l'esprit, & à les tenir dans les bornes qui nous sont prescrites par la nature ; & c'est à quoy nous parviendrons, si nous sçavons nous défendre de tout ce qui jette dans le trouble, ou dans l'abbatte-ment [1] ; & si nous avons une attention perpetuelle à ce qui convient à la digni-té de nôtre nature.

Par où on peut regler les mouve-mens de l'es-prit.

Il y a dans l'ame deux sortes de mouvemens ; celuy de *la pensée*, & celuy de *l'appetit.* Celuy de la pensée va à découvrir la verité ; & celuy de l'appetit est ce qui donne le branle à l'action. Ayons donc soin que nos pensées ne s'appli-quent qu'à de bonnes choses ; & que nô-tre appetit ne fasse jamais que suivre les ordres de la raison.

Deux prin-cipes de mou-vement dans l'ame.

Soûmission de l'appetit à la raison.

1 Par les moyens qu'il a donnez au commencement du ch. 10.

CHAPITRE XXVII.

Des effets que fait le parler. Il y en a de deux
sortes : l'une & l'autre ont besoin d'étude. De
la voix, & de la bonne prononciation. Ce que
demande le langage ordinaire. Ne point s'em-
parer de la conversation. Traiter chaque chose
selon ce qu'elle est. Eviter la médisance & la
raillerie. Sujets ordinaires des conversations.
Mesures à garder sur chacune. Eviter dans le
parler tout ce qui a quelque air de passion.

IL n'y a rien qui fasse de si grands effets que le parler, & le parler est de
deux sortes : l'un plus tendu & plus élevé ; l'autre plus simple & plus uni. Celuy-là est pour le barreau, pour le Senat,
& pour les harangues : celuy-cy est pour
les conferences & les conversations fa-
milieres, & pour les propos de table.
Tout le monde cherche à s'instruire sur
le premier ; & c'est ce qui fait que tout
est plein de Retheurs, qui donnent des
preceptes pour y reüssir. Mais il n'y a
ni maîtres ni preceptes pour le second,
parce que personne ne croit avoir besoin d'en faire une étude. Je croy pourtant qu'il y en pourroit avoir ; & ce que

Deux sortes
de parler.

Le parler or-
dinaire de-
mande de l'é-
tude & des
regles, aussi
bien que le
plus élevé.

L iiij

les Retheurs enseignent, quand ils trait-
tent des expressions & des choses, regarde l'un aussi bien que l'autre.

Quelle doit
être la voix.
Comme c'est par la voix que la parole se fait entendre, il faut que la voix
soit claire, & douce. L'un & l'autre viennent de la nature : mais on peut se perfectionner sur l'un par l'exercice ; & sur
l'autre en imitant ceux qui ont de la
netteté dans la prononciation, & de la
douceur dans la voix.

Les deux Catules avoient ces deux dernieres qualitez ; & cela seul les faisoit
passer pour des gens d'une grande litte-
rature. Ce n'est pas qu'ils en manquas-
sent : mais ils effaçoient bien des gens
qui n'en avoient pas moins qu'eux ; &
la maniere dont ils manioient la langue
Latine, faisoit croire à tout le monde,
qu'ils la sçavoient mieux que personne \

1 Ciceron, dans son troisiéme Livre *de l'Orateur*, fait
dire à Crassus, de Catule le pere, qu'il n'y avoit rien
de plus delicieux que de l'entendre parler ; & que son
langage étoit si pur, qu'il sembloit qu'il n'y eût que luy
qui sçût parler Latin ; que ses discours avoient tout le
poids & toute la force, & en même tems toute la douceur & toutes les graces qu'on pouvoit desirer ; & que
tout y étoit rangé & ordonné avec une si grande justesse,
qu'on n'auroit pû y rien changer, ajoûter, ou diminuer
sans le gâter.

Leur son de voix étoit doux & gracieux:
des lettres ni étouffées ni trop marquées,
ce qui faisoit une prononciation ni af-
fectée ni confuse. La voix jamais trop
poussée, & n'ayant rien ni de languis-
sant, ni de trop résonnant.

La maniere de parler de Crassus
étoit plus pleine & plus riche, & n'a-
voit pas moins de graces. Cependant
la reputation des Catules sur le bien
parler n'a pas été moindre que la sienne.
Mais Cesar, frere de Catule le pere[3],
avoit encore plus de sel & de graces
qu'eux tous; & dans son langage ordinaire, il y avoit quelque chose de plus

2 C'est celuy que Ciceron fait parler dans ses Livres
de l'Orateur.

3 Ce Cesar n'est pas le grand Cesar, qui se rendit maître de la Republique, mais un autre du même nom, qui
étoit fils d'une tante de Catule le Pere. Car les Romains
donnoient quelquefois le nom de *freres* aux cousins ger-
mains. Ciceron dans son 3. Livre *de l'Orateur,* fait dire à
Crassus de celuy-cy, qu'il avoit apporté une maniere de
parler toute nouvelle, & à quoy nul autre que luy ne pouvoit atteindre : qu'il étoit le seul qui sçût traiter les choses les plus tragiques avec tous les agrémens que le genre comique peut fournir : répandre de la douceur sur les
sujets les plus tristes : mêler de la gayeté dans les plus se-
rieux : temperer la secheresse des affaires du barreau par
toutes les graces dont le theatre est capable ; & enfin
mettre de l'enjoüement dans les choses les plus élevées,
sans leur rien faire perdre de leur poids & de leur force.

fort & de plus élevé que dans la plus haute éloquence du barreau.

Ce que je viens de dire merite qu'on y ait égard, & qu'on s'en fasse une étude particuliere ; si l'on veut rechercher en toutes choses ce qui sied le mieux. Sur tout, il faut avoir soin que dans le langage ordinaire, qui est celuy où les disciples de Socrate ont excellé, il y ait de la douceur & des graces ; & jamais rien qui marque nulle sorte d'entêtement ni d'opiniâtreté.

Ce qu'on doit observer principalement, dans le langage ordinaire.

Un des défauts dont on doit le plus se garder sur ce sujet, c'est de s'emparer du discours, comme de quelque chose dont on seroit le maître, & dont on auroit droit d'exclure les autres. Il faut au contraire trouver bon que chacun ait son tour dans la conversation, aussi bien que dans beaucoup d'autres choses.

La tyrannie dans la conversation, insupportable comme en toute autre chose.

On doit encore prendre garde de-quoy l'on parle ; & traiter serieusement les matieres serieuses, & plaisamment les choses enjoüées. Mais ce qui est le plus important, c'est de ne laisser jamais rien échapper qui marque quelque vice dans les mœurs ; & rien n'en marque davantage, que de se jetter sur les

Proportion à garder entre la maniere de parler & les choses dont on parle.

Les médisans se font plus de tort à eux-mê-

absens ; soit par des médisances formel-
les & déclarées , ou par des traits de
raillerie , qui donnent un ridicule sans
comparaison plus sensible.

Les conversations roulent d'ordinaire,
ou sur les affaires particulieres de chacun , ou sur ce qui regarde la Republique , ou sur des choses d'étude & de
science ; & lors qu'elles se détournent à
d'autres sujets , il faut avoir soin de les
ramener à quelqu'un de ceux-cy. Mais
comme tout le monde n'est pas du même goût ; & que les choses même qui
plairoient à tout le monde ne plaisent
pas en tout tems, ni également à chacun ; il faut prendre garde , sur quelque
sujet que la conversation puisse tomber,
jusqu'où elle peut être poussée sans en-
nuyer ; & comme il y a des raisons d'entrer sur de certaines choses , il y en a
aussi de ne les pousser que jusqu'à un certain point.

* Comme toute la vie doit être exem-
pte de passion , c'est à dire de tous ces
mouvemens violents dont la raison n'est
point maîtresse , il faut aussi que nos

* Le chap. 38. commence dés icy dans le Latin, mais
il doit commencer plus bas.

mes qu'à
ceux dont ils
disent du
mal.

*Sujets ordi-
naires des
conversa-
tions.*

*Mesures à
garder dans
les conver-
sations.*

*On se par-
donne les
passions à
soy-même ,
mais on ne*

les pardonne point aux autres.

diſcours en ſoient exempts ; & qu'il n'y paroiſſe ni colere , ni aucun autre mouvement déreglé ; ni lâcheté , ni pareſſe, & qu'ils ſoient même toûjours accompagnez de quelque marque d'amitié & de conſideration pour ceux à qui nous parlons.

CHAPITRE XXXVIII.

Comment les corrections ſe doivent faire. Meſures à garder juſques dans les conteſtations. Ne dire jamais de bien de ſoy.

Comment on doit faire les corrections.

ON SE trouve quelquefois obligé de faire des corrections, & elles demandent , un ton de voix plus élevé , & des paroles plus fortes ; mais elles doivent être exemptes de tout ce qui pourroit avoir quelque air de colere. Nous ne devons même en venir là que malgré nous, le moins qu'il eſt poſſible , & par pure neceſſité ; comme les Medecins n'employent le fer & le feu que lors qu'il n'y a plus d'autre remede. Que ſi nous ne pouvons l'éviter, qu'au moins il n'y entre nulle ſorte de colere ; puis qu'IL N'Y A jamais rien de juſte ni de mesuré dans ce que la colere fait faire.

Les corrections se doivent donc faire
avec douceur, au moins pour la plûpart,
quoy qu'on les fasse avec force. Ainsi,
elles n'auront rien de dur ni d'outra-
geant, & ne laisseront pas d'avoir tout
le poids qui leur est necessaire pour faire leur effet. Il faut même avoir soin
de marquer, que si l'on se sert de termes
un peu forts, c'est à regret, & pour le
bien même de ceux que l'on reprend.

Dans les contestations même où nous
pouvons entrer avec nos plus grands
ennemis, quelques choses picquantes
qu'on nous dise, il faut garder la moderation & le sang froid; & se défendre
de la colere. Car CE QUE L'ON fait
par passion ne se peut jamais faire avec
les mesures qui conviennent; & ne peut
jamais être approuvé de ceux devant qui
il se passe.

Enfin, rien ne sied si mal que de se
vanter, & de dire du bien de soy; sur
tout quand ce qu'on dit n'est pas vray.
Par là, on devient le fanfaron de la co-
medie; & on s'attire le mépris & les railleries de tout le monde.

*Ne contester
avec ses en-
nemis mê-
mes qu'avec
douceur, &
de sang
froid.*

*Ne dire ja-
mais de
bien de soy.*

CHAPITRE XXXIX.

Comment il convient qu'un homme de considera-
tion soit logé. La magnificence du logement fait
honte au maître, si son merite n'y répond. Me-
sures à garder dans la magnificence des bâti-
mens. Trois regles importantes à observer dans
toutes sortes d'actions.

COMME le plan de cet ouvrage
s'étend à tout ce qui peut regarder
les devoirs & la bien-seance, ou qu'au
moins nous voudrions n'en rien oublier ; il faut dire un mot de la maniere
dont un homme de consideration doit
être logé.

Comment un homme de consideration doit être logé.

C'est pour se loger qu'on bâtit ; & on
regle son dessein sur la quantité de logement dont on a besoin. Mais quoy que
ce soit la fin principale, ce ne doit pas
être la seule ; & il faut encore avoir égard
à la commodité & à la dignité.

Une maison magnifique, bâtie dans
le Mont Palatin, par ce Cneius Octavius, qui fut le premier Consul de sa famille, le mit en honneur ; & comme
cette maison étoit tres-agreable, & que

out le monde l'alloit voir, elle ne fervit
pas peu à cet homme là, pour luy faire
obtenir le Confulat. Scaurus la démo-
lit depuis, pour en augmenter la fien-
ne. Mais au lieu que cet homme nouveau [1] apporta le Confulat dans la maifon qu'il avoit bâtie ; celuy-cy, d'un fi
grand nom, & né d'un pere fi illuftre,
n'apporta dans celle qu'il avoit fi fort
augmentée que le refus de la même dignité, & fe trouva enfin accablé de honte & de mifere [2].

Il eft bon de rehauffer en quelque
forte par la beauté de fa maifon ce qu'on
a d'ailleurs de confideration & de dignité : mais qui n'en auroit que par là
en auroit bien peu ; & c'eft le maître
qui doit faire honneur à la maifon, &
non pas la maifon au maître. En cecy,
comme en beaucoup d'autres chofes, il
faut avoir égard aux autres, auffi bien
qu'à foy ; & comme la maifon d'un hom-

Ce que c'eft que de ne devoir ce qu'on a de confidera-tion qu'à des chofes qui font hors de foy.

1 Non que fa famille ne fût fort ancienne, puifqu'elle étoit établie à Rome dez le tems de Numa ; mais
parce qu'aucun de ce nom là n'étoit encore parvenu au
Confulat.

2 Ayant été accufé & condamné pour crime de pecu-
lat, & réduit à fe bannir luy-même, pour fe dérober à
la vûë des hommes.

me de confideration doit être ouverte à
bien des gens, par le droit d'hofpitalité, & qu'il y a toûjours une grande foule; elle doit être ample & fpacieufe. Mais
quand il n'y vient perfonne, & qu'une
grande maifon n'eft qu'une grande folitude, elle fait fouvent plus de honte à
fon maître que d'honneur; fur tout, fi
du tems d'un autre maître, on la vûë
pleine de monde. Car il eft fâcheux
d'entendre dire par les paffans, *O la*
belle maifon ! mais que fon maître d'au-
jourd'huy reffemble peu à celuy qu'elle avoit
autrefois[3] *!* C'eft ce qu'on peut dire prefentement fur le fujet de bien des gens[4].

Il faut beaucoup prendre garde, fur
tout quand on bâtit foy-même fa maifon, de ne pas pouffer la dépence & la
magnificence trop loin. On fait beaucoup de mal en cela, quand ce ne feroit que par le mauvais exemple : car
il n'y a rien fur quoy l'on foit fi porté
à imiter les perfonnes du premier rang.
Qui eft-ce qui s'eft mis en peine d'i-

3 Cecy eft cité de quelque ancien Poëte.
4 Sur tout de ceux du parti de Cefar, & entre autres
de Marc Antoine, qui occupoit alors la maifon du grand
Pompée.

miter

imiter les vertus du grand Lucullus ? & combien de gens l'ont imité dans la magnificence de ses maisons de campagne ? C'est surquoy il est important de sçavoir se borner, & se tenir à cette mediocrité qui doit être gardée dans tout ce qui regarde la propreté & la magnificence, aussi bien que dans toutes les autres choses de la vie. Mais en voila assez sur ce sujet.

Quoy que l'on entreprenne, on y doit observer trois choses. La premiere, que dans le mouvement qui nous fait agir l'appetit ne fasse que suivre la raison ; & c'est ce qu'il y a de plus propre à nous faire garder les mesures que demandent nos devoirs. La seconde, de prendre garde de quelle qualité est la chose que nous voulons faire ; afin de n'y apporter ni plus ni moins de soin &

Trois excellentes regles à garder dans tout ce qu'on entreprend.

5 Homme illustre par son merite, son éloquence, & sa valeur. Il vainquit Mithridates Roy de Pont, & Tigranes Roy d'Armenie, dont il prit la capitale. Il avoit des biens immenses ; & il étoit d'une magnificence sans pareille, en habits, en maisons, en meubles & en tableaux ; & comme il aimoit les Lettres, il se fit la plus belle Bibliotheque qu'on ait jamais veuë. Il vivoit dans le 7 siecle de la fondation de Rome. Vers la fin de ses jours son esprit baissa ; & il fallut qu'un de ses freres prit soin de luy & de ses affaires jusques à sa mort.

M

d'application qu'elle en merite ; & la
derniere, de ne pas paſſer les bornes de
la moderation, dans les choſes même
d'éclat & de dignité ; & rien ne les fait
ſi bien garder, que de conſulter cette
bien-ſeance dont nous avons parlé, &
de s'y tenir exactement. Or de ces trois
regles, la plus excellente, & la plus importante, eſt ſans doute de tenir l'appetit ſous l'empire de la raiſon.

CHAPITRE XL.

De l'ordre dans lequel on doit faire les choſes. En
quoy il conſiſte. Ce qui en reſulte. Combien les
circonſtances changent la nature des actions.
Exemple de Sophocles ſur ce ſujet.

Faire tou-
tes choſes
avec ordre,
& chacune
dans ſon
tems.

IL NOUS reſte à parler de l'ordre
dans lequel on doit faire les choſes,
& des égards qu'il faut avoir aux diverſes conjonctures des tems. Cette ſorte de ſcience conſiſte dans ce que les
Grecs appellent ἐυταξία. Comme l'idée
que donne ce mot-là approche de ce
que nous concevons par les termes de
regler, compaſſer, ranger ou *moderer*, nous
le rendons par celuy de *moderation*, qui

ne l'exprime pourtant pas ; l'εὐταξία des
Grecs signifiant proprement *conserva-*
tion de l'ordre.

Or cette conservation de l'ordre, ou
cette sorte de *moderation*, si nous voulons l'appeller ainsi, n'est autre chose,
selon les Stoïciens, que l'art de bien
placer tout ce qu'on dit & tout ce qu'on
fait. Ainsi, *ordonner* reviendra à la même chose que *bien placer.* Aussi l'ordre
ne consiste-t'il, selon les mêmes Philosophes ; que dans cet arrangement qui
met chaque chose à sa place ; & ce qui
se peut appeller la place d'une action,
c'est disent-ils, la conjoncture du tems
à quoy elle convient ; & ce tems, à quoy
les actions conviennent, est ce que les
Grecs expriment par le mot εὐχαιεία, &
nous par celuy *d'occasion.* Ainsi cette
moderation, prise dans le sens que nous
venons d'expliquer, sera le discernement
du tems où il est à propos de faire chaque chose.

Il semble que cette définition se pourroit appliquer à la prudence : mais ce
n'est pas ce que nous entendons par là
présentement. Nous avons dit, dez le
commencement, ce qu'il y avoit à dire

Ce que c'est
que l'ordre.

M ij

ſur la prudence ; & il n'eſt queſtion icy que de ce qui regarde la pudeur, la moderation, la temperance, & les autres vertus qui vont à garder les meſures neceſſaires ſur chaque choſe ; & à nous attirer l'approbation de ceux avec qui nous vivons.

Il faut donc garder un ſi grand ordre dans les actions, & dans toute la conduite de la vie, que comme dans un diſcours bien ſuivi, il n'y a rien qui ne ſe tienne, & qui ne convienne l'un à l'autre ; de même dans la vie, & dans les actions, il n'y ait rien qui ne s'accorde, & qui ne convienne au tems, & aux circonſtances où l'on ſe trouve. Il ne convient pas, par exemple, & c'eſt même une faute groſſiere, de mêler dans une matiere ſerieuſe des propos de table, & des choſes enjoüées.

Belle comparaiſon, pour faire entendre ce que c'eſt qu'une vie bien ordonnée.

Rien ne fait mieux entendre ce que je viens de dire, qu'un mot qu'on rapporte de Periclés [1]. Il avoit Sopho-

---

1 Grand Capitaine parmi les Atheniens, & en même tems grand Orateur, & un des plus honnêtes hommes qui ayent été parmy eux ; il gagna pluſieurs batailles contre leurs ennemis, à la tête de leurs troupes ; & entr'autres contre les Lacedemoniens, & contre les Sicioniens.

cle [2] pour collegue dans la charge de
Préteur ; & un jour, qu'ils étoient ensemble , pour quelque chose qui regardoit
leur employ , Sophocle , voyant passer
un jeune homme fort bien fait , *o le*
beau jeune homme ! dit-il , à Periclés. *Ceux*
qui sont en charge comme nous , répondit
celuy-cy , *ne doivent pas avoir moins de*
retenuë dans les yeux que dans les mains.
Or s'il avoit été question de choisir des
Athletes, ce que Sophocle avoit dit n'auroit pas merité d'être repris : & cela
nous fait voir combien les choses changent de nature, par les circonstances des
tems & des lieux.

Bel exemple
de la sagesse
& de la re-
tenuë des
anciens.

Qu'un homme qui aura une grande
cause à plaider , ou quelqu'autre affaire
à méditer , se promene tout seul , ou se
tienne sans dire mot ; on n'y sçauroit
trouver à redire. Mais s'il portoit la
même contenance dans un festin , on diroit qu'il ne sçauroit pas vivre : tant il

Combien les
choses chan-
gent par les
circonstan-
ces des tems.

---

2. C'est celuy dont on a ces belles Tragedies , qui ont
servi de modele aux plus grands Poëtes. Son attache-
ment à la Poësie ne l'a pas empêché d'être un assez
grand Capitaine pour avoir eu le commandement des
armées des Atheniens. On dit qu'il mourut de joye d'a-
voir gagné une bataille importante , dont le succés luy
avoit paru fort douteux.

eſt important de ſçavoir faire la difference des tems.

CHAPITRE XLI.

Les petites fautes ſont plus difficiles à appercevoir
& à éviter que les grandes. La vie eſt un con-
cert, qui demande la derniere juſteſſe. Combien
ce qui s'en éloigne tant ſoit peu eſt à éviter.
S'appliquer à ſoy-même ce qu'on remarque dans
les autres. Prendre leur avis , & s'accomma-
der à leur goût. Suivre les regles plûtôt que
les exemples. Quelques devoirs particuliers à
quoy un honnête homme ne manque point.

Il n'y a que les habiles gens qui puiſſent s'a-percevoir & ſe garder des petites fau-tes.

LEs choſes qui choquent le plus
groſſierement les regles de la bien-
ſeance, comme de chanter dans les ruës,
& autres ſemblables diſparates , ſont aiſées à remarquer ; & on n'a pas beſoin
de preceptes ſur ce ſujet. Mais il y en a
une infinité que l'on compte pour rien,
& dont peu de gens ſont capables de s'a-
percevoir ; & c'eſt à celles-là qu'il faut
le plus prendre garde.

* Car comme les bons Muſiciens ne

---

* Le chap. 41. ne commence qu'icy dans le latin;
mais il doit commencer plus haut.

peuvent fouffrir le moindre défaut de juſteſſe dans les tons ; de même, nous devons éviter la moindre diſſonance dans le concert de nos actions ; & avec d'autant plus de foin, qu'il eſt bien d'un autre prix, & d'une autre conſequence que celuy des fons. Or ſi nous voulons prendre garde de prés à tous les défauts où l'on peut tomber fur ce fujet, nous ne les fentirons pas moins finement, que les bons Muſiciens fentent le moindre défaut de juſteſſe dans un inſtrument mal-d'accord ; & les plus petites choſes nous en feront découvrir de fort grandes.

Nous verrons fans peine, par le mouvement des yeux ou des fourcils, par l'air gay ou chagrin, par le rire, par la liberté ou la referve des paroles, par le ton de la voix plus ou moins élevé, & autres choſes de cette nature, ſi l'on eſt au point que la bien-feance demande ; ou de combien on s'éloigne de ce que les regles de nos devoirs & la nature même nous preſcrivent.

Pour nous apprendre à en bien juger, il n'y a rien de meilleur que de prendre garde à ce que nous apercevons dans les

La vie eſt un concert, où tout doit être parfaitement d'accord.

Tout parle en nous, & fait connoitre ce que nous fommes.

Nous n'avons des yeux que

M iiij

pour les defauts d'autruy.

autres ; afin d'éviter ce que nous aurons trouvé qui leur sied mal. Car nous voyons sans comparaison mieux les défauts dans les autres que dans nous-mêmes ; & c'est ce qui fait que le meilleur moyen dont nos maîtres se puissent servir pour nous corriger de nos défauts, c'est de les contrefaire devant nous.

Prendre avis dans les choses douteuses,

La nature nous meneroit au vray, si nous sçavions la consulter.

Avant de prendre party sur des choses qui paroissent douteuses, il est bon de consulter ceux qui ont de l'étude ou de l'experience ; & de leur demander avis, de quelque sorte de devoirs qu'il s'agisse. Car LE COMMUN des hommes va d'ordinaire de luy-même à ce que la nature demande. Mais il ne faut pas prendre garde seulement à ce qu'on nous dit, il faut tâcher de penetrer ce que chacun pense [1], & pourquoy il pense comme il fait. Car comme les Peintres & les Sculpteurs, & même les Poëtes, sont bien aises d'exposer leurs ouvrages aux yeux

1 Car la complaisance, la malignité, & mille autres causes peuvent faire qu'on ne nous réponde pas sincerement : sans compter que les hommes s'embrouillent souvent eux-mêmes, quand il s'agit de répondre sur des choses qu'ils n'ont pas assez examinées ; & que la reflexion même, quand elle est precipitée, égare l'esprit, & luy fait prendre un party tout opposé à celuy où le sentiment l'auroit conduit.

de tout le monde ; & que lors que plufieurs fe rencontrent à trouver une même chofe défectueufe, ils tâchent de découvrir, & par leurs propres lumieres,
& par celles des autres, d'où peut venir
le défaut, & ne manquent pas de le corriger ; de même, il faut que le jugement
des autres nous ferve de regle, pour nous
déterminer à faire ou ne pas faire, à
changer & à corriger bien des chofes.

Avoir égard au goût & au jugement des autres.

Il n'y a point de preceptes à donner,
fur ce qui eft reglé par les loix & les
coûtumes de chaque peuple ; puifque
les loix mêmes font des preceptes. Or
que fous pretexte qu'il eft peut-être
échappé à Socrate, ou à Ariftide², quelque mot ou quelque action contraire
aux loix & aux coûtumes de leur païs,
nous crûffions pouvoir nous donner la
même liberté ; ce feroit nous tromper
beaucoup. Ce n'étoient que comme des
licences que ce qu'il y avoit dans ces
grands hommes d'excellent & de divin
pouvoit faire excufer ; & qui ne peuvent être tirées à confequence pour les
autres.

Suivre les loix & les coûtumes.

Les regles font plus fûres que les exemples mêmes des plus grands hommes.

Quant aux maximes & aux manieres

² On verra fur le chap. 14. du 3. Livre quel il étoit.

des Cyniques, il faut les rejetter abſo-
lument ; puis qu'elles vont directement
contre la pudeur, ſans laquelle il n'y a
ni vertu, ni honnêteté.

Reſpecter le merite & la vertu dans tous ceux qui en ont.

　　Il eſt du devoir d'un honnête homme, d'honorer & de reſpecter ceux dont
la vie a été illuſtrée par une conduite
honnête & noble, & par de grandes
actions ; ceux qui n'ont que des vûës
& des intentions droites ſur ce qui regarde la Republique ; ceux qui l'ont
ſervie, ou qui la ſervent actuellement ;
& ceux qui ont paſſé par les grandes
charges, ou qui ont commandé les armées. Il en eſt encore de déferer beaucoup aux vieillards ; de ceder à ceux
qui ſont en ſa place ; de ſçavoir faire
la difference du citoyen & de l'étranger ; & entre les étrangers même, celle
d'un particulier qui vient de ſon chef, ou
de celuy qui vient au nom de ſa Republique. Enfin, pour ne pas entrer dans un
plus grand détail, il eſt du devoir d'un
honnête homme d'obſerver inviolablement, & de maintenir même, autant qu'il
luy eſt poſſible, tout ce qui peut concilier les hommes les uns aux autres, &
contribuer à l'entretien de la ſocieté qui
les unit.

Qui auroit pour but l'en-tretien de l'ordre de la ſocieté hu-maine, ne feroit jamais de fautes.

CHAPITRE XLII.

Des moyens de gagner du bien, dont les uns sont honnêtes, & les autres malhonnêtes.

QUANT aux arts, & aux autres moyens de gagner du bien, il faut faire la différence de ceux qui ne sont pas indignes d'un honnête homme, & de ceux qui ont quelque chose de sordide & de honteux ; & voicy ce qu'on nous en a toûjours appris. En premier lieu, il faut rejetter ceux qui attirent la haine publique : tel est le métier des usuriers, & de ceux qui levent les impôts des entrées.

On doit encore regarder comme quelque chose de bas & de sordide, le métier de tous ceux qui vendent leur peine ou leur industrie. Car quiconque donne son travail pour de l'argent se vend luy-même, & se met au rang des esclaves. Il en faut dire autant de ceux qui prennent des gros marchands pour revendre sur le champ ; puis qu'ils ne gagnent qu'à force de mentir ; & qu'IL N'Y A rien de plus honteux que le men-

Choix à faire entre les moyens de gagner du bien.

fonge. Il y a encore quelque chofe de
bas dans toutes fortes d'ouvriers , de
quelque métier que ce puiffe être ; &
tout ce qui s'appelle boutique eft indigne d'un honnête homme. Enfin , on
ne fçauroit avoir que du mépris pour
tous ces fortes de gens qui font comme
les miniftres de la volupté. Terence
met dans ce nombre-là les bouchers[1],
les poiffonniers de gros poiffons[2] ; les
cuifiniers , les patiffiers ; & l'on y peut
ajoûter les parfumeurs , les danfeurs
publics , & tous ceux qui tiennent des
académies de jeux de hazard.

Les arts qui ne fervent qu'à la volupté , indignes d'un honnête homme.

Il n'en eft pas ainfi de ceux qui font
profeffion des Arts où il faut plus d'efprit & d'application , & dont le public
tire de grandes utilités ; comme des Medecins , des Architectes , & de ceux qui
enfeignent les chofes qu'un honnête
homme doit fçavoir. Tous ces Arts fe

Quels font les arts honnêtes.

1 Ceux-là travaillent pour la neceffité , plûtôt que
pour la volupté ; & on ne voit pas pourquoy Ciceron
les met dans le rang de fes Miniftres , fi ce n'eft par l'excés du foin que ceux de fon tems pouvoient avoir de
fournir des viandes exquifes.

2 Une partie du luxe des Romains confiftoit à fe faire
fervir toutes les plus groffes pieces , & en chair & en
poiffon. ———— *Quanta eft gula qua fibi totos*
Ponit apros!   JUVENAL.

peuvent exercer fans deshonneur , par
ceux dont la condition , & le rang qu'ils
tiennent dans la Republique , le peut
fouffrir ³.

Quant à la marchandife, celle qui fe
fait en détail , & qui n'a pas grande
étenduë eft fordide. Mais pour celle
qui roule fur un grand negoce, & qui
apportant de toutes parts une grande
abondance des chofes utiles à la vie ,
donne moyen à chacun de fe fournir
de ce qu'il luy faut , on ne la fçauroit
blâmer , lors qu'elle s'éxerce fans fraude & fans menfonge. Elle n'a même
rien que d'honnête & de loüable , fi
ceux qui s'y appliquent ne font pas in-
fatiables ; & que comme , lors qu'ils
font fur mer , leur but eft d'arriver au
port, ils ayent auffi pour but de paffer
enfin du port à quelque établiffement
à la campagne , aprés avoir gagné du
bien jufques à un certain point.

De tous les moyens d'en gagner , il

*Ce qu'on
doit juger de
la marchan-
dife.*

³ Il n'y avoit que ceux de l'ordre du peuple qui pûffent exercer ces fortes d'arts ; & ils étoient interdits aux
Senateurs , & même aux Chevaliers Romains. Mais il y
avoit certains emplois que l'on permettoit à ceux-cy,
comme par exemple d'entrer dans les fermes publiques,
& qui étoient interdits aux Patriciens.

n'y en a point de meilleur, de plus utile, de plus agreable, ni de plus digne d'un honnête homme que l'agriculture. C'est une matiere que j'ay traittée amplement, dans le livre où je fais parler le vieux Caton [4] ; & vous y trouverez tout ce qui se peut desirer sur ce sujet.

4 C'est le Livre *de la vieillesse.*

CHAPITRE XLIII.

Récapitulation de ce qui a été dit jusqu'icy, sur les sources de l'honnêteté. De la comparaison & de la subordination des devoirs. Que ceux qui ont pour but le bien de la societé humaine, sont préferables à tous les autres.

JE croy en avoir assés dit, pour faire voir par où nous pouvons parvenir à découvrir nos devoirs ; & que nous ne devons les chercher que dans ces quatre sources d'où dérive tout ce qu'on peut appeller honnête, & qui sont *la prudence,* ou le discernement de la verité ; *la justice,* qui se rendant egalement à tout le monde, est le principal soûtien de la societé humaine ; *la force,* ou la grandeur d'ame ; & *la modera-tion* ou *la temperance.* Mais il y a une infinité d'occafions, où plufieurs chofes conftamment honnêtes fe trouvent en concurrence ; & il faut neceffairement alors en faire la comparaifon, pour fe déterminer entre ces differentes fortes de devoirs ; & c'eft ce que Panætius a oublié de traitter.

Je croy donc que les devoirs qui ont pour objet le bien de la focieté humaine, c'eft à dire, ceux que la juftice prefcrit, font les plus effentiels, & les plus conformes à ce que la nature demande de nous ; & qu'ils font au deffus de ceux qui ne roulent que fur la recherche de la verité ; & voici, ce me femble, par où il eft aifé de le prouver.

Pofons qu'un honnête homme fe trouve dans une fituation, où il ait abondance de toutes chofes ; & où il joüiffe d'un repos & d'un loifir qui luy donne moyen de méditer & de confiderer tout ce qui merite le plus que nous defirions de le connoître : fans doute que s'il eft d'ailleurs dans une fi grande folitude, qu'il ne puiffe jamais voir perfonne, la vie luy deviendra ennuyeufe & infupportable.

De plus, tout le monde convient que

Quels font les devoirs les plus effentiels.

Ce qui va au bien de la focieté humaine, preferable à tout.

Les hommes font faits pour vivre en focieté.

la plus noble & la plus élevée de toutes les vertus, c'eſt cette ſageſſe que les
Grecs appellent σοφία. Car elle eſt bien

*Deux ſortes
de ſageſſe.*

au deſſus de celle qu'ils appellent φρό-
νησι ; puiſque celle-cy n'eſt autre choſe
que cette prudence ordinaire qui fait
diſcerner ce qu'il faut faire, & ce qu'il
faut éviter ; au lieu que l'autre comprend la connoiſſance de toutes les choſes divines & humaines ; & met les hommes en commerce & en ſocieté avec
les Dieux. Or ſi elle eſt la plus grande
de toutes les vertus, comme elle l'eſt
ſans doute ; il s'enſuit que les devoirs
qui regardent la ſocieté humaine, ſont
au deſſus de tous les autres. Car la plus

*Toute con-
noiſſance
doit ſe rap-
porteràquel-
que ſorte
d'action.*

ſublime connoiſſance des choſes de la
nature eſt imparfaite & défectueuſe,
ſi elle ne ſe termine à quelque ſorte
d'action ; & l'action qui luy convient
le plus, eſt ſans doute celle qui a le bien
des hommes pour objet. Or ſi cette action eſt ce qui donne comme le dernier
luſtre à cette ſageſſe même ſi élevée ; il
eſt clair que ce qui a rapport au bien
de la ſocieté humaine, doit être mis au
deſſus de quelque connoiſſance que ce
ſoit.

C'eſt il

C'est ainsi que tous les gens de bien en jugent ; & les mouvemens que la nature leur inspire, le font voir manifestement. Car entre ceux même qui font le plus attachez à l'étude des choses naturelles, qui est celuy qui au plus fort de son application, à ce qu'on doit le plus defirer de connoître, & fur le point même de trouver au juste le nombre des étoiles, & les dimensions de toutes les parties de l'univers, ne quitte tout sans hesiter, pour courir au secours de sa patrie, s'il apprend qu'elle soit menacée de quelque accident funeste ; & qui n'en fasse autant pour son pere ou pour son ami ? Voilà par où il est aisé de voir, combien les devoirs que prescrit la justice, & qui sont des suites de cet amour que les hommes doivent avoir les uns pour les autres, & qui est toûjours au dessus de tout, dans le cœur d'un honnête homme, sont préferables à ceux qui n'ont pour objet que l'étude des sciences.

Un honnête homme est plus touché du plaisir de faire du bié aux autres, que de celuy de sçavoir.

❦✿✳✿❦

N

CHAPITRE XLIV.

Les speculations mêmes de ceux qui vivent dans la retraite, utiles à la Republique, & par où. L'éloquence préferable aux pures speculations: Combien l'union des hommes en societé leur aiguise l'esprit. Ce qui les a portez à s'y mettre.

Combien les découvertes des speculatifs sont utiles aux autres hommes.

AUSSI ne faut-il pas croire, que ceux qui ont passé leur vie à l'étude, & à l'acquisition des connoissances, ayent perdu de vûë le bien & les avantages du genre humain; & qu'ils n'y ayent rien contribué. Car n'est-ce pas par leurs lumieres & par leurs soins, que tant de gens ont été formez; & sont devenus meilleurs citoyens, & plus utiles à la Republique? C'est ainsi qu'Epaminondas[1] de Thébes fut formé par Lisis Pitagoricien[2]; & Dion de Siracu-

---

1 C'est ce grand General des Thebains, dont il est parlé au chap. 24. Il passe pour l'homme le plus accompli de toute l'antiquité, & du côté de l'esprit, & du côté des mœurs, & de celuy de la valeur. Sa derniere action est la bataille de Mantinée, qu'il gagna l'an 391 de la fondation de Rome; mais il y reçût un coup de javelot dont il mourut.

2 Il vivoit environ l'an de Rome 366. On le croit autheur de certains vers moraux qui courent sous le

par Platon ; sans compter ceux qui
ont été par d'autres. Nous-mêmes, nous
avons servi utilement la Republique,
toutefois nous pouvons dire que nous
l'avons servie utilement, que parce que
nous sommes entrez dans ses affaires,
munis des secours qu'on peut tirer des
Maîtres, & de l'étude.

Et ce n'est pas seulement pendant la
vie de ces grands hommes, & par des
conferences de vive voix, qu'ils instruisent ceux qui vivent de leur tems, &
qui veulent profiter de leurs lumieres :
ils continuent de le faire encore aprés
leur mort, par leurs ouvrages ; où ils
n'ont rien oublié de ce qui regarde les
loix, les mœurs, & la conduite de la

C'est se tromper que de croire que ceux qui n'ont jamais rien appris ni medité, puissent servir utilemēt la Republique.

Ceux qui découvrent & qui instruisent, sont plus utiles à la Republique que ceux qui agissent.

nom de Pytagore. Dans un Recüeil de lettres d'Auteurs
Grecs, imprimé par Manuce, il y a en quelques-uns de
luy.

3 Il vivoit du tems du I. Denis, Tiran de Siracuse,
qui avoit même de la consideration pour luy. Le jeune
Denis en eut encore davantage ; mais fatigué par les ins-
tances que Dion luy faisoit, de rendre la liberté à Siracuse, il le chassa. Dion se retira à Athenes avec Platon ;
& le soin des jeux publics ayant été donné à ce Philosophe, Dion luy fournit de quoy en faire la dépense. Ensuite il entreprit de mettre sa patrie en liberté par la force
des armes, & cette entreprise eut tout le succés qu'il
pouvoit desirer. Ce qui n'empécha pas qu'il ne fût chassé, puis rappelé, & enfin assassiné l'an 400 de la fondation de Rome.

N ij

vie. Ainsi on peut dire que leur loisir est devenu le soûtien de ceux qui sont dans l'action. Voilà par où il est vray de dire, que c'est principalement au bien de la societé humaine que ceux mêmes qui s'appliquent tout entiers à l'étude des sciences & de la sagesse, rapportent tout ce qu'ils ont de lumieres & de connoissances.

L'éloquence, quand elle a du fonds, est preferable aux simples speculations.

De ce que nous venons d'établir il s'ensuit, que l'éloquence, quand elle est accompagnée de prudence & de sagesse, est preferable aux speculations les plus profondes & les plus étenduës de ceux qui n'ont pas le don de la parole. Car toutes ces speculations sont renfermées dans la pensée; au lieu que par l'éloquence on se communique à ceux avec qui l'on est uni par les liens de la societé humaine.

Combien l'union qui lie les hommes les uns aux autres, sert à mettre leur esprit en action.

Or comme ce n'est pas precisément pour former des ruches, que les mouches à miel s'unissent; & qu'au contraire c'est cette union à quoy la nature les porte, qui les met en état d'en former; ainsi, & à bien plus forte raison, l'union à quoy la nature a porté les hommes, & qui les fait vivre en socié-

té, eſt ce qui réveille en eux, & qui
met en mouvement, le principe qui les
rend capables de penſer & d'agir.

Il eſt donc clair, que ſi les plus belles
connoiſſances n'étoient accompagnées
& ſoûtenuës de cette vertu qui tend à
maintenir la ſocieté humaine [1], elles de-
meureroient renfermées en elles-mêmes ; & ne ſçauroient être que vaines &
infructueuſes.

Il en eſt de même de la force & de
la grandeur d'ame ; & ſi elle ne ſe rapporte au bien de la ſocieté humaine,
c'eſt plûtôt ferocité que vertu. Concluons donc que ce qui va à ſoûtenir la
ſocieté humaine, eſt beaucoup au deſſus de l'étude & des connoiſſances.

Bien de la ſocieté humaine, unique but de la force, auſſi-bien que de la juſtice.

Et il ne faut pas écouter ceux qui
diſent que les hommes ne ſont entrez
en ſocieté, que parce qu'ils ſe ſentoient
preſſez par leurs beſoins, & qu'ils ne
pouvoient venir à bout d'avoir, ni de
fabriquer, ſans le ſecours les uns des
autres, ce que leur nature demande
pour ſe ſoûtenir. Mais que ſi quelque
vertu divine leur fourniſſoit à point

Il y a dans les hommes un principe qui les porte à entrer en ſocieté, indépendamment du beſoin qu'ils ont des autres.

1 C'eſt à dire la juſtice, qui eſt de toutes les vertus
celle qui contribuë le plus au maintien de la ſocieté.

nommé, fans aucun fecours humain,
tout ce qui eft neceffaire pour la fubfiftance, & pour les commodités de la
vie ; tous ceux à qui la nature a donné
un bon efprit ne s'embarrafferoient
dans aucune forte d'affaires ; & s'appli-
queroient tout entiers aux fciences &
aux connoiffances. Il s'en faut bien que
cela ne foit ainfi : la folitude ne feroit

Tout homme a befoin de la focieté de quelque au- tre homme. guere moins de peur aux plus grands
efprits qu'aux autres : ils voudroient
avoir des compagnons de leurs études,
& il n'y en a aucun qui ne fût bien
aife d'apprendre & d'écouter quelquefois, auffi-bien que de parler & d'enfeigner. Il doit donc demeurer pour conftant, que les devoirs qui ont rapport
au maintien de la focieté humaine, font
préferables à ceux qui n'ont pour objet que les fciences & les connoiffances.

CHAPITRE XLV.

Si les devoirs que prescrivent la pudeur & la tempérance doivent ceder au bien de la societé humaine, aussi-bien que les autres. Subordination de ceux qui la regardent.

ON pourroit peut-être demander si ces sortes de devoirs, qui regardent la societé humaine, & qui sont si conformes à ce que la nature demande de nous, doivent aussi être préferez à ceux que la pudeur, la modération, & la tempérance prescrivent. C'est de quoy je ne sçaurois convenir. Car entre les choses qui sont contraires à ces sortes de vertus, il y en a de si honteuses, de si odieuses, & même de si criminelles, qu'il n'y a point d'honnête homme qui les voulût faire en aucun cas, quand il iroit du salut de sa patrie. Possidonius [1] en a fait une grande énumeration : mais la plûpart sont si infames, que j'aurois honte de les rapporter. On ne les fera donc jamais ; non

Si ce qui est du devoir de la temperance & de la pudeur, doit ceder à l'avantage de la societé humaine.

Ce qui est contre les bonnes mœurs ne se doit jamais faire, quelque avantage qu'il

[1] Disciple de Panætius, dont Ciceron parle au ch. du troisiéme Livre. Il étoit d'Apamée ; mais il passa la plus grande partie de sa vie à Rhodes, auprés de son Maître qui en étoit.

N. iiij

on peut revenir à la Republique.

pas même pour le service de la Republique. Aussi ne les éxigera-t'elle jamais
de personne, & il ne peut jamais être
de son interêt qu'un honnête homme
les fasse.

Il est donc clair, par tout ce que
nous venons de dire, que quand il sera
question de se déterminer entre plusieurs differens devoirs, on doit préferer ceux qui vont au bien de la societé
humaine. Car toutes les connoissances,
& toutes les lumieres de la prudence,
doivent se terminer à quelque action
sage, reglée & bien ordonnée. Ainsi il
est indubitable que d'agir de cette sorte, c'est quelque chose de plus estimable que de bien penser.

Mais en voilà assés sur ce sujet ; & il
ne sera pas difficile aprés cela de prendre parti entre plusieurs devoirs differens, & de voir lesquels doivent être
préferez aux autres.

Subordination des devoirs.

Entre ceux mêmes qui regardent la
societé humaine, il y a differens de-
grez ; & il est aisé de voir dans quel
ordre on les doit ranger ; puisque ce
que nous devons aux Dieux immor-
tels va devant tout : ce que nous de-

vons à la patrie vient aprés ; enſuite vient ce que nous devons à nos peres, & à nos meres, & ainſi du reſte. Le peu que nous en avons dit fait aſſés voir, que non ſeulement on peut être en doute ſi une choſe eſt honnête ou non, mais qu'entre deux choſes conſtamment honnêtes, on peut être en peine de ſçavoir à laquelle on doit ſe porter préferablement à l'autre. Et c'eſt ce que Panætius a oublié dans ſa diviſion des devoirs ; comme nous avons remarqué dés le commencement de cet ouvrage. Mais paſſons à ce qui nous reſte à voir.

Fin du premier Livre.

LES OFFICES
DE CICERON.
LIVRE SECOND.

CHAPITRE PREMIER.

Quel sera le sujet de ce second Livre. Philosophie,
unique recours, & unique consolation de Cice-
ron, depuis la ruine de la Republique.

JE croy, mon cher Fils, que dans le Livre précedent j'ay suffisamment expliqué, & la nature des devoirs qui se tirent de l'honnêteté, & de chaque sorte de vertu ; & la maniere dont on les en tire. Il s'agit presentement de traitter de ces autres devoirs qui ont rapport aux choses d'où dépend l'aisance de la vie ; ou qui peuvent luy donner de l'éclat, c'est à dire, au bien & à la consideration.

Sujet de ce
second livre.

Sur cela on peut, comme j'ay dit, conſiderer dans chaque choſe, ſi elle eſt utile ou nuiſible ; ou de pluſieurs choſes utiles, ſi l'une l'eſt plus que l'autre ; ou s'il y en a quelqu'une qui le ſoit ſouverainement. C'eſt à quoy je viendray tout à l'heure : mais il faut auparavant que je diſe quelque choſe de mon deſſein , & des raiſons que j'ay euës de l'entreprendre.

Quoique mes Ouvrages ayent donné le goût des Livres à beaucoup de gens , & en ayent même excité quelques-uns à écrire auſſi de leur côté , je crains que d'autres , qui ne s'accommodent point de tout ce qui s'appelle Philoſophie[1], quoy qu'ils ſoient honnêtes gens d'ailleurs , ne s'étonnent que je puiſſe donner à ces ſortes de choſes tant de tems & d'application.

Tant que la Republique a été gouvernée par ceux qu'elle choiſiſſoit elle-même ; elle a été le ſeul objet de mes ſoins & de mes penſées. Mais depuis qu'elle eſt tombée au pouvoir d'un ſeul[2] ; & qu'il n'y a plus eu de lieu d'em-

Ce qui avoit porté Ciceron à s'appliquer à écrire ſur des matieres de Philoſophie.

1 La Philoſophie étoit encore peu connuë & peu goûtée à Rome, dans le tems que Ciceron écrivoit.

2 Par la mort de Ceſar, la Republique n'avoit fait que

ployer pour elle, ni les conseils qu'on
étoit capable de donner[3], ni ce qu'on
pouvoit avoir de consideration & d'autorité ; & qu'enfin j'avois perdu ceux
qui m'aidoient autrefois à la soûtenir ;
je n'ay voulu, ni me laisser aller à la
tristesse, qui m'auroit consumé si je ne
luy eusse resisté ; ni rechercher des occupations ou des plaisirs indignes d'un
homme qui sçait quelque chose.

S'il avoit plû aux Dieux, que la Republique fût demeurée dans l'état où
elle étoit revenuë[4], & qu'elle ne fût
point tombée à la merci de ceux qui
sous pretexte d'en changer le gouvernement, n'ont eu en vûë que de l'a-
néantir ; je ferois encore comme j'ay
fait autrefois : on m'auroit vû plus appliqué à la servir, qu'à écrire ; ou si
j'eusse écrit quelque chose, c'eût été
mes actions publiques, ou mes memoires, comme je faisois dans les premiers
tems, plûtôt que des ouvrages philosophiques.

Ciceron en preferant le service de la societé humaine à l'étude, sui-voit les re-gles qu'il donne dans cet ouvrage. liv. 1. c. 6. & ailleurs.

retomber de son pouvoir dans celuy d'Antoine, qui avoit
herité de son ambition & de son avidité.

3 N'y ayant plus de liberté dans le Senat.

4 Aprés que Sylla se fut démis de la Dictature, la
Republique paroissoit avoir repris sa premiere forme.

Mais comme cette Republique, à qui je donnois avec tant de plaisir tous mes soins & toutes mes pensées, ne subsiste plus ; & qu'ainsi ces sortes d'études qui regardoient le Senat ou le barreau, n'ont plus de lieu ; & que d'ailleurs je ne pouvois demeurer sans occupation, j'ay repris les choses à quoy je me suis appliqué dés mes premieres années. J'ay même crû que je ne pouvois me consoler d'une maniere plus digne d'un honnête homme, qu'en revenant à cette même Philosophie à laquelle j'avois donné tant de tems dans ma jeunesse, pour me former l'esprit ; mais que j'avois comme abandonnée, depuis que j'ay commencé d'entrer dans les charges, & que je me suis devoüé tout entier à la Republique. Car je n'ay pû luy donner, depuis ce tems-là que le peu de loisir que les affaires publiques, & celles de mes amis me laissoient, & que je ne pouvois même employer qu'à lire, n'en aïant point assés pour m'embarquer à rien écrire.

La veritable Philosophie est la seule chose qui soit digne d'occuper un homme retiré.

CHAPITRE II.

Tirer quelque avantage des maux mêmes. Eloge de la Philosophie. Que ce n'est que par elle qu'on peut parvenir à la vertu. Quel étoit le systeme des Academiciens, & pourquoy ils con-testoient tout.

J'AY donc au moins tiré cet avantage des maux extrémes qui nous acca-blent, de me trouver en état d'écrire des choses qui n'étoient point assés connuës parmi nous[1], & qui sont pour-tant celles qui meritent le plus de l'ê-tre. Car qu'y A-T-IL de plus ex-cellent & de plus desirable que la sa-gesse? Que peut-on concevoir de meil-leur & de plus digne de l'homme? Or, c'est uniquement ce que cherchent ceux qu'on appelle *Philosophes*; & le mot de *Philosophie* ne signifie autre chose que l'amour & la recherche de la sagesse[2].

1 La Philosophie avoit commencé parmi les Grecs, & y avoit fait un grand progrés. Mais les Romains ne s'y étoient appliquez que fort tard; & dans le tems que Ciceron écrivoit, il n'y avoit encore que bien peu de gens parmi eux qui en eussent quelque teinture.

2 Le mot de Philosophie fait peur à la plûpart des hommes, comme s'il y avoit quelqu'un qui fût dispensé d'être sage, & que la Philosophie fût autre chose que la recherche de la sagesse.

Et qu'est-ce que la sagesse ? C'est, disent les anciens Philosophes, la connoissance des causes divines & humaines [3], & des causes d'où elles dépendent. Or si l'on peut blâmer une telle étude, j'avouë que je ne sçay plus ce qu'on peut loüer. Car soit qu'on cherche à occuper agreablement son esprit, ou à se dêlasser des soins & des agitations de la vie ; quelle occupation est comparable à cette sorte d'étude, qui fait faire sans cesse quelque nouvelle découverte dans ce qui peut contribuer à rendre la vie également bonne & heureuse ? Que si c'est une vertu solide &

Ce que c'est que la sagesse.

L'étude de la sagesse n'est pas moins agreable qu'utile.

Ce n'est que

[3] Par la connoissance des *choses divines*, ils entendoient non seulement celle de Dieu & de sa nature ; mais encore celle de l'univers qui est son ouvrage, & du cours, des effets & des productions de la nature qu'il fait mouvoir, & qui n'agit que sous ses ordres. Par la connoissance des *choses humaines*, ils entendoient celle de tout ce qui appartient à la nature de l'homme ; de son esprit, & du bon ou mauvais usage qu'il en peut faire ; de son cœur, de ses mœurs, de ses devoirs & de ses actions. On pourroit sans doute appeller *sage*, celuy qui sçauroit tout ce qui est à sçavoir là-dessus. Mais il n'y auroit pas de plus grande folie que de croire qu'on y peut atteindre. Ainsi c'étoit proprement une belle idée dont ces Philosophes étoient amoureux. La Religion reduit la sagesse à quelque chose de bien plus simple ; & elle nous apprend que ce n'est autre chose que la pieté ; & que les sages sont ceux qui aiment Dieu, & qui le servent.

veritable

véritable qu'on se propose , & à quoy l'on voudroit parvenir ; ou c'est par cette étude si noble , & par les regles qu'elle fournit, qu'on peut arriver à la vertu ; ou il n'y en a point pour nous y conduire. Or de dire qu'il n'y a point de regles pour la plus grande chose du monde , lorsque l'on convient qu'il y en a pour les moindres , ce seroit ne pas penser à ce qu'on dit ; & s'aveugler miserablement soy-même, sur ce qu'il y a de plus important dans la vie.

S'il y a donc quelques regles, & quelque sorte d'art , pour acquerir la vertu, où les trouverons-nous , si nous rejettons l'étude de la sagesse ? Mais il n'est pas necessaire d'entrer plus avant dans cette matiere , que j'ay traittée avec beaucoup d'exactitude , dans un ouvrage fait exprés pour porter les hommes à l'étude de la Philosophie 4. C'est assés d'avoir rendu raison en cet endroit , pourquoy me voyant hors des charges

par l'étude de la sagesse qu'on peut acquerir la vertu.

4 C'étoit un Livre intitulé *Hortense.* Il est perdu ; mais on l'avoit encore du tems de S. Augustin , qui dit au troisiéme Livre de ses Confessions , ch. 4. que la lecture de cet ouvrage l'avoit embrasé d'un tel amour pour la sagesse à l'âge de 19. ans , que de là en avant il n'eut plus que du mépris pour tous les biens de cette vie.

O

de la Republique, & exclus des occupations qui pouvoient la regarder, je
me fuis particulierement appliqué à cette forte d'étude.

Mais j'ay encore à répondre à une
forte de gens , & ce font même des
gens qui ne manquent ni d'étude ni de
fcience. Ils demandent fi faifant profeffion de croire que la verité ne fe peut
voir avec certitude fur quoy que ce
foit[5], j'ay pû, fans combattre mes principes, & me contredire moy-même,
traitter comme j'ay fait diverfes fortes
de fujets ; & fi je puis encore donner
des regles & des preceptes fur les devoirs de la vie[6].

Il feroit à defirer que ceux qui parlent de la forte, euffent bien compris
quels font mes fentimens, & de tous
les Académiciens. Il s'en faut bien que
nous foyons de ceux qu'un efprit toûjours flottant & incertain tient dans un

5 Ciceron faifoit profeffion de la Philofophie Aca-
démicienne ; & la maxime capitale de cette fecte étoit,
qu'on ne pouvoit arriver à une connoiffance certaine de
la verité fur aucune chofe.

6 Puifque , comme il a dit au chap. 2. du premier
Livre. Ceux d entre les Philofophes qui font profeffion
de douter de tout , ne fçauroient nous rien enfeigner fur
nos devoirs.

garement continuel ; & qui n'ont aucune opinion arrêtée sur quoy que ce soit. Que seroit-ce que mon esprit, & que seroit-ce même que ma vie, s'il n'y avoit rien d'arrêté, ni dans mes pensées, ni dans ma conduite?

La seule difference qu'il y a entre nous & les autres Philosophes, c'est qu'au lieu qu'ils disent qu'il y a des choses certaines, & des choses incertaines, nous disons qu'il y en a de vray-semblables, & qu'il y en a qui n'ont aucune sorte de vray-semblance. Qui m'empêche donc de suivre ce qui me paroît vray-semblable ; & de rejetter ce qui ne me paroît pas tel ? Par là j'évite l'arrogance des affirmatifs ; & je me garde de rien assurer témérairement, ce qui est la chose du monde la plus contraire à la sagesse.

Quel étoit le principe des Academiciens, & en quoy ils étoient differens des autres Philosophes.

Que si nos Académiciens contestent tout, & disputent sur tout, ce n'est que parce que ce vray-semblable que nous cherchons ne se peut découvrir, qu'à force d'agiter le pour & le contre. C'est ce que je croy avoir expliqué avec assés de soin dans mes *Questions Académiques.*

Pourquoi les Academiciens contestoient tout.

7 Les Sceptiques.

Quant à vous, mon cher Ciceron, quoy que vous foyez appliqué à une Philofophie qui n'eft pas moins illuf- tre qu'ancienne ; & que vous en pre- niez des leçons d'un maître qui peut aller de pair avec ceux qui en font les autheurs & les fondateurs ; je fuis bien aife que nôtre doctrine, qui n'eft pas fort éloignée de la vôtre [8], ne vous foit pas inconnuë. Mais revenons à nô- tre fujet.

8 C'eft à dire de celle des Peripateticiens, dont Cratippus, maître du jeune Ciceron, faifoit profeffion ; au lieu que Ciceron étoit Académicien. Mais comme les uns & les autres étoient difciples de Platon, ils rai- fonnoient à peu prés fur les mêmes principes.

CHAPITRE III.

De ce qui est à examiner, quand on se trouve par-
tagé entre plusieurs differens devoirs. Combien
il est pernicieux de faire difference entre l'hon-
nête & l'utile. Que la distinction de l'un & de
l'autre n'est qu'une pure précision de l'esprit.
Division des choses qui sont utiles à la vie des
hommes. Que ce n'est que par l'industrie des
hommes qu'elles sont utiles.

IL y a donc, comme j'ay fait voir [1],
cinq differentes manieres dont nous
pouvons nous prendre à découvrir ce
qui peut être de nos devoirs : deux qui
regardent l'honnêteté & la bien-seance;
deux qui regardent les commoditez de
la vie, telles que sont les biens & la consideration ; & la derniere, qui regarde le
choix qu'il s'agit de faire, lors que plusieurs choses de l'un ou de l'autre genre
se trouvent en concurrence, & paroif-
fent contraires les unes aux autres. J'ay
expliqué dans le premier Livre ce qui
regarde l'honnêteté ; & c'est surquoy je
desire que vous soyez le mieux instruit.

Il s'agit presentement de ce que l'on

La science
de l'honnê-
teté est la
veritable
science de
l'homme.

[1] A la fin du 3. chap. du 1. Liv.

appelle utile ; & sur cela le langage, &
les opinions des hommes, se sont beaucoup écartées de la verité & de la droite raison, en distinguant l'honnête de
l'utile ; & en se persuadant qu'il y a
des choses honnêtes qui ne sont pas utiles ; & qu'il y en a qui sont utiles, quoy
qu'elles ne soient pas honnêtes. Il n'y
a rien de plus pernicieux à la societé humaine, ni de plus capable de corrompre les mœurs des hommes qu'une telle
persuasion. Ce n'est pas que de tres-
grands Philosophes ne distinguent l'honnête de l'utile. Mais ils le font d'une
maniere qui ne blesse point les droits
de l'honnêteté ; & qui ne déroge point
à la severité de leur doctrine ; puisque
toute la difference qu'ils font entre l'un
& l'autre, ne consiste que dans une
simple précision de l'esprit & de la pensée. Du reste, ils font assez voir que
l'un & l'autre ne sont qu'une même chose. Car, selon eux, IL N'Y A que ce qui
est juste qui soit utile ; & il n'y a que ce
qui est honnête qui soit juste ; d'où il
s'ensuit qu'il n'y a que ce qui est honnête qui soit utile.

Ce n'est que faute d'avoir compris ce

Quelle er-
reur c'est de
regarder
comme utile
ce qui n'est
pas honnête,
& combien
elle est per-
nicieuse.

La differen-
ce qu'on peut
faire de
l'honnête &
de l'utile,
n'est qu'une
pure préci-
sion de l'es-
prit, qui re-
garde une
même chose
par differens
côtez.

Preuve que
rien n'est
utile que ce
qui est hon-
nête.

que je viens de dire, que quelques uns, regardant avec admiration ce qu'il y a d'adresse & de finesse dans de certaines gens, prennent pour habileté, & pour prudence, ce qui n'est qu'artifice & méchanceté. Il faut donc les tirer de cette erreur; & leur faire comprendre, que ce n'est que par des actions & des intentions droites & honnêtes, qu'ils peuvent espérer d'arriver à ce qui est le but de leurs desirs.

Combien de gens se savent bon gré de ce qui n'est dans le fonds que méchanceté.

CHAPITRE IV.

Combien on tire d'utilité du travail & de l'industrie des hommes. Avantages qui leur reviennent d'être entrez en societé.

ENTRE les choses qui regardent le soûtien & les commoditez de la vie, il y en a d'inanimées, comme l'or, l'argent, les fruits de la terre, & les autres du même genre; & il y en a d'animées, & qui ont leurs mouvemens & leurs inclinations. De celles-là, les unes sont sans raison, comme les chevaux, les bœufs, & toutes les autres espèces de bestiaux; à quoy l'on peut ajoûter les

Division des choses utiles à la vie des hommes.

O iiij

mouches à miel , qui produifent auſſi
quelque choſe d'utile à l'homme : les
autres ont de la raiſon ; & ce ſont les
Dieux & les hommes. Quant aux Dieux,
ce qui nous les rend favorables , c'eſt la
pieté & la ſainteté de vie. Aprés eux,
il n'y a rien dont les hommes tirent tant
de ſecours que des hommes mêmes. Cette même diviſion ſe peut appliquer aux
choſes qui peuvent faire du mal ; & elles ſont compriſes ſous les mêmes genres.

A l'égard des Dieux , on eſt perſuadé
qu'ils ne nous font jamais aucun mal.
Pour les hommes, les maux qu'ils ſe peuvent faire les uns aux autres ne ſont pas
moins grands , que les ſecours qu'ils tirent les uns des autres.

Ces choſes mêmes inanimées , qui
nous ſont de quelque utilité , ne ſont-
elles pas , pour la plûpart , des effets du
travail des hommes ? & n'eſt-ce pas leur
main & leur induſtrie qui non ſeulement
nous les fait avoir , mais qui les rend
propres à nôtre uſage ? Aurions-nous
ſans elle , ni medecine , ni navigation, ni
agriculture ? Pourrions nous même recueillir & conſerver les bleds , & les au-

Ce n'eſt que
par les hom-
mes qu'on
tire du ſe-
cours de tou-
tes les autres
choſes.

tres fruits de la terre ? N'eſt-ce pas à
l'induſtrie & à l'application des hommes que nous devons ce commerce ſi
utile à la ſocieté humaine, qui porte aux
étrangers les choſes qui viennent chez
nous en abondance ; & qui tire d'eux
celles qui nous manquent ? Enfin n'eſt-
ce pas la main des hommes qui va chercher juſques dans les entrailles de la terre l'or & l'argent, & les pierres même
dont nos maiſons ſont bâties. * Comment auroit-on eu des maiſons, dés le
commencement du genre humain [1], pour
ſe défendre de la rigueur du froid, & de
l'incommodité de la chaleur, & comment les auroit-on rétablies, à meſure
qu'elles ont été renverſées par quelque
orage, ou par quelque tremblement de
terre, ou qu'elles ſont tombées de pure
vieilleſſe, ſi les hommes n'avoient appris
à ſe prêter les uns aux autres de ces ſortes de ſecours ? C'eſt par leur travail &
leur induſtrie que l'on vient à bout de

*Dénombre-
ment de ce*

---

* Le chap. 4. ne commence qu'icy dans le Latin; mais
il doit commencer plus haut.

1 Tous les Philoſophes ont vû que le monde a eu ſon
commencement : mais ils en ſont demeurez là, & n'ont
point cherché par où il a commencé.

*que fait l'in-
dustrie des
hommes.*

donner de l'écoulement aux eaux ; de
détourner le cours des rivieres ; de se défendre de l'inondation par des levées ;
& d'avoir des ports où la nature n'en
avoit point fait. Il est donc aisé de voir,
par tout ce que je viens de dire, & par
beaucoup d'autres choses qu'on y pourroit ajoûter ; que l'utilité que nous ti-
rons des choses même inanimées ne peut
être que l'effet du travail & de l'industrie
des hommes.

Mais quel profit & quelle commodité
pourrions-nous tirer sans leurs secours
des animaux même ? Car ne sont-ce pas
des hommes qui ont trouvé, dés le commencement des choses, à quoy chaque
espece d'animal pouvoit être propre
N'avons-nous pas encore tous les jours
besoin du soin & du travail des hommes, pour dompter les animaux de service, pour nourrir & garder le bétail, &
recueillir le profit qui s'en peut tirer,
pour exterminer les bêtes farouches,
& prendre celles qui couvrent nos tables?

Que diray-je de toute cette multitude d'arts, dont on ne sçauroit se passer,
ni pour le soulagement des malades, ni

pour le plaisir des sains ? Aurions-nous
dans leur secours, ni ce qu'il nous faut
pour nous nourrir, ni aucune des choses
qui font l'agrément de la vie des hommes ; & qui la mettent si fort au dessus
de celle des bêtes ?

Les villes auroient-elles jamais pû être
ni bâties ni peuplées, si les hommes ne
fussent entrez en societé, & ne se fussent
donné la main, pour s'ayder les uns les
autres ? C'est de cette union qu'on a vû
naître les loix, le droit & les coûtumes.
C'est ce qui a donné aux hommes une
forme de vie certaine & reglée. C'est
par là que les esprits se sont cultivez, &
sont devenus plus doux & plus traita-
bles, & qu'ils ont appris à se contenir, &
à connoître les regles de la pudeur. C'est
par là que s'est établi ce commerce &
cet échange reciproque & perpetuel de
biens, de commoditez & de secours, qui
ne nous laisse manquer de rien de ce qui
nous est necessaire. Enfin, c'est ce qui
fait tout ce qu'il y a de douceur, de repos & de sûreté dans la vie.

* Je ne me suis que trop étendu, sur

Avantages qui revien-nent aux hommes de leur union.

Ce qui fait la difference des nations civilisées & des sauva-ges.

---

* Le chap. 5. commence icy dans le Latin, mais il doit
commencer plus bas.

cette matiere ; & il n'y a rien là qui ne
soit connu de tout le monde, auffi bien
que dans ce que Panætius a pris à tâche
de faire voir fort au long, fur le même
fujet, que ni les plus grands Generaux
d'armée, ni les plus grands hommes d'E-
tat, n'auroient pû rien faire de grand,
ni d'utile pour la Republique, fans le fecours des autres hommes. Il cite fur
cela Themiftocle, Periclés, Cyrus, Age-
filaüs & Alexandre ; & foûtient que fans
ce fecours ils n'auroient pû executer
tant de grandes actions. Mais il ne falloit pas tant de témoins, pour prouver
une chofe dont perfonne n'eft en doute.

CHAPITRE V.

Que rien ne fait tant de mal aux hommes que les
hommes mêmes. Que l'usage que les habiles gens
doivent faire de leur vertu & de leur industrie,
est de se concilier les hommes, & de les sçavoir
mettre en œuvre. Trois differens emplois de la
vertu, à quoy se reduit tout le fruit qu'on en
peut tirer.

COMME il n'y a point d'avantages
comparables à ceux que les hommes tirent les uns des autres, quand ils
font de concert pour s'entr'aider; il n'y
a point aussi de calamitez pareilles à
celles qui arrivent aux hommes par les
hommes mêmes. Dicæarque [1], qui a été
un des plus grands Philosophes, & des
plus éloquens, d'entre les Peripateticiens, a fait un Livre des diverses calamitez qui peuvent faire perir les hom-

[1] Philosophe Peripateticien, disciple d'Aristote. Il
étoit de Messine; & il s'est signalé par son éloquence, &
par la connoissance qu'il avoit de la Geometrie. Il a
même écrit quelques histoires, & entr'autres une de la
Republique des Lacedemoniens, dont ils faisoient tant
de cas, que par un decret des Ephores, on la faisoit
lire publiquement tous les ans à tous les jeunes gens de
Lacedemone.

mes. Il y fait une grande enumeration
de ce qui en a fait perir une infinité,
comme les inondations, les peftes & les
incurfions des bêtes ; qui, felon ce qu'il
rapporte, fe font quelquefois jettées en
fi grand nombre dans de certains païs,
qu'elles en ont entierement détruit les
habitans. Mais il fait voir enfuite, que
ce qui eft l'effet de la malice & de la fureur des hommes, comme les guerres &
les feditions, en a fans comparaifon plus
fait perir, que toutes les autres calamitez.

Les maux que les hommes fe font les uns aux autres, font une étrange preuve de leur corruption.

Comme il eft donc hors de doute,
que rien ne fçauroit faire tant de bien
ni de mal aux hommes que les hommes
mêmes ; je croy que la principale chofe à quoy quiconque a de la grandeur
d'ame & de la vertu fe doit appliquer,
c'eft à concilier les hommes, & à fe les
unir, pour en tirer du fecours dans les
befoins de la vie.

A quoy chacun doit employer fes talens & fon induftrie.

Laiffons en partage aux gens de travail les arts qui fervent à tirer des chofes inanimées, & des animaux mêmes,
l'utilité qui s'en peut tirer. Celuy des
grands hommes, & le veritable employ
de tout ce qu'ils ont de vertus & de gran-

les qualitez, c'eſt de gagner la bienveillance , & d'exciter l'induſtrie des
autres ; & de s'en faire un ſecours que
l'on ait toûjours ſous la main; & que l'on
puiſſe employer à augmenter ſes biens,
ſon credit & ſa conſideration. Car tout
ce qu'on appelle vertu doit aller , ou à
ſçavoir connoître la verité ſur chaque
choſe, & démêler ce qui n'en a que l'apparence ; voir ce qui convient à chacune , quelles ſuite elle peut avoir , & quelles en ſont les cauſes & les principes ;
ou à reprimer les paſſions , & tenir l'appetit ſoûmis à la raiſon ; ou enfin à ſçavoir uſer avec ſageſſe & diſcretion de
ceux avec qui nous ſommes en ſocieté ;
pour avoir abondamment, par leurs ſoins
& par leur induſtrie , tout ce que les beſoins de la nature demandent ; & pour
être plus en état de nous défendre par
leur ſecours de ceux qui nous voudroient
faire du mal ; & de punir même, autant
que l'équité & l'humanité le peuvent
permettre , ceux qui ſe ſeroient mis en
devoir de nous en faire. * Nous dirons
tout à l'heure, par où on peut gagner &

Les plus puiſſans n'ont de for- ce que par les autres.

A quoy ſe reduit l'e- xercice de toute vertu.

* Le chap. 6. commence dés icy dans le Latin , mais
il doit commencer plus bas.

se conferver la bien-veillance des hommes ; mais nous avons encore quelque
chofe à dire auparavant.

CHAPITRE VI.

Ce que peut la fortune fur les hommes. Que leurs
paffions, & le pouvoir qu'ils ont dans le monde,
font le principal inftrument par où elle leur peut
faire du bien ou du mal.

PERSONNE n'ignore combien la
fortune peut faire de bien & de
mal. Quand elle nous eft favorable, tout
nous reüffit felon nos defirs : devient-
elle contraire ? elle nous écrafe. Mais
entre les accidens de la fortune, ceux
qui viennent par les chofes inanimées,
comme font les orages, les tempêtes,
les naufrages, les ruines, les incendies,
font les plus rares ; auffi-bien que ceux
qui peuvent venir par les bêtes, qui
frappent, qui mordent, ou qui rüent.
Les plus frequens font ceux qui viennent par les hommes; & l'on peut compter entre ceux-là la défaite des armées, comme celle des trois dernieres
que

ue nous avons vû perir [1], & de beau-
oup d'autres dans d'autres tems ; la
erte des Generaux, comme celle de ce
erfonnage fi illuftre [2] que nous venons
e voir mourir ; les haines & les émo-
ions populaires, qui font quelquefois
haffer ceux qui ont le mieux fervi la
Republique, ou les reduifent à fe fau-
er par la fuite, & les jettent dans tou-
es fortes de calamitez.

Toutes ces fortes d'adverfitez font des
coups de la fortune, auffi bien que les
profperitez, comme font les dignitez,
e commandement des armées, les vic-
oires. Mais les unes & les autres font
en même tems des effets des diverfes
paffions des hommes, & du pouvoir que
eurs biens, leur credit, & leur confideration leur peuvent donner.

Cela fuppofé, il faut voir de quelle
maniere nous pouvons nous concilier
es hommes, & les porter à nous fou-
aiter & à nous procurer ce qui nous eft

La fortune même ne peut rien par les hommes.

[1] C'eft à dire celle que Pompée commandoit, & qui
ut défaite à la bataille de Pharfalle ; celle qui le fut en
Affrique bien-tôt aprés, & qui étoit commandé par Scipion beaupere de Pompée, & par Juba Roy de Mauri-
anie : & celle qui le fut en Efpagne auffi-tôt aprés, &
qui étoit commandée par les enfans de Pompée.

[2] Pompée.

P

avantageux. Si ce que nous dirons sur
ce sujet paroît long ; qu'on le mesure
par l'usage dont il est , & par l'utilité
qu'on en peut tirer ; & si on le regarde par là , peut-être qu'on le trouvera
court.

CHAPITRE VII.

Des motifs qui peuvent porter à faire du bien à
quelqu'un , ou à se mettre dans sa dépendance.
Des bons & des mauvais moyens pour acquerir
du credit & de la consideration. Combien il est
dangereux de vouloir se faire craindre , &
avantageux de se faire aimer. Fin malheu-
reuse de ceux qui ont voulu se faire craindre.

Ce qui porte
à faire du
bien à quel-
qu'un, ou à
l'élever.

TOUT ce que l'on fait pour quelqu'un , & qui tend à l'enrichir ou
à l'élever , se fait d'ordinaire , ou par
pure amitié , quand on a quelque raison
particuliere de l'aimer ; ou par quelque
respect pour son merite & pour sa vertu,
quand il en paroît assez en luy pour le
faire trouver digne d'une grande fortune ; ou par la confiance qu'on a en luy,
& par les grandes choses qu'on en espere pour la Republique ; ou par la crain-

de son credit & de son pouvoir; ou parce qu'on en attend quelque chose, & c'est le motif de ceux qui excitent les Roys, ou les Citoyens populaires, à faire des largesses au peuple ; ou enfin par ce qu'on est payé pour cela, & c'est le plus bas & le plus sordide de tous les motifs qui peuvent porter à faire plaisir à quelqu'un. S'il est honteux pour ceux que l'on gagne par de tels moyens ; il ne l'est pas moins pour ceux qui les employent. Car IL FAUT qu'un homme soit bien peu de chose, lors qu'il est réduit à tâcher d'obtenir par de l'argent ce qui devroit être le prix de sa vertu & son merite. Mais comme il y a des rencontres où ce moyen-là même se trouve necessaire, nous dirons de quelle maniere on s'en peut servir , aprés que nous aurons parlé de ceux qui sont plus selon la vertu.

Ce qu'on accorde par interêt est également honteux à celuy qui l'accorde, & à celuy qui l'obtient.

Ce qu'on doit penser de ceux qui doivent leur élevation à leur argent, plûtôt qu'à leur vertu.

Les raisons qui peuvent porter les hommes à se mettre dans la dépendance de quelqu'un , & à subir sa domination, sont à peu prés les mêmes que celles qui porteroient à luy faire plaisir. Car on le fait, où par amitié , ou par de grands engagemens de reconnoissance ;

Ce qui porte à se mettre dans la dépendance de quelqu'un.

ou par la confideration de fon merite,
ou par l'efperance qu'on s'en trouvera
bien ; ou par la crainte , & parce qu'on
y feroit forcé quand on ne le feroit pas
volontairement ; ou par ce qu'on s'eft
laiffé ébloüir par des efperances ou des
promeffes ; ou , comme nous avons vû fi
fouvent dans la Republique, parce qu'on
eft gagné par de l'argent.

Peut-on ni fe contenter d'une confideration qui n'eft fondée que fur la crainte , ni s'y fier ?

Ce que produit la crainte.

* Or LE MEILLEUR moyen pour
conferver ce que nous pouvons avoir
de credit & de confideration, c'eft de fe
faire aimer ; & le plus mauvais, c'eft de
fe faire craindre. Car , comme a fort
bien dit Ennius , *On hait tous ceux que
l'on craint ; & on fouhaite de voir perir
tout ceux que l'on hait.* Quand nous n'aurions pas fçû d'ailleurs qu'IL N'Y A ni
puiffance, ni grandeur, qui puiffe tenir
contre la haine publique , ce que nous
avons vû depuis peu nous l'auroit appris. Mais le meurtre de ce tyran ¹ qui
a opprimé cette Republique par la force des armes, & qui la tient encore en
fervitude, tout mort qu'il eft ², n'eft pas

* Le chap. 7. ne commence qu'icy dans le Latin ; mais
il doit commencer plus haut.
1 Cefar.
2 Par les heritiers de fon ambition & de fon avidité.

feul exemple qui ait fait voir combien
LA HAINE des peuples eft pernicieufe
& funefte aux plus grandes fortunes : *Haine des*
nous le voyons encore par la fin de tous *peuples, dan-*
les autres tyrans, qui ont prefque tous *gereufe aux*
peri de la même maniere. Il faut donc *plus puif-*
fans.
convenir que LA CRAINTE eft un
mauvais garand d'une longue vie ; &
qu'au contraire, IL N'Y A POINT de *Quelle eft la*
gardes fi fidelles que l'amour des peu- *veritable*
ples ; & qu'il n'y a même de fûreté fo- *fûreté des*
lide & perpetuelle que celle-là. *Princes.*

   Laiffons la dureté & la cruauté à ceux
qui croyent en avoir befoin, pour contenir un peuple qu'ils ont opprimé par
la force. Pour ceux qui vivent dans un *Il n'y a pas*
état libre, ils ne fçauroient rien faire de *moins de fo-*
plus infenfé, que de fe comporter d'une *lie que d'in-*
humanité
maniere à fe faire craindre. Car quoy que *à fe faire*
les loix foient comme enfevelies fous la *craindre.*
puiffance d'un particulier, & que la *Quelque*
opprimée
liberté foit refferrée par la crainte, el- *que foit la*
les fe relevent quelquefois ; & parce *liberté, c'eft*
que les peuples font entrevoir de leurs *un feu ca-*
ché fous la
fentimens fans s'en expliquer ; & par *cendre, &*
des concerts fecrets, qui élevent tout *toûjours prêt*
à s'embra-
fer.

comme Antoine & les autres, qui ne penfoient, chacun de
fon côté, qu'à fe rendre maîtres de la Republique.

d'un coup à la souveraine magistrature des gens capables de tirer la Republique d'oppreſſion. OR LES RETOURS d'une liberté contrainte & interrompuë ſe font bien plus cruellement ſentir, que tout ce qu'on en auroit pû ſouffrir ſi on l'avoit laiſſé ſubſiſter.

Il n'y a de douceur, de repos, de gloire & de ſeureté même qu'à ſe faire aimer.

Attachons-nous donc à ce qui eſt d'un meilleur & d'un plus grand uſage, & qui eſt le plus propre non ſeulement à établir nôtre ſûreté ; mais encore à nous donner moyen d'acquerir des biens, du credit, & de la conſideration ; & à nous faire arriver ſans peine à tout ce que nous pourrons deſirer, & pour la Republique, & pour nous-mêmes. En un mot, ne penſons qu'à nous faire aimer ; & gardons-nous bien de nous faire craindre. Car QUICONQUE voudra ſe faire craindre des autres, les craindra luy-même neceſſairement.

Inconvenient inévitable à ceux qui veulent ſe faire craindre.

Beaux exemples de l'inquietude des Tyrans.

Dans quelles trances mortelles devoit être nuit & jour ce premier Denis[3], tyran de Siracuſe, qui craignant juſqu'au raſoir de ſon Barbier[4], étoit reduit à ſe

3 Il étoit fils d'Hermocrate, qui avoit opprimé la Sicile par ſa tyrannie. Il vivoit encore l'an 457 de la fondation de Rome.

4 Il étoit échappé à ce Barbier, de dire que la vie

...ler luy même le poil avec des char-
...ons ardans ? Quelle a pû être la vie
...Alexandre de Pherée⁵, qui allant le
...ir, au sortir de table, chez sa femme
...hœbé⁶, qu'il aimoit passionnément,
...aisoit marcher devant luy, l'épée nuë
...la main, un Sattellite de Thrace, mar-
...qué au front, selon la coûtume de ces
...arbares, & envoyoit même devant, à
...e que l'on dit, quelques-uns de ses gar-
...des, pour fouiller dans les coffres, &
...oir si parmi les hardes de sa femme, il
...'y avoit point quelque poignard ca-
...ché ? O le malheureux, qui croyoit qu'un
...Barbare, dont le front même portoit
...des marques de ce qu'il étoit, luy seroit
...plus fidelle que sa propre femme ! Il ne
...s'y trompoit pas neanmoins : car ce fut
...elle qui le fit perir⁷; en haine d'un com-

...du tyran étoit à la mercy de son rasoir; & cette parole
...luy coûta la vie.

5. Autre tyran, qui souleva tout le monde contre luy,
...c'entr'autres Pelopidas, Capitaine Thebain, qu'il avoit
...tenu long-tems en prison.

6. Elle étoit fille de ce Jason de Pherée, que Ciceron,
...au trentième chapitre du premier Livre, met au rang des
...plus grands Capitaines.

7. Par le secours de ses trois freres, Thisiphon, Ti-
...tholaüs, & Licophron, qui le poignarderent dans son
...lit.

P iiij

merce, dont elle le soupçonnoit avec
je ne sçay quelle autre femme.

IL N'Y a donc point de domination
qui puisse durer, quelque bien gardé
que l'on soit, quand elle ne subsiste que
par la crainte. Témoin Phalaris [8] luy-
même, si celebre par sa cruauté entre
tous les autres Tirans, qui perit, non
par des embûches secretes, comme cet
Alexandre dont je viens de parler ; ni
par une conjuration d'un certain nombre de gens, comme Cesar ; mais par
un soûlevement general de tous les
Agrigentins, qui vinrent tout d'un coup
fondre sur luy.

Les Macedoniens ne se revolterent-
ils pas contre Demetrius [9], pour se donner à Pirrhus [10] ? Et les Lacedemoniens,
dont la domination étoit devenuë in-

8 Tyran d'Agringente en Sicile, celebre par ce Tau-
reau d'airain, où il enfermoit des hommes tout vivans,
& faisoit mettre le feu par dessous.
9 C'est le premier de ce nom-là qui ait regné en Macedoine ; & celuy à qui on donna le surnom de *Preneur
de villes.*
10 Roy de l'Epire, contre qui les Romains eurent
cette grosse guerre dont Ciceron a parlé au chapitre 12
du premier Livre. On a vû, par ce qu'il en rapporte en
cet endroit-là, combien ce Prince étoit honnête homme ; & capable de faire aimer sa domination.

aufté & tirannique, ne se virent-ils pas
abandonnez tout d'un coup de tous leurs
alliez, qui au lieu de les secourir, pri-
rent plaisir à être spectateurs de leur défaite, à la bataille de Leuctres 11 ?

11 C'est cette celebre bataille, gagnée par Epaminondas sur les Lacedemoniens, dont il est parlé à la fin du
ch. 18. du premier Livre.

CHAPITRE VIII.

Ce que la justice & l'honnêteté avoit produit d'a-
vantages aux anciens Romains. Que le chan-
gement de conduite à cet égard a été la cause
de leur ruine. Excez de Sylla & de Caesar. Du
besoin que tout le monde a de se faire des amis.

JE rapporte plus volontiers ce qui est
arrivé aux étrangers sur ce sujet ; &
je ne me souviens qu'avec peine de ce
que nous avons éprouvé nous-mêmes.
Tant que la domination du peuple
Romain s'est maintenuë par des bien-
faits, plûtot que par des violences
& des injustices ; la guerre se faisoit,
ou pour soûtenir nos alliez, ou pour
la gloire de commander ; Aussi se termi-
noit-elle toûjours d'une maniere douce pour les vaincus mêmes ; & l'on

Belle pein-
ture de la
noblesse de la
domination
des Romains.

n'en venoit jamais à quelque chose de
dur, que lors qu'on y étoit forcé par
quelque necessité indispensable. Le Senat étoit alors le recours & l'asile des
Rois, des peuples & des nations; &
nos Magistrats & nos Generaux faisoient consister leur plus grande gloire
à défendre les Provinces, & à soûtenir
les alliez, avec une justice & une fidelité inviolable : ainsi, nous étions les
protecteurs, plûtôt que les maîtres du
monde.

Par où la domination des Romains a commencé à devenir injuste & cruelle.

Mais cette coûtume & cette conduite si noble s'étant peu à peu affoiblie,
elle s'est perduë entierement, depuis
les victoires de Silla ; & après de si
horribles cruautez, exercées contre les
citoyens mêmes, on s'est accoûtumé à
ne trouver plus rien d'injuste contre
les alliez. Une guerre tres-juste, & tres-
legitime dans son principe[1], se termi-
na, sous un tel General, par une victoire pleine d'infamie, jusques-là, que
faisant vendre à l'encan, en plein
marché, les biens de plusieurs person-

Excés & injustices de Silla.

[1]. Puisque cette guerre avoit été entreprise pour soûtenir contre le peuple l'autorité du Senat, sans laquelle
la République n'auroit pû subsister.

les de confideration & de probité, &
qu'il ne pouvoit au moins s'empêcher
de reconnoître pour des citoyens ; il
eut bien le front de dire, que c'étoit
fon butin qu'il faifoit vendre.

Celuy-là a été fuivi d'un autre, qui
a terminé par une victoire encore plus
infame, & plus cruelle, une guerre
auffi execrable [2], que celle où Silla
étoit entré pouvoit être jufte ; & qui
aprés avoir envahi, par fes confifca-
tions, les biens des particuliers & des
citoyens, à traitté de la même maniere,
& envelopé dans les mêmes calamitez,
toutes les Provinces, & tous les païs
qui étoient fous l'obéïffance de la Republique.

C'eft de là qu'il eft arrivé, qu'aprés
la ruine & la defolation des étrangers,
nous avons vû, pour derniere marque
de l'extinction de nôtre Republique,
porter dans un triomphe l'image de la
ville de Marfeille [3] ; & l'on n'a pas eu
honte de triompher de la ruine d'une
ville, fans le fecours de laquelle nos

On peut dire
qu'une Re-
publique eft
éteinte, lors
qu'on n'y
garde plus
de foy ni de
juftice.

2 Puis qu'elle n'avoit été entreprife que pour opprimer la liberté publique.

3 On portoit dans les triomphes des figures d'ivoire
des villes qu'on avoit vaincuës.

Generaux n'auroient jamais triomphé
des peuples de de-là les Alpes 4. Je pourrois ajoûter beaucoup d'autres traitte-
mens atroces faits à nos alliez, si celuy-
cy n'étoit le plus odieux & le plus infame que le soleil ait jamais vû.

Nous n'avons donc que ce que nous
méritons ; & celuy dont nous parlons,
& qui a laissé autant d'heritiers de son
avidité, qu'il en a eu peu de ses biens,
ne seroit jamais venu à un tel point de
licence & d'insolence, si les crimes de
tant d'autres n'étoient point demeurez
impunis. Car tant que les scelerats pourront conserver la memoire de ces encans teints de sang 5, que Silla fit faire
sous la Dictature de son parent 6, &
dont il s'étoit si bien trouvé ; que trente - six ans aprés il voulut bien trem-
per en d'autres, encore plus criminels
que les siens 7 ; & qu'il leur restera quel-

En quels ex-
cés l'on tom-
be, quand
on a une fois
abandonné
les regles de
l'honnêteté
& de la ju-
stice.

4 Ceux de Marseille avoient toûjours vécu dans l'alliance du peuple Romain ; & avoient favorisé ses armes
& ses desseins, dans tout ce qui avoit dépendu d'eux.
5 Ces biens que Silla faisoit vendre, étant ceux des
citoyens qu'il avoit proscrits ; & dont la plûpart avoient
été mis à mort.
6 C'étoit Lucius Sylla.
7 Sylla s'étant rendu adjudicataire des biens de ceux
du parti de Pompée, que Cæsar faisoit vendre alors ;

que espérance d'en pouvoir faire de semblables, ce sera une semence perpetuelle de calamitez & de guerres civiles.

Celuy qui n'avoit été que Greffier de ces encans, dans le tems de la premiere dictature, parvint, sous la seconde, à la Charge de Tresorier general de la ville. Or quelle fin pouvons-nous esperer à ces guerres intestines qui nous déchirent, tant que l'on pourra se promettre de telles recompenses pour de telles actions ?

Il n'y a donc plus que les murs de la ville qui subsistent ; encore sont-ils tous les jours menacez des derniers attentats. Pour la Republique, elle est anéantie ; & nous ne sommes tombez dans cet abîme de malheurs, que parce que nous avons mieux aimé nous faire craindre, que de nous faire aimer : car c'est ce qui m'a fait entrer dans ce discours. Or si une domination injuste & violente a pû attirer tant de maux sur le peuple Romain ; à quoy doivent s'attendre les particuliers qui voudroient en user de la même maniere ?

La ruine des états est une suite necessaire de la corruption des mœurs.

comme il avoit autrefois fait vendre les biens de ceux du party de Marius,

Puis qu'il y a donc tant d'avantage
à se faire aimer, & qu'il est si dangereux de se faire craindre ; voyons par
où nous pouvons le plus facilement
nous attirer l'amour, le respect, & la
confiance de tout le monde.

C'est de quoy tous les hommes n'ont
pas également besoin ; & il faut que
chacun voye, selon le plan de sa vie,
ce qui luy convient le plus, d'être aimé
de tout le monde, ou de se reduire à
un petit nombre d'amis. Ce qu'il y a de
certain, & qu'il faut poser d'abord,
c'est que rien n'est si necessaire que d'a-
voir des amis fidéles & sinceres, qui nous
estiment, & qui tiennent à nous par la
bonne opinion qu'ils en ont. C'est à quoy
les grands hommes, & les hommes du
commun, doivent s'apliquer également ;
& à cet égard il n'y a pas grande difference des uns aux autres ; quoyque les
uns n'ayent pas tant de besoin que les
autres de la bienveillance generale des
citoyens, & d'être parmi eux dans cette sorte d'estime & de consideration
en quoy consiste la gloire. Cependant
quand cela se trouve, on en tire de
grands avantages pour se faire des amis.

Par où il faut que nos amis tiennent à nous.

Tout le monde a également besoin d'avoir des amis.

auſſi bien que pour beaucoup de choſes. Mais j'ay parlé de l'amitié dans un autre Livre que j'ay intitulé *Lælius*.

* Parlons preſentement de la gloire. J'en ay auſſi fait deux Livres [8] ; mais je ne laiſſeray pas d'en toucher icy quelque choſe, parce qu'elle eſt d'un merveilleux ſecours, pour venir à bout de tout ce qu'on peut entreprendre de plus grand.

* Le chap. 9. commence icy dans le latin, mais il doit commencer plus bas.

8 Ils ſont perdus. Il en parle dans deux de ſes lettres à Atticus, dont l'une eſt la 25. du 15. Livre, & l'autre la 3. du 16.

CHAPITRE IX.

Par où on peut arriver à la gloire, & s'attirer l'eſtime & la confiance des peuples. Que les plus grandes qualitez, dépourvûës de probité, ne ſçauroient faire cet effet-là. Pourquoy Ciceron parle, comme ſi les vertus pouvoient être les unes ſans les autres, luy qui les croyoit inſeparables.

POUR arriver au plus haut point de la gloire, nous n'avons que trois choſes à deſirer : que le peuple nous aime ; qu'il ait confiance en nous ; &

Par où on peut arriver à la gloire.

qu'il ait pour nous une eſtime, & une ſorte d'admiration, qui nous faſſe juger dignes des plus grands honneurs, & des places les plus élevées.

On ſe fait aimer du public, comme on ſe fait aimer des particuliers.

Que ſi l'on demande par où on peut s'attirer l'amour, la confiance & l'admiration du peuple; je répons en un mot, que c'eſt par les mêmes voyes par où on s'attire l'amour, la confiance, & l'admiration de chaque particulier. Il y a néanmoins encore d'autres moyens propres à ſe concilier les peuples, & comme de certaines avenuës, par où l'on peut s'inſinuer dans le cœur de tout le monde. Mais parlons des trois choſes qui nous font arriver à la gloire; & voyons premierement par où l'on peut ſe faire aimer des peuples.

L'interêt des hommes regle leurs affections.

Le moyen le plus ſûr, c'eſt de leur faire du bien; & le meilleur aprés celuy-là, c'eſt d'en avoir au moins la volonté, ſi l'on ne peut aller juſqu'à l'éffet. La ſeule reputation d'être liberal, bienfaiſant, équitable, fidele, & d'avoir toutes les autres vertus qui font la douceur & la facilité des mœurs, eſt tres-capable de toucher le cœur des peuples, & de les porter à nous aimer.

Car

Car comme ce qu'on appelle honnêteté & bienséance, a de certains charmes qui plaisent naturellement, & que
c'est dans ces sortes de vertus que
l'honnêteté reluit avec le plus d'éclat,
la nature nous porte d'elle-même à aimer ceux en qui nous croyons qu'elles
se rencontrent.

*Effet natu-
rel de l'hon-
nêteté & de
la vertu sur
les cœurs.*

Voilà donc ce qu'il y a de plus capable de nous faire aimer. Il y a encore
d'autres choses qui peuvent faire cet
effet-là ; mais elles n'ont pas à beaucoup prés tant de force que celles-cy.

Quant à la confiance, il faut, pour
nous l'attirer, une grande reputation,
non seulement d'habileté & de prudence, mais encore de justice & de probité.

*Ce qui attire
la confiance.*

Nous prenons volontiers créance en
ceux que nous croyons plus habiles que
nous, & qui nous paroissent capables
de prévoir l'avenir, de trouver des ou-
vertures & des expédiens pour se tirer
d'affaire quand ils y sont, & de prendre leur parti sur le champ. Car voilà
en quoy les hommes croyent que consiste la veritable habileté, & ce qui la
rend utile.

Q

Mais on a encore plus de confiance
en ceux que l'on croit gens de bien,
c'est à dire justes & fidéles. On l'a même si entiere en eux, qu'on croiroit
faire un crime, si on les soupçonnoit
de la moindre sorte de fraude ou d'injustice; ainsi on est toûjours tout prêt
de leur confier ses biens, ses enfans, &
sa vie même.

Un amour propre bien entêdu nous rêdroit honnêtes gens.

De ces deux choses, la probité est
donc celle qui attire le plus de confiance. Elle pourroit même en attirer toute
seule, quand elle ne seroit pas accompagnée de l'habileté ; & elle est d'une
assez grand poids pour faire cet effet-
là par elle-même. Au lieu que l'habileté sans probité est si peu capable d'attirer la confiance, que PLUS ON est
habile, plus on est suspect & odieux,
si l'on ne passe pas pour homme de bien.

Combien de gens se contentent de l'impression que fait sur les autres l'habileté sans probité?

On peut donc, avec l'une & l'autre,
s'attirer autant de confiance qu'on le
peut desirer : moins, mais toûjours
beaucoup par la probité toute seule,
& rien du tout par la seule habileté.

* Quelqu'un s'étonnera peut-être,

* Le Chapitre 10. commence dez icy dans le latin,
mais il doit commencer plus bas.

que tous les Philosophes convenant, &
moy-même ayant établi en plusieurs
endroits, que quiconque a une vertu,
a toutes les autres[1], je les separe presentement ; & que je parle comme si
un homme pouvoit avoir de l'habileté
& de la prudence, sans avoir ni justice,
ni probité. Mais le langage est different, selon qu'il est question ou d'une
discussion exacte de la verité, ou de
matieres qui demandent qu'on s'accom-
mode aux opinions communes. Je parle donc presentement comme le peuple, quand je dis qu'il y a de la force
dans les uns, de la probité en d'autres,
& en d'autres de la justice. Car il faut
necessairement se servir des manieres
de parler populaires, & qui sont de l'u-
sage commun, lors qu'on parle selon
les idées du peuple ; & c'est ainsi que
Panætius même en a usé.

Le langage de la verité la plus pure ne seroit guere enten-du.

Mais revenons à nôtre sujet, & parlons de la derniere des trois choses,
par où l'on peut acquerir de la gloire,

1 C'étoit un des principes des Stoïciens, dont Ciceron
suit la doctrine dans cet ouvrage, comme il le declare
en plusieurs endroits, les Academiciens ayant toute liberté, par les principes de leur secte, de prendre de toutes parts ce qui leur paroissoit le plus vray-semblable.

Q ij

c'eſt à dire, de cette eſtime particuliè-
re, & accompagnée de quelque ſorte
d'admiration, qui nous fait juger dignes des plus grands honneurs, & des
charges les plus élevées.

CHAPITRE X.

Ce que les hommes admirent le plus. Difference de
ce qu'on appelle mépris, & de ce qu'on appelle
mauvaiſe opinion. Rien ne ſe fait tant ad-
mirer que d'être au deſſus des biens & des maux,
à quoy le commun du monde ne reſiſte point.

Ce qui pro-
duit l'admi-
ration.

LEs hommes admirent generalement tout ce qui leur paroît grand,
& qui paſſe leurs idées. Et ils admirent
encore dans chacun toutes les bonnes
qualitez qu'ils ne s'attendoient pas d'y
trouver. Mais comme ils ne ceſſent
point de loüer & d'admirer ceux en
qui ils croyent voir des vertus rares &
extraordinaires; ils mépriſent auſſi ceux
en qui ils ne voyent ni vertu, ni courage, ni vigueur.

Difference
du mépris &
de la mau-
vaiſe opi-
nion.

Or ce mépris qu'ils ont pour ceux-
là, n'eſt pas la même choſe que ce
qu'on appelle *mauvaiſe opinion*. Car
quoy qu'ils ayent mauvaiſe opinion de

ceux qu'ils regardent comme des méchans, des calomniateurs, des trompeurs ; en un mot, comme des gens capables de toutes fortes d'injuſtices, &
de mauvaiſes actions; ils ne les mépriſent pas pour cela. Ils ne mépriſent
donc, à proprement parler, que ceux
qui, comme on dit, ne ſont bons ni
pour les autres, ni pour eux-mêmes ;
c'eſt à dire, des faineans, des gens qui
ne ſont propres à rien, qui ne ſe ſou-
cient de rien, & ſur qui l'on ne ſçauroit ſe repoſer du ſoin de la moindre
choſe.

L'intérêt & la crainte font la dif-férence du mépris & de la mauvai-ſe opinion, & ſans cela l'un n'iroit jamais ſans l'autre.

On admire donc ceux que l'on croit
au deſſus des autres par la vertu ; &
qui ſont exempts, non ſeulement des
vices honteux, mais de ceux-même à
quoy le commun du monde n'eſt pas
capable de reſiſter. Car LA VOLUPTE',
dont les charmes exercent ſur nous une
tyrannie d'autant plus violente qu'elle
eſt plus douce, emporte la meilleure
partie de nôtre ame ; & la détourne
de la vertu. Les douleurs, de leur côté,
étonnent & démontent la plûpart des
hommes ; & il n'y en a point à qui l'a-
mour de la vie & des richeſſes, & la

Ce qui don-ne le plus d'admira-tion.

Combien peu de gens ſça-vët tenir bon contre la vo-lupté,

& contre la douleur, & les autres maux de la vie.

Q iij

crainte de la pauvreté & de la mort, ne
donnent d'étranges fecouffes.

Qui peut donc s'empêcher d'admirer l'éclat & la beauté de la vertu dans
ceux qui ayant l'ame affez grande &
affez élevée pour méprifer également
tout ce qu'il y a d'agréable & de fâcheux dans la vie, ne manquent jamais
de fe porter tout entiers à tout ce qui
fe prefente à faire d'honnête & de glorieux ?

Belle pein-
ture de la
veritable
grandeur
d'ame.

CHAPITRE XI.

Que le mépris des biens & des maux de la vie eft
attaché à la veritable probité. Le feul definte-
reffement donne de l'admiration. La probité
toute feule attire l'amour, la confiance, & l'ad-
miration ; & par où. Combien elle eft neceffaire
à toutes fortes de gens. Qu'il en faut aux bri-
gans mêmes jufques à un certain point. Quel-
ques exemples fur ce fujet.

CE mépris de la douleur & de la volupté, attire donc aux hommes de
l'admiration & du refpect ; mais rien
n'en imprime tant que cette juftice &
cette probité en quoy confifte precifé-
ment le caractere d'un homme de bien.

ll ce n'eſt pas ſans raiſon , puiſque ce
mépris des biens & des maux de la vie
eſt enfermé dans ce qu'on appelle juſtice. Car , à proprement parler , IL N'Y A
ni juſtice ni probité dans celuy ſur qui
la crainte de la mort , de l'éxil ou de la
pauvreté , ou les charmes de la vie , du
repos & de l'abondance , auroient plus
de pouvoir que les loix de l'équité &
de l'honnêteté¹. On admire ſur tout ,
ceux ſur qui l'argent ne peut rien ; &
quand quelqu'un a reſiſté à cette épreuve , il eſt regardé de tout le monde ,
comme l'or qui a paſſé par le feu.

On a donc par la juſtice toute ſeule , les trois choſes en quoy nous avons
vû que la gloire conſiſte. Elle gagne
la bienveillance , puis qu'elle ne veut
que faire du bien à tout le monde ; elle
attire la confiance , puis qu'elle eſt incapable d'infidelité ; enfin elle imprime
de l'admiration & du reſpect , puis qu'elle fait mépriſer ce qui emporte la plû-

Il y auroit peu de probité dans le monde par cette regle de Ciceron.

La rareté du deſintereſſement en augmente beaucoup le prix.

Belle peinture des effets que la juſtice fait ſur les cœurs.

¹ Et de là il s'enſuit , que quelques beaux ſentimens
qu'on ait , on ne ſçait proprement ce qu'on eſt , juſqu'à
ce qu'on ait été mis à l'épreuve. Auſſi fut il dit à Tobie,
que pour luy faire connoître juſqu'où pouvoit aller ſa
vertu , il avoit été neceſſaire de le faire paſſer par l'é-
preuve de la tentation.

Q iiij

part des hommes, & qui leur fait abandonner leurs devoirs [a].

Il n'y a aucune forte de vie ou l'on
n'ait besoin du secours des hommes ;
quand ce ne seroit que pour avoir quelqu'un avec qui on puisse s'entretenir
familierement & en liberté. Or c'est
ce qu'on ne trouvera pas aisément, à
moins de passer pour homme de bien.

La probité
est necessaire
aux solitai-
res mêmes ;
Ainsi les solitaires mêmes, qui passent
leur vie à la campagne, ont besoin d'ê-
tre en reputation de probité ; & d'autant plus que s'ils ne passent pour gens
de bien, ils passeront infailliblement
pour méchans ; & qu'étant dépourvûs
de tout secours, ils seront exposez à
toutes sortes d'insultes.

Elle l'est en-
core davan-
tage aux
Marchands.
La probité & la justice font encore
plus necessaires aux marchands, & à
tous ceux qui exercent quelque sorte
de trafic que ce puisse être ; & ils ne
sçauroient faire leurs affaires s'ils n'en

[a] Rien ne devroit être si naturel à l'homme, que de
se tenir ferme à ses devoirs, quoy qu'il luy en dût coû-
ter ; & de mépriser pour cela la pauvreté, la douleur, &
la mort même. Aussi a-t'on vû des peuples entiers chez
qui il n'y avoit rien de plus ordinaire ; & c'est la rareté
de cette trempe d'ame, qui fait qu'elle donne de l'admiration.

avoient. Enfin la neceſſité en eſt ſi grande & ſi univerſelle, que les brigans mêmes, qui ne vivent que de crimes & de
rapine, ne ſçauroient ſubſiſter entr'eux
ſans quelque ſorte de juſtice. Car ſi quelqu'un de ceux qui volent en commun,
mettoit à part quelque portion du butin, où l'ôtoit aux autres de force, il
ſe mettroit hors d'état de pouvoir être
ſouffert dans la ſocieté même la plus
infame de toutes; & un chef de Pirates
qui ne garderoit pas l'équité dans le
partage des priſes, ſeroit infailliblement
aſſaſſiné ou abandonné par les autres.
Auſſi dit-on que les brigans ont entre
eux de certaines loix qu'ils obſervent
inviolablement.

Ce ne fut que par une grande fidelité, dans le partage du butin que Bar-
dylis, ce fameux voleur d'Illirie, dont
il eſt parlé dans Theopompe, amaſſa
de ſi grands biens; & ce fut auſſi ce qui
enrichit encore davantage Viritanus de
Luſitanie; & qui le rendit ſi puiſſant,
qu'il y eut de nos Generaux [3] & de nos
armées qui ſe trouverent dans la neceſſité de luy ceder. Mais C. Lælius qu'on

[3] M. Vetellius, & C. Plautius.

*Rien ne re-
leve tant le
prix de la
juſtice, que
de voir que
ceux-mêmes
qui font pro-
feſſion de la
violer ne
ſçauroient
s'en paſſer*

*Exemples des
ſoins que les
brigans mê-
mes ont de
garder la
juſtice entre
eux.*

nommé ordinairement le fage [4], étant
Preteur, trouva moyen de réprimer fon
audace ; & le reduifit fi à l'étroit, que
ceux qui continuerent la guerre ache-
verent aifément de le défaire.

Or fi la juftice peut tant parmi les
brigans mêmes, que ce n'eft que par
elle qu'ils s'enrichiffent , & que leurs
biens augmentent de plus en plus ; quel
doit être fon pouvoir au milieu des loix,
& dans une Republique bien ordonnée?

4 C'eft ce même Lælius, qu'il fait parler dans fon Livre de l'Amitié.

CHAPITRE XII.

Ce qui a fait établir les Rois & les loix parmi les
hommes. Combien il eft important de fçavoir
chercher la gloire où elle eft. Moyen fûr pour y
arriver. Deftin de tout ce qui eft contrefait.
Que la gloire doit avoir la verité pour fonde-
ment.

CE QUE nous venons de voir, de
l'impreffion que la juftice fait naturellement fur les hommes , & du befoin qu'ils en ont , m'a toûjours fait
penfer que LORSQUE les peuples fe
font fait des Rois, & qu'ils ont choifi

Ce qui a
fait établir
les Rois.

pour cela ceux qui leur paroiſſoient les plus gens de bien, ce n'a été que pour maintenir la juſtice parmi eux. Herodote le dit clairement des Medes ; & je croy qu'on en peut dire autant de ceux qui ont fondé nôtre Republique. Car dans ces premiers tems, la multitude, foible & pauvre, ſe trouvant opprimée par la puiſſance des riches, recouroit à quelque homme diſtingué par ſa vertu ; qui garentiſſoit les foibles de l'injuſtice & de la violence ; & faiſant regner l'équité, contenoit les grands & les petits ; & faiſoit ſubir à tous la même loy.

Ce qui avoit fait établir les Rois, a fait depuis établir les loix. Car on a toûjours voulu avoir un droit qui fût égal pour tout le monde : auſſi ne ſeroit-il pas droit autrement. Tant qu'on a pû l'avoir par la juſtice & la probité d'un ſeul homme, on s'en eſt tenu là. Mais cela venant à manquer ; il a fallu établir des loix, dont la voix ne change jamais, & qui parlent toûjours le même langage à tout le monde[1]. Il eſt

Un bon Roy tient lieu de loix.

---

1 Cette uniformité du langage des loix, eſt une grande leçon pour ceux qui rendent la Juſtice.

donc clair que c'est le maintien de la justice que les hommes ont eu en vûë, quand ils ont établi des Rois ; & que c'est ce qui leur a fait choisir, pour leur commander, ceux qui passoient pour les plus gens de bien. Que si avec cela on les croyoit encore sages & habiles, il n'y a point de bon-heur ni d'avantage qu'on ne se promît de leur conduite & de leur gouvernement.

Il faut donc s'attacher, avec tout le soin possible, à cultiver & à conserver la justice ; premierement pour elle-même, autrement ce ne seroit plus justice; & aussi pour augmenter de plus en plus ce qu'on peut avoir acquis de consideration & de gloire.

Mais comme ce n'est pas assez de sçavoir amasser de l'argent, & qu'il faut encore le bien placer, pour en tirer un revenu perpetuel, où l'on puisse trouver & dequoy fournir aux dépenses ordinaires & necessaires, & dequoy faire des liberalitez ; de même, ce n'est pas assez de chercher de la gloire, il faut sçavoir la bien placer.

Qui cherche la gloire où elle n'est pas, n'en est pas quitte pour n'en point avoir.

Unique moyen sûr

Socrate a dit excellemment à ce propos, que LE MOYEN le plus sûr & le

plus court pour arriver à la gloire, c'est
d'être ce que l'on veut paroître. Aussi
n'y a-t-il pas de plus grande erreur, que
de s'imaginer qu'on arrivera à une gloire solide & durable, par une vaine osten-
tation, en joüant un faux personnage,
& en composant son visage & ses paroles. Tout ce qui n'a que le masque
& l'apparence du bien tombe tout d'un
coup, comme une fleur; & il n'est
pas possible que ce qui est contrefait se
soûtienne. Au lieu que la gloire
qui a la verité pour fondement, jette
de profondes racines, & augmente de
jour en jour.

Il y a mille exemples de l'un & de
l'autre. Mais, pour abreger, nous nous
contenterons de ceux qu'une seule famille nous fournit. Tiberius Gracchus,
fils de Pub. sera loüé & honoré de tout
le monde, tant que Rome vivra dans
la memoire des hommes[2]. Ses enfans
au contraire[3] n'ont jamais été estimez

---

[2] Il avoit été deux fois Consul, & avoit triomphé
deux fois. Il parvint même à la charge de Censeur.

[3] Tiberius & Caïus. C'étoient des broüillons, qui
avoient tenté par diverses fois de faire passer des loix
pernicieuses à la Republique; & dont on fut contraint
de se défaire.

pour arriver
à la gloire.

L'exemple
de ceux qui
reüssissent
mal à se
contrefaire
n'en corrige
point les
autres.

Destin de
tout ce qui
est faux &
contrefait.

Il ne faut
compter que
sur la verité.

des gens de bien pendant leur vie ; &
depuis leur mort, tout le monde les
met au rang de ceux à qui on a pû ôter
la vie avec justice⁴.

Que celuy qui voudra arriver à la
gloire, s'attache donc à remplir ces devoirs de la justice que nous avons ex-
pliquez dans le premier Livre. Or quoy
qu'il n'y ait pas de meilleur moyen pour
y arriver que d'être ce qu'on veut paroître ; il y a pourtant quelques regles
à observer, pour paroître plus aisément
ce que l'on est.

4. C'est ainsi que les plus gens de bien en jugeoient; &
le dernier des deux Affriquains le déclara publiquement
à C. Carbon, Tribun du peuple, qui luy demandoit à la
tête d'une troupe de seditieux ce qu'il en pensoit.

CHAPITRE XIII.

que les jeunes gens doivent observer, quand ils
entrent dans le monde. Que c'est par la guerre
qu'il faut qu'ils commencent à se distinguer.
Que rien ne leur fait tant d'honneur que de
s'attacher à des gens de merite & de vertu.
Quelques exemples sur ce sujet.

LORS qu'un jeune homme entre dans
le monde, avec quelque avantage qui
le diftingue du commun ; foit qu'il le tienne de fon pere , (& je croy, mon cher
Ciceron, que vous êtes dans ce cas là)
ou de quelque rencontre favorable de la
fortune, tout le monde a les yeux fur
luy ; on l'obferve, on remarque ce qu'il
fait, & comment il vit ; & il eft comme
environné d'une lumiere qui ne permet
pas qu'aucune de fes actions ni de fes paroles échappe à la connoiffance du public. Il faut donc que ceux-là , & ceux
mêmes dont une naiffance obfcure met
le commencement de l'âge moins en
vûë , fe propofent tout ce qu'il y a de
meilleur & de plus grand, dez qu'ils feront hors de la premiere jeuneffe ; &

On ne par-
donne rien à
ceux que
quelque for-
te de gran-
deur met en
vûë.

Quel doit
être le but
des jeunes
gens qui en-
trent dans le
monde.

qu'ils y tendent par les bonnes voyes ; &
ils le doivent faire avec d'autant plus
de courage , que cet âge-là n'est point
exposé à l'envie ; & qu'au contraire,
tout le monde luy est favorable.

La premiere chose qui peut ouvrir le
chemin de la gloire à un jeune homme,
c'est la guerre ; & c'est par là que plusieurs , du tems de nos peres , ont commencé à se distinguer : car il y a toûjours eu des guerres. Pour vous, mon
cher fils, vous vous êtes trouvé , au sortir de la premiere jeunesse, dans le tems
d'une guerre , où l'un des partis a été
aussi malheureux,que l'autre étoit odieux
& criminel. Cependant, Pompée vous
ayant donné le commandement d'une
aîle [1] , vous sçûtes vous attirer l'estime
& les loüanges de ce grand homme , &
même de toute l'armée, par vôtre adresse à mener un cheval , & à lancer un
javelot ; & par beaucoup de courage à
supporter les fatigues de la guerre. Mais

[1] Dans la disposition des armées Romaines , chaque
corps d'infanterie composé de deux legions, étoit soûtenu à droit & à gauche d'une troupe de cavalerie de 150
hommes. Ces troupes s'appelloient des *ailes*; & c'étoit
d'une de ces aîles que le fils de Ciceron avoit eu le commandement.

Les jeunes gens sont moins en butte à l'envie que les autres.

Par où il faut que les jeunes gens commencent à se distinguer.

ce commencement de gloire eft tombé avec la Republique. Revenons à ce qui nous refte à voir : car ce n'eft pas pour parler de vous que je fuis entré dans ce difcours, & c'eft pour tout le monde que j'écris.

Comme les actions de l'efprit font infiniment plus excellentes & plus nobles que celles du corps ; les chofes à quoy nous tendons par les qualitez de l'efprit, & la force de la raifon, le font auffi infiniment davantage que celles qui fe font par la force du corps.

Or entre les chofes qui font des effets de l'efprit & de la raifon, il n'y en a point par où les jeunes gens puiffent acquerir plus d'eftime, que par un train de vie modefte & reglé ; par beaucoup de refpect & de déference pour ceux qui leur ont donné la naiffance, & par une affection fincere pour leurs proches. Mais ils ont encore un moyen tres-facile & tres-fûr pour donner bonne opinion d'eux : c'eft de s'attacher à des perfonnes diftinguées par leur fageffe & par leur vertu, & qui fervent utilement la Republique. Car en fe tenant affidus auprés d'eux, ils donnent lieu à tout le

Par où les jeunes gens peuvent s'atquerir le plus d'eftime.

On ne s'attache point aux perfonnes de merite que l'on en ait,

R

monde de préfumer qu'ils les prennent
pour modeles , & qu'ils leur reffemble-
ront quelque jour.

C'eft ainfi que P. Rutilius , pour s'ê-
tre attaché de bonne heure à P. Mucius [3] , chez qui il étoit prefque toûjours , acquit dez fa jeuneffe beaucoup
de reputation , de probité , & d'habileté
dans le droit civil. L. Craffus eut auffi
une grande reputation, dez fes premieres années [4] ; mais il ne l'emprunta de
perfonne ; & il ne la devoit qu'à luy-
même , & à cette fameufe accufation
dont le fuccez ne luy fut pas moins glorieux que l'entreprife [5]. Ainfi , dans un
âge où l'on compte pour beaucoup aux
jeunes gens de commencer de s'exercer

2 C'eft celuy dont il parle vers la fin du 2. chap. du 3.
Livre.   Il étoit difciple de Panætius , & c'étoit un homme de confideration , qui fut Conful avec Cn. Mallius.

3 C'étoit le pere de Q. Mutius Scævola, grand Pontife,
& tres-fçavant Jurifconfulte , auffi-bien que fon pere ,
dont Ciceron parle au commencement de fon Livre de
l'Amitié.

4 C'eft celuy que Ciceron fait parler dans fes Livres
de l'Orateur , & dont il déplore la mort fort au long au
commencement du 3. Livre.   Il n'avoit que dix-neuf
ans , quand il entreprit l'accufation dont Ciceron parle
icy.

5 C'étoit l'accufation de C. Carbon , qui avoit été
Conful , & que cette accufation reduifit à s'empoifon-
ner luy-même avec des cantharides.

étudier l'éloquence, comme nous
sçavons que faisoit Démosthenes même
cet âge-là, celuy-cy fit voir, en plein
barreau, qu'il étoit déja maître dans un
art dont on luy auroit sçû beaucoup de
gré de s'appliquer alors à étudier chez
luy les regles & les principes.

CHAPITRE XIV.

Que rien ne fait plus d'effet que le bien parler. Il
y en a de deux sortes. Quelles sont entre les
actions publiques celles qui font le plus d'hon-
neur. Exemples sur ce sujet. Qu'on doit être
reservé à entreprendre des accusations. Qu'il
est pardonnable de soûtenir quelquefois le cou-
pable; mais jamais d'accuser l'innocent. L'A-
vocat peut se donner un peu plus de liberté que
le Juge. Rien ne fait tant d'honneur que de dé-
fendre des accusez contre des ennemis puissans.

LE PARLER est de deux sortes,
dont l'un, plus simple & plus uni,
est pour l'usage ordinaire, & pour les
entretiens familiers; & l'autre, plus
étendu & plus élevé, est pour les discours publics. On ne sçauroit douter
que celuy-cy ne soit le plus capable
de donner de la reputation & de la gloi-

R ij

re : car c'eſt celuy où ce que nous appellons éloquence paroît avec le plus
d'éclat. Mais on ne ſçauroit croire combien l'autre eſt propre à gagner les
cœurs des hommes, quand il eſt accom-
pagné de douceur & d'agrément.

*Effets du
bien parler.*

Nous avons encore des lettres de
Philippe à Alexandre, d'Antipater [1] à
Caſſander, & d'Antigonus [2] à Philippe
ſon fils, tous gens d'une grande ſageſſe,
ſelon le portrait qu'on nous en fait, par
leſquelles ils exhortent ceux à qui ils
écrivent de parler toûjours avec douceur & honnêteté, rien n'étant plus
propre à gagner le cœur de tout le monde ; & d'uſer, envers les gens de guerre,
de noms & de termes qui les flattent.

*Effets de la
haute élo-
quence.*

Quant à cette autre maniere de parler plus élevée, dont on ſe ſert dans les
diſcours que l'on fait au peuple, on voit
ſouvent qu'elle l'enleve & le tranſporte.
Car un homme qui parle avec facilité, &
en même tems avec poids & avec ſageſſe, ſe fait infailliblement admirer ; &

1 Un des Capitaines d'Alexandre, qui aprés la mort
de ce Prince devint Roy de Macedoine, & laiſſa la couronne à ſon fils Caſſander.

2 Autre Capitaine d'Alexandre, qui aprés la mort de
ce Prince ſe fit Roy d'Aſie.

ceux qui l'écoutent ne sçauroient s'empêcher de croire qu'il a plus d'esprit &
d'habileté que les autres. Que si avec
cela on remarque dans ses discours une
modestie soûtenuë de force & de gravi-
té, il n'y a rien qu'on admire davantage ; sur tout, quand tout cela se rencontre dans un jeune homme.

De diverses sortes d'actions publiques, qui demandent de l'éloquence, &
par où beaucoup de jeunes gens se sont
signalez parmi nous[3], celles qui se font
dans le Senat n'ont pas à beaucoup prés
tant d'éclat que celles qui se font devant les Juges. Ce sont toûjours ou des
accusations ou des défenses ; & quoy
que les défenses fassent d'ordinaire plus
d'honneur, il y a eu des gens qui en ont
beaucoup acquis par des accusations.
J'ay parlé de celle qui rendit Crassus si

3 Chez les Romains, les personnes de la premiere qualité s'exerçoient à l'éloquence, & faisoient la fonction
d'Avocats. On le voit assez par l'exemple de Ciceron
même, & par le grand nombre de ses plaidoyers, dont
il a fait une grande partie depuis son Consulat. Cela se
continuoit encore sous les Empereurs même Chrétiens,
comme on peut voir par ce mot de la 155. Lettre de
S. Augustin, qui est adressée à Macedonius Vicaire d'Affrique. *Tout ce que vous êtes d'honnêtes gens qui exercez*
présentement l'office de Juges, mais qui faisiez autrefois

celebre, Marc-Antoine en entreprit une dans sa jeunesse 4, & P. Sulpicius 5 signala son éloquence par l'accusation de C. Norbanus, un des plus mauvais citoyens qui ait été dans la Republique.

Cependant, il ne faut pas revenir souvent à ces sortes d'actions ; on n'en doit même jamais entreprendre que pour l'interêt de la Republique, comme ceux dont je viens de parler ; ou par un juste ressentiment, comme les deux Luculles 6 ; ou par la necessité de secourir des gens opprimez, comme nous avons

dans le barreau la fonction d'Avocats &c. Il y a même encore parmi nous quelques traces de cet usage ; puis qu'il faut être Avocat pour être capable des plus grandes charges de la robbe.

4 C'étoit le grand pere de Marc-Antoine le Triumvir. Il est un de ceux que Ciceron fait parler dans ses Livres de l'Orateur ; & il dit de luy, dans le Livre intitulé Brutus, qu'il étoit si naturellement éloquent, & qu'il avoit une si grande presence d'esprit, qu'il ne luy falloit nulle preparation pour parler en public ; & que les choses luy venoient sur le champ mieux rangées & mieux digerées, qu'à la plûpart des autres Orateurs les mieux preparez. Cette accusation qu'il entreprit étoit celle de Cn. Papitius Carbo, qui avoit été Consul avec Metellus Caprarius.

5 C'est celuy que Ciceron fait parler dans ses Dialogues de l'Orateur. Celuy qu'il accusa fut défendu par ce Marc Antoine dont il vient de parler.

6 M. & L. Ils entreprirent l'accusation de Servilius qui avoit autrefois accusé leur pere, & qui l'avoit fait condamner pour crime de concussion.

ut en faveur des Siciliens[7], & Jules en
faveur des Sardes. Ce fut aussi ce qui
porta Mutius à entreprendre l'accusation d'Albucius, & qui donna lieu à Furius de faire paroître son esprit & son
merite par celle d'Aquilius.

Mais enfin, il ne convient pas de se
charger plus d'une fois[8] de ces sortes
d'actions; ou si l'on est contraint d'y
revenir, ce ne doit être que pour quelque besoin pressant de la Republique,
dont on ne sçauroit être blâmé de vouloir faire punir les ennemis. Il y faut
pourtant garder des mesures; & il y a
non seulement de la dureté, mais encore de l'inhumanité, à mettre souvent la
vie des hommes en peril: sans compter
qu'on s'y met soy même par là; & qu'il
y a de la honte à s'ériger en accusateur,
& à s'en faire donner le nom. C'est ce
qui arriva à M. Brutus, homme de naissance illustre[9], & dont le pere s'étoit

*Métier des
accusateurs
odieux.*

7 Contre Verrés, qui avoit pillé la Sicille.
8 Il a luy-même suivi la regle qu'il donne icy; & en
finissant la derniere de ses actions contre Verrés, il d'écla-
ra que comme cette accusation étoit la premiere qu'il eût
entreprise, elle seroit aussi la derniere.
9 Car la famille des Juniens, dont étoit Brutus, tiroit son origine d'un de ceux qui passerent avec Ænée

R iiij

diſtingué par une grande connoiſſance
du droit civil.

Mais ſur tout, c'eſt un devoir indiſpenſable de ne jamais mettre la vie d'un
homme innocent en peril, par une ac-
ſation capitale ; & on ne ſçauroit le faire ſans crime. Car QU'Y a-t'il de plus
contraire aux devoirs de l'humanité, que
d'employer, pour faire perir des inno-
cens, cette éloquence que la nature ne
nous a donnée que pour faire du bien
aux hommes ?

Tout ce que la nature a donné de bon, ne doit être employé qu'à faire du bien aux hommes.

Mais quoy qu'on ne doive jamais ac-
cuſer l'innocent, on ne doit pas ſe faire
un crime de défendre quelquefois le
coupable ; pourvû que ce ne ſoit pas
tout à fait un ſcelerat & un impie : le
peuple le veut ; la coûtume le ſouffre,
& l'humanité même y porte.

L'indulgence qu'on peut avoir pour ceux qui pechent par fragilité, ne doit pas s'étendre jusqu'aux ſcelerats.

Le Juge ne doit jamais s'arrêter qu'au
vray : mais l'Avocat peut quelquefois
ſoûtenir le vray-ſemblable, quoy qu'il
ne ſoit pas tout à fait vray. C'eſt ce que
je n'aurois jamais oſé écrire, ſur tout
dans un traité philoſophique comme
celuy-cy ; ſi Panætius, tout ſevere, &

de Troye en Italie ; & elle étoit entrée dans l'alliance
des premiers Roys de Rome.

tout Stoïcien qu'il est , ne l'avoit dit avant moy.

La défense des accusez est de toutes ces sortes d'actions publiques , celle qui donne le plus de gloire , & qui est la plus propre à se concilier la bien-veil_lance du peuple ; sur tout lors que ce-luy dont on entreprend la défense pa-roît avoir contre luy tout le credit de quelque homme puissant. C'est ce que j'ay fait en diverses rencontres ; & dez ma jeunesse même , en faveur de Ros_cius [10] , contre tout le credit & toute la puissance de Silla. Le discours que je fis sur ce sujet est , comme vous sçavez , en-tre les mains de tout le monde.

Rien n'est si beau que de soûtenir les foibles, & de les défen-dre de l'op-pression.

10 Ciceron n'avoit que 27. ans quand il entreprit la défense de Roscius.

CHAPITRE XV.

Deux sortes de liberalitez. Qu'il est plus beau
d'en faire par son credit & par son industrie,
que d'en faire de son bien. Inconveniens de
cette derniere sorte de liberalité.

APRE's avoir parlé de ce que les
jeunes gens ont à faire, pour s'acquerir de la reputation & de la gloire,
venons à la liberalité.

Deux sortes
de liberalité.

Il y en a de deux sortes, dont l'une
consiste à donner du sien ; & l'autre à
faire du bien par son travail & par son
industrie. Celle qui consiste à donner du
sien est la plus aisée, & particulierement
aux riches ; mais l'autre a quelque chose de plus noble & de plus abondant. Car
encore que l'une & l'autre partent d'un
cœur noble, & naturellement bien-fai-
sant, c'est la bourse qui fournit à l'une ;
& l'autre se tire du fond de l'industrie &
de la vertu. Ainsi, l'une épuise la source dont elle sort ; & à force de faire des
liberalitez de son bien, on se trouve enfin hors d'état d'en faire. Il n'en est pas
ainsi de ceux qui en font par leur indus-

Il y a plus
de ressource
dans l'in-
dustrie que
dans le bien.

que & par leur vertu. Car plus ils ont
obligé de gens, plus ils en ont sous leur
main, pour faire plaisir à d'autres; sans
compter qu'à force de s'exercer à faire
du bien, ils en contractent comme une
sorte d'habitude, qui leur en fait faire
tous les jours de plus en plus.

Il y a habitude à tout, & jusques à la vertu même.

Philippe, dans une de ses lettres à
son fils Alexandre, luy reproche, d'une
maniere tres-noble, & tres-digne d'un
grand Roy, les largesses continuelles par
où Alexandre s'attachoit à gagner la
bienveillance des Macedoniens. Qu'est-
ce qui vous a pû mettre dans l'esprit,
luy dit-il, que vous trouverez de la
fidelité dans ceux que vous corrompez
à force d'argent? Est-ce que vous voulez que les Macedoniens vous regardent comme leur thresorier & le ministre de leur avarice, plûtôt que comme leur Roy? Il n'y a rien de mieux dit;
puisque, d'une part, il est honteux à un
Roy de n'être proprement que le thresorier & le ministre de l'avarice de ses
sujets, & que d'ailleurs, il est vray que
ces sortes de largesses sont une maniere
de corruption, plûtôt qu'une veritable
liberalité. Car ceux à qui l'on les fait en

« Heureux les Princes « qui n'ont « de tous les défauts « d'Alexan- « dre que ce- luy-là.
«
«
«

deviennent pires ; & s'accoûtument à fe
croire en droit d'en attendre toûjours de
nouvelles. Philippe n'a prétendu faire
cette leçon qu'à fon fils : mais il n'y a
perfonne qui ne doive la prendre pour
foy.

On ne fçauroit donc douter, aprés
tout ce que nous venons de voir, que
la liberalité qui confifte à faire du bien
par fes foins & par fon habileté ne foit
la plus noble ; puifque c'eft celle qui a
le plus d'étenduë, & par laquelle on peut
faire plaifir à plus de gens. Il ne faut
pourtant pas rejetter l'autre, comme fi
on ne devoit jamais donner du fien ; &
il y a bien des occafions où l'on doit
faire part de fes biens à ceux qui font
dans le befoin ; quand ce font des gens
qui meritent qu'on les affifte. Mais cela
fe doit faire avec choix & avec mefure.

Car on en a vû beaucoup, qui ont diffi-
pé leur bien, par des largeffes inconfi-
derées. Or qu'y a-t'il de plus mauvais
fens, que de fe mettre hors d'état de
pouvoir continuer ce qu'on aime tant à
faire ? Mais ce qui eft encore plus fâcheux, c'eft que ces fortes de liberalitez
conduifent fouvent à des rapines & à

des voleries. Car comme on se trouve dans la necessité pour avoir donné, on est reduit à envahir le bien des autres. Ainsi, ces liberalitez demesurées, par où l'on pretendoit gagner la bienveillance des hommes, n'aboutissent qu'à se faire bien plus haïr de ceux à qui l'on vient à prendre le bien, qu'on ne s'est fait aimer de ceux à qui on les a faites.

Mauvais effets des liberalitez inconsiderées.

Il ne faut donc ni tenir ses coffres si fermez, que la liberalité ne puisse les ouvrir; ni si ouverts, que tout le monde y puisse prendre. Cela doit avoir ses bornes, & chacun se doit regler en cela selon ses facultez. Sur tout, souvenons-nous de ce mot de nos peres, qui est passé en proverbe, que *la liberalité est un abîme qui n'a point de fond.* Car où pourrons-nous nous arrêter, lors que ceux que nous avons accoûtumez à recevoir demandent sans cesse; & qu'il en vient sans cesse de nouveaux, à qui l'exemple de ceux-là apprend aussi à demander?

CHAPITRE XVI.

Difference de la prodigalité & de la veritable liberalité. Combien les choses à quoy celle-cy s'employe sont au dessus de ce qui ne va qu'à donner du plaisir au peuple. Divers exemples de la magnificence des Romains dans la charge d'Ædiles.

Difference de la prodigalité & de la liberalité.

L ES prodigues aiment à répandre, aussi-bien que ceux qui sont veritablement liberaux. Mais au lieu que les prodigues consument leur bien, soit à donner des festins publics au peuple, ou à distribuer en particulier à chacun de quoy faire bonne chere; soit en spectacles, & en combats de gladiateurs ou de bêtes, & autres choses pareilles, dont la memoire est de peu de durée, ou se perd même sur le champ; les liberaux employent le leur, ou à racheter des captifs, ou à payer les debtes de leurs amis, ou à leur aider à marier leurs filles, ou à les mettre en état d'acquerir du bien, ou d'augmenter ce qu'ils en ont.

A quoy s'employe la veritable liberalité.

C'est surquoy je ne puis assez admirer que Theophraste[1], dans un Livre

1 C'est ce Philosophe Peripateticien, Maître de De-

qu'il a fait des richeſſes , & où il dit
beaucoup de bonnes choſes , ait pû tomber dans une auſſi grande abſurdité, que
de loüer l'appareil & la magnificence
des ſpectacles que l'on donne au peuple,
& de faire conſiſter l'avantage de l'opulence à pouvoir faire de ces ſortes de
profuſions. Pour moy , je trouve que
de pouvoir faire des liberalitez de la nature de celles dont je viens de rapporter quelques exemples , c'en eſt un bien
plus grand , & bien plus ſolide que celuy-là.

Combien y a-t'il plus de ſageſſe & de
verité dans les reproches qu'Ariſtote [2]
nous fait , de n'être point épouvantez
de voir faire de telles profuſions pour le
divertiſſement du peuple ? Quand on apprend , dit ce Philoſophe , que dans
une ville aſſiegée un verre d'eau a été
achepté dix écus , il n'y a perſonne qui
n'en ſoit frappé ; & on ne le pardonne
qu'à la neceſſité qui le fait faire. D'où
vient donc qu'on trouve ſi peu étran-

metrius de Phalere , dont il a parlé au commencement
du premier Livre.

2 Quelques-uns croyent qu'il faut lire icy Ariſton,
au lieu d'Ariſtote , parce qu'on ne trouve point dans ſes
ouvrages ce que Ciceron rapporte dans cet endroit.

Combien les
profuſions
qui ne vont
qu'au plai-
ſir ont toû-
« *jours été*
deſaprou-
« *vées des*
« *ſages.*
«
«
«
«

» ges ces dépenfes prodigieufes qui ne font
» pour le foulagement d'aucune forte de
» neceffité ; & qui ne vont point à aug-
» menter ce qu'on peut avoir de confide-
» ration & de dignité ? Le plaifir même
» qu'elles font au peuple n'eft qu'un plai-
» fir de quelques momens, qui ne touche
» que ce qu'il y a de moins folide & de
» plus méprifable parmi le peuple ; &
» dont ce peuple même fe dégoûte auffi-
» tôt, & perd le fouvenir en même tems
» que le goût ? Il fait encore remarquer,

La magnifi-
cence eft bien
mal em-
ployée, lors
qu'elle ne
va qu'à
donner du
plaifir au
peuple.

avec beaucoup de raifon, que ces fortes
de chofes ne font plaifir qu'aux enfans,
aux femmes, aux efclaves, & à ce qu'il
y a de plus approchant des efclaves
parmi ceux qui font nez libres ; & que
les gens de quelque poids, & qui jugent
fainement des chofes, ne fçauroient jamais les approuver.

Je fçay neanmoins, que dez les meilleurs tems de la Republique, on a toûjours exigé des Ædiles [3] quelque chofe

---

[3] Magiftrats de Rome, qui avoient l'intendance des bâ-
timens publics de la police & des fpectacles. Leur Jurif-
diction n'étoit pas d'abord fi étenduë, auffi ne les pre-
noit-on alors que de l'ordre du peuple. Mais ces charges étant devenuës plus confiderables, on commença à
prendre les Ædiles d'entre les Patriciens, & on leur

d'éclatant

éclatant & de magnifique; & les meilleurs citoyens se sont conformez à cet
usage. C'est ainsi que P. Crassus [4], à qui
on a donné le sur-nom de riche, & qui
l'étoit beaucoup en effet, se signala dans
cette charge par de grandes magnificen-
ces en faveur du peuple. Peu de tems
aprés, Lucius Crassus, & Q. Mucius,
son collegue dans la même charge, & le
plus moderé de tous les hommes, en
firent autant de leur côté. Ensuite, C.
Claudius, fils d'Appius, & beaucoup
d'autres aprés luy; & depuis encore les
deux Luculles. Hortensius [5] & Sillanus,
se sont signalez de la même maniere.
Mais P. Lentulus les surpassa tous, dans
l'année de mon Consulat [6]; & Scaurus,
qui vint aprés, n'en fit pas moins que
Lentulus. Nôtre grand Pompée fut aussi

Magnificen-
ces des Ædi-
les parmi les
Romains.

donna de certains chariots d'yvoire, du nom desquels
on les appella de-là en avant *Ædiles curules.* C'étoit la
premiere charge par où il falloit passer, pour arriver
aux plus élevées.

4 Homme illustre, qui avoit passé par toutes les grandes charges. Il fut le premier qui étant Ædile donna au
peuple un combat d'Elephans.

5 Grand Orateur aussi bien que Ciceron; & le seul qui
pouvoit luy disputer quelque chose sur l'éloquence.

6 Ce fut le premier qui fit sur le theatre des changemens de decoration par des machines.

S

d'une magnificence tout extraordinaire,
dans les fpectacles qu'il donna au peuple, pendant fon fecond Confulat 7. Vous
voyez bien fur cela ce qui feroit de mon
goût.

7 Il donna un combat de cinq cens Lions, fix cens dix
Panthéres , & vingt Elephans.

CHAPITRE XVII.

Dépenfes pour le plaifir du peuple, inévitables juf-
ques à un certain point , dans les Etats popu-
laires. Avantages qu'on en tire. Exemples fur
ce fujet. Quelles font les plus honnêtes de tou-
tes ces fortes de dépenfes.

Il y a gran-
de différence
entre la re-
ferve que la
fageffe fait
garder , &
celle dont
l'avarice eft
le principe.

QUoy qu'on doive fe moderer fur
ces fortes de dépenfes, il faut pourtant éviter , de fe faire foupçonner d'a-
varice. Mammercus , qui pour fe les
épargner , quoy qu'il eût de fort grands
biens , n'avoit pas voulu paffer par la
charge d'Ædile , fut rebuté pour cela
feul, quand il demanda le Confulat. Il
faut donc les faire , lors que le peuple les
demande ; & que fi elles ne font pas de-
firées des honnêtes gens , au moins elles
n'en font pas defaprouvées. Mais il faut

Que chacun les proportionne à ses facultez, comme j'ay fait quand il a fallu
passer par là. Et quand le peuple n'en
demanderoit pas, il en faut faire, lors
qu'il en revient quelque grand avantage.

C'est ainsi que ces festins qu'il n'y a
pas long-tems qu'Oreste [1] donna au peuple dans les ruës, par forme de decimes
consacrées aux Dieux [2], luy firent un
grand honneur, & servirent beaucoup
à l'élever. M. Seïus ne se fit pas de tort
non plus, lors que dans une grande cher-
té, il fit donner le bled au peuple à un
sol le boisseau ; puisque par là il se déli-
vra d'une haine inveterée qu'on avoit
contre luy ; & cette dépense ne fut ni
honteuse, puisqu'il exerçoit alors la
charge d'Ædile, ni excessive.

Quel honneur ne se fit point aussi mon
ami Milon, lors que par des gladiateurs
qu'il avoit acheptez, pour le service de
la Republique, dont le salut dépendoit

1 C'étoit le surnom de la famille Aurelienne.
2 C'étoit une coûtume parmi les Romains, de faire
de ces sortes d'offrandes aux Dieux, pour se les rendre
favorables ; & Oreste prit ce pretexte, pour regaler le
peuple de Rome, dont il vouloit gagner les bonnes
graces.

S ij

alors du mien, il réprima la fureur, &
rompit toutes les mesures de Clodius.
Ces dépenses se peuvent donc faire, lorsqu'elles sont necessaires ou utiles. Mais
il y faut toûjours garder les regles de la
mediocrité.

L. Philippus, fils de Quintus, homme de bon esprit, & d'une grande consideration, se vantoit d'être parvenu à
toutes les grandes charges, sans avoir
jamais fait de ces sortes de profusions.
C. Curio en disoit autant ; & je pourrois
aussi m'en vanter. Car quelque peu de
dépense que j'eusse fait dans la charge
d'Ædile, je n'ay pas laissé de venir dans
mon rang 3 aux plus grandes magistratures, que j'ay même emportées tout d'u-
ne voix ; ce qui n'est arrivé à aucun de
ceux que je viens de nommer.

Entre ces sortes de dépenses, les plus
honnêtes sont la construction des murs
de la ville, celle des havres & des ports,
les conduites d'eau, & toutes les autres
choses qui sont utiles à la République.
Celles qui sont comme des presens de la

A quoy s'employe la veritable magnificense.

---

3 C'est à dire dans la premiere année de son âge, où
les loix permettoient qu'on entrât dans chaque sorte de
charges.

main à la main font un plaisir plus vif &
plus sensible. Mais celuy qui revient de
ces autres choses est bien plus solide &
plus durable.

Quant aux dépenses qui se font en
Theatres, en Portiques, & en nouveaux
Temples ; la consideration de Pompée
me rend plus reservé à les blâmer. Mais
je voy de tres-habiles gens, qui ne les ap-
prouvent pas, non plus que celles dont
j'ay parlé ; comme ce même Panætius,
qui est l'autheur auquel je m'attache le
plus dans ces Livres-cy, sans toutefois
me faire une loy de le suivre comme un
simple traducteur ; & Demetrius de Phalere, qui blâme ouvertement Periclés, le
premier homme de la Grece, d'avoir
employé une si prodigieuse somme d'argent à ces magnifiques portiques du
temple de Pallas [4]. Mais j'ay traité toute cette matiere à fond, dans mes Livres
de la Republique [5].

Mauvais
employ de la
magnificen-
ce.

[4] Il consuma à ces portiques tout l'argent qui luy
avoit été donné pour refaire le temple entier.

[5] Cet ouvrage, que Ciceron avoit composé dans le
tems qu'il gouvernoit la Republique, comme il dit luy-
même au 2. Liv. *de Divinatione*, étoit divisé en six Livres, & il y faisoit parler Scipion, Lælius & Furius
Philus. Mais on ne l'a plus depuis plusieurs siecles, hors
quelques fragmens, qui se trouvent çà & là dans les Livres

Concluons donc que toutes ces profusions sont vicieuses ; qu'elles sont pourtant necessaires dans de certains tems, mais qu'elles ne doivent jamais être excessives, ni en elles-mêmes, ni par rapport à nos facultez.

des anciens, & sur tout dans celuy de S. Auguſtin, de *la Cité de Dieu*. Le seul morceau entier qui en reste, c'eſt *le songe de Scipion*, qui faiſoit une bonne partie du 6. Liv. & celuy-là fait bien regretter les autres.

CHAPITRE XVIII.

Le besoin & le merite doivent regler les liberalitez.
Quelles sont celles qui sont le mieux employées.
Le même esprit qui rend liberal, rend facile
dans toutes sortes d'affaires, & fait qu'on re-
lâche souvent de son droit. Milieu à garder
dans le soin de ses affaires. Combien l'hospita-
lité fait d'honneur.

CES autres sortes de largesses, qui partent d'une veritable liberalité, doivent aussi avoir leurs précautions ;

La prudence doit conduire la liberalité, aussi-bien que les autres vertus.

& elles demandent qu'on fasse la difference des occasions qui se presentent de les exercer. Car autre eſt la condition d'un homme accablé de misere ; & autre, celle d'un homme dont les affaires ne sont point mauvaises, & qui ne

...ut que chercher à les rendre meilleu...
...es. On doit toûjours être plus porté à
...oulager les miserables, au moins ceux
...ui meriteroient une meilleure fortune.
...On ne doit pas néanmoins fermer abso-
...lument la main à ceux mêmes qui de-
...mandent, non de quoy se tirer de la
...misere, mais de quoy se mettre mieux
...qu'ils ne font; pourvû qu'entre ceux-là
...on choisisse ceux qui font le plus dignes
...d'être assistez. Car comme dit Ennius,

A quoy la liberalité se doit employer par preferen- ce.

Des bienfaits mal placez ne sont pas des
  bienfaits:

...au lieu que quand on fait plaisir à un
...homme de merite, & qui sçait sentir le
...bien qu'on luy fait, on en recüeille le
...fruit; & par la reconnoissance qu'il en
...a, & par la part que tout le monde y
...prend. Car LA LIBERALITE' qui sçait
...bien placer ses bienfaits, fait plaisir à
...tout le monde; & chacun la loüe d'au-
...tant plus volontiers, que cette vertu,
...dans les personnes élevées, est regar-
...dée comme un recours assûré pour tous
...ceux qui peuvent être dans le besoin.

Rien ne plait que ce qui est conduit par la rai- son.

...Il faut donc répandre, sur le plus de
...gens que l'on peut, de ces sortes de

S iiij

bienfaits dont la memoire ne se perd point, & qui passent des peres aux enfans; afin de mettre ceux à qui l'on en aura fait, dans une espece de necessité d'en avoir de la reconnoissance. Car

Ingratitude, odieuse à tout le monde, & pourquoy.

l'ingratitude attire la haine de tout le monde; & comme on croit qu'elle tarit la source des liberalitez, c'est une sorte d'injure à quoy tout le monde prend part. Aussi un ingrat est-il regardé comme l'ennemy commun de tous ceux qui peuvent avoir besoin du secours des personnes puissantes.

Une autre sorte de liberalité, qui est utile à la Republique même, c'est de racheter les captifs, & de donner aux personnes d'une fortune mediocre de quoy s'élever. C'est ce qui a été de tout tems familier à nos Senateurs; comme Crassus l'a fait voir au long, dans une de ses harangues.

Combien cette liberalité, si usitée dans nôtre corps, est-elle au dessus de toutes les profusions qui se font pour le plaisir du peuple ? C'est celle-là qui est digne des grands hommes, & de ceux qui ont le plus de vertu & de solidité; au lieu

La nature que ces largesses populaires n'appar-

tiennent qu'à ceux qui veulent bien se
rendre les flateurs & les complaisans
de la multitude; & qui, aussi peu solides
qu'elle, font consister toute leur gloire
à la chatoüiller, pour ainsi dire, par le
plaisir.

Que si l'honnêteté demande qu'on
soit toûjours disposé à donner, & à faire des liberalitez ; beaucoup plus de-
mande-t-elle, que quand il est question
d'exiger ce qui nous est dû, nous ne le
fassions jamais avec dureté ; & que dans
tous les traitez où il s'agit de vendre
ou d'acheter, de loüer quelque chose à
quelqu'un, ou de quelqu'un ; dans tout
ce qu'il peut y avoir à regler entre gens
dont les maisons se touchent à la ville,
ou les terres à la campagne, on se rende toûjours non seulement équitable,
mais facile; qu'on relâche quelque chose de son droit, & quelque chose même de considerable, en beaucoup d'occasions ; qu'on abhorre les procez, &
que pour les éviter on fasse tout ce qui
est raisonnablement possible. Je ne sçay
même s'il ne faut point aller un peu au
delà : car il est non seulement honnête, mais souvent même avantageux,

*des liberali-
tez fait con-
noître le fond
de ceux qui
les font.*

*Facilité dãs
toutes sortes
d'affaires,
devoir de
l'honnêteté.*

de quitter quelque chofe de fon droit.

Milieu à garder dans le foin que chacun doit avoir de fes affaires.

Ce n'eft pas qu'on ne doive avoir foin de fes affaires : il y auroit même une efpece de crime à les negliger, & à les laiffer perir. Mais il faut les conduire de telle forte, qu'on ne faffe jamais rien de fordide, ny qui fente l'avarice ; & fe fouvenir toûjours, que LE PLUS grand avantage de l'opulence, c'eft de pouvoir faire des liberalitez fans fe ruiner.

Il y a encore une chofe que Theophrafte louë beaucoup, & avec grande raifon : c'eft l'hofpitalité. Car RIEN

Combien l'hofpitalité fait d'honneur.

n'eft plus beau, à mon gré, que de voir les maifons des perfonnes illuftres ouvertes à d'illuftres hôtes ; & il y va de l'honneur de la Republique, que les étrangers trouvent cette forte de liberalité en ufage parmi nous. Il n'y a même rien de plus utile, pour ceux qui cherchent à s'acquerir, par de bonnes voyes, un grand credit dans la Republique ; puifque rien n'eft meilleur pour cela, que d'en avoir beaucoup chez les étrangers ; & que rien n'y en donne tant, que cette forte d'hofpitalité.

Theophrafte rapporte fur ce fujet, que

Cimon[1], qui tenoit un si grand rang dans Athenes, exerçoit l'hospitalité envers tous ses compatriotes de Lacia[2]; ayant donné ordre à ceux qui avoient soin de sa maison des champs, d'y recevoir tous ceux de ce lieu-là qui voudroient y prendre leur logement en passant, & de leur fournir tout ce qui leur seroit necessaire.

1 Grand Capitaine parmi les Atheniens, qui avoit eu le commandement de leurs armées de terre & de mer; & qui avoit remporté plusieurs victoires sur leurs ennemis. C'étoit le plus liberal de tous les hommes; & quand il rencontroit des pauvres dans son chemin, il leur donnoit jusqu'à ses habits. Il vivoit dans le troisiéme siécle de la fondation de Rome.

2 Bourgade de l'Attique, d'où étoit Cimon.

CHAPITRE XIX.

Des bienfaits qui consistent à rendre des offices & des services. Ce qui donne le plus de moyen d'en rendre. Avantages de l'éloquence sur la jurisprudence. Qu'il n'y a personne qui ne puisse faire plaisir. Prendre garde de ne pas offenser les uns en servant les autres.

LEs bienfaits qui consistent, non à donner de l'argent, mais à employer ses soins & son industrie, se répandent sur le corps entier de la Repu-

blique, aussi-bien que sur les particuliers. La science du droit est une des
choses par où l'on peut acquerir le plus
de consideration , & faire plaisir à un
plus grand nombre de gens ; soit en
leur donnant des conseils , ou en leur
apprenant à faire leurs affaires avec sûreté , & selon les regles du droit. Aussi
voyons-nous, entre beaucoup d'autres
choses tres-sagement établies par nos
ancêtres, que la science & l'explication
du droit ont toûjours été en grand honneur parmi nous ; & que même avant
la confusion où les choses sont tombées
dans ces derniers tems , cette science
étoit demeurée en partage aux premiers
hommes de la Republique. Mais tout
son lustre est effacé presentement, aussi-bien que celuy des plus grandes Magistratures. C'est ce qui donne d'autant plus d'indignation, que le boule-
versement est arrivé dans le tems d'un
homme, qui n'étant inferieur en dignité à aucun de ceux qui l'avoient pré-
cédé , auroit été au dessus d'eux tous
par la science du droit [1]. Il n'y a donc

*Quelle sciē-
ce donne le
plus de moyē
de faire plai-
sir.*

*En quel hon-
neur étoit la
jurispruden-
ce parmi les
Romains.*

---

[1] C'étoit Servius Sulpitius, le plus grand Jurisconsulte qui ait été parmi les Romains.

en de plus propre à s'acquerir un
and nombre de gens, par les plaisirs
'elle met en état de faire.

Une autre science, voisine de celle-là,
ais qui l'emporte de beaucoup par le
oids & la dignité, par les plaisirs qu'el-
e fait, & par la beauté dont elle est,
est celle de l'éloquence. Car qu'y a-t'il
e plus estimable que l'éloquence, soit
ar l'admiration qu'elle imprime, soit
ar la confiance qu'elle donne à ceux
ui ont besoin de son secours, soit par
a reconnoissance de ceux qu'elle a dé-
endus ? Aussi nos peres l'ont-il mise au
remier rang entre les exercices de la
obe. En effet, quel secours ne tire-t'on
oint d'un homme éloquent, qui ne
raint point le travail ; & qui se charge
olontiers & gratuitement, selon l'usage
de nos peres, de la défense d'un grand
nombre de causes ? De combien de gens
devient-il le patron & le protecteur ?

Ce discours me porteroit naturellement à déplorer la décadence, pour ne
as dire l'extinction entiere de l'éloquence, si je ne craignois qu'on ne
rût que c'est moy-même que je plains.
Mais enfin, combien ayons-nous perdu

de grands Orateurs ? Combien reſte-t'il
peu de gens dont on puiſſe eſperer quelque choſe ſur le fait de l'éloquence ?
Combien moins en qui il en paroiſſe,
& combien en voyons-nous qui n'ont,
pour toute éloquence, que de la pré-
ſomption & de la témérité ?

Chacun peut être bienfai-ſant quand il le veut.

Il n'eſt pas donné à tout le monde,
de pouvoir être Juriſconſulte ni Orateur : il y en a même bien peu qui en
ſoient capables. Mais quoy qu'on ne
ſoit ni l'un ni l'autre, on ne laiſſe pas
de pouvoir faire plaiſir à bien des gens,
ſoit en leur procurant des bienfaits,
ſoit en appuyant leurs affaires auprés
des Juges ou des Magiſtrats, ſoit en
veillant à leurs interêts, ſoit en ſollici-
tant pour eux ceux qui peuvent leur
donner des avis, ou ſe charger de la
défenſe de leurs cauſes. Ces ſortes d'offices ſont de tres-grande étenduë ; &
ceux qui les ſçavent rendre, peuvent
s'acquerir bien des gens.

Ne pas bleſ-ſer les uns, en ſervant les autres.

Une choſe à quoy ils doivent prendre garde, mais qui eſt ſi viſible qu'il
n'eſt pas beſoin de les en avertir, c'eſt
de n'offenſer pas les uns, en faiſant plaiſir aux autres. Car ſouvent on offenſe

des gens qu'on devroit ménager , & qu'il ne convient pas de s'attirer ; & on est toûjours coupable, ou de negligence, quand on le fait sans y prendre garde, ou de témérité & de folie, quand on le fait avec dessein.

Que s'il arrive qu'on ne puisse s'empêcher de faire déplaisir à quelqu'un, il faut luy en faire des excuses, & luy faire voir les raisons qu'on a euës de faire la chose qui luy a déplû ; qu'elle s'est trouvée inévitable, & qu'on n'a pû faire autrement ; & réparer le mal en autre chose, par tous les services que l'on pourra.

Appaiser ceux à qui on n'a pû éviter de faire de la peine.

CHAPITRE XX.

Ce qui porte à faire plaisir à quelqu'un. Qu'on en fait toûjours plus volontiers aux riches qu'aux pauvres. Preuve qu'on devroit faire tout le contraire. Les grands , peu capables de reconnoissance. Ce qu'il y a à gagner à faire plaisir aux pauvres. Mauvais effets de l'impression que l'opulence fait sur nous. Ne faire jamais de mal à l'un, pour faire plaisir à l'autre.

QUAND on se porte à faire plaisir à quelqu'un , c'est d'ordinaire ou

Ce qui porte à faire plaisir à quelqu'un.

par la consideration de son mérite & de sa vertu, ou par celle de son crédit & de son pouvoir. Chacun ne manque pas de dire, qu'en cela il a plus d'égard au mérite qu'à la fortune. Le langage est honnête : mais où SONT ceux qui ne soient pas plus disposez à servir un homme riche & puissant, qu'un pauvre, quelque homme de bien qu'il soit ? Car LA PENTE naturelle porte toûjours du côté de celuy dont on espere une rétribution plus ample & plus prompte. Mais il faudroit entrer un peu plus avant dans le fond des choses.

On se regarde presque toûjours soy-même, dans les plaisirs que l'on fait aux autres.

Par où il vaut mieux faire plaisir aux pauvres qu'aux riches.

Car si ce pauvre est homme de bien, il aura au moins de la reconnoissance du plaisir qu'on luy aura fait, quoy qu'il n'en soit pas en état de le rendre. Quelqu'un a dit excellemment à ce propos, qu'au lieu que celuy qui a encore l'argent qu'on luy a donné, ne l'a pas rendu ; ou que s'il l'a rendu, il ne l'a plus ; LA RECONNOISSANCE d'un plaisir qu'on a reçû demeure, quoy qu'on l'ait rendu ; & que c'est même l'avoir rendu, que d'en avoir de la reconnoissance. Mais les riches sont d'ordinaire trop enflez de leurs richesses, & du respect qu'ils croyent

La reconnoissance n'est gueres une vertu

croyent qu'elles leur attirent, & trop
pleins de l'opinion de leur bonheur,
pour se tenir obligez des plaisirs qu'on
leur fait. Ils comptent, au contraire,
qu'ils en font eux-mêmes, à ceux qui
leur rendent les services les plus consi-
derables ; persuadez que c'est qu'on
attend ou qu'on desire quelque chose
d'eux. Que s'ils ont été secourus ou dé-
fendus par quelqu'un, en sorte qu'ils
puissent être comptez au nombre de ses
clients, c'est pour eux quelque chose
de pire que la mort.

Cé pauvre homme au contraire, qui
sçait que dans le plaisir qu'on luy a fait,
c'est luy qu'on a regardé, & non pas sa
fortune, n'oublie rien pour marquer
sa reconnoissance à celuy qui luy a fait
plaisir ; & même pour la faire connoître à tout le monde, parce qu'il a besoin de tout le monde ; & s'il arrive
qu'il se trouve en état de faire quelque
plaisir à son bienfacteur ; bien loin de
le faire valoir, il le rabaisse & le diminuë le plus qu'il luy est possible.

Il n'y a que la liberalité que l'on fait aux pau-vres, qui ne soit point sus-pecte d'inté-rêt.

Rien ne rend si modeste que la pau-vreté, com-me rien ne rend si fier que l'opu-lence.

D'ailleurs, quand vous avez soûtenu
la cause de quelque homme puissant,
luy seul vous en sçait gré ; ou tout au

T

plus ſes enfans, & ſa famille : au lieu
que ſi vous avez rendu ce même office
à un homme du commun, mais qui ſoit
homme de probité, & de bonnes mœurs,
tous ſes ſemblables, qui ſont en grand
nombre parmi le peuple, vous en ſçauront gré comme luy ; & vous regarde-
ront comme un protecteur qui ne leur
manquera pas au beſoin. Voilà ſur quoy
je croy pouvoir dire, que LES OFFICES
que l'on rend à des pauvres, gens de
bien, ſont mieux employez que ceux
que l'on rend aux riches.

Tout le monde prēd part aux plaiſirs que l'on fait aux pauvres.

Il faut néanmoins, autant qu'il eſt
poſſible, en rendre aux uns & aux autres. Mais quand un homme de bien ſe
trouve en concurrence avec un homme
riche, il faut ſuivre l'avis de Themiſtocle, qui lors qu'on luy demanda à
qui il donneroit le plus volontiers ſa fille, d'un homme de probité, mais de peu
de bien ; ou d'un homme riche, mais
qui ne ſeroit pas en bonne reputation,
répondit qu'il aimoit mieux un homme
ſans argent, que de l'argent ſans homme.

Beau mot de Themiſtocle.

Mais nous nous laiſſons éblouïr par
les richeſſes ; & c'eſt ce qui a corrom-

Il y a quelque choſe

nos mœurs. Qu'y a-t'il donc dans le bien de celuy-cy ou de celuy-là, qui dût faire impreſſion ſur nous? Le bien eſt un avantage pour ceux qui en ont : encore n'en eſt-ce pas toûjours un. Mais poſons que c'en ſoit un : on en eſt plus à ſon aiſe ; mais en eſt-on plus honnête homme ? Que ſi un homme riche ſe trouve en même tems un honnête homme, que ſon bien n'empêche pas qu'on ne le ſerve ; mais que ce ne ſoit pas ce qui nous y porte ; & qu'on regarde quel eſt l'homme, & non pas quel eſt ſon bien.

La derniere regle que nous avons à donner, ſur les plaiſirs qu'on peut faire par ſes ſoins & par ſon induſtrie, c'eſt que l'envie qu'on a d'en faire, ne porte jamais à rien entreprendre d'injuſte, & qui puiſſe faire préjudice à perſonne. Car NULLE reputation ne ſçauroit être ſolide & durable, ſi elle n'a la juſtice pour fondement ; & ſans elle il n'y a rien d'eſtimable.

dans les hommes, qui les porte à croire que les riches valent mieux que les autres.

Ce qui doit porter à faire plaiſir.

C'eſt en vain qu'on ſe flate d'une reputation ſolide & durable, quand on manque de juſtice & de probité.

CHAPITRE XXI.

Des bienfaits dont toute la Republique se ressent,
aussi-bien que chaque particulier. Premier de-
voir de ceux qui gouvernent : ne point toucher
au bien des particuliers. L'esperance de conser-
ver chacun le sien avec plus de sûreté, est ce
qui a porté les hommes à former des Republi-
ques. Second devoir de ceux qui gouvernent :
n'imposer jamais de tributs que dans la der-
niere necessité. Troisiéme devoir : entretenir l'a-
bondance. Combien l'avarice, dans ceux qui
gouvernent, est pernicieuse aux Etats. Funestes
expériences des Romains sur ce sujet.

APRES avoir parlé des offices que
l'on peut rendre aux particuliers,
venons à ceux que l'on rend à tout le
corps des citoyens, & à la Republique
même. Il y en a de deux sortes ; les uns
dont l'utilité est generale pour tout le
monde, mais moins sensible pour chacun ; & les autres dont chaque particulier se ressent, comme si on ne tra-
vailloit que pour luy ; & ceux-là sont
les plus agréables au public. Il faut s'acquitter de tous les deux, s'il est possible,
& sur tout de ceux qui font plaisir à
chaque particulier ; mais il faut aussi

Chacun est
toûjours plus
touché de ce
qui a un ra-
port direct à
luy, que de
ce qui luy
revient du
bien gene-
ral.

qu'ils se trouvent utiles à la Republique, ou qu'au moins ils ne lui fassent
point de prejudice.

La distribution de bled que fit faire
Caius Gracchus[1], par exemple, se faisoit avec si peu de mesure, qu'elle épui-
soit le thresor public : au lieu que celle
que fit faire Octavius, se faisant avec
plus de reserve, ne chargeoit point la
Republique, & ne laissoit pas de fournir suffisamment aux besoins du peuple.
Ainsi elle fut également salutaire, & à
chaque citoyen en particulier, & au
corps entier de la Republique.

LA PRINCIPALE chose à quoy
ceux qui sont chargez du gouvernement de la Republique doivent prendre
garde, c'est que le bien de chaque particulier lui soit conservé, & que jamais
l'authorité publique ne l'entame.

Conserver à chacun le sien : premier soin de ceux qui gouvernent.

Il n'y avoit donc rien de plus pernicieux que la loy que Philippus entreprit de faire passer, dans le tems qu'il
étoit Tribun du peuple ; & qui tendoit
à faire faire un nouveau partage des ter-

[1] Luy, & Tiberius son frere, ne pensoient qu'à faire
plaisir au peuple, aux dépens de la Republique ; & ce fut
ce qui fit prendre la résolution de se défaire de tous les
deux, comme on a vû au chap. 22 du 1. Liv.

T iij

res. Il est vray qu'il ne fit pas beaucoup de resistance, quand il vit qu'on la rejettoit ; & il fit paroître en cela une grande moderation. Mais entre les autres choses que l'envie qu'il avoit de faire plaisir au peuple lui fit faire, il lui échappa un mot d'une dangereuse consequence ; & on lui entendit dire publiquement, qu'il n'y avoit pas deux mille hommes dans la ville qui eussent du bien.

C'étoit un discours criminel & seditieux : car cela n'alloit pas à moins qu'à rendre le bien de tout le monde égal ; & rien ne sçauroit être plus pernicieux : *Principal motif qui a porté les hommes à former des Republiques* les hommes ne s'étant portez à former des Republiques, que pour être plus en état de conserver chacun le sien. Je sçai bien que la nature les porte d'elle-même à s'unir, & à vivre en societé. Mais ce qui leur a fait bâtir des villes, & qui les a obligez de s'y retirer, comme dans des aziles publics, c'est principalement l'esperance d'y joüir de leurs biens en sûreté.

Ne point imposer de tributs : second soin de ceux qui gouvernent. Une autre chose que ceux à qui l'on confie l'administration de la Republique doivent observer, c'est de ne point imposer de tributs, comme nos ancê-

ès ont été souvent obligez de faire,
par les guerres continuelles, & le peu
de fonds du trefor public. Il faut pourvoir de bonne heure à tout ce qui pourroit mettre dans cette neceffité ; & s'il
arrive que les affaires d'un Etat foient
telles, qu'on ne puiffe s'en difpenfer, (je
parle en general, comme vous voyez,
& je ne veux point appliquer au peuple
Romain une chofe de fi mauvaife au-
gure) qu'au moins on n'oublie rien,
pour faire voir à tout le monde que
c'eft par pure neceffité, & parce qu'il
n'y a pas d'autre moyen de fauver l'E-
tat.

Enfin ceux qui gouvernent la Repu- *Entretenir*
blique, doivent avoir grand foin d'en- *l'abondan-*
tretenir l'abondance des chofes necef- *ce : troifié-*
faires à la vie. En vain m'arrêterois-je à *me foin de*
les marquer en détail : tout le monde *ceux qui*
les connoît affez, & cecy ne merite d'ê- *gouvernent.*
tre touché qu'en paffant.

Mais dans l'adminiftration des affaires publiques, il faut fur tout fe conduire de telle forte, qu'on évite jufqu'au
moindre foupçon d'avarice. Si jamais le «
tems venoit que les Romains s'accoûtu- «
maffent à recevoir des prefens, difoit «*Un Etatne*

T iiij

Pontius, General des Samnites [2], ce seroit alors que je voudrois que le destin
m'eût fait naître. Je trouverois bien-
tôt moyen d'abatre cette domination
qu'ils exercent sur tout le monde. Il auroit eu quelques siécles à laisser passer ;
car il n'y a pas long-tems que cette pes-
te a commencé de glisser parmi nous ;
& puis qu'il auroit sçû si bien profiter
d'un tel avantage, je suis bien aise qu'il
ait vécu du tems de nos peres, plûtôt
que dans celuy-cy.

Il n'y a pas encore cent dix ans, qu'on
a vû parmi nous des loix contre les con-
cussionnaires. La premiere fut faite par
L. Piso, & on ne sçavoit ce que c'étoit
auparavant. Mais depuis on en a tant
vû, & toûjours de plus dures en plus
dures ; on a tant trouvé de coupables de cet abominable crime ; il y en
a tant eu de condamnez ; une si grande
guerre a été allumée dans l'Italie, par
ceux qui craignoient le même sort : enfin l'avarice & l'insolence, se mettant au
dessus des loix & de la justice, ont exer-

2 Anciens peuples d'Italie qui occupoient le païs où
est presentement le Duché de Benevent & la terre de Labeur.

cé tant de concuſſions & de briganda-
ges, ſur nos propres alliez ; qu'on peut
dire que SI NOUS ſubſiſtons encore,
c'eſt par l'imbécillité des autres, plûtôt
que par aucune ſorte de vertu qui ſoit
en nous.

CHAPITRE XXII.

Beaux exemples du deſintereſſement des anciens
Romains. Quel honneur cette vertu fait à ceux
qui gouvernent. Combien tout ce qui va à dé-
poüiller les uns, pour enrichir les autres, eſt
pernicieux aux Etats, & à ceux qui l'entre-
prennent.

PANÆTIUS loüe Scipion l'Afriquain[1], d'avoir toûjours eu les
mains pures ; & il y a ſujet de l'en loüer.
Mais c'étoit une vertu de ces tems-là,
plûtôt que de la perſonne, qui en avoit
de bien plus grandes.

Paul Æmile[2] ſe rendit maître de tous
les threſors des Macedoniens ; & c'étoit
quelque choſe de conſiderable[3] que ces

Beaux e-
xemples du
deſintereſſe-
ment des an-
ciens Ro-
mains.

1 C'eſt le II. Afriquain, qui avoit pris des leçons de
Panætius, comme on a déja vû ailleurs.

2 C'étoit le pere naturel de ce Scipion dont il vient
de parler, qui fut adopté par le fils du premier Afriquain.

3 Ils ſe montoient à bien prés de ſept millions d'or,

seules dépoüilles, mises dans le tresor
public par un seul de nos Generaux,
sans qu'il en fût rien entré dans sa maison, qu'une gloire immortelle pour son
nom & pour sa vertu, firent cesser tous
les tributs qu'on levoit alors sur les citoyens.

Scipion, marchant sur les traces de
son pere, se trouva, aprés avoir détruit
Carthage, tout aussi peu riche qu'auparavant. L. Mummius, son collegue
dans la charge de Censeur, en fut-il
mieux dans ses affaires, pour avoir pris
& rasé une des plus riches villes du
monde [4]? Il aima mieux employer toutes ces grandes dépoüilles à embellir l'I-
talie, qu'à embellir sa maison. Mais à
mon gré, c'étoit un grand embellisse-
ment pour sa maison [5], que celuy de l'I-
talie.

Il est beau d'aimer mieux laisser des marques de sa grandeur dans les E-

[4] C'est Corinthe, qui fut prise & rasée par Mummius.

[5] La simplicité de Mummius, sur le fait des tableaux
& des statuës, avoit peut-être quelque part au peu de cas
qu'il faisoit de ces dépoüilles de Corinthe. Car Velleius
remarque qu'ayant fait marché à des voituriers pour mener en Italie des ouvrages des plus grands maîtres du
monde, il crût pourvoir suffisamment à leur sûreté, en
menaçant les voituriers; que s'ils venoient à se perdre,
on leur en feroit rendre d'autres.

Revenons à nôtre sujet, & concluons que l'avarice est le plus honteux de tous les vices, & sur tout dans ceux qui sont chargez du gouvernement de la republique, & que de faire d'un si noble employ un trafic & un moyen de s'enrichir, c'est la chose du monde, non seulement la plus infame, mais la plus odieuse & la plus criminelle. On peut même dire, que CET ORACLE d'Apollon, qui declara que Sparte ne periroit jamais que par l'avarice, est une prédiction pour tous les peuples qui sont dans l'opulence, aussi-bien que pour les Lacedemoniens.

Comme il n'y a rien de plus funeste aux Etats que l'avarice, il n'y a rien par où ceux qui les gouvernent puissent acquerir plus sûrement & plus aisément la bienveillance des peuples, que par le desinteressement & l'exactitude à ne rien prendre.

Quant à ceux qui pour se les concilier [c],

tats qu'on a gouverné, que dans sa maison.

Le gouvernement des Etats est un moyen pour acquerir de la gloire, & non pas de l'argent.

---

[c] Comme les Magistratures se donnoient à Rome par les suffrages du peuple, chacun avoit intérêt de se le rendre favorable. C'est à quoy l'on parvenoit dans les bons tems de la Republique, par le merite & les bonnes qualitez. Ce peuple avoit des sentimens nobles, & il étoit touché de la vertu. Mais lorsque les Romains se virent

voudroient faire déclarer quittes, par
l'autorité d'un Magiftrat, ceux du peuple, qui font chargez de dettes ; ou
faire paffer cette loy, tant de fois pro-
pofée, fur le partage des terres ᶻ, qui
ne va pas à moins qu'à dépoüiller les
legitimes proprietaires de leurs biens,
qu'ils comprennent que l'un & l'autre
fappent les deux principaux fondemens
de la Republique, dont l'un eft la paix
entre les citoyens,qui ne fçauroient fubfifter, quand on fera perdre le bien au
créancier, en déchargeant le debiteur,
& l'autre la juftice, qui eft renverfée
de fond en comble, dez que perfonne ne pourra plus s'affûrer de demeurer paifible poffeffeur de ce qui luy appartient. Car, comme j'ay déja dit, ɪʟ
ᴇsᴛ de l'effence de toute ville, & de
tout Etat, que chacun y puiffe poffeder
en fûreté ce qui eft à luy, & fans craindre qu'on le luy ôte.

Ceux qui voudroient faire une playe,

Ce qu'il y a de plus contraire à la paix qui doit être entre les citoyens.

dans l'opulence, & que l'avarice qui en eft une fuite
prefque neceffaire, commença à fe gliffer parmi eux,
on s'accoûtuma peu à peu à prendre le peuple par l'intérêt, & ce fut une des principales chofes qui firent périr
la Republique.

7 C'eft ce que les Gracques avoient entrepris, & qui
les avoit fait périr, comme on a déja vû ailleurs.

fi mortelle à la Republique, ne s'atti-
reroient pas même par là ces bonnes
graces du peuple à quoy ils aspirent.
Car non seulement ceux à qui on ôte
le bien deviennent ennemis declarez
de quiconque le leur ôte ; mais ceux
mêmes à qui l'on le donne ne veulent
pas qu'on croye qu'ils l'ayent desiré. Il
en est de même de ceux que l'on auroit fait declarer quittes envers leurs
créanciers ; & ils se garderoient bien
d'en témoigner de la joye, de peur de
donner mauvaise opinion de leurs affaires.

D'ailleurs, quiconque a reçû une injure s'en souvient, & ne manque pas
de s'en ressentir. Or quelle injure plus
atroce, que d'ôter à un homme un
fonds qu'il possede de pere en fils, depuis une longue suite d'années, ou même depuis plusieurs siécles ? Et par quelle regle de justice le peut-on faire pas-
fer de ses mains dans celles d'un autre,
qui n'en a jamais possedé aucun ? Et
qu'on ne se croye pas en sûreté, sous
pretexte que ceux que l'on a obligez,
par ces infames largesses du bien d'autruy, sont en plus grand nombre que

*On ne sçau-
roit parvenir
à un crédit
solide & seur
par des in-
justices.*

ceux qu'on a outragez en leur ôtant
le leur injustement. Car quoy que le
nombre de ceux-là soit le plus grand,
ils ne sont pas les plus forts ; & cela se
regle par la qualité plûtôt que par le
nombre.

CHAPITRE XXIII.

Continuation de la même matiere. Grands exem-
ples du bien & du mal que peut faire l'observa-
tion ou l'inobservation de la derniere maxime
proposée dans le chapitre precedent. Prevenir
les cas qui pourroient donner lieu à dépoüiller
les uns de leurs biens, pour faire plaisir aux au-
tres. Fermeté de Ciceron à empêcher ce desordre
pendant son Consulat. Excez & injustices de
Cesar sur ce sujet. Par où les grands hommes
sçavent faire le bien de la Republique, sans
qu'il en coûte à personne.

Exemples
des Etats que
l'inobserva-
tion de la
justice a fait
perir.

NE FUT-CE pas par les mouvemens que cette nature d'injustice
excita parmi les Lacedemoniens, que
l'Ephore ¹ Lisander fut chassé ; & qu'ils

1 Le nom d'*Ephore* signifie proprement *examinateur* ou
inspecteur. Aussi ces Magistrats étoient-ils, parmi les
Lacedemoniens, ce que les Censeurs étoient à Rome. Leur
inspection s'étendoit même jusques sur les Rois de Lacedemone.

l'porterent même à tuër leur Roy
as?, ce qui n'avoit-point encore eû
exemple parmi eux ? De là en avant
même, on ne vit plus chez eux que dif-
ations : il s'y éleva des Tyrans ; les
lus gens de bien furent banis ; & enfin
ette Republique si bien établie s'en al-
en ruïne. La contagion de ce mal-là
assa même dans le reste de la Grece, &
perdit entierement.

Et parmi nous, qu'est-ce qui a fait
erir les Gracques, qui étoient nez d'un
ere si illustre, & petit-fils de Scipion?,
non les mouvemens qu'excita ce par-
age des terres qu'ils voulurent faire ?

Aratus 4 de Sicione 5 eut une condui-
e bien differente : aussi luy a-t-elle at-

2. C'est le 3. Roy de Sparte de ce nom-là, qui pour
voir voulu rétablir l'ordre & la liberté publique parmi
es Lacedemoniens, fut arrêté par des seditieux, mis
prison, & ensuite étranglé.
3 C'est à dire du premier Affriquain, qui avoit ma-
é sa fille Cornelia à Tiberius Gracchus leur pere.
4 Ce que Ciceron rapporte icy se passa au commence-
ent du 6. siecle de la fondation de Rome. Aratus n'a-
oit que 20. ans quand il fit cette belle action, qui fut
ivie de beaucoup d'autres. Il a laissé quelques memoi-
es de sa vie.
5 Ville du Peloponese, autrefois considerable, on a
ti sur ses ruïnes celle qu'on appelle presentement Va-
ica.

tiré autant de loüanges, que ceux-là se
font attiré de haine. La ville dont il
étoit ayant été cinquante ans durant
opprimée par des Tyrans, il sortit d'Argos où il s'étoit retiré ; & étant entré
secretement dans Sicione, il s'en rendit
maître ; surprit le Tyran Nicocles, &
le fit mourir ; rappella six cens des plus
illustres Citoyens que les Tyrans avoient
chassez, aprés leur avoir ôté tout leur
bien ; & enfin remit la Republique en
liberté.

Mais il se trouva dans un grand embarras, sur le sujet des biens de ces Citoyens rappellez, & dépoüillez par les
Tyrans. D'un côté, il ne luy paroissoit
pas juste qu'ils fussent dans l'indigence
pendant que d'autres joüissoient de ce
qu'on leur avoit ôté. Mais il trouvoit
aussi quelque sorte d'injustice à troubler
une possession de cinquante ans ; & d'autant plus, que pendant ce tems-là, une
grande partie de ces biens ayant passé
de main en main, par des successions,
des ventes, ou des mariages, étoient
possedez de bonne foy, par ceux qui
s'en trouvoient revêtus. Il jugea donc
qu'il ne falloit pas les leur ôter ; mais
qu'on

qu'on ne pouvoit auffi s'empêcher de fatisfaire les anciens proprietaires ; & voyant que les chofes ne fe pouvoient accommoder que par de l'argent , il declara qu'il avoit un voyage à faire à Alexandrie ; & ordonna que tout demeurât comme il étoit jufqu'à fon retour.

Il alla donc promptement trouver fon ancien hôte Ptolomée,[6] qui regnoit alors à Alexandrie , & qui en étoit le fecond Roy depuis fa fondation. Il luy expofa le deffein qu'il avoit de rétablir fa patrie; & luy ayant fait connoître dequoy il avoit befoin pour y parvenir , ce Roy fi puiffant accorda volontiers à ce grand homme un fecours d'argent [7] auffi grand qu'il le luy falloit. Aratus , de retour à Sicione avec cet argent , choifit quinze Citoyens des principaux, pour être aidé de leurs confeils , dans une fi grande af-

6 C'eft Ptolomée Philadelphe. Il étoit fils de ce Ptolomée un des quatre generaux d'Alexandre , qui aprés la mort de ce Prince , partagerent fes conquêtes ; & celuy-cy avoit établi le Royaume d'Alexandrie. Aratus ne s'étoit pas contenté de recevoir Ptolomée chez luy ; & il luy avoit encore fait des prefens de tableaux & de ftatuës.

7 Il fe montoit à 550000 livres , & c'étoit une fort groffe fomme pour ce tems-là.

V

faire ; & aprés avoir entendu les raiſons
de ceux à qui on avoit ôté leur bien , &
de ceux qui le poſſedoient , il fit faire
une eſtimation du total ; & enfin en per-
ſuadant aux uns qu'il leur étoit plus
avantageux de remettre ce qu'ils poſſedoient , & d'en recevoir le prix ; & aux
autres qu'il étoit meilleur pour eux de
prendre de l'argent, que de rentrer dans
leurs biens , il vint à bout de les mettre
tous d'accord ; ſans donner à perſonne
aucun ſujet de ſe plaindre.

O le grand homme ! ô qu'il auroit été
digne d'être né dans nôtre Republique !
Voila comment il en faut uſer avec les
Citoyens ; & non pas faire vendre leurs
biens à l'encan en plein marché, comme
nous l'avons vû par deux fois [8]. Auſſi
tout homme qui aura de la ſageſſe & de
la vertu , ne manquera-t'il pas de ſuivre
l'exemple de cet illuſtre Grec, qui crut
qu'il falloit faire le bien de tout le monde ; & UN BON Citoyen aura toûjours
pour maxime capitale, de ne jamais toucher au bien des autres ; & de garder une
juſtice égale envers tout le monde.

Car de quel droit s'emparera-t'on du

Il n'y a rien de ſi aiſé que de faire du bien aux uns en fai-ſant du mal aux autres. Mais le point eſt de ſçavoir faire le bien de tout le mon-de en même tems,

8 Sous Sylla , & ſous Ceſar.

bien d'un autre, sans aucune sorte de titre ni de recompense? Quoy, j'ay acheté ce fonds de terre, j'ay bâti cette maison, je l'ay entretenuë, j'y ay fait de la dépense, & vous vous en mettrez en possession malgré moy? Qu'appelle-t'on donc prendre le bien des gens, & donner aux uns ce qui appartient aux autres? & à quoy tendent ces decrets des Magistrats, par où les debiteurs seroient déclarez quittes envers leurs creanciers, sinon à faire joüir mon debiteur en paix d'un fonds de terre qu'il a achepté de mon argent; & à me le faire perdre.

* Ce qu'il y a donc à faire, c'est d'empêcher, comme on le peut par mille moyens, que les Citoyens ne s'endebtent d'une maniere qui puisse tirer à consequence pour la Republique; & non pas, si le malheur est arrivé, de faire perdre le bien aux creanciers, pour enrichir les debiteurs. Car si la foy n'est gardée, nulle Republique ne sçauroit subsister; & il n'y a plus de foy, dez que les debiteurs peuvent s'exempter de

---

* Le chap. 24. commence dés icy dans le Latin; mais il doit commencer plus bas.

payer ce qu'ils ont emprunté.

On ne fit jamais tant d'efforts pour faire declarer les debiteurs quittes, que pendant que j'étois Consul. On en vint jusqu'à prendre les armes, & à mettre des troupes sur pied ; & il entra dans le complot de toutes sortes de gens, & de toutes conditions. Mais ils trouverent en moy une si vigoureuse resistance, que la Republique se vit entierement déli-vrée de ce mal là. Il n'y eut jamais plus de gens endebtez ; & jamais les debtes ne furent mieux payées, ny avec moins de peine pour les creanciers. Car dez qu'on se vit hors d'esperance de frauder, chacun ne pensa plus qu'à s'acquitter.

On ne cher-che à frau-der que quand on espere d'en venir à bout.

Celuy qui nous a domptez & asservis, & qui avoit été dompté luy-même en ce tems-là [9], a executé depuis ce qu'il avoit projetté. Ce n'est pas qu'il en eût besoin [10] ; mais il étoit si porté au mal, qu'il a pris plaisir à le faire gratuitement, & sans qu'il luy en revint rien.

Que ceux qui gouvernent la Republi-que se gardent donc bien de faire libera-

9 C'est Cesar, qui trempoit alors dans tous ces des-seins seditieux dont Ciceron empêcha l'effet.
10 Puisqu'il étoit alors maître de tout.

ité aux uns aux dépens des autres ; &
qu'ils ayent foin , fur toutes chofes , de
maintenir cette juftice égale , qui con-
ferve à chacun le fien ; & de FAIRE en
forte , qu'on ne puiffe fe prévaloir de la
foibleffe des pauvres pour les féduire , ou
pour les opprimer ; & qu'auffi l'envie
qu'on a contre les riches ne foit point
un pretexte pour les troubler dans la
poffeffion de ce qui leur appartient, ni
pour les empêcher de fe faire payer de
ce qui leur eft dû.

Du refte , qu'ils fe fervent de tous les
moyens que la guerre au dehors , & l'induftrie au dedans leur peuvent fournir,
pour étendre la puiffance , & augmenter
les terres & les revenus de la Republique. Voila ce que fçavent faire les grands
hommes : voila ce que nos ancêtres ont
fait ; & par là en travaillant utilement
pour la Republique , on acquiert en même tems beaucoup de confideration &
de gloire pour foy-même.

Si les pau-
vres font ex-
pofez par
leur foiblef-
fe, les riches
le font par
l'envie.

V iij

CHAPITRE XXIV.

Par où l'on conserve la santé, & quels moyens on
doit employer pour acquerir du bien ; & pour
conserver celuy qu'on a.

SUR les regles des devoirs qui sont
à observer à l'égard des choses utiles, Antipater de Tyr, Philosophe Stoïcien, mort depuis peu à Athenes, trouve que Panætius a oublié deux articles,
dont l'un regarde le soin de la santé, &
l'autre celuy du bien. Mais je croy que
ce Philosophe n'a negligé d'en parler
que parce que ce sont choses surquoy il
est aisé de se bien conduire : l'une & l'autre sont pourtant du nombre de celles
qui sont utiles.

Par où on
conserve sa
santé.
Quant à la santé, on la conserve par
bien connoître son temperament ; par
observer ce qui fait du bien ou du mal ;
par beaucoup de sobrieté ; par la propreté, & les autres choses qui vont à tenir le corps en bon état ; par sçavoir se
défendre des plaisirs, & enfin par le
secours de la medecine.

Par où on
doit desirer
Pour le bien, c'est par des voyes où
il n'y ait rien de honteux qu'il faut tâ-

cher d'en acquerir ; & c'est par le soin,
le bon ordre, & le bon ménage qu'on
le conserve, & qu'on le peut augmenter. Toute cette matiere a été fort amplement traitée par Xenophon, dans
ses Livres *de l'œconomie*, que je tradui-
sis de grec en latin, à peu prés à l'âge où
vous êtes.

*d'acquerir
du bien,*

*& par où on
le conserve.*

CHAPITRE XXV.

*De la comparaison des biens du corps & des biens
exterieurs, & de la preference qu'on doit donner aux uns sur les autres, Réponse du vieux
Caton, à quelqu'un qui le consultoit sur l'écono-
mie. De la comparaison des choses où il paroît
de l'utilité. De qui l'on peut le mieux apprendre les moyens de gagner du bien.*

MAIS une autre chose, oubliée
par Panætius, & qui fait le quatriéme chef de la division que j'ay établie au commencement de cet ouvrage,
c'est la comparaison qu'on est souvent
obligé de faire entre plusieurs choses
utiles, qui se trouvent en concurrence.
On peut comparer, par exemple, les
biens du corps avec ceux de dehors ;
ceux-cy avec ceux du corps, ou les uns

V iiij

& les autres entr'eux.

Comparai-
son des biens
du corps &
des biens ex-
terieurs, &
subordina-
tion des uns
aux autres.

En comparant les biens du corps avec ceux de dehors, ou trouve qu'IL VAUT mieux se bien porter que d'être riche. En comparant les biens de dehors avec ceux du corps, on trouve qu'il vaut mieux être riche que d'avoir la force d'un Athlete. En comparant ceux du corps les uns aux autres, on trouve que la santé est préferable au plaisir; & la force à la legereté. Enfin en comparant les biens exterieurs les uns aux autres, on trouve que la gloire est préferable aux richesses; & les revenus qu'on peut avoir dans la ville à ceux qu'on peut tirer de la campagne.

Ce qu'il y a
de plus utile
dans le mé-
nage de la
campagne.

A ces sortes de comparaisons se peut rapporter ce mot du vieux Caton. On luy demanda un jour ce qu'un pere de famille pouvoit faire de meilleur, pour augmenter son bien. La premiere chose, répondit-il, c'est de nourrir du bétail, & de le bien nourrir. Et la seconde? luy demanda-t'on: C'est d'en nourrir un peu moins bien. Et la troisiéme? reprit-on: C'est d'en nourrir, quand on le nourriroit mal. Et la quatriéme? c'est, dit-il, de faire labourer. Mais, ajoûta-t'on, ne gagneroit-on pas beaucoup à donner son argent à usure ? J'aimerois autant, répondit il, que vous me demandassiez si on ne gagneroit pas beaucoup à tuër un homme [1].

On peut voir par là, comme par beaucoup d'autres choses, que pour choisir ce qui est le plus utile, entre plusieurs choses qui le sont, il faut faire la comparaison des unes aux autres ; & que cela fait comme un quatriéme chef dans la recherche de nos devoirs.

Mais sur ce qui regarde les moyens d'acquerir du bien, & de le placer avantageusement, on en apprendra plus de ces honnêtes gens [2] qui se tiennent sur la place du change, que de tous les Philosophes. Plût à Dieu qu'ils pûssent aussi nous apprendre à en bien user. Il faut pourtant sçavoir ces choses-là ; puisqu'elles ont rapport à l'utilité, qui est le sujet que nous avons traité dans ce Livre-cy. Passons à ce qui nous reste à voir.

[1] On peut voir par là quelle horreur tous les honnêtes gens ont toûjours eu de l'usure.

[2] C'est ainsi qu'il appelle par dérision les Banquiers & les Preteurs à usure.

Fin du second Livre.

LES OFFICES
DE CICERON.
LIVRE TROISIE'ME.

CHAPITRE PREMIER.

Beau mot du premier Scipion. De quelle maniere
il employoit son loisir. Quelles étoient les occu-
pations de Ciceron, depuis la ruine de la Repu-
blique ; & son horreur pour ceux qui vouloient
achever de la détruire. Son loisir, bien different
de celuy de Scipion.

SCIPION l'Afriquain, le premier des deux à qui l'on a donné ce nom-là, avoit accoûtumé de dire, à ce que nous apprenons
de Caton son contemporain [1], qu'il n'a- *Beau mot*
de Scipion.
voit jamais plus d'affaires que lors qu'il
étoit sans affaires ; & qu'il n'étoit jamais
moins seul que lors qu'il étoit seul. C'est

[1] C'est Caton le Censeur, qui fut Consul pour la premiere fois aprés le second Consulat de Scipion.

un beau mot , & bien digne d'un aussi
grand homme & aussi sage que celuy-là.
On voit par là que quand Scipion étoit
sans affaires, il méditoit de grandes affaires ; & qu'étant seul il sçavoit s'entretenir avec luy-même ; en sorte que son
loisir même étoit une grande occupation ; & que sans avoir personne auprés
de luy, il trouvoit avec qui s'entretenir. Ainsi les deux choses qui ont accoûtumé d'engourdir l'esprit des autres , c'est à dire le loisir & la solitude,
aiguisoient le sien.

      Plût à Dieu, mon cher Fils , que
j'en pûsse dire autant ! Mais si je ne puis
égaler la grandeur d'ame de Scipion ,
j'en approche au moins en quelque sorte par mes desirs ; & me trouvant exclus des affaires de la Republique , &
de celles du barreau [2] , par les armes
& la violence des méchans, je cherche
ce loisir où Scipion se plaisoit tant ; &
c'est pour cela qu'ayant quitté la ville,
& n'allant plus que d'une maison de
campagne à l'autre, je trouve moyen
d'être seul la plûpart du tems.

Comment Ciceron passoit sa vie , depuis l'oppression de la Republique.

   2 N'y ayant plus de liberté , ni dans le Senat , ni dans
le barreau.

Mais mon loisir ne mérite pas d'être
comparé avec celuy de Scipion, ni ma
solitude avec la sienne. Car au lieu que
son loisir n'étoit qu'une legere inter-
ruption aux plus importantes fonctions
de la Republique, qui faisoient son occupation ordinaire, & au milieu des-
quelles il prenoit quelques momens pour
se délasser ; & que sa solitude n'étoit
que comme un port où il se retiroit
quelquefois, lors qu'il pouvoit se dérober de la foule ; mon loisir n'est pas
tant l'effet de l'amour que j'ay pour le
repos, que de la cessation des affaires
à quoy je pouvois prendre part. Car
quelle occupation digne de moy pour-
rois-je trouver presentement au barreau ni dans le Senat ; puis qu'au point
où les choses font reduites, on peut
dire que l'un & l'autre font anéantis?

Ainsi, au lieu que je vivois autrefois
dans le grand jour, & sous les yeux de
tous les citoyens, je me cache presentement, autant qu'il m'est possible ; ne
pouvant porter la vûë des scelerats, qui
font par tout en si grand nombre ; &
je suis presque toûjours seul.

Mais comme j'ay appris des habiles

gens , que de plusieurs maux inévitables , il faut non seulement choisir
les moindres , mais en tirer même , s'il
est possible, quelque sorte d'avantage :
je tire des maux presens une maniere
de repos , mais bien different de celuy
à quoy auroit dû s'attendre un homme
qui avoit autrefois rétabli celuy de la
Republique 3 ; & je tâche de faire en
sorte, que la solitude où je me trouve
par necessité plûtôt que par choix , ne
devienne pas ennuyeuse ni languissante.

Le loisir & la solitude de Scipion luy
ont acquis une gloire dont rien ne peut
approcher ; & j'en conviens moy-même avec tout le monde. Car quoy qu'il
ne nous en reste rien, cela même nous
fait voir combien il etoit occupé de ses
pensées 4, & des choses que la méditation luy faisoit découvrir ; & que c'est
par là qu'il est vray de dire , qu'il n'é-
toit jamais ni seul , ni sans affaires.

Pour moy , qui n'ay point assez de
force d'esprit pour me soûtenir par la
méditation , ou au moins pour m'em-

3 En dissipant la conjuration de Catilina.
4 Ceux qui travaillent sur eux-mêmes , & qui ne
pensent que pour cela, ou pour le bien de l'Etat , ne s'a-
musent gueres à rien écrire.

pêcher par cela seul de sentir ma solitude ; je m'applique à écrire , & je
m'y applique tout entier. Aussi ay-je
plus fait d'ouvrages en peu de tems ,
depuis la ruine de la Republique ; que
je n'en avois fait en beaucoup d'années,
pendant qu'elle subsistoit.

CHAPITRE II.

La matiere des devoirs est celle sur quoy la Philo-
sophie fournit le plus. Ciceron exhorte son fils à
profiter de ses avantages , & à soûtenir tout ce
qu'on attendoit de luy.

QUOYQUE la Philosophie soit un
païs où il n'y a point de terres
incultes ni de landes , & qu'elle soit fer-
tile & abondante d'un bout à l'autre ;
elle n'a point de contrée plus riche ,
que celle d'où l'on tire les regles & les
preceptes qui peuvent donner à nos
mœurs une forme certaine & constan-
te ; & nous faire vivre selon les loix de
l'honnêteté , & de la vertu. Je ne doute
point même que nôtre cher Cratippus
ne vous donne sans cesse de ces preceptes si necessaires ; & que vous ne rece-
viez, comme vous devez , tout ce qui

vient de ce Philosophe, le plus illustre de ce siécle. Mais je ne laisse pas de vous en fournir aussi de mon côté; persuadé qu'il vous est utile d'en avoir les oreilles battuës de toutes parts, & de n'entendre parler d'autre chose, s'il étoit possible.

C'est ce qui convient à tous ceux qui veulent se faire un plan de vie, tel que l'honnêteté le demande. Mais je ne sçay si vous n'en avez pas plus de besoin que personne. Car ce qu'on a crû voir en moy d'esprit & de capacité, les grands emplois par où j'ay passé, & peut être ce que je me suis acquis de reputation & de gloire, font beaucoup attendre de vous; & il faut remplir cette attente.

Vous vous êtes encore chargé d'une nouvelle obligation, & qui n'est pas *Il est moins* d'un moindre poids, lorsque vous vous *pardonnable* êtes retiré à Athenes, pour y prendre *à ceux qui* des leçons de Cratippus. C'est comme *ont été bien* un païs abondant, où vous êtes allé *élevez, de* charger les riches marchandises des con- *n'être pas* noissances qui peuvent servir à former *honnêtes gés* un honnête homme; & il vous seroit *qu'aux au-* honteux d'en revenir les mains vuides. *tres.*

Ce

Ce seroit même faire deshonneur à un tel maître, & à une telle ville ; & ternir en quelque façon la gloire de l'un & de l'autre.

Faites donc tous vos efforts, & n'épargnez ni soin ni travail (si toutefois c'est un travail plûtôt qu'un plaisir que d'apprendre) pour profiter de vos avantages ; & ne souffrez pas qu'on puisse dire, qu'ayant autant d'avances que vous en avez de ma part, vous vous soyez manqué à vous-mêmes. C'est à quoy je vous ay déja exhorté en d'autres occasions, autant qu'il m'a été possible. Mais reprenons nôtre sujet, & voyons ce qu'il nous en reste à traiter, selon la division que nous avons établie, dez le commencement de cet ouvrage.

CHAPITRE III.

Que Panætius avoit oublié de traitter le dernier
point de sa division, qui regarde la comparai-
son de l'honnête & de l'utile. Combien il est
dangereux de faire de la difference entre l'un
& l'autre. Ce que c'est, selon les Stoïciens, que
vivre conformément à la nature.

PANÆTIUS, qui, de l'aveu de tout
le monde, a traitté tres-exactement
toute la matiere des devoirs, & que
nous avons particulierement suivi dans
cet ouvrage, à quelque chose prés,
propose donc, comme nous avons vû,
trois sortes de considerations où les
hommes ont accoûtumé d'entrer, quand
il s'agit de déliberer sur ce qu'ils ont à
faire. L'une, si la chose est honnête ou
non : l'autre, si elle est utile ou préju-
diciable ; & la troisiéme, quel parti
l'on doit prendre, lorsque ce qui paroît
honnête se trouve contraire à l'utilité.
Il traitte des deux premieres dans les
trois premiers Livres de son ouvrage ;
& promet de parler de la troisiéme dans
la suite ; mais il n'a pas fait ce qu'il avoit
promis.

C'eft de quoy je fuis d'autant plus
furpris, que Poffidonius, fon difciple,
dit que depuis avoir publié ces trois
Livres, il a encore vécu trente ans. Le
même Poffidonius a traitté ce point là
dans quelque ouvrage, mais fort fuc-
cintement ; & il y a d'autant plus de
fujet de s'en étonner, que, felon luy-même, c'eft ce qu'il y a de plus important
dans toute la Philofophie.

Il y en a qui croyent, que fi Panætius
n'a rien dit de ce dernier point, ce
n'eft ni par oubli, ni par omiffion : qu'il
n'a jamais eu deffein d'en parler, &
qu'il ne l'a pas même dû faire ; parce
que l'honnête & l'utile font toûjours
parfaitement d'accord ; & qu'il n'eft
pas poffible que l'un foit jamais contraire à l'autre : mais je ne fçaurois être
de leur avis.

On peut mettre en queftion s'il en
falloit parler ou non : mais que Panætius ne s'y foit engagé, & qu'il ne l'ait
laiffé là, c'eft de quoy l'on ne fçauroit
douter. Il s'y étoit engagé, puis qu'il en
avoit fait un des trois points de fa divifion, & qu'il avoit même promis preci-
fément, vers la fin de fon troifiéme livre,

X ij

d'en parler dans la suite de l'ouvrage.
Cependant il n'a traitté que les deux
premiers ; il a donc oublié ou abandonné le dernier.

Nous avons encore sur cela un témoignage authentique de Possidonius,
qui rapporte, dans une de ses Lettres,
que Publius Rutilius Rufus, disciple de
Panætius aussi-bien que luy, avoit accoûtumé de dire, que comme il ne se
trouva aucun Peintre qui osât se charger d'achever la Venus qu'Appellés a-
voit commencée pour ceux de l'isle de
Cos, parce que la tête en étoit si belle, qu'on desesperoit de faire un corps
qui pût y répondre; ainsi, ce que Panætius avoit écrit des devoirs étoit si
parfait, que personne n'avoit osé se
mettre en devoir d'y ajoûter ce qu'il
avoit oublié.

* On ne sçauroit donc douter que
Panætius n'ait crû devoir traitter ce
point-là. De sçavoir s'il a dû ou non
le mettre au nombre de ceux dont l'e-
xamen peut servir à nous faire découvrir nos devoirs, c'est de quoy on pour-

---

* Le chap. 3. ne commence qu'icy dans le Latin; mais
il doit commencer plus haut.

roit peut-être douter. Car foit qu'il n'y
ait rien de bon que l'honnêteté, comme les Stoïciens le foûtiennent ; ou
que, comme difent vos Peripateticiens,
elle foit tellement le plus grand de tous
les biens, que tous les autres biens en-
femble, comparez à celuy-là, ne foient
d'aucune confideration ; il eft certain
que l'UTILE ne peut jamais balancer
l'honnête.

Nous voyons même que Socrates de-
teftoit ceux dont l'opinion, & la mauvaife maniere de penfer, ont commencé de féparer ce que la nature & la verité ne féparent point. Et les Stoïciens
font tellement entrez dans ce fentiment de Socrate, que felon eux, tout
ce qui eft honnête eft utile ; & qu'il n'y
a même rien d'utile que ce qui eft honnête.

Si Panætius eût été de ceux qui ne
trouvent rien de defirable que la volupté[1], ou l'exemption de tout mal[2] ; &
qui fur ce fondement prétendent, qu'on
ne doit rechercher la vertu que par l'u-

Rien de plus pernicieux, que de mettre de la difference entre l'honnête & l'utile.

1 Comme les Epicuriens.
2 Comme Jerôme de Rhodes, & fes difciples. Il vivoit vers l'an de Rome 440. & avoit été difciple d'Ariftote.

X iij

tilité qu'elle apporte ; il luy auroit été
permis de dire que l'utilité peut quelquefois se trouver contraire à l'honnêteté.
Mais comme il étoit au contraire de

Beau princi-
pe des Stoï-
ciens.

ceux qui soûtiennent qu'il n'y a rien de
bon que ce qui est honnête [3] ; & que
les choses qui ont quelque apparence
d'utilité , & qui sont contraires à l'honnêteté , ne rendent la vie des hommes
ni meilleure , quand on les a , ni moins
bonne quand on en manque ; il semble
qu'il n'auroit pas dû mettre la comparaison de l'honnête avec l'utile au nombre des choses qui peuvent nous servir
à découvrir nos devoirs.

Ce que c'est,
selon les Stoï-
ciens , que
vivre con-
formément à
la nature.

Car quand les Stoïciens nous disent,
que le souverain bien est de vivre conformément à ce que la nature demande de nous ; je croy que ce qu'ils veulent dire par là , c'est que le souverain
bien consiste à SE CONFORMER en
tout & par tout à la vertu ; & à la
prendre tellement pour son unique regle , qu'entre les choses mêmes qui peuvent convenir à la nature de l'homme,
on ne se porte qu'à celle que la vertu

---

3 C'est à dire , les Stoïciens.

peut admettre⁴. C'est sur ce fondement que quelques-uns croyent que cette comparaison de l'honnête avec l'utile ne devoit pas être mise en avant par Panætius ; & qu'il n'y a nuls preceptes à donner sur ce sujet.

4 C'est à dire, que ce qu'il y a de plus convenable à nôtre nature, comme le bien, la consideration, la gloire, & même la liberté, la santé, & la vie, ne se doivent rechercher, qu'autant qu'on le peut en se tenant dans les termes que prescrit la vertu ; & qu'il faut être prêt de renoncer à tous ces sortes de biens, lors qu'on ne peut les acquerir, ou les conserver que par de mauvaises voyes. Aussi les Stoïciens ne mettoient-ils ces sortes de choses qu'au rang de celles qu'ils appelloient *moyennes*, c'est à dire qui tiennent comme le milieu entre le bien & le mal ; & qui ne deviennent bonnes ou mauvaises, que par le principe qui porte à les rechercher, & par l'usage qu'on en fait.

X iiij

CHAPITRE IV.

Que l'honnêteté parfaite ne convient qu'aux sa-
ges ; mais qu'il y en a une plus commune, qui
est de la portée de tout le monde. Ce que l'on
prend pour parfait ne paroît tel d'ordinaire ,
que parce qu'on n'a pas l'idée de la perfection.
Qu'il n'est question dans cet ouvrage que des
devoirs communs , & de l'honnêteté commune.
Que ceux même qu'on regarde comme des modé-
les de sagesse & d'honnêteté , n'en ont eu que de
cette espece. Qu'il n'est non plus permis de
mettre l'utilité en comparaison avec l'honnêteté
commune , qu'avec la plus parfaite.

L'HONNESTETE' parfaite, qui est
même la seule qui doive être ap-
pellée de ce nom-là , à parler exactement, ne se peut jamais separer de la
vertu ; & ne se trouve que dans les seuls
sages[1]. On peut trouver quelque chose
qui luy ressemble dans ceux mêmes qui
n'ont pas encore atteint la perfection
de la sagesse : mais cette honnêteté
parfaite dont nous parlons, n'y peut

---

1 C'est à dire , ceux qui le font dans ce dernier poing
de perfection , qui a été imaginé par les Stoiciens , &
qui n'étoit qu'une belle idée parmi les Payens ; mais à
quoy la vertu Chrétienne conduit, & feroit infailliblement arriver ceux qui la suivroient exactement.

être. Ainsi, tous ces devoirs dont nous traittons dans cet ouvrage, ne font que ceux que les Stoïciens appellent *des devoirs moyens* [2]. Ceux-là sont communs à tous les hommes, & de la portée de tout le monde ; & il est aisé d'y atteindre, lors qu'on a un bon esprit, & que l'on s'en fait une étude. Mais pour ces devoirs qu'ils appellent *des devoirs de la derniere rectitude*, c'est à dire des devoirs parfaits [3], & à quoy il ne manque rien, ils ne regardent que les sages ; les autres n'y sçauroient atteindre.

Cependant, quand quelqu'un a fait une action qui paroît conforme à quelqu'un de ces devoirs *moyens*, on la prend pour une action parfaite ; parce que le commun du monde, qui n'a pas d'idée de la perfection, ne voit pas combien cette action en est éloignée ; & comme elle remplit leur idée, ils croyent qu'il n'y manque rien. C'est ce qui ar-

Ce seroit beaucoup, si on s'acquittoit des devoirs communs.

Qui auroit l'idée de la perfection, trouveroit peu de choses parfaites.

C'est à dire, comme il les définit luy-même au troisiéme chapitre du premier Livre, ceux à quoy l'on se porte sur le fondement de quelque raison plausible & recevable.

3 Voyez la troisiéme note sur le troisiéme chapitre du premier Livre.

rive fur beaucoup d'autres chofes, comme fur de certains ouvrages de Poëfie,
de Peinture, & autres femblables, qui
étant tres-defectueux, dans le fond,
ne laiffent pas d'avoir quelque chofe de
bon, par où ils plaifent aux ignorans,
dont les yeux ne font pas affez fins pour
remarquer les défauts de chaque chofe ; mais qui reviennent aifément de
leur erreur, quand de plus habiles gens
qu'eux les en font appercevoir.

* Quoy qu'il y ait donc de l'honnêteté dans les devoirs dont nous traittons, ce n'eft, comme difent les Stoïciens, qu'une honnêteté *du fecond ordre*, qui n'eft pas particuliere aux fages,
& qui peut être commune à quelque
forte d'hommes que ce puiffe être : auffi
voyons-nous que tous ceux qui ont
quelque fentiment de vertu en font
touchez. Ainfi, quand nous difons qu'il
y avoit du courage & de la fermeté
dans les deux Scipions, ou de la juftice
& de la probité dans Ariftide 4, & dans

Autre eft le langage commun & populaire, & autre celuy

* Le chap. 4. ne commence qu'icy dans le Latin, mais
il doit commencer plus haut.
4 On verra qui il étoit, par une note fur le chapitre
11. de ce même Livre.

Fabrice⁵, nous ne les regardons pas pour cela comme des sages, ni par consequent comme des modeles de fermeté, ni de probité; puis qu'aucun d'eux n'a été de ce dégré de sagesse que nous voulons faire entendre. Ceux même qui ont passé pour sages, & à qui on en a donné le nom, comme Caton & Lælius, & même ces sept sages de la Grece, n'en étoient pas non plus : mais il y avoit en eux quelque chose qui luy ressembloit, & qui resultoit de leur exactitude à s'acquiter de ces devoirs qu'on appelle *moyens*.

Il n'est donc jamais permis de faire entrer en comparaison, avec cette honnêteté parfaite & veritable, l'utilité qui luy paroît contraire; ni même avec ce qu'on appelle communément honnêteté, & qui est suivi & recherché de tous ceux qui veulent passer pour gens de bien. Car nous ne devons pas avoir moins de soin de suivre & de conserver celle-cy, qui est la seule à quoy nous puissions atteindre, que les sages en ont de suivre & de conserver la veritable &

⁵ Voyez la premiere note sur le chap. 22 de ce même Livre.

la parfaite honnêteté ; & pour peu que que nous nous relâchassions sur ce su-jet, tout le progrez que nous pour-rions avoir fait dans la vertu se trouve-roit anéanti.

Voilà la regle de ceux qu'une gran-de exactitude à se tenir à leurs devoirs, fait appeller gens de bien. Ceux-là ne mettent jamais l'honnêteté en compa-raison avec aucune apparence d'utilité. Mais pour ceux qui ne mesurent les choses que par le profit qu'on en peut tirer, rien ne leur est plus ordinaire.

Je croy donc que quand Panætius a dit que les hommes ont accoûtumé de faire cette comparaison, & qu'ils sont souvent en balance entre l'honnête & l'utile ; il n'a voulu faire entendre que ce qui est enfermé dans la signification précise de ses termes, c'est à dire qu'en

effet les hommes sont sujets à faire cet-te comparaison ; mais il n'a pas pré-tendu qu'on la dût faire. Car IL EST honteux, non seulement de préferer à l'honnêteté ce qui a quelque apparence d'utilité ; mais même d'être capable de mettre l'un en paralelle avec l'autre, & de balancer entre les deux.

CHAPITRE V.

Que ce qui peut mettre en peine si on doit faire une chose ou non, c'est de ne pas voir si ce qui paroît utile n'est point contraire à l'honnêteté. Exemple sur ce sujet. Qu'avec une certaine regle, on peut aisément se déterminer dans tous ces cas là. Doctrine des Stoïciens, bien plus favorable à l'honnêteté que celle des Peripateticiens. Il donne la regle dont il vient de parler. Combien il est contre la nature, & pernicieux à la societé humaine, de rechercher quelque avantage que ce soit, au prix de la moindre injustice. Que c'est ce que toutes les loix ont pour but d'empêcher. Diverses preuves de cette verité, prises du sentiment commun de tous les hommes. Que rien n'en peut faire douter que deux sortes d'erreurs, qui choquent également les lumieres les plus communes de la raison.

Qu'EST-CE donc qui peut mettre en doute & donner à penser sur ce sujet ? C'est de ne pas bien voir de quelle nature est la chose dont il s'agit; c'est à dire si elle est conforme à l'honnêteté ou non. Car LE TEMS & les circonstances font souvent que ce qui seroit honteux & criminel cesse de l'être. En voicy un exemple, qui peut mener à beaucoup d'autres.

Ce qui peut donner à penser entre l'honnête & l'utile.

Il n'y a pas de plus grand crime que
de tuer un homme , & un homme même dont on feroit ami ? Dira-t'on donc
que c'eſt un crime que de tuër un Tyran
avec qui l'on auroit quelque liaiſon d'a-
mitié ? Au moins n'eſt-ce pas ce qu'on en
penſe parmi les Romains [1] ; & ils ſont
perſuadez au contraire, que c'eſt la plus
belle action que l'on puiſſe faire. L'utilité l'emporte-t'elle donc alors ſur l'honnêteté ? Non ſans doute ; mais l'honnêteté ſe trouve d'accord avec l'utilité.

Si nous voulons donc nous mettre en
état de bien prendre nôtre parti , toutes
les fois que ce que nous concevons cóm-
me honnête paroît contraire à ce que
nous appellons utile , & de ne nous y
méprendre jamais ; nous n'avons qu'à
établir une certaine regle, qui nous fera
faire la comparaiſon des choſes avec tant
de juſtice & de ſûreté , qu'en la ſuivant
nous ne manquerons jamais de trouver
ce que nôtre devoir demande de nous.

Cette regle ſera parfaitement conforme à la doctrine des Stoïciens , que

Il y a des regles pour voir ſi ce qui paroit utile eſt honnête ou non.

1 Il y avoit une loy parmi les Romains, qui permettoit de tuër les Tyrans ſans aucune forme de procez ; &
les Lacedemoniens avoient même decerné des recom-
penſes pour ceux qui en délivreroient la Republique.

ous fuivons dans cet ouvrage, & d'au-
ant plus volontiers, qu'encore que les
remiers Academiciens, & vos Peripa-
eticiens même, qui n'étoient autrefois
que la même chofe², preferent l'honnê-
eté à tout ce qui paroît utile, toute cet-
e matiere eft traitée avec bien plus de
nobleffe & de dignité par ceux qui tiennent que tout ce qui eft honnête eft utile, & qu'il n'y a même que cela feul qui
le foit ; que par ceux qui prétendent
qu'il y a des chofes honnêtes qui ne font
pas utiles, & qu'il y en a d'utiles qui ne

Doctrine des Stoïciens fur l'honnêteté, bien plus noble & plus pure que celle des Peripateticiens.

2 Puifque, comme on a vû fur le premier chapitre du
premier Livre, Xenocrate, chef des Academiciens, &
Ariftote, chef des Peripateticiens, étoient l'un & l'autre difciples de Platon. Mais quoy que Xenocrate paffe
pour le chef des Academiciens, Platon eft le veritable
fondateur de cette fecte ; & l'on voit dans tous fes ouvrages cet efprit de referve & de fufpenfion, qui faifoit
le caractere de ces Philofophes. On donnoit même le
nom d'*Academiciens* aux difciples de Platon dez fon vivant, parce qu'ils s'affembloient d'ordinaire dans des
jardins qui avoient appartenu à un citoyen d'Athenes,
appellé Academus. Mais il demeura aux difciples de
Xenocrate, plûtôt qu'à ceux d'Ariftote ; parce que Xenocrate fut celuy des deux qui fuivit le plus exactement
les principes & les manieres de Platon ; au lieu qu'Ariftote devenu plus affirmatif, fe retira des jardins d'Academus ; & paffa, avec fes difciples, dans un autre lieu d'A-
thenes appellé *le Licée*, où ils philofophoient en fe pro-
menant ; & de là eft venu le nom de Peripateticiens, qui
fignifie proprement des gens qui fe promenent.

font pas honnêtes : or comme nôtre Academie nous donne tout pouvoir fur ce qui nous paroît le plus probable, nous fommes en droit de nous en fervir & de le foûtenir.

Belle reg'e pour difcer-ner ce qui eft honnête ou non.

* Voicy donc quelle eft la regle. LA MORT, la pauvreté, la douleur, & les autres accidens qui peuvent arriver, foit au corps, foit aux chofes qui font

Rien n'eft tant contre la nature que l'injufti-ce.

hors de nous, ne font pas tant contre la nature, qu'il eft contre la nature d'ô-ter à quelqu'un ce qui luy appartient,& de s'enrichir à fes dépens.

Car en premier lieu, la focieté hu-maine, qui eft la chofe du monde la plus conforme à la nature, fe trouve anean-

L'injuftice détruit toute focieté entre les hommes.

tie par cela feul ; puifqu'il eft clair que NULLE focieté ne fçauroit fubfifter, dez que chacun fera dans la difpofition de faire violence aux autres, & de les dé-pouïller de leur bien pour en profiter.

Belle compa-raifon, pour faire fentir combiё l'in-juftice eft pernicieufe à la focieté humaine.

Et de la même maniere que fi dans un corps où tous les membres raifon-neroient, chacun, pour augmenter fa vigueur & fon embonpoint, tiroit à luy ce qu'il y en auroit dans fon voifin, le

* Le chap. 5. ne commence qu'icy dans le Latin; mais il doit commencer plus haut.

corps,

corps se détruiroit infailliblement ; de même, si chacun de nous tire à soy ce qui appartient aux autres, & leur prend tout ce qu'il pourra pour en augmenter son bien, la societé humaine se rompra necessairement.

Que chacun ait plus de soin d'acquerir pour soy que pour les autres ce qui est necessaire à la vie, il n'y a rien à redire ; & la nature ne s'y oppose pas. Mais que nous veüillions nous enrichir des dépoüilles d'autruy, c'est ce qu'elle ne sçauroit souffrir. Et cela est contraire, non seulement à la nature, c'est à dire au droit des gens, mais encore à toutes les loix sur lesquelles toutes les Republiques sont établies ; puisqu'il n'y en a point qui ne défendent de faire du mal à autruy, pour se faire du bien à soy-même. Car le maintien de la societé humaine est tellement le but de toutes les loix, qu'elles punissent, non seulement de peines pécuniaires, mais encore de prison, d'exil & de mort même, tous ceux qui entreprennent de la troubler. Mais LA RAISON naturelle, qui est une loy divine & humaine ³ tout en-

---

³ La loy naturelle est une loy *divine*, puisque c'est

Y

femble, défend encore plus fortement
que toutes les autres loix , tout ce qui
pourroit donner atteinte à la focieté
humaine ; & quiconque voudra obeïr à
cette loy , c'eft à dire quiconque voudra
vivre felon la nature [4], ne defirera jamais le bien d'autruy ; bien loin de le
luy prendre pour fe l'appliquer.

La grandeur d'ame , la bonté , la juftice, la liberalité font fans doute des chofes beaucoup plus conformes à la nature, que ni le bien , ni la volupté , ni la
vie même , qu'il eft de la grandeur d'a-
me de méprifer & de compter pour rien,
en comparaifon du bien public ; & par
la même raifon , l'injuftice, qui fait envahir le bien d'autruy pour en profiter,
eft plus contraire à la nature , que la
mort, la douleur , & toutes les autres
chofes du même genre.

D'ailleurs, s'il étoit poffible qu'on fe

Dieu qui nous l'a imprimée jufques dans le fond de l'a-
me ; & elle eft en même tems une loy *humaine*, puifqu'elle eft authorifée par le fuffrage & le confentement
de toutes les nations.

4 Ce qu'ils appelloient *vivre felon la nature*, c'eft fe
conformer non feulement fes actions , mais encore fes
fentimens, à la loy naturelle , dont toutes les autres dérivent ; & qui eft la regle de tout bien & de toute
juftice.

trouvât en état de garentir tous les peuples de la terre de leur ruine, ou de les
secourir dans quelque necessité pressan-
te, ne seroit il pas plus selon la nature
d'entreprendre pour cela les choses les
plus penibles, & de s'exposer à tous les
accidens les plus fâcheux, à l'exemple
d'Hercule, à qui l'opinion des hommes,
fondée sur la reconnoissance de ses bien-
faits, a donné place entre les Dieux, que
de se tenir retiré chez soy; quand on y
seroit non seulement à couvert de tout
ce qu'il y a de fâcheux, mais encore dans
l'abondance de toutes sortes de biens &
de délices; & qu'on y joüiroit d'une
santé parfaite, & de tous les avantages
du corps? Quiconque aura l'ame grande, & le cœur noble & élevé, preferera sans doute cette vie laborieuse à celle-cy. Or de tout ce que nous venons de
dire, il s'ensuit manifestement, qu'UN
HOMME qui suivra la nature ne fera jamais de mal à un autre homme.

Chacun doit préferer le bien public à son repos, & à son interêt.

Quand un homme, par l'esperance de
quelque sorte d'avantage que ce puisse
être, se porte à faire du mal à quelqu'un,
ou il croit ne rien faire contre la nature,
ou il est persuadé que la mort, la pauvre-

Premiere source de l'injustice, ignorance du droit naturel.

té, la douleur, la perte de ses enfans, de ses proches, ou de ses amis, sont quelque chose de pire que de faire injure à quel-qu'un. S'il croit ne rien faire contre la nature, en violant les loix de la socie-té humaine ; en vain parleroit-on à un tel homme, qui va jusqu'à étouffer dans l'homme ce qui le fait ce qu'il est. Si au contraire, il reconnoît qu'il ne faudroit pas faire ce qu'il fait, mais que la mort, la pauvreté & la douleur luy paroissent quelque chose de beaucoup pire ; il croit donc que les maux du corps, ou les ac-cidens de la fortune, sont plus à crain-dre que les vices de l'esprit [5] ; & c'est la plus grande & la plus pernicieuse de tou-tes les erreurs.

Seconde source d'in-justice, plus d'attache-ment à ses propres inte-rêts, qu'au droit natu-rel.

[5] Qui regarderoit les vices de l'esprit comme les plus grands de tous les maux, ne feroit jamais d'injustice.

CHAPITRE VI.

Utilité generale, inseparable, selon la nature, de l'utilité particuliere. Jusqu'où la nature porte les sentimens des hommes les uns envers les autres. Que la regle qu'il a établie a lieu, non seulement entre proches & entre citoyens, mais generalement entre tous les hommes. Que d'y donner atteinte, c'est détruire toute vertu & toute societé. Si pour s'empêcher de mourir, on ne pourroit point y déroger. Beaux principes pour resoudre tous les cas semblables. Les Tyrans exclus des loix de la societé humaine.

QU E chacun regarde donc l'utilité commune comme le but à quoy il doit tendre ; & qu'il compte que RIEN n'est utile à chaque particulier que ce qui l'est aussi au general [1]. Car dés que chacun ne connoîtra d'utilité que la sienne propre, & qu'il voudra tout tirer

Si tous les hommes ne font qu'un même corps, ce qui fait tort à l'un ne sçauroit être utile à l'autre. Interêt par‐

[1] Ce que Ciceron dit icy, est precisément la même chose que ce que dit Saint Paul 1. *Cor.* 12. 26. que quand un des membres est dans la joye, ou dans la douleur, cette joye ou cette douleur se communique à tous les autres. Et cela fait voir, que la nature, toute corrompuë qu'elle est, a encore assez de lumiere, pour faire découvrir, à ceux-mêmes qui ne sont point éclairez des lumieres de l'Evangile, ce que la charité envers le prochain demande de nous de plus parfait.

Y iij

ticulier, peſte de la ſocieté humaine.

à luy, nulle ſorte de ſocieté ne ſçauroit ſubſiſter entre les hommes.

Qu'il n'y ait rien d'utile à chacun en particulier, que ce qui l'eſt auſſi au general ; & que ce ne ſoit la nature qui nous l'enſeigne, c'eſt dequoy on ne ſçauroit douter ; puis qu'elle nous ordonne

L'amour du prochain eſt de la loy naturelle.

même de deſirer & de procurer le bien & l'avantage de quelqu'autre homme que ce ſoit, par la ſeule raiſon que cet autre eſt homme comme nous. Or cette loy de la nature eſt la même pour tout le monde, & nous luy ſommes tous également aſſujettis. S'il eſt donc vray, comme on n'en ſçauroit douter, que la nature nous ordonne de deſirer & de procurer le bien & l'avantage de tout le monde ; beaucoup moins peut.on douter que cette même loy de la nature ne défende à chacun de rien attenter ſur autruy.

Societé d'entre les citoyens, à reſpecter, auſſi bien que celle d'entre les proches.

C'eſt donc mal à propos que quelques-uns diſent, qu'à la verité ils n'auroient garde de rien prendre à leur pere ni à leur frere pour en profiter, mais qu'ils ne ſe font pas la même loy à l'égard des autres citoyens ; puiſque c'eſt ſe tirer à part, & violer les droits ſa-

erez qui lient tous les citoyens les uns
aux autres , & qui les obligent de conf-
pirer tous à l'utilité commune ; & cela
feul ruine toutes ces fortes de focietez
qui compofent ce qu'on appelle des villes ou des Republiques.

Il y en a d'autres,qui conviennent qu'il
faut refpecter les droits établis entre les
citoyens, mais qui n'en connoiffent point
à l'égard des étrangers;& ceux-là détrui-
fent cette autre focieté generale qui comprend tout le genre humain ; & dont la
ruine emporte avec foy celle de tout ce
qu'on appelle, liberalité, bonté, humanité, & juftice. Or DONNER atteinte à ces
chofes-là , c'eft être impie envers les
Dieux mêmes ; puifque c'eft ruiner la
focieté qu'ils ont eux-mêmes établie entre les hommes², & dont le lien le plus
fort eft d'être bien perfuadé de cette regle que nous venons de pofer, que TOU-
TE action qui va à dépoüiller un autre
de fon bien, pour en profiter, eft plus
contraire à la nature , que toutes les
difgraces de la fortune , que tous les

2 Les Payens même ont vû que de pecher contre les
hommes ; c'eft pecher contre Dieu ; & qu'il eft l'autheur des loix qui reglent ce que les hommes fe doivent
les uns aux autres.

maux du corps , & tous les maux même de l'esprit, qui n'interesseroient point la justice. Car la JUSTICE est la vertu par excellence , & l'on peut dire que c'est la maîtresse & la reine des vertus.

Mais quoy , dira quelqu'un , si le plus honnête homme du monde , & qui aura le plus de sagesse & de vertu , est sur le point de mourir de faim ; ne pourrat'il point ôter un morceau de pain à un miserable qui n'est bon à rien ? Non certes; car cette disposition de son cœur, de n'ôter rien à personne pour en profiter , luy est plus chere que la vie.

Quoy , dira-t'on , si le même homme, prêt à mourir de froid, se trouvoit en état de dépoüiller Phalaris , le plus cruel & le plus odieux de tous les Tyrans, y at'il quelque raison qui dût l'en empêcher ? C'est ce qui n'est pas difficile à décider. Il est certain en general que QUICONQUE ôte quelque chose à un autre pour en profiter , blesse les droits de l'humanité, & viole la loy de la nature ; quand celuy à qui l'on prend le bien seroit le dernier de tous les hommes, & le plus inutile à la Republique, & à la societé humaine. Que si quelqu'un

qu'elle auroit interêt de conserver, &
dont la vie luy seroit fort precieuse, prenoit quelque chose à un autre pour s'empêcher de mourir, & qu'en cela il n'eût
en vûë que le bien de la Republique,
je ne voudrois pas le condamner. Mais
hors ce cas-là, IL FAUT que chacun
porte son malheur, plûtôt que de s'en
tirer aux dépens d'autruy.

Or quand je dis que dans un tel cas,
on peut prendre quelque chose à un
autre, pour s'empêcher de mourir, ce
n'est pas que la maladie ni l'indigence,
ni aucun autre malheur, soient quelque
chose de plus contraire à la nature que
l'usurpation ou le desir même du bien
d'autruy; mais c'est qu'IL EST contre la
même nature d'abandonner le soin de
l'utilité publique, puisque cet abandon
est une injustice. Ainsi la loy même de
la nature, qui maintient le bien public, prononce en faveur de cet homme de merite & de vertu, qu'il est de l'u-
tilité publique de ne pas laisser perir; &
luy permet de prendre ce qu'il luy faut
pour sauver sa vie, à cet homme de nul
merite, & de nulle utilité pour le public;
& pourvû que ce ne soit ni l'amour ni

*Dans les ne-
cessitez ex-
trêmes, l'in-
terêt public
fait rentrer
les hommes
dans l'état
de la com-
munauté des
biens.*

*Quelque
grand que
soit le mal-
heur d'où
on se tire
par une in-
justice, on
retombe
dans un
plus grand.*

*Il n'y a que
la justice
même qui
puisse mettre
quelque ex-
ception à ses
propres re-
gles.*

là bonne opinion de soy-même qui luy fasse faire ce passe droit , & qu'il n'ait en vûë que l'utilité publique , & le bien de cette societé humaine , à quoy je reviens toûjours , il ne pechera point contre son devoir [3].

Quant à la question sur Phalaris, elle est aisée à resoudre ; puisque les Tyrans sont si peu de la societé humaine, qu'il n'y a rien même qui luy soit plus opposé ; & qu'il n'est point contre la nature d'ôter les habits à un homme à qui il seroit honnête d'ôter la vie. Car il faut purger la terre de toutes ces pestes du genre humain , & les exterminer sans balancer ; & de la même maniere que l'on retranche du corps les membres où le sang & les esprits ne vont plus, & qui ne sont plus capables que d'infecter les autres parties ; ainsi il faut retrancher du corps de la societé des hommes ces monstres, qui sous une figure humaine cachent

---

3 Il n'est question icy, comme l'on voit , que de ce qui est necessaire pour s'empêcher de mourir ; & il est aisé de juger, par les précautions que Ciceron veut que l'on observe dans ce cas là même, qu'il n'auroit pas permis dans tout autre ce qu'il permet dans celuy-cy. I ne l'accorde même qu'au bien de la Republique, interessée à la conservation de celuy dont il s'agit ; & non pas à l'amour que chacun pourroit avoir pour sa propre vie.

toute la rage & toute la ferocité des bêtes les plus cruelles.

Toutes les autres questions que l'on
peut faire sur les devoirs dont la connoissance dépend du tems & des circonstances sont du même genre que celle-
cy , & se doivent décider de la même
maniere.

* Je croy que Panætius en auroit parlé , si quelqu'autre occupation ou quelque accident ne l'avoient point empêché de poursuivre son dessein. Mais
enfin , on trouvera dans les deux Livres precedens beaucoup de regles pour
les resoudre ; & pour discerner ce qui est
toûjours honteux par luy-même,& qu'on
ne doit jamais faire en aucun cas , d'a-
vec ce qui cesse de l'être par de certaines rencontres ; & dont on ne doit alors
faire aucune difficulté.

* Le Chapitre 7. commence dez icy dans le latin ;
mais il doit commencer plus bas.

CHAPITRE VII.

Que toute la morale se déduit du seul principe que
l'honnêteté est le seul bien, ou au moins le plus
grand de tous les biens. Ce que Panætius a eu
en vûë quand il a mis la comparaison de l'utile
& de l'honnête au rang des choses qui peuvent
servir à découvrir les devoirs de l'homme. Ci-
ceron fournira de son fonds ce que Panætius a
oublié sur ce sujet.

COMME nôtre édifice est déja bien
avancé, & que nous n'ayons plus
qu'à y mettre le comble ; je veux faire
comme les Geometres, qui pour expliquer plus aisément ce qu'ils veulent faire entendre, ne s'arrêtent pas à démon-
trer tous les principes dont ils veulent
se servir, & demandent qu'on leur en
accorde quelques-uns. Je demande
donc, mon cher Ciceron, que vous
m'accordiez, si vous le pouvez, que rien
n'est desirable par soy-même que l'honnêteté ; ou que si Cratippus ne vous le
permet pas[1], vous m'accordiez au moins

Toute la
morale dé-
pend de sça-
voir quel est

1 Cratippus étoit Peripatéticien, comme on a déja vû
ailleurs ; & quoy que ces Philosophes convinssent que
l'honnêteté étoit le plus grand de tous les biens, ils ne

qu'elle l'eſt plus que nulle autre choſe.
L'un des deux me ſuffit ; ce dernier eſt
tres-probable , l'autre l'eſt encore plus;
& ſur le ſujet que nous traitons il n'y a
que l'un ou l'autre qui le ſoit.

Mais ſur cela même, il faut encore dire
un mot pour la défenſe de Panætius. Elle
n'eſt pas bien difficile, puis qu'il n'a pas
dit que ce qui eſt veritablement utile ſe
trouve jamais contraire à l'honnêteté ,
car c'eſt ce que ſes principes ne luy permettoient pas de dire, mais ſeulement ce
qui a quelque apparence d'utilité. Il declare même preciſément, en pluſieurs endroits, qu'il n'y a rien d'utile que ce qui
eſt honnête, & qu'il n'y a rien d'honnête
qui ne ſoit utile ; & il ſoûtient que l'opinion de ceux qui ont mis de la difference entre l'un & l'autre eſt la plus dange-
reuſe peſte qui ſe ſoit jamais gliſſée parmi les hommes. S'il a donc parlé de la
contrarieté apparente , & qui ne peut
jamais être réelle, de l'honnête & de l'u-
tile, il n'a pas pretendu pour cela qu'il
nous fût permis de préferer l'utilité
à l'honnêteté ; & ſon deſſein n'a été

*le plus grãd
de tous les
biens.*

croyoient pas que ce fût le ſeul , comme les Stoïciens le
ſoûtenoient. Voyez la 2. note ſur le chap. ſuivant.

que de nous donner moyen de juger
sainement des choses où il semble qu'on
ne sçauroit accorder l'un avec l'autre.

Mais comme il n'a point traité ce
dernier point de sa division, j'y sup-
pléeray de mon fonds, & sans le secours de personne. Car dans tout ce
qui est venu à ma connoissance de ce
qu'on a écrit sur ce sujet depuis Panætius, il n'y a rien dont je sois content.

CHAPITRE VIII.

Ce qu'il y a à faire, lors que ce qui a quelque ap-
parence d'utilité paroît contraire à l'honnêteté.
Preuve qu'une même chose ne sçauroit être mal-
honnête & utile ; & que c'est dans l'honnêteté
qu'il faut chercher l'utilité. Que la difference
qu'on a mise entre les deux, est la source de
tous les maux. Infamie, punitition inévita-
blement attachée à tous les crimes.

LORS qu'il se presente quelque
chose à nous qui a quelque apparence d'utilité, nous ne sçaurions nous
empêcher d'en être touchez. Mais si
aprés y avoir regardé de prés, nous
trouvons qu'il y a quelque chose de

messéant & de honteux dans ce qui
nous paroissoit utile , il faut le rejetter
sans hesiter ; & ce qu'on vous demande
par là , ce n'est pas d'abandonner l'utilité , mais de comprendre que CE QUI
est honteux & mal honnête ne sçauroit
jamais être utile. Car s'il est vray, comme on n'en sçauroit douter , qu'il n'y a
rien de si contraire à la nature que ce
qui porte avec soy quelque sorte de honte & d'infamie [1] , puisque la nature ne
demande que la droiture , la decence &
l'honnêteté, & qu'elle rejette tout ce qui
leur est contraire ; & si d'ailleurs rien
n'est plus convenable à la nature que
l'utilité , il est clair qu'une même chose
ne sçauroit être utile & mal-honnête.

De plus, s'il est vray que nous sommes
nez pour l'honnêteté , & qu'elle est la
seule chose desirable, comme Zenon le
soûtient , ou qu'elle l'est au moins infiniment davantage que quelqu'autre
chose que ce puisse être , comme Aristote l'enseigne ; il s'ensuit necessairement , qu'elle est ou le seul bien qu'il y
ait , ou au moins le plus grand de tous

[1] Voyez la 4. note sur le chap. 29. de ce même
Livre.

Ce qui doit faire rejetter l'utilité qui blesse l'hon-nêteté.

Preuve que ce qui n'est pas honnête ne sçauroit être utile.

Preuve que tout ce qui est honnête est utile.

les biens. * Or il n'y a que le bien qui ſoit utile, & rien de ce qui luy eſt contraire ne le ſçauroit être. L'honnêteté eſt le ſeul bien, ou le bien par excellence. C'eſt donc dans l'honnêteté qu'il faut chercher l'utilité ; & il n'y en ſçauroit avoir dans ce qui luy eſt contraire [2].

Ce n'eſt donc que par un effet de l'aveuglement des méchans, qu'ils mettent de la difference entre l'honnête & l'utile; & que dés qu'une choſe qui a quelque apparence d'utilité les a frappez, ils s'y

Mettre de la difference entre l'honnête & l'utile, effet de la corruption des hommes.

2 Il a fallu un peu aider à la lettre dans cet endroit; & la juſteſſe le demandoit neceſſairement. A traduire litteralement, depuis l'endroit marqué d'une étoile, il y auroit, *Or ce qui eſt un bien eſt utile ; tout ce qui eſt honnête eſt donc utile.* Mais comme Ciceron, dans ce troiſiéme Livre, ne bâtit que ſur ce principe, qu'il repete une infinité de fois, *qu'il n'y a rien d'utile que ce qui eſt honnête*, il ne luy ſert de rien d'établir que *tout ce qui eſt honnête eſt utile* ; puis qu'on pourroit en demeurer d'accord, & ne laiſſer pas de ſoûtenir, *qu'il y a des choſes qui ſont utiles, quoy qu'elles ne ſoient pas honnêtes* ; & ſi cette propoſition ſubſiſte, tout le ſiſtême de Ciceron eſt renverſé. Ce qu'il avoit donc à prouver, c'eſt *qu'il n'y a rien d'utile que ce qui eſt honnête* ; & c'eſt ce qu'il auroit fort bien prouvé, s'il s'étoit tenu à ce principe des Stoïciens, *qu'il n'y a que l'honnêteté qui ſoit un bien.* Car de là il s'enſuit neceſſairement, *qu'il n'y a rien d'utile que ce qui eſt honnête* ; puis qu'il n'y a que le bien qui ſoit utile. Mais aprés avoir donné l'alternative du principe des Stoïciens, & de celuy des Peripateticiens, comme il vient de faire en cet endroit ; ſon raiſonnement ne pouvoit plus le conduire à cette conſequence qui luy eſt

portent,

portent, fans fe mettre en peine fi elle eft honnête ou non.

C'eft de là que font venus les affaffinats, les empoifonnemens, les faux témoignages, les vols, les concuffions, les pillages des alliez & des citoyens; & ces richeffes exceffives, qui ne font que le fruit de l'injuftice & de la violence, & qui élevent des particuliers à un petit point de puiffance qu'on ne doit jamais fouffrir dans un Etat. Enfin, c'eft par là qu'il arrive que même dans les Etats libres, il fe trouve des gens qui fe laif-

---

fi neceffaire, *qu'il n'y a rien d'utile que ce qui eft honnête.* Car fi l'honnêteté n'eft pas le feul bien, & qu'elle ne foit que le plus grand de tous les biens, comme les Peripateticiens le foûtiennent; il y a donc d'autres biens que celuy-là; & s'il y en a d'autres, il y a quelqu'autre chofe d'utile que l'honnêteté; puifque tout bien eft utile, à proportion de ce qu'il eft bien. Ainfi, au lieu que Ciceron auroit fort bien conclu du principe des Stoïciens, qu'il n'y a rien d'utile que ce qui eft honnête; il n'a pû conclure autre chofe, en admettant celuy des Peripateticiens, finon que tout ce qui eft honnête eft utile. Il femble qu'il n'avoit donc qu'à ne point parler de celuy-cy. Mais il ne luy étoit plus libre de le paffer fous filence, après avoir mis fon fils à choix de l'un ou de l'autre, comme il a fait au chapitre 7. en faveur de Cratippus; qui étant Peripateticien ne feroit pas demeuré d'accord que l'honnêteté eft le feul bien. Ainfi on peut dire, que la complaifance de Ciceron pour ce Philofophe, eft la feule caufe du défaut de juftefle où il eft tombé dans cet endroit.

Z

fent emporter à la paffion de regner, ce qui eft de tous les crimes le plus atroce, le plus infame & le plus déteftable. Car on ne fe porte à tous ces excez, que parce que l'efprit aveuglé par de faux préjugez, ne voit plus dans les chofes que ce qu'elles ont d'apparence d'utilité ; & n'apperçoit point la punition que le crime porte neceffairement avec foy. Je n'entens pas de celle des loix qu'ils trouvent fouvent moyen de fouller aux pieds ; mais celle de la honte & de l'infamie [3], qui eft fans comparaifon la plus grande de toutes.

Infamie, punition iné- vitable aux méchans, quelque puiffans qu'ils puif- fent être.

3 Voyez la 4. note fur le chap. 29.

CHAPITRE IX.

Que c'eſt un crime que de balancer tant ſoit peu,
entre l'honnêteté & une apparence d'utilité.
Qu'il faut s'abſtenir du mal, quelque certain
qu'on pût être de n'être ni vû ni puni. Avan-
ture de Gigés, rapportée à ce propos. Que c'eſt
être ſcelerat que de ne pas être dans la diſpoſi-
tion de s'abſtenir de toute mauvaiſe action,
quelque cachée, & quelque impunie qu'elle pût
être.

Q U' O N n'entende donc plus mettre en queſtion ſi l'on ſuivra ce
qui paroît conforme à l'honnêteté ; ou
ſi on ſe jettera dans le crime reconnu
pour tel. Une telle déliberation eſt déja
un crime & une impieté ; & c'eſt être
coupable que d'avoir hezité entre l'un
& l'autre, quand on ne ſeroit pas venu
juſqu'à l'éxecution. Quoy, déliberera-
t'on ſur des choſes où la déliberation
même eſt honteuſe & criminelle ? Et
qu'on ſe garde bien d'y entrer, par l'eſ-
perance de cacher ſon crime ; puiſque
pour peu qu'on ait de teinture de Philoſophie, on doit avoir poſé pour principe, que QUAND on pourroit trom-

Z ij

Le mal ne

change point de nature pour être caché ou impuni.

per les yeux des hommes & des Dieux mêmes, on ne doit jamais se laisser aller à aucun mouvement d'avarice, d'injustice, de débauche, & d'intemperance.

Avanture de Gigés.

* C'est à ce propos que Platon fait entrer sur la scene ce Gigés si celebre, qui se fit Roy de Lidie [1], de simple berger du Prince qu'il étoit. La terre s'étant entr'ouverte fort profondément par de grandes pluyes, dit la fable, Giges descendit dans cet abîme; où il trouva un cheval d'airain, qui avoit à chaque côté une espece de porte qu'il ouvrit. Il trouva dans ce cheval un corps mort, d'une grandeur prodigieuse, qui avoit à un doigt un anneau d'or. Il le prit, & l'ayant mis à un des siens, il revint parmi les autres bergers. Lors qu'il tournoit le chaton de son anneau vers le dedans de la main, il devenoit invisible, & ne laissoit pas de voir tout

---

* Le chap. 9. ne commence qu'icy dans le latin ; mais il doit commencer plus haut.

1 On voit, par le premier Livre d'Herodote, que ce Gigés ayant fait mourir Candaulés, Roy de Lidie, posseda aprés luy sa femme & sa Couronne. La facilité qu'il trouva à réüssir à une entreprise si extraordinaire pour un berger, a donné lieu à la Fable de l'anneau, & de sa vertu.

le monde ; & lors qu'il remettoit le
chaton en dehors, il se rendoit visible
comme auparavant. Cette commodité
luy donna moyen de s'insinuer jusques
dans le lit de la Reine : de s'aider d'elle
pour faire mourir son Maître & son
Roy ; & de se défaire de tous ceux qu'il
crut luy pouvoir faire quelque obsta-
cle ; & il vint à bout de tous ces crimes,
sans être vû de personne. Ainsi, par le
moyen de cet anneau, il parvint à la
Couronne de Lidie.

Quand le sage auroit donc ce même
anneau, il ne se croiroit pas plus en liberté de mal faire. Car CE QUE cher- *Pierre de*
chent les gens de bien, c'est de ne rien *touche de la*
faire que d'honnête ; & non pas de se *probité.*
cacher pour pecher impunément.

Sur cela quelques Philosophes, tres-
bonnes gens, mais qui ne sont pas des
plus subtils, disent que ce que Platon
rapporte dans cet endroit n'est qu'une
fable ; comme s'il le donnoit pour vray,
& qu'il se mît en peine si la chose est
possible ou non. Cet anneau, & cette
avanture de Gigés, ne tendent qu'à
mettre la supposition dans toute sa
force, quand on demande à quelqu'un

Z iij

ce qu'il feroit, si sans être vû ni soup-
çonné de personne ; il pouvoit se contenter sur tout ce que l'avarice, l'ambition, l'impudicité, & la passion de regner peuvent inspirer ; & s'il se contiendroit ou non, seur que les hommes
ni les Dieux ne sçauroient jamais rien
de ce qu'il auroit fait.

Ils disent que ce qu'on suppose est
impossible : il ne l'est pas néanmoins ;
mais enfin on leur demande ce qu'ils
feroient, si ce qu'ils supposent impossible étoit possible. Ils persistent à nier
la possibilité, & se tiennent là ridicule-
ment & pitoyablement ; parce qu'ils ne
voyent pas à quoy tend cette question,
& quelle en est la force². Car quand
nous leur demandons ce qu'ils feroient,
s'ils pouvoient, sans être vûs, s'abandonner à tout ce qui peut le plus flatter les
passions, nous n'en sommes pas à sçavoir s'ils le peuvent. Mais par là on les
met comme à la question, & hors d'é-
tat d'échapper par aucune défaite. Car
ils ont beau faire, il faut necessairement qu'ils répondent, ou qu'ils se

---

2 Quand on s'obstineroit à ne rien dire sur une telle
question, on n'en sçauroit éluder la force ; puisque soit

contenteroient fur tout ce que je viens de dire, s'ils étoient affûrez de l'impunité, & ce feroit fe declarer des fcelerats ; ou que l'affûrance de l'impunité ne les empêcheroit pas de fe contenir ; & c'eft avoüer que T O U T ce qui eft contraire à l'honnêteté, doit être rejetté pour cela feul qu'il luy eft contraire. Mais revenons à nôtre fujet.

Qui n'aime pas le bien pour le bien même, ne l'aime point.

que l'on réponde ou non, il eft toûjours vray, ou qu'on fe contiendroit, ou qu'on ne fe contiendroit pas. Chacun fent fort bien ce qui en eft ; & par là on peut juger fi on a de la probité ou non. Car c'eft nôtre difpofition interieure fur le bien & fur le mal, qui décide de ce que nous fommes ; & non pas ce que nous pourrions répondre du parti que nous prendrions entre l'un & l'autre.

Z iiij

CHAPITRE X.

Quelques exemples des cas où l'on peut être en doute, si ce qui paroît utile est honnête. Ce qu'on doit penser du pretexte que prit Romulus pour faire mourir son frere. Que nous ne devons jamais chercher aux dépens des autres ce qui nous peut être utile. Beau mot de Chrisippe sur ce sujet. Mesures à garder dans ce que nos amis demandent de nous. Tout doit ceder à l'amitié, hors la justice. Bel exemple de l'amitié que Damon & Pinthia avoient l'un pour l'autre.

IL arrive souvent de certaines natures d'affaires, où quelque apparence d'utilité donne à penser, & tient l'esprit en balance. Je ne parle pas de celles où l'on mettroit en déliberation, si pour quelque grand intérêt on ne pourroit point se départir de ce que l'honnêteté prescrit : car, comme nous avons vû, toutes ces sortes de déliberations sont criminelles. Je parle de celles où l'on est seulement en doute, s'il n'y auroit point quelque chose de honteux, & de contraire à l'honnêteté, dans ce qui paroît utile.

Lorsque Brutus, par exemple, ôta

le Consulat à Collatin son collegue, on
auroit pû croire que c'étoit une injuſtice ; puiſque Collatin avoit eu part avec
luy à l'expulſion des Rois, & qu'il l'a-
voit aidé de ſes conſeils dans cette action. Mais les principaux de la Republique ayant reſolu & jugé neceſſaire
de chaſſer toute la famille de Tarquin
le Superbe, & d'effacer entierement la
memoire de ce nom-là, & de toute la
Royauté ; & cette reſolution n'étant
pas moïns honnête qu'utile, puis qu'il
y alloit du ſalut de la Republique, Collatin même auroit dû s'y ſoûmettre avec
plaiſir. Ainſi l'utile ne l'emporta que
parce qu'il ſe trouva joint à l'honnête,
ſans quoy il n'auroit pas même été u-
tile.

On n'en peut pas dire autant du premier Roy, qui fut le fondateur de la
ville. Celuy-là ſe laiſſa emporter par la
ſeule apparence de l'utilité ; & il ne tua
ſon frere, que parce qu'il luy convenoit
de regner ſeul. Ce qui luy parut utile,
quoy qu'il ne le fût point en effet, luy
fit donc oublier les devoirs de la pieté
& de l'humanité. Il eſt vray qu'il cher-
cha à couvrir ſon action de quelque ap-

Chacun doit prendre en gré ce qui eſt utile à l'Etat, quelque préjudice qu'il en ſouffre.

Méchante action de Romulus.

parence d'honnêteté, en prenant pour pretexte le peu de respect que Remus avoit témoigné pour les murs de la ville ; mais c'étoit un pretexte frivole, & une fausse couleur. Il fit donc mal ; & tout ce que je dois à Romulus, & même à *Quirinus*[1], ne sçauroit m'empêcher de le dire. Chacun peut chercher ce qui luy est utile, & rien ne nous oblige de l'abandonner, & de ceder aux autres les choses qui nous conviennent, & dont nous avons besoin pour nous-mêmes : mais on ne doit jamais les rechercher à leurs dépens.

La qualité des personnes ne change point; les regles par où on juge des actions.

Chrisippe[2] a dit un beau mot, entre beaucoup d'autres, que QUAND on court dans la lice, on doit faire de son mieux pour emporter le prix ; mais qu'il n'est pas permis de tendre la jambe à son concurrent, ni de le repous-

Beau mot de Chrisippe.

On ne peut non plus user

1 C'est le nom que les Romains donnerent à Romulus, lors qu'ils le mirent au rang des Dieux, & ce que Ciceron veut dire en cet endroit ; c'est que ni le respect qu'il devoit à Romulus, comme fondateur de la ville, ni celuy qu'il luy devoit comme Dieu, ne pouvoient l'empêcher de desapprouver la méchante action qu'il fit en tuant son frere.

2 Philosophe Stoïcien disciple de Zenon, & le plus illustre de toute la secte. Les Atheniens furent si touchez de son merite, qu'ils luy éleverent une statuë.

-fer de la main. De même dans la vie, chacun a droit de chercher ce qui luy peut être utile ; mais non pas de le pren-dre aux autres.

C'eſt à l'égard de ſes amis qu'il eſt le plus difficile de démêler ſes devoirs. Car il eſt également contre le devoir, & de ne leur pas accorder tout ce que la juſtice peut permettre, & de leur ac-corder quelque choſe de ce qu'elle dé-fend. Il y a pourtant ſur cela une re-gle fort courte & fort aiſée. C'eſt de FAIRE toûjours ceder à l'amitié tout ce qui n'a qu'une apparence d'utilité, comme le bien, les honneurs, & les plaiſirs ; mais de NE FAIRE jamais rien pour ſon ami, ni contre la Republique, ni contre ſon ſerment, ni contre la foy promiſe : & c'eſt de quoy un homme de bien eſt incapable.

Quand il ſe trouvera donc juge de ſon ami, il ne fera que le perſonnage de Juge, & ſe dépoüillera de celuy d'a-mi. Tout ce qu'il luy eſt permis alors de donner à l'amitié, c'eſt de ſouhaiter que la cauſe de ſon ami ſe trouve bon-ne, & de luy donner tout le tems & tou-te l'audience que les loix peuvent per-

de ſuperche-rie avec ſes concurrens, qu'avec les autres.

Tout doit ce-der à l'ami-tié, hors la juſtice.

mettre. Mais quand il fera queſtion de
prononcer aprés avoir juré folemnel-
lement de rendre juſtice [3], qu'il fe fou-
vienne qu'il a Dieu même pour témoin,
c'eſt à dire, felon moy, fa conſcience [4],
& fon ame ; qui eſt ce que Dieu a donné à l'homme de plus divin.

C'eſt ce que nous apprend cette formule établie par nos peres, pour les follici-
tations, qui feroit la plus belle choſe du
monde, ſi elle étoit obſervée, & qui nous
réduit à ne demander aux Juges que ce
que leur devoir leur peut permettre [5],
c'eſt à dire de ces fortes de choſes que
nous venons de voir qu'un Juge peut
accorder à fon ami. Car s'IL FALLOIT
faire tout ce que veulent nos amis, quel
qu'il pût être, de telles amitiez feroient
des ligues & des conjurations, plûtôt

Nulle veri-
table amitié
que celle qui
eſt felon la
vertu.

[3] Nous nous contentons de faire prêter ce ſerment aux
Juges, lors qu'ils entrent en charge : mais les Romains
le leur faiſoient faire à chaque affaire qu'il falloit juger.

[4] Ce n'eſt proprement que dans fa conſcience qu'on
entend la voix de Dieu. C'eſt là que chacun le trouve,
& le fent en quelque maniere, quand il le prend à témoin de quelque choſe.

[5] Il eſt reſté parmi nous quelques veſtiges de cette
formule des Romains ; & cela fe voit par les placets
qu'on preſente aux Juges ; & où l'on ne fait que les prier
d'avoir ſon bon droit pour recommandé *en juſtice.*

que des amitiez. Je ne parle que des amitiez communes & ordinaires : car il n'y
a rien de semblable à craindre de l'amitié de ceux qui ont atteint le plus haut
point de la perfection & de la sagesse.

On dit que celle qui étoit entre Damon & Pinthia[6], disciples de Pitagore,
étoit telle, & qu'ils étoient si parfaitement assûrez l'un de l'autre, que l'un
d'eux ayant été condamné à la mort
par Denis le Tiran ; & ayant demandé
quelque tems pour mettre ordre à ce
qui regardoit ses proches & ses amis,
& les recommander à ceux qui pouvoient en prendre soin ; l'autre s'obli-
gea, sous la même peine de mort, de le
representer dans le tems ; & que le premier n'ayant pas manqué de revenir au
jour nommé ; le Tiran, surpris & touché
d'une telle fidélité, les pria de vouloir
bien le recevoir en tiers, dans une amitié
si parfaite.

QUE L'AMITIE' l'emporte donc
toûjours, lors qu'elle ne demandera de
nous que des choses honnêtes, & qu'elles ne seront balancées que par quel-

*Belle histoi-
re.*

*La vertu
fait impres-
sion jusques
sur le cœur
des Tirans.*

Il faut sa-

6 Ils vivoient vers le milieu du 4. siécle de la fondation de Rome.

crifier à l'a-
mitié tout ce
qui n'eſt que
contraire à
nos interêts,
& rien de
ce qui bleſſe
l'honnêteté.

ques-unes de celles qui n'ont qu'une apparence d'utilité. Mais que la Religion & la fidélité à nôtre conſcience, l'emportent ſur l'amitié, lors qu'elle nous demandera quelque choſe de mal-honnête. Voilà de quoy nous conduire ſûrement, dans toutes les occaſions où il s'agira de démêler nos devoirs, par rapport à ce que l'amitié demande de nous.

CHAPITRE XI.

Que l'interêt des Etats fait ſouvent préferer une apparence d'utilité à l'honnêteté, auſſi-bien que l'interêt des particuliers. Un exemple ſur ce ſujet. Que rien ne fait plus d'honneur aux Etats, & à ceux qui les gouvernent, que de préferer l'honnêteté à tout ce qui paroît le plus utile.

Dans les affaires même de la Republique, une apparence d'utilité fait ſouvent faire des choſes qui ſont contre les regles des devoirs. C'eſt ce qui arriva à nos peres, lors qu'ils ruinerent Corinthe. Les Atheniens en uſerent avec encore plus de dureté, lors qu'ils firent couper les pouces aux Eginettes, pour les mettre hors d'état de

Cruauté des
Atheniens.

se servir de leurs forces de mer. Cela parut utile aux Atheniens pour leur sûreté ; parce que la proximité de l'isle d'Egine¹ menaçoit le port de Pirée. Mais LA CRUAUTE' ne peut jamais être regardée comme quelque chose d'utile ; puis qu'il n'y a rien de plus opposé à la nature de l'homme, qui est la regle que nous devons suivre.

Belle regle pour ceux qui font la guerre.

Ceux-là font encore tres-mal, qui chassent de leur ville tous les étrangers, sans leur permettre d'y faire aucune sorte de séjour ni de commerce. C'est ce que fit Pennus², du tems de nos peres; & que Papius a fait encore dans ces derniers tems. Qu'on ne veüille pas que les étrangers passent pour citoyens, & qu'ils en pretendent les avantages, il n'y a rien à redire ; & nous en avons une loy expresse, faite par Crassus & Scevola, deux des plus sages ³ Consuls qui ayent été parmi nous. Mais de

1 Isle de la Grece, prés d'Athenes.
2 Quoyque les loix tirassent toute leur force de l'authorité publique ; elles passoient pour être de ceux qui les avoient proposées,
3 Cette *sagesse*, dont Ciceron les loüe en cet endroit, tombe particulierement sur la connoissance qu'ils avoient du droit civil ; car on traittoit les Jurisconsultes de *sages*. *Responsa prudentium.*

les en chaſſer, & de ne leur pas permettre d'y avoir le moindre commerce, c'eſt bleſſer les droits de l'humanité.

Rien n'eſt plus beau, dans le gouvernement de la Republique, que de ſçavoir mépriſer une utilité apparente,
pour s'attacher à ce qui eſt conforme
à l'honnêteté. C'eſt ce qu'on a fait dans
nôtre Republique, en une infinité d'occaſions; & ſur tout dans la ſeconde
guerre punique, aprés la perte de la
bataille de Cannes. Il y parut, malgré
cette diſgrace, plus de hauteur & de
fierté que dans les plus grandes proſpé-
ritez. Nul air de crainte, nulle men-
tion de paix : tant l'honnêteté a de force pour faire oublier tout ce qui luy eſt
contraire, quelque utile qu'il paroiſſe.

Noble fierté des anciens Romains.

Les Atheniens ſe trouvant hors d'é-
tat de ſe ſoûtenir contre les Perſes, re-
ſolurent d'abandonner leur ville; de
retirer leurs femmes & leurs enfans à
Treſene [4]; & de ſe mettre en mer pour
défendre la liberté de la Grece. Un
certain Cirſilus, s'étant mis en devoir

Bel exemple du courage

4 Ville du Peloponeſe, alliée des Atheniens, & qui
leur avoit toûjours été fort fidéle.

de

de leur perſuader de ne point ſortir de
la ville, & de recevoir Xercés, il fut
lapidé ſur le champ. Ce qu'il propoſoit
paroiſſoit utile ; mais ce qui eſt contraire à l'honnêteté & à la vertu, ne le
ſçauroit jamais être.

Themiſtocle de retour à Athenes,
aprés cette grande victoire qu'il avoit
remportée ſur les Perſes, fit aſſembler
le peuple ; & dit publiquement qu'il
avoit penſé quelque choſe de fort utile
à la Republique, mais qu'il n'étoit pas
à propos de le divulguer ; & demanda
qu'on luy donnât quelqu'un avec qui il
pût en communiquer : on luy donna
Ariſtide ⁵. Il luy dit qu'il avoit un moyen
ſûr de ruiner la puiſſance des Lacedemoniens ; & qu'il ne faloit pour cela
qu'envoyer ſecretement mettre le feu
à leur Flotte, qui étoit au port de Gy-

des Athe-
niens.

Belle action
des Athe-
niens.

ſ Le plus honnête homme qui ait été parmi les Atheniens, & qui a paſſé pour un modéle de vertu. Son
merite & ſa valeur l éleverent aux plus grands emplois ;
& il eut le commandement des armées des Atheniens, en
pluſieurs occaſions. Mais il étoit d'un ſi parfait deſintereſſement, qu'il ne penſa jamais à tirer aucun avantage
pour luy de toutes les grandes affaires qui luy paſſerent
par les mains ; & il mourut ſi pauvre, qu'il fallut que le
public fit la dépenſe de ſes funerailles, & donnât à ſes
filles de quoy ſe marier. Il vivoit dans le 3. ſiécle de la
fondation de Rome.

A a

thée [6]. Ariſtide revenu dans l'aſſemblée, où il étoit attendu avec beaucoup d'impatience, dit que la propoſition de Themiſtocle étoit fort utile, mais qu'elle n'étoit pas honnête ; & les Atheniens, perſuadez que ce qui n'étoit pas honnête ne pouvoit être utile, n'en voulurent pas ſçavoir davantage ; & rejetterent la propoſition ſur la parole d'Ariſtide. Quelle difference de cette conduite ſi noble, à celle que nous tenons ; nous qui laiſſons l'immunité aux Corſaires, & qui rendons tributaires nos propres Alliez !

    * Qu'il demeure donc pour conſtant, que ce qui eſt malhonnête ne ſçauroit jamais être utile, quand on ſeroit parvenu à ſe voir en poſſeſſion de tous les avantages qu'on s'en pouvoit promettre. Car IL N'Y A point de calamité comparable à cette honteuſe perſuaſion, que ce qui n'eſt pas honnête puiſſe être utile.

    6 Port de l'Etat des Lacedemoniens.
    * Le chap. 12. commence icy dans le Latin; mais il doit commencer plus bas.

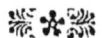

CHAPITRE XII.

Si dans un tems de difette, un Marchand de bled
qui arrive le premier au port, peut ne pas
avertir qu'il eft fuivi de beaucomp d'autres.
Diverfes raifons propofées de part & d'autre,
par deux Philofophes qui étoient de different
avis fur cette queftion. Difference entre cacher
& celer.

MAIS, comme j'ay déja dit, il fe
prefente fouvent des affaires, où
une contrarieté apparente de l'honnête & de l'utile oblige d'examiner, fi en
effet l'un eft contraire à l'autre ; & fi
on ne pourroit point les accorder. En
voicy des exemples.

Dans une grande famine de l'ifle de
Rhodes, un Marchand y aborde, avec
un vaiffeau de bled, qu'il a chargé à
Alexandrie. Il fçait que beaucoup d'autres en ont chargé au même lieu ; &
qu'ils doivent arriver à Rhodes bien-
tôt aprés luy. Le doit-il dire ; ou peut-il
n'en point parler, afin de mieux vendre
fon bled ? Je le fuppofe homme de bien,
& prêt à dire à ceux de Rhodes tout
ce qu'il fçait, s'il croyoit qu'il fût mal-

Exemple des
cas où l'on
peut être en
doute fi l'u-
tilité fe peut
accorder a-
vec l'hon-
nêteté.

A a ij

honnête de le leur cacher ; mais qu'il
est seulement en doute si cela est mal-
honnête ou non.

Sur cette question Diogene de Babylone[1], un des plus grands & des plus
sages Philosophes d'entre les Stoïciens,
& Antipater son disciple , homme de
beaucoup d'esprit, sont de differens avis.
Diogene croit que le Marchand s'en

Jusqu'où les anciennes regles du Droit por- toient la sin- cerité, & la bonne foy.

doit tenir à ce qui est prescrit par le
Droit Civil, & qui consiste à dire s'il y
a quelque vice dans sa marchandise, &
à la débiter sans fraude ; mais qu'au surplus, comme il est question de vendre,
il luy est permis de profiter de la conjoncture pour vendre le plus qu'il pourra. J'ay amené ma marchandise avec
beaucoup de peine & de hazard , dira
le Marchand , je la mets en vente , je ne

1 Il étoit de Seleucie ; mais le voisinage de Babylone
luy fit donner le nom de *Babylonien.* Il étoit homme
d'Etat , aussi bien que Philosophe ; & dans le tems de la
seconde guerre punique, sous le Consulat de Scipion & de
Marcellus , les Atheniens l'envoyerent à Rome pour
leurs affaires, avec Carneadés & Critolaüs.

2 C'est Antipater de Sidon , homme fort celebre
chez les anciens autheurs , & dont on voit plusieurs
Epigrammes dans l'Antologie : il fut maître de Caton
d'Utique. On dit de luy que la fiévre le prenoit tous les
ans le jour de sa naissance ; & qu'il mourut enfin un de
ces jours-là.

la vends pas plus que d'autres , & peut-
être moins qu'on ne la vendroit dans
un tems où le bled seroit plus commun.
A qui fais-je tort?

Quoy , dit Antipater , de l'autre
côté, ne devez-vous pas faire le bien
commun , & servir la societé humaine ;
n'est-ce pas pour cela que vous êtes né ?
Les principes de la nature que vous a-
vez en vous [3], que vous devez suivre, &
à quoy vous devez obéïr , ne vous disent-ils pas que COMME vôtre utilité est
celle de tout le monde, celle de tout
le monde est aussi la vôtre [4] ? Comment
pouvez-vous donc celer aux Rhodiens
le bien qui leur doit arriver ?

Mais , répond Diogene pour le Marchand, il y a difference entre *celer* &
taire. Je ne vous dis, ni quelle est la nature des Dieux , ni quel est le souverain bien , choses dont la connoissance
vous seroit plus avantageuse que celle
du bled qui vous doit venir. Dira-t'on

3 Les loix de la charité sont gravées dans le cœur de
chacun ; & qui voudroit rentrer dans le sien les y trouveroit.

4 C'est ainsi qu'on en jugeroit, si les hommes se sou-
venoient qu'ils ne sont que divers membres d'un même
corps.

pour cela que je vous les cele ? Je ne
fuis donc pas obligé de vous dire tout
ce qu'il vous feroit utile de fçavoir.

Vous y êtes obligé , repliquera Antipater , & vous n'en fçauriez difconve-
nir ; à moins d'avoir oublié ce que demandent de vous les loix de la focieté
que la nature même a établie entre les
hommes.

Je ne l'ay pas oublié , repartira Diogene ; mais ces loix demandent-elles
que perfonne n'ait rien à foy ? Si cela
eft, il n'eft plus permis de rien vendre,
il faut tout donner.

* Vous voyez que dans cette conteftation le marchand ne dit pas qu'encore que la chofe dont il s'agit foit mal-
honnête , il ne laiffera pas de la faire ,
parce qu'elle luy eft utile ; & qu'il ne
pretend la faire , que parce qu'il eft perfuadé que l'utilité qu'il y trouve n'eft
point contraire à l'honnêteté. Et que de
l'autre côté on ne veut l'empêcher de la
faire , que parce qu'on pretend qu'elle
eft malhonnête.

* Le chap. 13. commence dés icy dans le Latin ; mais
il ne doit commencer que quelques lignes plus bas.

CHAPITRE XIII.

Si un homme qui met en vente une maison défec-
tueuse est obligé d'avertir de ses défauts. Rai-
sons de part & d'autre. Décision de ce cas là,
& de celuy du chapitre precedent.

UN HOMME a une maison dont
il veut se défaire, parce qu'elle a
beaucoup de défauts, mais qui ne sont
connus que de luy. Elle est empestée, &
on la croit saine ; il y vient des serpens
dans toutes les chambres ; elle est bâtie
de mauvais materiaux, & prête à tomber ; & personne ne sçait rien de tout
cela que le maître de la maison. Il la
vend, sans en avertir celuy qui l'achepte,
& la vend même bien plus qu'il n'espe-
roit ; n'est-ce pas là une méchante action ?

Sans doute, dit Antipater. Car n'est-
ce pas ce qui s'appelle *ne pas redresser*
un homme qui s'égare, ce que les Atheniens ont jugé digne des execrations publiques[1] ? C'est même quelque chose de

Belle mar-
que de l'hon-
nêteté des
Atheniens.

1 Rien n'est plus beau que cette coûtume des Atheniens ; & rien ne fait mieux voir combien ils étoient

A a iiij

beaucoup pire ; puifque c'eft laiffer tomber un achepteur dans un precipice
qu'il ne voit point , & qu'on luy cache
de mauvaife foy. Or d'induire quelqu'un
en erreur , de deffein formé , combien
eft ce un plus grand crime que de ne
pas montrer le chemin à un homme qui
s'égare.

Mais voicy Diogene qui parle pour le
vendeur. Celuy , dit-il , qui vous a vendu cette maifon vous a-t'il forcé de l'a-
chepter ? Vous en a-t-il même follicité ?
Il s'en eft défait , parce qu'elle ne luy
plaifoit pas ; & vous ne l'avez acheptée,
que parce qu'elle vous plaifoit.

On voit tous les jours des gens qui
voulant vendre une maifon à la campagne , font crier publiquement , *Maifon
des champs bonne & bien bâtie à vendre*;
& quoy que la maifon ne foit ni bonne,
ni bien bâtie , ils ne font pas pour cela
traitez de trompeurs. Combien moins
doit on donc en traiter celuy qui n'a dit

honnêtes gens   & foigneux des mœurs de leurs peuples.
Ces execrations, contre ceux qui manqueroient à de certains devoirs de l'honnêteté & de l'humanité , fe pro-
nonçoient publiquement avec beaucoup d'appareil & de
folemnité ; à peu prés comme les excommunications publiques parmi nous.

ni bien ni mal de sa maison ? Lorsque ce qu'on vend est exposé aux yeux de l'achepteur, & qu'il peut y regarder tant qu'il voudra, où est la fraude du vendeur? On est tenu de ce qu'on a dit; mais non pas de ce qu'on n'a point dit. A-t'on jamais oüy parler qu'un vendeur doive découvrir les défauts de sa marchandise ; & y auroit-il rien de plus ridicule que de faire crier publiquement, *Maison empestée à vendre ?*

C'est ainsi que dans de certaines affaires douteuses, on soûtient d'un côté le parti de l'honnêteté, & de l'autre celuy de l'utilité ; mais en prétendant, non seulement que l'honnêteté ne défend pas de le suivre, mais qu'elle le permet ; & qu'on auroit tort de ne le pas suivre. Voila donc quels sont les cas dont on veut parler, quand on dit que l'honnêteté paroît quelquefois n'être pas d'accord avec l'utilité.

Comment on peut être en balance entre l'honnête & l'utile.

Mais il faut enfin prononcer sur ces questions ; car c'est pour les résoudre que nous les avons proposées, & non pas pour les laisser indécises.

Je dis donc que le marchand de bled ne doit point celer à ceux de Rhodes ce

Décision des cas proposez.

qu'il fçait des autres vaiffeaux qui fui-
vent le fien ; ni ce vendeur, les défauts
de fa maifon à celuy qui l'achepte. Je
fçay bien que de ne pas dire ce que l'on
fçait, ce n'eft pas toûjours le *celer* ; mais
C'EST LE CELER, lorfque c'eft une chofe
que ceux avec qui l'on traite auroient
intérêt de fçavoir ; & que c'eft pour le
fien propre qu'on le leur cache.

Difference entre celer & taire.

Or qui ne voit ce que c'eft que de celer les chofes dans de pareilles circonftances, & quelles fortes de gens en font
capables ? Ce ne font pas affurément
des gens ouverts, des gens droits & fans
artifice ; des gens bien nez, équitables,
en un mot des gens de bien : ce font des
gens doubles, cachez, déguifez, trompeurs, malins, artificieux. Eft-ce donc
une chofe utile, que de fe faire donner
de tels noms, & qui expriment des vices
fi odieux ?

CHAPITRE XIV.

De ceux qui bien loin d'avertir de la qualité de ce qu'ils vendent, le font paroître tout autre qu'il n'est. Exemple singulier sur ce sujet. Formules d'Aquillius contre le dol & la mauvaise foy. Belle définition de l'un & de l'autre.

QUE si ceux même qui n'ont fait que cacher ce qu'ils auroient dû dire sont condamnables, que doit-on penser de ceux qui ajoûtent le mensonge formel à la dissimulation ?

C. Canius, Chevalier Romain, homme agréable & de bon esprit, & qui n'étoit pas sans étude, étant allé à Siracuse, non pour affaire, mais *pour ne rien faire*, comme il avoit accoûtumé de dire, fit sçavoir qu'il seroit bien aise d'achepter une maison de plaisance proche de la ville, pour y aller quelquefois se divertir avec ses amis, & se dérober aux visites. Ce bruit s'étant répandu dans la ville, un certain Pithius, qui faisoit la banque à Siracuse, luy dit qu'il en avoit une, qui à la vérité n'étoit point à vendre, mais qu'il la luy offroit pour en

Friponnerie faite à Canius par Pithius.

uſer comme ſi elle étoit à luy ; & le pria
d'y venir ſouper le lendemain. Canius
l'ayant promis, l'autre qui par ſon commerce s'étoit acquis de toutes ſortes de
gens, fit venir les peſcheurs ; les pria
de venir le lendemain peſcher devant ſa
maiſon, & leur donna quelques autres
ordres qui convenoient à ſon deſſein.

Canius ne manqua pas au rendez-
vous. Il trouva un feſtin magnifique, toute la mer couverte de barques de peſcheurs, qui venoient l'un aprés l'autre
apporter à Pithius une grande quantité
de poiſſon, comme s'ils fuſſent venus
de le prendre devant luy.

Canius, tout ſurpris de ce qu'il voyoit,
Quoy, dit-il, à Pithius, y a-t'il donc
ici tant de poiſſon ; & y voit-on tous les
jours tant de barques de peſcheurs ?
Tous les jours, dit Pithius : il n'y a que
ce ſeul endroit autour de Siracuſe où
l'on trouve du poiſſon, & où les peſcheurs puiſſent même venir prendre de
l'eau ; & tous ces gens-là ne ſçauroient
ſe paſſer de cette maiſon.

Voila Canius amoureux de la maiſon;
il preſſe Pithius de la luy vendre. Pithius
paroît avoir bien de la peine à s'y re-

oudre ; il s'en fait beaucoup prier : enfin
y consent. Canius, homme riche, &
qui aimoit son plaisir, l'achepte tout ce
que l'autre voulut ; & l'achepte même
toute meublée. On fait le contract, voila l'affaire consommée.

Canius prie de ses amis de l'y venir
voir dez le lendemain : il s'y rend luy-
même de fort bonne heure ; mais il ne
voit ni pescheurs, ni barques. Il demande à quelque voisin, s'il étoit fête ce jour-
là pour les pescheurs ; Nulle fête, que
je sçache, dit le voisin, jamais on ne pes-
che ici, & hier je ne sçavois ce que tout
cet appareil vouloit dire. Voila Canius
en grande colere. Mais que faire ? Car
Aquillius, mon collegue¹ & mon amy,
n'avoit pas encore établi ses formules

1 Il avoit été Préteur avec Ciceron, & avoit appris
le droit de Q. Mutius Scevola, grand Pontife, & tres-
sçavant Jurisconsulte. Un homme qui avoit une galan-
terie avec une femme nommée Octacilia, se voyant ma-
lade, avoit ordonné par testament qu'aprés sa mort on
payât à cette femme une certaine somme qu'il recon-
noissoit luy devoir. Etant revenu en santé, la Dame luy
demanda cette somme ; mais sa mauvaise foy ayant été
découverte par Aquillius, il crut qu'il étoit à propos de
pourvoir à ce cas là, & à plusieurs autres de même espece, & ce fut ce qui luy fit composer ses formules. Il a
laissé encore beaucoup d'autres ouvrages, qui sont ci-
tez dans le Digeste, & dans le Code.

contre le dol & la mauvaise foy. Or ce qu'on appelle *dol & mauvaise foy*, c'est, disoit le même Aquillius, donner lieu à quelqu'un de s'attendre à une chose, & en faire une autre. Cette définition est belle : aussi est-elle d'un homme qui sçavoit fort bien définir.

Pithius donc, & tous ses semblables, c'est à dire tous ceux qui donnent lieu de s'attendre à tout autre chose qu'à ce que l'on trouve, sont des gens malins, des méchans, & des perfides. Comment donc de semblables actions pourroient-elles être utiles, puis qu'elles sont infectées de tant de vices ?

* Or si la définition d'Aquillius est bonne & juste, on ne doit donc jamais ni feindre ce qui n'est pas, ni dissimuler ce qui est ; & un homme de bien ne fera jamais l'un non plus que l'autre, ni pour vendre plus cher, ni pour achepter à meilleur marché.

---

* Le chap. 15. commence icy dans le latin ; mais il doit commencer plus bas.

[marginal note:] Belle definition du dol & de la mauvaise foy.

[marginal note:] Que seroit-ce que le commerce si cette regle étoit suivie ?

CHAPITRE XV.

Belles dispositions du droit Romain, contre le dol
& la mauvaise foy. Belle action de Scevola,
dans l'achapt d'une maison de campagne. Qu'un
honnête homme ne se contente pas de ne rien
faire contre les loix pour son interêt. Belle dé-
finition d'un homme de bien. Qu'il n'y a rien
de plus rare.

LE DOL, ou la mauvaise foy, étoient
de tout tems punis par les loix :
témoin celle des douze Tables touchant
les tutelles ; & la loy *Latoria* contre les
circonventions des mineurs. Dans les
matieres même où il n'y a pas de loy
precise contre le dol, il ne laisse pas d'ê-
tre puni en justice, lors qu'il est question
de ces sortes de conventions & de traitez
qu'on appelle *de bonne foy.* N'est-ce pas
même l'esprit de tous les autres ; comme
nous voyons par ces paroles si remarqua-
bles, qu'on n'oublie jamais en matiere de
conventions matrimoniales, *le mieux &*
le plus équitablement qu'il sera possible ?
Et dans tous les traitez où il est question
d'engager une chose, & de la commettre à la foy de quelqu'un, ne voit-on

Belles regles
du droit Ro-
main.

pas celles-cy , qui ne le font pas moins , *Comme on agit entre gens de bien ?*

Peut-on mieux couper chemin à toute forte de fraude , qu'en difant qu'on agira *le mieux & le plus équitablement qu'il eft poffible ?* Et quel lieu peut encore avoir la malice & le dol , lors qu'il eft dit qu'on agira *comme entre gens de bien.* Or , felon Aquillius , il y a du dol par tout où il y a quelque feinte que ce puiffe être.

Qu'on banniffe donc la feinte & le menfonge de tous les traitez qui fe font entre les hommes. Que celuy qui vend n'apofte perfonne pour encherir ce qu'il veut vendre , ni l'achepteur pour en offrir moins que luy ; & fi l'un & l'autre fe parlent , qu'il n'y ait qu'un mot de chaque côté.

Où font ceux qui ne fe fervent point de ces petits artifices ?

Q. Scevola[1] , fils de Publius , ayant demandé qu'on luy dît tout d'un coup le prix d'un fonds de terre qu'il vouloit achepter , & le vendeur le luy ayant dit, Scevola dit que le fonds valoit davantage ; & en donna mil écus de plus. Perfonne ne nie que cette action ne foit d'un

Candeur & fimplicité des anciens Romains.

---

1 C'eft celuy qu'il fait parler dans fon Livre *de l'Amitié* , & qui étoit gendre de Lælius.

bon

bon homme : mais on pretend qu'elle n'eſt pas d'un homme habile ; & que Scevola auroit dû au contraire faire ſon poſſible, pour avoir le fonds de terre à moins qu'on n'en demandoit. Et voila ce qui a tout perdu, d'avoir mis de la difference entre l'habileté & la probité. Ennius y en mettoit comme les autres. puis qu'il a dit que *celuy-là n'eſt pas habile homme, qui ne ſçait pas faire ſon profit.* J'en dirois volontiers autant ; ſi nous convenions luy & moy de ce que c'eſt que *faire ſon profit.*

Hecaton de Rhodes, diſciple de Panætius, a dit dans ſes Livres des devoirs, qu'il a adreſſez à Tuberon, qu'à la verité, il eſt d'un honnête homme, & d'un homme ſage, de ne rien faire contre les loix, & les coûtumes de ſon païs ; mais qu'au reſte il doit tâcher de rendre ſes affaires les meilleures qu'il luy eſt poſſible ; parce que nous devons tous ſouhaiter d'être riches; non ſeulement pour nous-mêmes, mais pour nos enfans, pour nos amis, & même pour la Republique, dont les biens & les facultez des particuliers font la richeſſe. Celuy-là n'auroit pas approuvé cette action de Scevola dont je viens de parler ; puifqu'il déclare qu'il n'y a rien qu'il ne voulût faire pour fon interêt , hors ce qui eft défendu par les loix [2]. C'eft dequoy je ne croy pas qu'on luy doive tenir un grand compte, ni qu'on le doive beaucoup loüer.

Or s'il y a du dol à faire accroire ce qui n'eft pas, & à diffimuler ce qui eft; combien peu trouverons-nous d'actions dans la vie exemptes de dol ? Et fi UN HOMME DE BIEN eft celuy qui fait du bien à tout le monde , quand il le peut, & qui ne fait jamais de mal à perfonne; où trouverons-nous un homme de bien? Mais enfin il doit demeurer pour conftant, qu'IL N'EST jamais utile de mal faire ; puifque ce qui eft honteux [3] ne fçauroit jamais être utile ; & qu'IL EST toûjours utile d'être homme de bien, puifque ce qui eft honnête eft toûjours utile.

Belle défini-tion d'un homme de bien.

2 Qui n'a de probité qu'autant qu'il eft neceffaire pour fe conformer aux loix n'en a point , felon les Stoïciens ,'qui vouloient que la raifon, l'honnêteté & la vertu fuffent la premiere loy du fage ; & cette loy porte la pureté des actions & de la conduite des hommes bien plus loin que les difpofitions du droit, qui ne font qu'*une ombre de la parfaite juftice* , comme dit Ciceron au chap. 17. Voyez la 3 note fur le même chapitre.

3 Voyez la 4. note fur le chap. 29.

CHAPITRE XVI.

Dispositions du droit Romain pour établir la bon-
ne foy dans les traitez. Divers exemples sur
ce sujet.

PARMI nous, le droit veut que celuy qui vend un heritage avertisse
l'achepteur de tout ce qu'il peut avoir
de défauts & de mauvaises qualitez;
quand elles luy seroient connuës. Par
la loy des douze Tables, le vendeur n'é-
toit garant que de ce qu'il avoit dit en
répondant aux demandes de l'achepteur; & quand il n'avoit pas dit la verité, il payoit la peine du double. Mais
les Jurisconsultes ont établi des peines
contre ceux mêmes qui n'avertissent pas
des défauts de ce qu'ils vendent, & les
en rendent garants. En voicy un exemple.

Les Augures ayant tous les jours à
faire leur charge du haut du Capitole[1],
& trouvant qu'une maison isolée, que

Combien le droit Romain exigeoit de bonne foy dans les traitez.

Belle histoi-re.

---

1 Comme les Augures tiroient la plûpart de leurs pré-
sages du vol des oiseaux, il leur falloit pour cela un
lieu élevé, & dont rien n'empêchât la vûë.

B b ij

T. Claudius Centumalus avoit au mont
Cælius leur empêchoit la vûë par sa hauteur , ils luy ordonnerent de l'abbattre.
Aussi-tôt il mit sa maison en vente , & P.
Calpurnius Lanarius l'achepta. Les Augures la luy firent abbattre, & luy ayant
sçû que Claudius ne l'avoit mise en vente que depuis l'ordre qu'il avoit reçû
d'eux , intenta action contre luy , pour
le faire condamner à tout ce que la bonne foy demandoit qu'il fît , ou qu'il luy
payât pour son dédommagement.

L'affaire fut jugée par Caton , pere
de nôtre illustre Caton(car au lieu qu'on
fait connoître les autres par leurs peres,
c'est faire honneur à celuy qui a mis au
monde cette lumiere de nos jours que de
le faire connoître par son fils) & la Sen-
tence porte,que le vendeur ayant sçû la
chose , & n'en ayant pas averti l'achepteur , il étoit tenu de son dédommagement. Il fut donc jugé qu'IL EST de la
bonne foy que le vendeur avertisse l'a-
chepteur des défauts de ce qu'il vend, &
qui sont de sa connoissance.

Or si cela est bien jugé , sans doute
que ni le marchand de bled, ni celuy
qui vendoit une maison empestée, n'ont

pas dû cacher ce qu'ils fçavoient. Tous
les cas pareils n'ont pas pû être exprimez par le droit ; mais on fe tient exactement à tous ceux qui le font.

M. Marius Gratidianus , nôtre parent,
avoit vendu à C. Sergius Orata une maifon qu'il avoit acheptée de luy , quelques années auparavant , & fur laquelle
Sergius avoit une fervitude. Marius n'en
ayant rien dit en la vendant , l'affaire
eft portée en juftice. Craffus foûtenoit
la caufe de Sergius , & Antoine celle de
Marius. Craffus infiftoit fur la difpofition du droit , qui veut que le vendeur
foit garant des vices dont il n'a pas averti , quoy qu'ils luy fuffent connus. Antoine alleguoit l'équité , felon laquelle
il femble que Marius vendant la maifon
à un homme à qui elle avoit apartenu,
& qui fçavoit par confequent à quoy
elle étoit fujette, il n'avoit pas été obligé de l'en avertir; & que Sergius ne pouvoit fe plaindre d'avoir été trompé, puis
qu'il connoiffoit l'état & la nature de la
maifon. Je ne vous rapporte ces exemples , que pour vous faire voir combien
le moindre foupçon d'artifice déplai-
foit à nos ancêtres.

Bb iij

CHAPITRE XVII.

Difference de la maniere dont les loix & la phi-
losophie s'opposent à l'artifice. Qu'il n'est non
plus permis de tendre des pieges, que de pousser
quelqu'un pour l'y faire donner. Combien la
coûtume s'est écartée de ce que la nature pres-
crit. Le droit des gens est supposé dans le droit
civil. Que celuy-cy est pris de la loy naturelle.
Beaux principes du droit Romain. Difference
de l'habileté artificieuse, & de la veritable
prudence.

Les loix re-
glent le de-
hors, & la
philosophie
le dedans.

MAIS les Philosophes s'opposent
à l'artifice bien autrement que les
loix. Les loix ne le sçauroient faire,
qu'autant qu'il est palpable ; & qu'elles
peuvent, pour ainsi dire, y porter la
main. Mais les Philosophes en coupent
la racine jusques dans le fonds de l'ame,
par la force de la raison. Car LA RAISON
défend de jamais rien faire où il y ait ni
feinte, ni fraude, ni piege tendu.

Mais où est le mal, dira-t'on, quand
on ne pousse personne pour le faire donner dans le piege ? Et quoy, les bêtes ne
donnent-elles pas souvent d'elles-mêmes dans ceux qu'on leur a tendus ?

Quand vous mettez un écriteau à une maison dont vous voulez vous défaire, à cause de quelques défauts dont vous n'avertissez point, voila le piege tendu; & quelqu'un y donnera sans sçavoir ce qu'il fait.

Je sçay bien qu'au point où la dépravation des hommes a mis les choses, cela ne passe plus pour une mauvaise action; & que les loix & le droit civil le souffrent. Mais la loy de la nature le défend. Car (je le repete encore, quoy que je l'aye déja dit plusieurs fois) il y a entre les hommes une societé naturelle & generale qui les comprend tous, & qui les lie tous les uns aux autres[1].

Il est vray qu'il y en a une plus intime entre ceux qui sont d'une même famille; & que même celle qui est entre les citoyens est plus particuliere que la premiere. Aussi y a-t'il de la difference entre le droit des gens, & le droit civil: nos peres y en ont toûjours mis, & tout ce qui est du droit civil n'est pas pour cela du droit des gens ; mais TOUT

La coûtume authorise bien des choses que la raison & la verité condemnent.

1 Et cette liaison faisant de tous les hommes un même corps, les oblige d'entrer dans les interêts les uns des autres.

B b iiij

ce qui est du droit des gens doit être censé du droit civil ².

Nôtre droit civil n'est même qu'une ombre du veritable droit, & de la parfaite justice ³ ; & plût à Dieu que nous suivissions au moins cette ombre, tout ombre qu'elle est ; puis qu'elle est tirée des principes de la nature, & de l'idée de la verité : C'est de là que nous avons pris cette admirable formule : *En sorte*

Les loix de la raison & de la nature comprennent toutes les autres, & vont même beaucoup plus loin.

2 Le droit des gens n'est autre chose que certains principes de la loy naturelle, qui sont reçûs de tous les peuples de la terre ; la loy naturelle dont ils dérivent étant gravée dans le cœur de tous les hommes. Le droit civil a reglé certaines choses qui ne sont point reglées par la loy naturelle, & qui le peuvent être differemment, selon les differentes circonstances des tems ou des lieux. Mais il ne sçauroit rien établir de contraire à la loy naturelle : il la suppose au contraire, comme le fondement de toutes ses dispositions, & c'est par là qu'il est vray de dire que tout ce qui est de la loy naturelle doit être censé du droit civil.

3 Le droit regarde les hommes tels qu'ils sont ; c'est à dire dans l'état malheureux où leur corruption les a reduits ; & ne regle que le dehors de leurs actions ; au lieu que la loy naturelle, dans l'observation de laquelle consiste *la parfaite justice*, les regarde tels qu'ils devroient être, c'est à dire dans toute la pureté de leur premier état ; & regle leurs sentimens mêmes & leurs pensées. Ainsi elle demande bien plus de candeur, de simplicité, de sincerité & de bonne foy, dans tout ce qu'ils traitent les uns avec les autres, que le droit n'y en sçauroit établir. Voila par où il est vray de dire que le droit civil n'est proprement *qu'une ombre du veritable droit, & de la parfaite justice.*

que je ne fois point trompé, & que je ne
fouffre aucun dommage, pour m'être commis
à vôtre bonne foy; & cette autre, *On agira
fans fraude, équitablement, & comme on
fait entre gens de bien.* Mais la grande
queftion eft de fçavoir ce que c'eft qu'*a-
gir équitablement*, & ce que c'eft qu'*être
homme de bien.*

Q. Scevola, grand Pontife, avoit accoûtumé de dire, que tous les traitez
où la claufe *de bonne foy* étoit ajoûtée,
étoient d'une merveilleufe force : Que
ces mots difoient beaucoup, & qu'ils
étoient d'une grande étenduë ; puis
qu'ils avoient lieu dans les tutelles, les
focietez, les contrats d'engagemens,
les commiffions, les achapts, les ventes,
les locations, & autres femblables, fur
quoy roule le commerce de la vie humaine : Qu'il étoit d'un grand Juge de fçavoir déterminer précifément dans chaque forte d'affaire à quoy on étoit tenu
en vertu de cette claufe ; & que cela
étoit d'autant plus difficile, que les ju-
gemens rendus fur ces fortes de traitez
étoient fouvent contraires les uns aux
autres.

Il faut donc bannir du commerce des

*Beaux prin-
cipes du droit
Romain.*

*Il eft d'un
grand Juge
de voir juf-
qu'eù doit
aller la bon-
ne foy.*

hommes toutes sortes de rufes & d'artifices; & profcrire cette habileté maligne qui voudroit paffer pour prudence, mais qui en eft infiniment éloignée; puis qu'au lieu que la prudence confifte dans le difcernement du bien & du mal, cette pretenduë habileté préfere le mal au bien; s'il eft vray, comme on n'en fçauroit douter, que TOUT ce qui n'eft pas honnête eft un mal, quelque utile qu'il paroiffe.

Combien l'habileté maligne eft differente de la veritable prudence.

Ce n'eft pas feulement fur ce qui regarde les maifons & les heritages que le droit civil, qui eft tiré de la loy naturelle, punit la fraude & la malice. Il ne fouffre pas non plus aucune forte de tromperie dans les ventes des efclaves. Car, par l'edit des Ædiles, un homme qui vend fon efclave, & qui doit fçavoir s'il eft mal fain, voleur, ou fujet à s'enfuïr, en répond à l'achepteur; mais un heritier qui vend des efclaves qu'il a trouvez dans une fucceffion, n'en répond pas.

Qui connoit les défauts de ce qu'il vend, & n'en avertit pas, en doit répondre.

CHAPITRE XVIII.

Combien l'artifice est contraire à ce que la loy na-
turelle demande des hommes. Quels maux a fait
dans le monde la fausse persuasion, que ce qui
n'est pas honnête puisse être utile. Exemples
sur ce sujet.

C'E s t la loy naturelle qui parle,
dans ces dispositions du droit; puis
que c'est d'elle qu'il dérive, & qu'elle
en est la source & le principe. Il est
donc clair que LA NATURE ne nous per- *Beau prin-*
met pas d'abuser de l'ignorance des au- *cipe de la loy*
tres, & de nous en prévaloir contre *naturelle.*
eux ; & qu'IL N'Y A RIEN de plus pernicieux à la societé humaine, que cette
malice artificieuse qui passe pour habileté ; & qui trouvant, en une infinité de
rencontres, que l'utilité ne se peut accorder avec l'honnêteté, l'abandonne
pour suivre ce qui luy paroît utile ; &
c'est ce qui a tout perdu. Car où SONT *Ciceron con-*
ceux qui s'abstiendroient de l'injustice *noissoit bien*
dont il leur reviendroit quelque profit, *les hommes.*
s'ils pouvoient s'en promettre l'impu-
nité ; & qu'ils eussent quelque moyen
sûr d'en dérober la connoissance à tout
le monde ?

* Je veux vous le montrer par des exemples ; & fur des chofes même où le commun des hommes ne croit pas qu'il y ait aucun mal. Car il n'eft pas icy queftion des affaffins , des empoifon-neurs , des fauffaires , des voleurs , & des concuffionnaires ; & ce n'eft pas par des raifonnemens de Philofophie qu'on doit réprimer ces fortes de fcelerats ; mais par les chaînes & la prifon. Voyons donc ce que font ceux même que l'on appelle gens de bien.

Certaines gens apporterent de Gre-ce à Rome un faux teftament de L. Minutius Bafilus , qui avoit laiffé de grands biens ; & pour le faire valoir plus aifément , ils y avoient mis pour heritiers avec eux M. Craffus, & Q. Hor-tenfius , les deux hommes de ce tems-là qui avoient le plus de crédit. Quoy qu'ils fe doutaffent bien que le teftament étoit faux , ils crûrent que c'étoit affez que de n'avoir point de part à la fauf-feté ; & ne furent pas fâchez de profi-ter du crime d'autruy. Mais pour fau-ver leur innocence , dans une telle ren-

Hiftoire qui fait bié voir ce que c'eft que la fauf-fe probité.

La probité

* Le chap. 18 .ne commence qu'icy dans le Latin ; mais il doit commencer plus haut.

contre, fuffifoit-il donc de n'être point complices de la fauffeté ? On ne me le perfuaderoit pas aifément ; quoy que j'aye toûjours été ami de l'un [1], tant qu'il a vécu ; & que la mort de l'autre [2] ait éteint toute la haine que j'avois pour luy.

Bafilus avoit auffi fait fon heritier M. Satrius , fils de fa fœur, celuy qui à la honte de ces tems-là fut protecteur des Piceniens & des Sabins [3], & avoit ordonné qu'il portât fon nom. Etoit-il donc jufte que des citoyens du premier rang euffent tout le bien de Bafilus, & que Satrius n'en eût que le nom? Car fi c'eft une injuftice , comme je l'ay fait voir dans le premier Livre, que de ne pas défendre fon concitoyen d'une injure que quelqu'un luy voudroit faire ; que doit-on dire de celuy qui bien loin de repouffer l'injure, en veut bien être le fauteur & l'inftrument ? Pour moy, je

ne permet pas plus de profiter de l'injuftice, que de la faire.

1 C'eft Hortenfius , grand Oratetr , auffi bien que Ciceron.

2 C'eft Craffus, que Ciceron n'aimoit pas, & qu'il maltraite fort dans fes paradoxes.

3 Satrius étoit apparemment peu digne par fes mœurs ou par fa qualité , d'être le protecteur de ces peuples ; qui choififfoient d'ordinaire pour cela des perfonnes du premier rang , & d'un merite diftingué.

Un honnête homme ne se veut rien at-tirer par de fausses de-monstrations d'amitié.

trouve qu'IL N'EST pas honnête de pro-fiter des testamens mêmes les plus verita-bles, lors qu'on se les est attirez par des soins étudiez & contrefaits, plûtôt que par une amitié sincere & veritable.

Je sçay bien que sur cela la plûpart trouvent que si un parti est le plus hon-nête, l'autre est aussi le plus utile. Mais on a tort d'en juger ainsi ; puisque l'hon-

Principe fon-damental de l'honnêteté.

nêteté est l'unique regle de l'utilité, & que dez que l'on n'en convient pas, il n'y a point de fraude ni de crime dont on ne soit capable. Car quand on peut dire en soy-même, il est vray que ce parti-là est honnête ; mais celui-cy est utile, on est donc infecté de cette fausse opinion qui separe ce que la nature & la verité ne séparent point ; & cette seu-le erreur est la source de toutes les frau-des, de toutes les méchantes actions, & de tous les crimes.

CHAPITRE XIX.

Quelle est la disposition de la veritable probité, à l'égard des mauvaises actions qu'on seroit le plus assûré de pouvoir cacher. Belle définition d'un homme de bien. Combien il est rare de trouver tout ce que çette qualité enferme. Façon de parler passée en proverbe, & tirée des païsans mêmes, qui fait voir que la nature toute seule nous enseigne que ce qui n'est pas honnête ne sçauroit jamais être utile.

QUAND un homme de bien n'auroit donc qu'à remuer la main, pour faire glisser son nom dans les testamens des plus riches citoyens, & qu'il seroit même assûré que personne n'en sçauroit, ni n'en soupçonneroit jamais rien, il ne le feroit jamais. Mais donnez ce secret à M. Crassus [1], vous le verrez danser de joye en place publique.

Un homme de bien, c'est à dire, un homme équitable & juste, n'ôtera donc jamais rien à personne pour se l'appliquer; & quiconque a de la peine à le comprendre, ne sçait pas même ce que c'est qu'être homme de bien.

---

1 C'est ce même Crassus, dont il est parlé au chap. précedent.

Mais comme il n'est pourtant pas possible qu'on n'en ait au moins quelque notion confuse, que chacun essaye de la débroüiller. Il trouvera sans doute

Juste idée d'un homme de bien.

qu'UN HOMME DE BIEN est un homme qui fait du bien à tout le monde, autant qu'il le peut, & qui ne fait jamais aucun mal à personne, à moins d'y être forcé par la necessité de repousser quelque injure qu'on luy voudroit faire. Je demande donc si ce n'est point faire du mal que de faire disparoître par quelque secret de dessus un testament le nom des veritables heritiers, & d'y faire trouver le sien.

Quoy, dira quelqu'un, chacun manquera de faire ce qui luy est utile, & dont il peut tirer du profit? Mais qu'il

Qui peut regarder comme utile ce qui n'est pas juste, ne sçauroit être homme de bien.

comprenne plûtôt que CE QUI est injuste ne sçauroit jamais être utile. Car QUI N'A pas ce principe gravé jusques dans le fond de l'ame, ne sçauroit être homme de bien.

Je me souviens d'avoir oüi dire à mon pere dans mon enfance, que Fimbria, homme Consulaire, fut donné pour juge, dans je ne sçay quelle affaire, à M. Lutatius Pinthia, Chevalier Romain,

& tres-

& tres-honnête homme ; & que Pinthia
dans une affirmation qu'il falut faire
devant le Juge , s'étant servi de cette
formule , *Comme je suis homme de bien* ;
Fimbria luy dit qu'il ne jugeroit jamais
ce procez-là ; puisque de prononcer
contre luy, aprés une telle affirmation,
ce seroit luy faire perdre la reputation
d'homme de bien ; & qu'aussi de prononcer pour luy , sur cette même affirmation , ce seroit décider qu'on peut
trouver un homme de bien dans le monde ; ce qu'il ne pouvoit se resoudre de
faire ; sçachant combien il faut de vertus, & de grandes qualitez, pour faire un
homme de bien.

Or cet *homme de bien* , dont Fimbria
avoit l'idée , aussi-bien que Socrate , ne
trouvera jamais utile ce qui ne sera pas
honnête ; & jamais il ne luy arrivera de
rien faire, ni même de rien penser, qu'il
ne puisse faire connoître à tout le monde.

C'est de quoy il seroit bien honteux à
des Philosophes de douter , puisque les
païsans mêmes n'en doutent pas. Témoin cette façon de parler, qui est passée en proverbe il y a long-tems, *C'est*

Ce qui est renfermé dans la qualité d'homme de bien est plus grand & plus rare qu'on ne pense.

un homme avec qui on pourroit jöuer à la
mourre en pleine nuit: car c'eſt des païſans
qu'on l'a tirée ; & c'eſt ce qu'ils ont accoûtumé de dire, pour lôüer la probité
& la fidelité de quelqu'un. Or n'eſt-ce
pas dire clairement qu'IL N'Y A rien
d'utile de ce qui n'eſt pas honnête ; &
qu'il ne faut jamais le faire , quand on
ſeroit aſſûré que perſonne ne pourroit
ni s'y opoſer , ni le ſçavoir.

Vous voyez donc qu'il ne faut que ce
ſeul proverbe pour faire le procés , & à
Gigés , & à celui qui par un mouvement
de main pourroit faire trouver ſon nom
ſur le teſtament de tout le monde , &
qui uſeroit de ſon ſecret. Car COMME
il n'eſt pas poſſible que ce qui n'eſt pas
honnête le devienne , quelque caché
qu'il pût être ; il n'eſt pas poſſible non
plus, qu'il devienne utile ; & la nature
ne repugne pas moins à l'un qu'à l'autre.

CHAPITRE XX.

Si pour les plus grands avantages on peut s'écar-
ter de son devoir. Divers exemples sur ce su-
jet. Combien peu de gens sçavent renoncer à un
grand profit, quand la faute par où on peut
se le procurer paroît petite. Belle regle pour
s'empêcher de tomber dans cet inconvenient. Ce
qu'on perd, quand pour quelque utilité appa-
rente on se laisse aller à quelque injustice.

MAIS quoy, pour les plus grands avantages ne pourroit-on point s'écarter un peu de son devoir ? Il semble, par la conduite de Marius, qu'il ait crû qu'on le pouvoit.

Comme il se voyoit fort éloigné du Consulat, & hors d'état de le demander jamais, n'ayant pas pû avancer un pas, depuis sept ans qu'il avoit été Préteur : il arriva que Metellus [1], un des plus grands hommes, & des plus illustres citoyens de la Republique, qui commandoit a-lors l'armée en Afrique, & sous qui Marius servoit en qualité de Lieute-nant, l'ayant envoyé à Rome pour quel-

Méchante
action de
Marius.

---

1 C'est celuy à qui les victoires qu'il remporta sur Ju-gurtha, Roy de Numidie, acquirent le surnom de *Numi-dique.*

C c ij

ques affaires, il commença de répandre
de faux bruits parmi le peuple, contre
ce grand homme son General ; l'accu-
sant de prolonger la guerre à dessein,
& faisant entendre en même tems, que
si on vouloit le faire Consul, il mettroit
dans peu Jugurtha mort ou vif au pouvoir du peuple Romain. Cet artifice luy
réüssit, & il parvint au Consulat: mais
ce fut aux dépens de la justice & de la
fidelité qu'il devoit à ce grand & illustre
citoyen, qui étoit même son General,
& qui lui avoit fait faire ce voyage ; &
en lui attirant la haine du peuple, par
une pure calomnie.

Infidelité de Gratidianus, nôtre parent [2], étant
Gratidianus Préteur, fit aussi une action qui n'étoit
à l'égard de pas d'un honnête homme. Les Préteurs
ses collegues. & les Tribuns s'étoient assemblez pour
faire un reglement touchant les mon-
noyes, dont le prix changeoit à toute
heure en ce tems-là ; en sorte que personne ne pouvoit dire quel bien il avoit.
L'Edit étant fait & arrêté entr'eux,
avec une peine contre les contrevenans,
ils convinrent de se rendre tous ensem-

2 Le pére de Cicéron, & ce Gratidianus étoient enfans des deux sœurs.

ble aprés midy à la Tribune, pour le prononcer au peuple ; & sur cela ils se séparerent, & chacun s'en alla de son côté. Gratidianus laissa aller les autres, & du lieu de l'Assemblée marcha droit à la Tribune ; & prononça seul au peuple ce qui avoit été fait en commun, & à quoy les autres avoient autant de part que luy. Cela luy fit un grand honneur parmi le peuple : on luy éleva des statuës dans toutes les ruës, & on leur brûla même des cierges & de l'encens ; enfin jamais personne ne fut mieux dans les bonnes graces du peuple.

Voilà les occasions où l'on se laisse démonter ; & aprés avoir hesité quelque tems, l'apparence de l'utilité l'emporte, lorsque la faute contre la justice ne paroît pas grande, & que ce qu'elle produit paroît grand.

Il faut bien de la vertu pour ne se pas procurer un grand avantage par une petite infidelité à son devoir.

Gratidianus trouva que c'étoit peu de chose que d'enlever à ses Collegues le merite qu'ils se seroient fait auprés du peuple ; & que c'étoit un grand avantage pour luy que de profiter de cette occasion pour se frayer le chemin au Consulat, qui étoit le but à quoy il tendoit.

C c iij

Mais dans tous ces cas-là, il n'y
qu'une seule regle à observer, & je vo
drois que vous l'eussiez toûjours prefe
te, c'est en un mot de prendre garde
ce qui paroît utile n'est point contrai
à l'honnêteté, & de ne le croire jama
utile, lors qu'il y sera contraire.

Pouvons-nous donc prendre ni Ma
rius, ni Gratidianus, pour des gens d
bien? Développez un peu vos idées
consultez vôtre raison, & voyez que
portrait elle vous fait d'un homme d
bien, & ce qui est enfermé dans la no
tion qu'elle vous en donne. Y trouve
rez-vous qu'il soit d'un homme de bien
de mentir pour son interêt, de calom
nier, de tromper, d'enlever aux autre
ce qui leur appartient? Rien moins qu
cela. Quelle utilité, quel avantage pou
vez-vous donc jamais desirer jusqu'au
point de vouloir bien perdre, pour
parvenir, non seulement le nom & l
reputation, mais la qualité même d'hom
me de bien? Que vous apportera cett
pretenduë utilité, qui puisse repare
une telle perte? Et par où vous recom
pensera-t'elle de celle de la justice & d
la probité, qu'elle vous ôte? Or de vou

Qui ne con-
noîtroit rien
d'utile de ce
qui n'est pas
bonnête, ne
feroit jamais
de faute.

Qui seroit
fidele à con-
sulter sa
raison, ver-
roit toûjours
bien claire-
ment ce que
la probité
demande.

On ne pense
pas à ce
qu'on perd,
quand on
fait quelque
chose contre
son devoir.

Ce qui éteint
la probité
dans l'bom-

l'ôter, c'est proprement vous changer en bête. Car qu'importe que la figure d'homme vous demeure, lorsque vous portez au dedans la ferocité des bêtes ?

me, en fait quelque cho-se de pire que les bêtes.

CHAPITRE XXI.

Que l'honnêteté défend de s'allier avec les mé-chans. Maxime détestable de Cæsar. Oppreßion de la Republique par un particulier, dernier attentat où puisse conduire la fausse maxime, que ce qui n'est pas honnête peut être utile. Peïnture du malheureux état des Tyrans.

CEUX qui ne considerent ni la jus-tice, ni l'honnêteté, pourvû qu'ils viennent à bout de s'agrandir, n'en font-ils pas autant que celuy qui alla jusqu'à vouloir bien être le gendre d'un homme dont l'audace pouvoit servir à le rendre plus puissant ? Il parut utile à Pompée de s'élever, par ce qui attiroit la haine publique à Cæsar. Mais il ne voyoit pas quelle injure il faisoit par là à sa patrie, & combien cela étoit hon-teux & contraire à l'honnêteté ; & par consequent combien il s'en faloit que cela ne luy fût utile a lui-même.

Il n'est pas honnête de vouloir pro-fiter du pou-voir & de la consi-de-ration des méchans.

Pour le beau-pere, il avoit sans cesse

Cc iiij

horrible de-
vise de Ce-
sar.

dans la bouche ces vers de la Tragédie
de Phœnisses, que je ne rendray peut-
être pas avec toutes leurs graces, mais
il suffit d'en faire entendre le sens.
S'il faut violer la justice, ce ne doit être
que pour monter sur le thrône. Qu'en toute
autre chose on respecte les loix de la probité
& de la vertu.

Quel crime à Eteocle [1], ou plûtôt à
Euridipe, d'avoir fait une exception à
l'obligation de garder la justice en tour,
& de l'avoir faite en faveur du plus horrible de tous les attentats ?

Pourquoy donc s'arrêter à ramasser
tous ces petits exemples des injustices
que la préference d'une utilité apparente à l'honnêteté fait commettre en matiere de successions, de ventes, & de
marchandises ? Veut-on voir à quoy
cette préference conduit ? Voilà un homme qui est venu par là jusqu'à vouloir se
faire Roy du peuple Romain, & maître

Il n'y a
point de cri-
me à quoy la
préference de
l'utilité ap-

1 Roy de Thebes, né de l'inceste d'Oedipe & de
Jocaste sa mere. Ce mot qu'Euridipe luy fait dire, convenoit fort bien à ses mœurs ; puisque malgré la convention qu'il avoit faite avec son frere Polinice, qu'ils
regneroient chacun à son tour, il garda toute l'authorité pour luy, ce qui excita diverses guerres entre les
deux freres, qui se tuerent enfin l'un l'autre.

du monde, & qui en eſt venu à bout. Dira-t’on qu’une telle paſſion eſt conforme à l’honnêteté ? Il faudroit avoir perdu le ſens ; puiſque ce ſeroit approuver l’extinction des loix & de la liberté publique ; & trouver glorieuſe l’action du monde la plus infame & la plus déteſtable, qui eſt de les opprimer.

Que ſi quelqu’un dit, qu’à la verité il n’eſt pas honnête de vouloir regner dans une ville libre, & qui eſt en droit de conſerver ſa liberté ; mais que cela ne laiſſe pas d’être utile, à qui peut en venir à bout. Quelles paroles, ou plûtôt quelles injures employrai-je pour retirer d’une telle erreur celui qui en ſeroit capable ? O ciel ! ſe peut-il faire qu’on trouve de l’utilité dans le plus atroce de tous les parricides, qui eſt celui d’égorger ſa patrie ; quand celuy qui s’eſt ſoüillé d’un tel crime parviendroit à ſe faire traitter de Pere, par ceux mêmes qu’il auroit opprimez [2] ? Qu’on n’oublie donc jamais que CE N’EST que par la ſeule honnêteté qu’il

parenté à l’honnêteté ne puiſſe conduire.

Belle regle, & bien courte.

2 Il veut deſigner Cæſar, qu’on traittoit de *Pere de la patrie*, malgré l’oppreſſion où il avoit reduit la Republique.

faut mesurer l'utilité, & que ce ne se
même que deux differens noms d'u
même chose.

Mais y a-t'il rien de si utile que de r
gner, dit le vulgaire? Revenez à la rai
son & à la verité; & vous verrez au co
traire qu'il n'y a rien qui le soit moins,
quiconque y parvient par une injustice
Car est-il donc utile de vivre dans de
angoisses, des sollicitudes, & des crain
tes continuelles? de voir sans cesse sa vi
en péril, & tous les jours exposée à d
nouvelles conjurations?

Il y a bien peu de gens dont ceux q
regnent se puissent assûrer, dit Accius
tout le reste leur en veut; & on est tou
jours tout prêt à leur manquer. Et à quel
Rois le disoit-il? A ceux même qui te
noient par droit de succession le scep
tre de Tantale & de Pelops[3]. Combien
moins y pouvoit-il donc avoir de gens
fideles à celuy qui s'étoit servi des ar
mées mêmes du peuple Romain pou
l'opprimer; & qui avoit mis sous so

te pour ne faire jamais de faute.

Il n'y a point de paix pour les tyrans.

Cesar au- roit dû pré- voir ce qui arriva.

---

3 Fils de Tantale Roy de Phrigie. Il épousa Hippe
diana fille d'Oenamus, & devint si puissant qu'il con
quit toute cette grande peninsule de la Grece, à q
il a donné son nom, & qu'on appelle *Peloponese.*

jong une ville qui étoit en possession, non seulement de la liberté, mais de commander à toute la terre ? Quelles devoient être les playes de sa conscience ? Quel bourreau n'étoit-elle point pour luy ? Enfin QUE PEUT-ce être que la vie pour un homme, lorsque les choses sont à tel point, que de la luy arracher, c'est la plus glorieuse de toutes les actions, & le plus grand merite qu'on se puisse faire envers tout le monde ? S'il est donc vray que la chose du monde qui paroît la plus utile ne l'est point, voilà qu'elle porte avec soy la honte & l'infamie 4; qu'on reconnoisse donc enfin que CE QUI n'est pas honnête ne sçauroit jamais être utile.

4 Voyez la 4. note sur le chap. 29. de ce même Livre.

CHAPITRE XXII.

Belles actions des Romains, où ils ont fait ceder à l'honnêteté ce qui paroissoit le plus utile. Combien on s'abuse. quand on pretend arriver à la gloire par de mauvaises actions. Quelques exemples où les Romains se sont relâchez, dans les derniers tems, de la maxime, qu'il n'y a rien d'utile que ce qui est honnête. Par où un Etat se doit soûtenir. Caton même, trop attaché aux interêts du fiscq.

C'EST ainsi que nos ancêtres en ont jugé, en une infinité d'occasions : mais jamais cette maxime n'a été mise en pratique d'une maniere plus noble, que par Fabrice [1], & par le Senat, dans le tems du second Consulat de ce grand

[1] C'étoit un modele de vertu parmi les Romains, & il n'y eut jamais d'homme plus au dessus de l'interêt que celuy-là. Il rejetta avec mépris, les sommes immenses, que les Samnites luy offrirent pour le corrompre, pendant qu'il commandoit les armées Romaines contre eux. Il en fit autant à l'égard du Roy Pirrhus, qui luy offroit de luy donner la premiere place aprés luy dans son Royaume ; & il fit dire à ce Prince qu'il n'entendoit pas ses interêts ; & que si les Epirotes le connoissoient, ils voudroient l'avoir pour Maître au lieu de luy. Il vivoit dans le cinquiéme siecle de Rome ; & son desinteressement le fit mourir si pauvre que la Republique fut obligée de faire les frais de ses funerailles ; & de donner à ses filles de quoy se marier.

homme , & de la guerre contre Pirrhus.

Ce Prince s'étoit porté de gayeté de
cœur à faire la guerre au peuple Romain ; & on en étoit à disputer de l'Empire, avec un Roy brave & puissant. Un
transfuge étant passé de son camp dans
celuy de Fabrice , & luy ayant dit que
s'il vouloit luy assûrer une recompense,
il trouveroit moyen de repasser dans le
camp de Pirrhus , aussi secretement
qu'il en etoit venu ; & qu'il l'empoison-
neroit, Fabrice le fit remener à Pirrhus ;
& cette action fut approuvée & loüée
de tout le Senat. A ne regarder que
l'apparence de l'utilité , y a-t'il rien qui
puisse paroître plus utile que de se délivrer tout d'un coup d'une grosse guerre , & d'un puissant ennemi , par le
moyen d'un transfuge ; Mais combien
auroit-il été honteux, dans une guerre où il n'étoit question que de la gloire , de se défaire de son ennemi par un
crime ; au lieu d'en triompher par le
courage & par la vertu?

Qu'on juge donc lequel des deux
étoit le plus utile ; & à Fabrice, qui a
été parmi nous ce qu'Aristide a été

*Bel exemple
de la probité
des anciens
Romains.*

parmi les Atheniens, & au Senat, qui n'a jamais rien trouvé d'utile que ce qui étoit honnête, & qui convenoit à sa dignité ; d'employer contre ses ennemis, ou les armes, ou le poison.

Nulle gloire à esperer par de mauvaises actions.

Si c'est la gloire que l'on cherche, dans l'avantage de commander, qu'on se garde bien de tout ce qui tiendroit du crime ; puisque rien n'est si contraire à la gloire. Si c'est la grandeur & les richesses, & qu'on en veüille à quelque prix que ce soit ; qu'on se souvienne que CE QUI porte l'infamie avec soy, ne sçauroit jamais être utile.

Les Etats ne sont pas moins obligez de garder la foy promise aux particuliers, que les particuliers de se la garder les uns aux autres.

Il n'y avoit donc rien d'utile dans le conseil que donna L. Philippus, fils de Quintus, de rendre de nouveau tributaires les villes que Silla avoit affranchies pour de l'argent, & de ne leur point rendre ce qu'elles luy avoient donné pour leur exemption, quoy qu'elle leur eût été accordée en vertu d'un decret du Senat. Ce conseil fut suivi ; mais à la honte de la Republique ; puis qu'on peut dire aprés cela, que le Senat a moins de foy que les Pirates.

Les revenus de la Republique en furent augmentez, dira-t'on : cela étoit donc utile. Mais jusques à quand osera-t'on dire qu'il y a quelque chose d'utile de ce qui n'est pas honnête? Un Etat, qui se doit soûtenir par la gloire, & par le zele & l'affection de ses alliez, peut-il trouver utile ce qui le couvre d'infamie; & qui le rend odieux à tout le monde?

Caton même, mon cher ami, m'a toûjours paru trop attaché aux interêts de nôtre épargne, & à faire valoir les tributs; & j'ay souvent été sur cela d'avis contraire au sien. Car il ne vouloit jamais faire aucune remise aux traitans, & rarement des graces aux alliez; au lieu que nous devons toûjours être liberaux envers ceux-cy; & en user envers les autres, comme chacun fait avec ses Fermiers. Nous le devons même d'autant plus, que de l'union & de la bonne correspondance des deux ordres 2 dépend le salut de la Republique.

Chacun porte son humeur dans le maniment des affaires publiques, comme en toute autre chose.

Curion opinoit tout aussi mal que Philippus, lors que dans l'affaire des

---

2. C'est à dire des Senateurs & des Chevaliers Romains. Ceux-cy faisoient valoir les fermes de la Republique, comme on a déja remarqué ailleurs, ce qui n'étoit pas permis aux autres.

peuples de delà le Pau , il ne manquoit
jamais de dire , qu'à la verité ce qu'ils
demandoient étoit jufte ; mais qu'il falloit que tout cedât à l'utilité de la Republique. Il auroit eu plus de raifon
de dire , que ce qu'ils demandoient n'é-
toit pas jufte , puis qu'il étoit contraire aux interêts de la Republique , que
de dire , qu'encore qu'il fût jufte , il
étoit utile de ne le leur pas accorder.

CHAPITRE XXIII.

Examen de ce qu'on doit faire en divers cas pro-
pofez par Hecaton. Ce que doit faire un fils qui
fçait que fon pere complotte contre l'Etat.

HECATON , dans fon fixiéme Livre des Offices , propofe un grand
nombre de queftions, comme celles que
vous allez voir. Il demande fi dans une
extréme difette , il eft du devoir d'un
homme de bien de fournir des vivres à
fes efclaves ? Et aprés avoir agité la
queftion de part & d'autre , l'utilité
l'emporte enfin fur l'humanité.

Il demande encore , fi dans une grande tempête, où il faut décharger le vaiffeau,

Divers cas
où l'on peut
ne pas voir
ce qui eſt ſe-
lon l'honnê-
teté , ou
non.

La juriſpru-
dence Ro-

ſeau , on doit jetter à la mer un cheval de prix , plûtôt qu'un eſclave de nulle valeur ? L'interêt porte d'un côté ; mais l'humanité porte de l'autre.

Si dans un naufrage , un homme de vertu & de merite peut arracher une planche à un homme de nul merite qui s'en eſt ſaiſi ? Pour celuy-là il répond que non , parce que la planche eſt à celuy qui la tient , & qu'on ne peut la luy ôter ſans injuſtice.

Mais le maître du vaiſſeau le pour-roit-il ? Car la planche du vaiſſeau luy appartient. Il ne le peut , & il n'en a non plus de droit que de jetter du vaiſ-ſeau dans la mer quelqu'un de ceux qui ſont deſſus , ſous pretexte que le vaiſ-ſeau luy appartient. Car JUSQU'A CE qu'on ſoit arrivé où l'on va , le vaiſſeau n'eſt pas plus à luy qu'à tous les au-tres[1].

Mais ſi deux hommes égaux en me-rite ſe trouvent dans ce naufrage ſaiſis d'une même planche , qui ne ſuffiſe pas

[1] Tous ceux qui ſont ſur un vaiſſeau ſont proprement des locataires, dont le bail n'expire qu'à la fin du voya-ge ; & juſques-là le maître du vaiſſeau n'a pas droit de les en chaſſer.

maine ſur les eſclaves avoit - elle aſſez étouffé l'humanité pour faire une telle queſtion ?

D d

pour les sauver tous deux, l'un la peut-il ôter à l'autre ? ou se la doivent-ils ceder l'un à l'autre ? Celuy qui a le moins d'interêt de vivre, ou dont la vie est la moins utile à la Republique doit ceder la planche. Mais si tout est égal entre les deux, il n'y a point de contestation à former ; & il faut que le sort en decide.

Devoir d'un fils envers son pere, preferable à ce qu'il doit à l'Etat.

Un homme qui sçait que son pere pille les temples, ou qu'il se fait un chemin sous terre pour voler le tresor public, le deferera-t'il au Magistrat ? Non sans doute. Il défendra même son pere s'il est accusé. Mais, dira-t'on, ce n'est donc pas une maxime sans exception, que ce qu'on doit à l'Etat est au dessus de tous les autres devoirs. Elle n'en souffre aucune : mais il est de l'interêt même de l'Etat que les citoyens ayent la tendresse qu'ils doivent avoir pour leurs peres.

En quel cas ce qu'on doit à l'Etat, doit l'emporter sur ce qu'on doit à son pere.

Mais si ce pere aspire à la tirannie, ou s'il veut livrer l'Etat aux ennemis, le fils demeurera-t'il dans le silence ? Non : il conjurera son pere de ne le pas faire : s'il ne gagne rien par les prieres, il employera les reproches, & même les

menaces ; & enfin s'il voit que son pere
soit inflexible , & qu'en le laissant faire
il n'y va pas de moins que de laisser perir l'Etat , il en preferera le salut à celuy de son pere.

Voicy encore une autre question
d'Hecaton. On a fait un payement à
quelqu'un en fausse monnoye. La met-
tra-t'il, la sçachant fausse, s'il est homme de bien ? Diogene dit qu'il le peut :
Antipater le nie ; & je suis de son avis.

Nul ne peut se dédommager aux dépens des autres, de la tromperie qu'on luy a faite.

Un homme vend du vin qui n'est pas
de garde : en doit-il avertir ? Diogene
dit qu'il n'y est pas obligé , & Antipater soûtient qu'un homme de bien n'y
manquera jamais· Voila quelles sont,
pour ainsi dire, les questions de droit
qui s'agitent au barreau des Stoïciens.

Quand on vend un esclave, doit-on
avertir de ses défauts ; je ne parle pas de
ceux pour lesquels on seroit condamné
à le reprendre , si on n'en avoit averti ;
mais de ceux qui ne sont pas exprimez
par le droit, comme d'être menteur,
joüeur, yvrogne, sujet à prendre ? ? L'un

---

2 Cela s'entend des petites choses. Car comme on a
vû au ch. 18. par le droit on répond de celuy qui en pren-
droit d'assez grandes pour être regardé comme un voleur.

dit qu'on le doit ; & l'autre qu'on n'y est
pas obligé.

Un homme vend un lingot d'or , qu'il
prend pour du cuivre : celuy qui le mar-
chande est-il obligé d'avertir le vendeur
que c'est de l'or ; ou peut-il n'achepter
qu'un écu ce qui en vaudra peut-être
mille ? On voit bien quel est sur cela le
sentiment de chacun de ces deux Philosophes ; & l'on voit bien aussi quel est le
mien.

CHAPITRE XXIV.

Si l'on est toûjours obligé de tenir , aux dépens
même de la bien-seance & de la vie , les paro-
les qu'on aura données. Quelques exemples sur
ce sujet.

EST-ON toûjours obligé , quoy qu'il
arrive , d'executer tous les traitez
qu'on aura faits , & de tenir toutes les
paroles qu'on aura données ; lorsqu'il
n'y aura eu *ni dol ni violence* , comme
on parle chez les Préteurs ? Quelqu'un,
par exemple , a donné un remède à un
homme, pour le guerir de l'hydropisie,
& luy a fait promettre de ne s'en servir
jamais passé cette fois. Le remede a

C'est une
question si
lors même
qu'il y va
de la vie, on
peut man-
quer à sa
promesse.

reüffi : mais quelques années aprés le mal eft revenu. Si celuy qui a donné le remede perfifte à ne vouloir pas qu'on s'en ferve , le peut-on faire contre fon gré? Comme il y a de l'inhumanité à luy de ne le pas permettre, & qu'en cela on ne fait tort à perfonne, il faut pourvoir à la vie & à la fanté.

Un homme fage & reconnu pour tel, a été inftitué heritier par quelqu'un, dont la fucceffion fe monte à trois millions; mais à condition qu'avant de la recueillir, il danfera en plein midy dans la place publique. Il a promis d'executer la condition, & fans cela le teftateur ne l'auroit pas fait fon heritier. La doit-il executer ou non? Pour moy j'aimerois mieux qu'il ne s'y fût pas engagé ; & je croy qu'il étoit de fa fageffe de ne le pas faire. Mais puis qu'il l'a fait, il n'y a plus qu'à voir s'il trouve qu'il eft contre la bien-feance de danfer en place publique; & en ce cas là, l'infidelité la moins mal-honnête qu'il puiffe faire à celuy qui l'a fait fon heritier , eft de ne rien prendre de fa fucceffion ; à moins que fa patrie ne fe trouvât alors dans quelque neceffité preffante, dont ce qui

On peut facrifier à l'intereft de l'Etat, tout ce

D d iij

luy viendroit de cette succession luy pû
donner moyen de la tirer. Si cela est,
il peut danser sans rien craindre, & il
ne luy en reviendra que de l'honneur.

CHAPITRE XXV.

*Qu'on ne doit pas toûjours garder les promesses
qu'on auroit faites. Exemples sur ce sujet. Que
la Religion même ne doit pas servir de pretexte pour authoriser les mauvais engagemens. Cas
où l'on ne doit pas même rendre le dépôt.*

En quel cas
on est dis-
pensé d'exe-
cuter ce
qu'on a pro-
mis.

ON NE doit pas non plus garder
les promesses dont l'execution seroit nuisible à ceux-même à qui on les
a faites. Telle étoit, pour en revenir
aux fables[1], celle que le Soleil avoit
faite à son fils Phaëton de luy accorder
tout ce qu'il luy demanderoit. Phaëton
luy demanda de monter sur son char.
Le Soleil l'y fit monter; mais avant que
Phaëton y pût prendre une situation
arrêtée, il fut frappé d'un coup de fou-
dre. Combien luy auroit-il mieux valu
que son pere n'eût pas été si fidele à
tenir une telle promesse?

[1] Il avoit touché ces mêmes exemples, tirez des fables, dés le 10. chap. du 1. Liv.

Thesée ne se trouva pas mieux d'a-
voir obligé Neptune à luy tenir celle
qu'il luy avoit faite. De trois choses,
dont Neptune luy avoit donné le choix,
il avoit choisi la mort de son fils Hip-
polite, qu'il soupçonnoit de quelque
commerce avec sa belle-mere. Mais
combien de larmes luy en coûta-t'il,
pour avoir obtenu ce qu'il avoit demandé?

Agamemnon s'étant obligé, par un
vœu solemnel fait à Diane, de luy sacrifier ce qui naîtroit de plus beau cette
année-là; & rien n'étant né de si beau
que sa fille Iphigenie, il la luy sacrifia.
Mais combien auroit-il mieux vallu manquer à sa promesse, que de faire une action si horrible?

Le pretexte même de la Religion, ne sçauroit rendre valables les engage-mens qui sont contre les bonnes mœurs.

Il y a donc des cas où l'on ne doit pas
faire ce qu'on a promis; & il y en a même où l'on ne doit pas rendre ce qu'on
a reçû en dépôt. Si un homme, par
exemple, vous a donné son épée en dépôt, dans un tems où il avoit tout son
bon sens; la luy rendrez-vous, si étant
tombé en phrenesie il vient vous la demander? Vous feriez mal, & vôtre devoir vous le défend.

Cas où l'on ne doit pas même ren-dre le dépôt.

Tout de même, si un homme qui vous aura confié un dépôt d'argent, vient à faire la guerre à l'Etat, luy rendrez-vous son argent ? Non, sans doute, puisque l'interêt de l'Etat vous le défend, & que rien ne vous doit être si cher que l'Etat.

C'est ainsi que bien des choses honnêtes par elles-mêmes, cessent de l'être par le changement des tems. Rien n'est plus honnête que de tenir sa parole, d'executer les traitez qu'on a faits, de rendre le depôt. Mais dez que ces mêmes choses deviennent nuisibles à ceux mêmes à qui l'on s'est engagé, il seroit contre le devoir de l'honnêteté de les faire.

CHAPITRE XXVI.

Qu'en repassant les quatre vertus principales, il
est aisé de voir que ce qui n'est pas honnête ne
sçauroit jamais être utile. Qu'il l'a déja mon-
tré à l'égard de la prudence & de la justice.
Exemples qui prouvent la même verité à l'é-
gard de la force & du courage.

JE croy en avoir assez dit, sur les
choses qu'une fausse prudence fait
trouver utiles, quoy qu'elles soient contre la justice. Mais comme nous avons
fait voir dans le premier Livre, que les
regles de nos devoirs se tirent des quatre sources d'où dérive tout ce qui se
peut appeller honnête ; ce sera en par-
courant ces mêmes sources de l'honnêteté, que nous ferons voir icy combien
ces sortes de choses, où le commun du
monde trouve de l'utilité, quoy qu'elles n'en ayent qu'une fausse apparence,
sont contraires à la vertu.

Nous avons même déja parlé de ce
qui a rapport à la prudence, qu'une
malice artificieuse voudroit contrefaire;
& de ce qui a rapport à la justice, dont
l'utilité est aussi perpetuelle qu'elle est

réelle & veritable. Il ne nous reste donc
qu'à parler de ce qui regarde les deux
autres sources de l'honnêteté, qui sont
la force ou la grandeur d'ame, & la moderation ou la temperance.

* Il paroissoit utile à Ulisse de feindre
d'être hors de son bon sens, pour s'e-
xempter d'aller à la guerre, au moins
si nous en croyons les Poëtes tragiques;
car dans Homere, qui est un bien meilleur autheur, il n'y a rien qui nous puisse faire soupçonner rien d'approchant.
Quoy qu'il en soit, ce dessein n'étoit nullement honnête.

Mais, dira-t'on, il étoit au moins utile à Ulisse de demeurer à Ithaque; d'y
regner, & d'y mener une vie tranquille,
avec ses parens, sa femme, & ses enfans. Quelle comparaison de la douceur d'une telle vie, avec les perils & les
travaux de la guerre; & même avec toute la gloire qu'on y peut acquerir? Et
moy je soûtiens qu'un tel repos n'étant
pas honnête, ne peut être utile; & qu'on
doit le fuïr & le mépriser. Car que n'auroit-on point dit d'Ulisse, s'il eût persisté

---

* Le chap. 26. ne commence qu'icy dans le Latin; mais
il doit commencer plus haut.

à contrefaire l'infensé, puifqu'aprés même toutes les grandes actions qu'il fit à la guerre, il eut le déplaifir d'effuyer publiquement ces fanglans reproches d'Ajax ; *Ce même homme, qui a été le premier à faire faire à tout le monde le ferment par où nous nous fommes engagez à cette guerre, a été le feul qui l'ait rompu. Il a même été jufqu'à contrefaire le fou, pour éviter de venir à l'armée ; & fi Palamede, plus fin que luy, n'avoit découvert fa malice & fon artifice, & il y auroit perfifté, malgré la foy du ferment* [1].

Il étoit donc meilleur pour Uliffe, non feulement de s'expofer, comme il fit, à la fureur des flots, mais même à celle des ennemis ; que d'abandonner toute la Grece unie pour faire la guerre aux Barbares [2]. Mais laiffons-là les fables, & ce qui s'eft paffé chez les étrangers ; & venons à quelque chofe de réel, & qui s'eft paffé parmi nous.

---

1 Ce font des vers d'une tragedie de Pacure, dont le fujet étoit la conteftation entre Ajax & Uliffe pour les armes d'Achille.

2 C'eft le nom que les Grecs donnoient à tous les autres peuples.

CHAPITRE XXVII.

Exemple de Regulus, rapporté en preuve de ce qu'il a établi dans le chapitre précedent.

Histoire de Regulus.

DURANT qu'Hamilcar, pere d'Anibal, commandoit l'armée des Carthaginois; M. Attilius Regulus, Conful pour la feconde fois, qui commandoit la nôtre en Affrique, ayant été pris dans une embufcade, par Xantippe Lacedemonien ; les ennemis l'envoyerent vers le Senat, pour faire rendre quelques prifonniers de confideration, que l'on avoit faits fur eux ; & luy firent promettre avec ferment de revenir à Carthage, s'il ne pouvoit obtenir la liberté des prifonniers.

Le voila donc à Rome, voyant fort bien le parti qui paroiffoit le plus utile pour luy : mais l'evenement fit voir qu'il ne le crut pas veritablement utile. Il ne tenoit qu'à luy de demeurer dans fon païs, & de vivre tranquillement chez luy, avec fa femme & fes enfans ; regardant la difgrace qui luy étoit arrivée à la guerre, comme un effet ordinaire du fort des armes ; & joüiffant du rang qui luy étoit acquis par le Conſulat. Qui peut nier, dira-t'on, que tout cela ne ſoit utile ? Le voulez-vous ſçavoir ? C'eſt la force & la grandeur d'ame qui le nient. Pouvez-vous demander des témoins plus illuſtres, & d'une plus grande authorité ?

* Ce ſont ces vertus qui apprennent aux hommes à ne rien craindre ; à mépriſer toutes les choſes humaines ; & à porter tout ce qu'il peut arriver de plus fâcheux.

La grandeur d'ame met au deſſus de tout, & de la mort même.

Que fit donc Regulus ? Il vint dans le Senat, il expoſa ſa commiſſion, & s'excuſa d'abord de dire ſon avis, parce qu'étant engagé aux ennemis, par le ſerment qu'il leur avoit fait, il ne croyoit pas devoir ſe regarder comme Senateur. Mais étant preſſé de le dire, il remontra qu'il ne convenoit pas à la Republique de rendre les priſonniers : que c'étoient de jeunes gens, & de bons hommes de guerre ; au lieu que ſon grand âge le mettoit hors d'état de ſervir. Son avis fut ſuivi : on retint les priſonniers, & il s'en retourna à Carthage ; ſans

---

* Le chap. 27. ne commence qu'icy dans le Latin ; mais il doit commencer plus haut.

que l'amour qu'il avoit pour son païs, ni celui que ses proches avoient pour luy, fussent capables de le retenir.

Il n'ignoroit pas qu'il alloit se livrer à des ennemis cruels, & aux supplices les plus horribles que leur ressentiment leur pourroit faire inventer. Mais il étoit persuadé qu'il devoit garder son serment; & cela fit que dans les maux qu'on luy faisoit nuit & jour, pour le faire mourir par le long supplice de l'insomnie, il trouvoit sa condition meilleure que s'il fût demeuré chez luy, bien plus chargé du poids de sa captivité, que de celuy de sa vieillesse, & plus deshonoré par son parjure, qu'honoré par la dignité du Consulat.

Jusqu'où des Payens ont porté la foy du serment.

Voila un mal-habile homme, dira t'on, & bien ennemi de luy-même. Quoy, au lieu d'insister pour faire renvoyer les prisonniers, luy-même conseille de n'en rien faire; A t'on jamais rien vû de plus insensé?

1 Les Carthaginois sçûrent sans doute que Regulus avoit conseillé au Senat de ne pas rendre leurs prisonniers; & c'étoit apparemment la cause de leur ressentiment contre luy. Car sans cela, quelque Barbares qu'ils fussent, ils n'auroient pas traité de la sorte un homme de si bonne foy, & qui s'étoit remis volontairement entre leurs mains.

Insensé, dites-vous ? Et quoy si c'é-
toit ce qui convenoit le plus à la Republique ? UN BON citoyen peut-il trouver utile pour luy ce qui ne l'est pas à
l'Etat ?

CHAPITRE XXVIII.

Que de mettre de la difference entre l'honnêteté &
l'utilité, c'est renverser les fondemens de la na-
ture. Que de préferer l'honnêteté à tout, ce
n'est pas abandonner l'utilité, mais la chercher
où elle est. Combien l'idée que donne le mot
d'honnête est au dessus de celle que donne le
mot d'utile. Sur quelles raisons se fondent ceux
qui desapprouvent l'action de Regulus.

LEs hommes renversent les fondemens de la nature, lors qu'ils distinguent l'honnêteté de l'utilité. Car qui
doute que nous ne desirions tout ce qui
nous est utile ? Une pente naturelle nous
y porte, & nous ne sçaurions nous empêcher de la suivre. Il n'y a donc personne qui rejette ce qui est utile, & qui
même ne le recherche avec beaucoup
d'ardeur[1]. Mais comme nous ne sçau-

Tout est ren-
versé, dez
qu'on peut
regarder
comme utile
ce qui est
contraire à
l'honnêteté.

---

[1] Tous les hommes cherchent naturellement ce qui
leur est utile, comme tous les hommes veulent naturel-

rions rien trouver d'utile que ce qui est
honnête, bienſeant & glorieux, nous
mettons au deſſus de tout, & nous le re-
cherchons préferablement à tout. Hors
de là, tout ce que nous appellons utile
ous peut toucher par rapport à nos

ement être heureux. Mais comme ils ne s'accordent pas
ſur ce qui peut les rendre heureux, ils ne s'accordent pas
non plus ſur ce qu'ils appellent *utile*. Ce qui eſt utile
ſelon les uns, c'eſt ce qui peut leur faire connoître la verité, ou leur inſpirer la vertu ; & ce qui l'eſt, ſelon les
autres, c'eſt ce qui peut établir leur fortune, ou leur donner du plaiſir. Cette difference de ſentimens ne vient que
de la differente maniere dont ils ſe regardent eux-mêmes ;
& pour les mettre tous d'accord, il n'y auroit qu'à les
faire convenir de ce qu'ils ſont veritablement. Car s'il
eſt vray, que ce qui s'appelle *nous*, c'eſt nôtre eſprit &
nôtre cœur, comme dit Ciceron même, dans *le ſonge de
Scipion* ; il s'enſuit que les intérêts de nôtre cœur & de
nôtre eſprit ſont nos veritables interêts ; & que nous ne
devons appeller *utile*, que ce qui va à perfectionner l'eſprit, par les lumieres de la verité ; & le cœur, par les
ſentimens les plus purs de l'honnêteté & de la vertu : &
que tout ce qui eſt capable d'aveugler l'eſprit, ou de corrompre le cœur, bien loin de pouvoir être regardé
comme *utile*, eſt pernicieux & mortel, quelque agreable qu'il paroiſſe. C'eſt ainſi que tous les hommes en ju-
geroient, s'ils ſe ſouvenoient de ce qu'ils ſont. S'il y en
a donc qui en jugent autrement, & qui appellent *utile*
tout ce qui peut leur donner du plaiſir, ou leur procurer
des biens ou de la conſideration, quelque tort qu'il
puiſſe faire à leur cœur ou à leur eſprit ; c'eſt qu'ils ne ſe
ſouviennent plus de ce qu'ils ſont ; & qu'au lieu de ſe
regarder par le fonds de leur nature, ils ne ſe regardent
que par les dehors ; c'eſt à dire par leurs ſens, & par le
perſonnage qu'ils font dans le monde ; & qu'ils ſont tellement diſſipez, & livrez aux choſes ſenſibles, qu'ils

beſoins.

besoins. Mais il n'a point cet éclat &
cette dignité, qui reluit dans tout ce
qui est honnête.

Mais aprés tout, dira-t'on, qu'y a-t'il
de si respectable dans le serment ? Crai-
gnons-nous de nous attirer en le violant, la colere de Jupiter ? Comme si
tous les Philosophes, c'est à dire, &
ceux qui tiennent que Dieu est sans aucune sorte de soin, ni d'affaire², & qu'il
ne se mêle point de ce qui est hors de
luy ; ceux même qui croyent qu'il est
toûjours en action³, ne convenoient pas

Combien les
Philosophes
étoient peu
d'accord en-
tr'eux sur les
idées qu'ils
avoient de
Dieu.

oublient qu'ils ont un cœur & un esprit, & qu'ils ne sont
au monde que pour travailler à rendre l'un & l'autre tel
qu'il doit être. Voilà la veritable source des fausses idées
que les hommes se font faites de ce qu'ils appellent *utile,*
contre lesquelles Ciceron employe dans cet ouvrage toutes les forces de son éloquence & de son esprit. Mais
elles subsisteront toûjours, jusqu'à ce qu'on ait fait revenir les hommes à se regarder par ce qu'ils sont veritablement. Il semble que ce devroit être la chose du monde
la plus aisée. Mais rien n'est si difficile ; & la corruption
de l'homme est telle, que non seulement il oublie sa propre nature, mais qu'il ne veut pas même qu'on l'en fasse
souvenir ; & que comptant pour rien ce qui en fait tout
le prix & toute la dignité, il n'aime à se regarder que par
ce qu'il a de commun avec les bêtes. *Homo cum in honore*
esset non intellexit ; comparatus est jumentis insipientibus ,
& similis factus est illis.

2 Les Epicuriens, qui croyoient que Dieu demeuroit
renfermé en luy-même, sans aucun soin de ce qui se passe
dans le monde.

3 Les Stoïciens, & tous les autres Philosophes, qui

E e

que rien ne l'irrite, & qu'il ne fait jamais de mal à personne[4] Au pis aller, la colere de Jupiter auroit-elle fait plus de mal à Regulus, qu'il s'en fit à lui-même ? La Religion du serment n'avoit donc rien qui dût l'empêcher de prendre le parti qui luy étoit le plus utile.

On dit qu'il n'auroit pû le faire sans infamie. Mais en premier lieu, de deux maux il faut éviter le pire ; & le mal de cette infamie, étoit-il comparable aux supplices qu'on lui fit souffrir ?

D'ailleurs, ce mot d'Accius[5], qui sur le reproche qu'on faisoit à un homme, de n'avoir pas gardé la foy qu'il avoit donnée, lui fait dire : *Je n'en ay point donné, & je n'en donne point à qui n'en a point*, quoy qu'il soit dit par un mé-

reconnoissent la Providence.

4 Ces Philosophes sentoient bien que la colere est un mouvement déreglé, & par conséquent indigne de la nature de Dieu : Aussi est-il certain que Dieu est incapable de cette sorte de colere, qui nous émeut, & qui nous tire de nôtre assiete. Mais ils n'étoient pas excusables, de s'imaginer que Dieu pût regarder d'un œil indifferent les bonnes & les mauvaises actions des hommes ; & qu'il pût même laisser les unes sans recompense, & les autres sans punition ; & il est incomprehensible qu'ils pûssent accorder une telle imagination avec la justice de Dieu, s'ils admettoient en Dieu quelque sorte de justice ; & qu'ils pûssent croire un Dieu sans le croire juste.

5 Dans la Tragédie d'Atrée.

chant Roy, ne laisse pas d'avoir sa verité.

Ceux qui blâment la conduite de Regulus ajoûtent, que comme nous disons
qu'il y a des choses qui paroissent utiles, & qui ne le sont pas ; ils soûtiennent de leur côté qu'il y en a aussi qui
paroissent honnêtes, & qui ne le sont
nullement. Qu'ainsi, quoy qu'il paroif-
se honnête de se livrer aux ennemis,
& de s'exposer aux tourmens les plus
cruels, plûtôt que de manquer à son
serment, l'honnêteté n'exige point cela
de nous ; parce qu'un serment extorqué par force n'oblige point. Voilà à
peu prés ce qu'on dit contre Regulus :
il faut l'examiner l'un aprés l'autre.

CHAPITRE XXIX.

Refutation de ce qu'on allegue contre Regulus. Ce que c'est que le serment , & ce qui doit le faire garder. La statuë de la Foy, placée dans le Capitole auprés de celle de Jupiter. Que la douleur n'est point un mal. Nul malheur comparable à celuy de l'infamie. Que l'infidelité de celuy à qui on a fait un serment n'en dispense point. Que le serment se doit interpreter selon l'intention & l'attente de celuy à qui on l'a fait. Si l'on est obligé de tenir celuy qu'on auroit fait à un Corsaire pour sa rançon.

ON dit que Regulus n'a pas dû craindre de s'attirer la colere de Jupiter, puisque Jupiter n'est capable ni d'entrer en colere , ni de faire aucun mal à personne. Mais en premier lieu, cela n'a pas plus de force contre le serment de ce grand homme, que contre tout autre. D'ailleurs, CE QU'ON doit considerer dans le serment , & ce qui le doit faire garder , ce n'est pas la crainte d'être puni si l'on y manquoit; c'est sa force & sa sainteté. Car LE SERMENT est une affirmation religieuse. Or CE QU'ON a affirmé de

Ce que c'est que le serment , & ce

cette forte, & dont on prend Dieu même à témoin, il le faut tenir : non par
la crainte de la colere des Dieux, puis
qu'ils n'ont jamais de colere [1]; mais par
respect pour la foy donnée, cette foy
dont Ennius a dit ce beau mot : *O fainte*
& divine foy, par qui Jupiter même jure [2],
que vous étes digne d'étre placée au plus
haut des Temples!

Quiconque viole fon ferment, viole
donc cette foy fi fainte, dont nos peres, comme Caton le remarque dans
une de fes harangues, ont placé la ftatuë dans le Capitole, tout auprés de celle de Jupiter.

On ajoûte que la colere même de
Jupiter, quand il en pourroit avoir,
n'auroit pas fait plus de mal à Regulus,
qu'il s'en fit lui-même. Mais cela fe-

qui le doit
rendre in-
violable.

Le violemēt
du ferment
dont on a
pris Dieu à
témoin, eft
un crime qui
l'attaque di-
rectement.

1 Que peut-on dire, quand on voit que des payens qui
ne craignoient point la colere de Dieu, ne laiffoient pas
de fe tenir ferme à leur devoir, par le feul amour de la
vertu ; & que des Chrétiens qui la craignent, & qui font
menacez des fupplices éternels, ne fçavent pas fe contenir ?

2 Les hommes & les Dieux même pouvoient jurer
par Jupiter, qui étoit au deffus d'eux. Mais Jupiter ne
pouvoit jurer que par la foy inviolable de fes promeffes.
C'étoit proprement jurer par luy même : mais les payens, qui faifoient des Divinitez de tout, en avoient auffi
fait une de cette foy.

roit bon s'il n'y avoit point d'autre
que la douleur, ou si c'étoit le plus
grand de tous les maux. Or tant s'en
faut qu'elle soit le plus grand des maux
que de tres-grands Philosophes soûtiennent même que ce n'est pas un mal.

3. Les Stoïciens avoient bien vû que l'homme est fait
pour être heureux ; & que son bonheur consiste dans la
vertu. Mais comme ils ne connoissoient point la corruption de la nature par le peché, qui rend l'homme incapable dans cette vie de ce bonheur pour lequel il est fait,
& qui reduit toute sa felicité presente à l'esperance que
la pratique solide de la vertu luy peut donner, d'être un
jour heureux dans le ciel ; ils vouloient que leur sage
fût souverainement dez cette vie mortelle ; & ils avoient
dressé tout leur systême sur ce plan-là. Il faloit pour cela
que la douleur & la mort ne fussent point des maux ; car
les sages souffrent & meurent comme les autres. Ils soûtenoient donc qu'on ne devoit mettre ni l'une ni l'autre
au rang des maux ; & qu'elles n'empêchoient point que
le sage ne fût heureux. Mais ils se contredisoient grossie-
rement eux-mêmes sur cela ; puis qu'ils enseignoient en
même tems, que quand le sage étoit pressé de la douleur
jusqu'à un certain point, il devoit s'en délivrer en se
donnant la mort. Car de là on tire necessairement cette
consequence ridicule, que S. Augustin leur reproche
dans sa Lettre 155. *qu'il y a telle vie heureuse que le sage
ne sçauroit porter ; & dont il doit se délivrer comme du plus
grand de tous les maux.* Ces contrarietez inévitables à
quiconque n'est pas éclairé des lumieres de la foy, s'accordent parfaitement par les principes de la Religion
Chrétienne, qui nous apprennent qu'encore que l'homme soit fait pour être heureux, & qu'il le devienne né-
cessairement par la vertu, puisque la vertu le conduit à
la possession de Dieu, il ne le sçauroit être parfaitement
en cette vie ; parce qu'il porte en luy un fonds de corruption, qui fait qu'il n'y a point icy bas de vertu par-

C'est de quoy nous avons pour témoin, non un homme du commun, mais l'homme le plus illustre que nous puissions peut-être desirer, & que l'on peut le moins recuser ; puisque c'est Regulus même, le premier homme d'entre les Romains, qui plûtôt que de manquer à son devoir, s'est exposé volontairement aux plus cruelles douleurs.

On dit que de deux maux, il faut éviter le pire; & par conséquent la misere plûtôt que la honte. Mais Y A-T-IL un plus grand mal, que ce qui nous rend infames ? Car SI L'ON est si choqué de

Qui senti-roit l'outra-ge qu'on se fait à soy-

faite. Que c'est cette corruption qui le rend sujet à la douleur & à la mort. Que l'une & l'autre sont des maux; mais à nôtre égard seulement, & non pas en elles-mêmes; puis qu'elles sont la punition du peché ; & que bien loin que ce soit un mal que le peché soit puni, ce seroit un mal qu'il ne le fût pas. Mais que cette punition même se tourne en bien pour les justes ; puisque c'est ce qui les purifie, en les deprenant des choses de la terre, dont l'amour fait la corruption de l'homme ; & en leur donnant lieu d'adorer jusques dans leur destruction même, les loix de la justice éternelle, qui ne souffrent pas que les moindres restes du peché demeurent sans punition ; & de meriter par la patience les recompenses éternelles.

4 L'infamie dont Ciceron parle icy, n'est pas celle que les méchans s'attirent par leurs mauvaises actions, quand elles éclatent dans le public; puis qu'elle se peut éviter lors qu'on a assez d'adresse pour se cacher ; & que c'est si peu par la crainte de celle-là que Ciceron veut qu'on

même par les mauvaises actions, n'en feroit jamais aucune.

La dépravation des hommes va

la difformité du corps ; combien plus le doit-on être de celle d'une ame couverte de honte & d'infamie ? Aussi voyons-nous que ceux d'entre les Philosophes qui parlent le plus ferme sur ce sujet, decident hardiment, qu'IL N'Y A point d'autre mal que ce qui est contre

s'abstienne de faire le mal, qu'il déclare, comme on a vû dans ce même Livre, à la fin du chap. 8. que *quand on pourroit tromper les yeux des hommes, & des Dieux mêmes, il ne faut jamais faire aucun mal.* Il entend donc icy cette autre sorte d'infamie, qui rend les méchans infames à leurs propres yeux, par les reproches de la conscience, qui font que les méchans ne peuvent se souffrir eux-mêmes ; & qu'ils cherchent sans cesse quelque chose qui les tire au dehors, & qui les empêche de se voir. C'est l'état où toutes les mauvaises actions nous jettent necessairement ; & nous ne sçaurions l'éviter, qu'en vivant d'une maniere où nous soyons d'accord avec nôtre raison, qui est nôtre Juge aussi-bien que nôtre regle. Voilà ce que les Payens mêmes ont vû : mais ils n'ont pû aller au-delà. Les principes de la Religion Chrétienne nous élevent bien plus haut ; & ils nous apprennent que ce n'est pas precisément pour être d'accord avec nôtre raison, qu'il faut s'abstenir du mal, & faire le bien ; mais pour être d'accord avec la raison éternelle, à laquelle nous devons rapporter toutes nos pensées & toutes nos actions ; & qui ne nous a donné ce que nous avons de raison, que pour nous mettre en état de discerner ce qu'elle approuve & ce qu'elle condamne, & de nous conduire par cela seul. Ainsi nôtre raison n'est pas proprement nôtre regle : elle n'est qu'un moyen pour nous conformer à la regle souveraine, qui n'est autre chose que Dieu. Voilà quel est le veritable principe de la bonne vie, & cela seul fait la difference de la vertu des Payens, & de celle des Chrétiens,

l'honnêteté , & qui attire neceſſairement l'infamie ; & ceux même qui en
parlent plus foiblement, conviennent
que c'eſt le plus grand de tous les maux,

juſqu'à ne
plus compter
pour un mal
la ſeule cho-
ſe qui en ſoit
un.

Pour ce que le Poëte fait dire à Atrée,
ſur le reproche qu'on luy faiſoit d'avoir
manqué à la foy donnée , *Ie n'en ay point*
donné, *& je n'en donne point à qui n'en a*
point ; qui ne voit que ce n'eſt que ce
que le caractere de ce méchant Roy demandoit qu'on luy fît dire. Car de ſe
faire une regle de ce mot-là , & D E
PRETENDRE que la foy donnée à quelqu'un qui n'en a point eſt nulle ; c'eſt
chercher une couverture au parjure &
à l'infidelité.

L'infidelité
de ceux à
qui on fait
un ſerment
ne diſpenſe
pas de le
garder.

La guerre même a ſes loix ; & il y a
bien peu de cas où l'on ne ſoit obligé
de garder la foy du ſerment, aux ennemis mêmes.

TOUTES LES FOIS , par exemple, que
le ſerment a été fait de telle ſorte, que
celuy à qui vous l'avez fait a dû s'attendre que vous l'executeriez , il faut le
faire. Hors de là , vous n'y êtes pas obligé ; & vous pouvez y manquer ſans vous
parjurer.

Ce qui deci-
de de la va-
lidité du
ſerment.

C'eſt ainſi que vous pouvez , ſans être

parjure, ne pas payer à un Corsaire ce
que vous luy auriez promis, même avec
serment, pour racheter vôtre vie. Car
un Corsaire n'est pas de ceux avec qui
on est en guerre reglée : il est l'ennemi
commun de tous les hommes ; & par
consequent personne n'a ni foy ni serment avec luy.[5]

[5] Ce que Ciceron dit icy seroit vray, si les loix de la
societé humaine étoient la seule regle du bien & du mal ;
mais il y en a d'autres au dessus de celles-là. A ne regarder que les loix de la societé, on ne doit rien à ce Corsaire ; puis qu'elles ne sont point pour luy, & qu'en se
déclarant l'ennemi commun de tous les hommes, il s'est
luy même exclus de la societé ; & qu'il est déchû de tous
les droits qui en sont des suites. Mais quoy que le serment qu'on luy a fait n'oblige point par rapport à luy ;
il oblige par rapport à Dieu ; & le respect que l'on doit
à la sainteté de son nom, ne permet pas de manquer à
une chose dont on l'a pris à témoin.

CHAPITRE XXX.

On s'oblige toutes les fois qu'on jure en sa conscien-
ce. Formule du serment parmi les Romains.
Loix de la guerre inviolables ; & observées par
les Romains jusqu'à livrer aux ennemis les Ge-
neraux qui avoient traitté avec eux sans ordre
du Senat. Exemples sur ce sujet.

IL n'y a donc pas de parjure toutes
les fois qu'on manque de faire ce
qu'on a promis avec serment ; & il y a
des cas où l'on peut appliquer ce mot
fort sensé d'Euripide, *Ma langue a pro-*
noncé le serment ; mais mon esprit n'en a
point fait. Mais QUAND on a juré *en*
sa conscience [1], & que le serment a été
conçû & exprimé dans ces mêmes ter-

Ce qui rend
le serment
inviolable.

1 Ce que Ciceron appelle *avoir juré en sa conscience,*
ce n'est pas avoir juré avec intention de s'obliger, & de
garder son serment. Car si on faisoit dépendre de l'intention la validité du serment, les sermens ne seroient qu'u-
ne illusion ; & chacun n'auroit qu'à les faire sans intention de les garder. Ce qu'il appelle donc *avoir juré en sa*
conscience, c'est avoir sa conscience pour témoin, que
quand on a juré on comprenoit fort bien, que celuy à qui
on faisoit le serment s'attendoit, & avoit droit de s'attendre qu'on le garderoit Et c'est là ce qui décide de la
validité du serment, comme on a vû au chap. 29. vers
la fin.

mes , selon la formule qui eſt en uſage parmi nous , on eſt parjure ſi l'on y
manque.

Regulus étoit dans ce cas-là : il ne devoit donc pas violer par un parjure les
loix & les conventions qui s'obſervent
même entre ennemis. Car les Carthaginois , à qui l'on faiſoit la guerre , é-
toient de ceux avec qui elle ſe fait dans
les formes , & aux termes des loix *feciales* , & de beaucoup d'autres droits
qui ſont communs entre les ennemis &
nous ; & c'eſt par reſpect pour ces ſortes de droits , que le Senat , dans de
certaines occaſions , a livré aux ennemis des perſonnes même de conſideration [2] ; & les leur a envoyez chargez de
chaînes.

Comment
les Romains

* C'eſt ainſi qu'il en uſa à l'égard de
L. Veturius, & de Sp. Poſthumius, Con-

2 C'eſt à dire les Generaux qui avoient traité avec les
ennemis , ſans ordre & ſans pouvoir du Senat. Car par
les loix de la guerre , on ne peut ſe diſpenſer de tenir les
traitez que les Generaux ont faits avec pouvoir de l'Etat,
dont ils commandent les armées. Ce n'eſt donc que ſur
le défaut de pouvoir qu'on peut ſe diſpenſer de tenir ces
traitez ; & rien ne fait mieux voir qu'ils ont été faits
ſans pouvoir , & qu'on eſt bien fondé à ne les pas tenir ,
que de livrer aux ennemis ceux qui les ont faits.

* Le chap 30 ne commence qu'icy dans le latin ;
mais il doit commencer plus haut.

fuls pour la feconde fois, fur ce qu'a-
yant eu du defavantage contre les Samnites à la journée de Caude[3], en forte que nos legions avoient même été
defarmées, ils avoient fait la paix avec
eux, fans ordre du Senat, ni du peuple.

Dans ce même tems, & dans la même occafion, T. Numicius, & Q. Mæ-
lius, Tribuns du peuple, de l'authorité
defquels cette paix avoit été faite, furent auffi livrez aux Samnites, avec
qui l'on ne vouloit pas tenir le traité.
Et ce qu'il y a de plus remarquable,
c'eft que cette refolution fut prife par
le confeil même de Pofthumius, un de
ceux aux dépens de qui elle fe devoit
éxecuter.

Long-tems depuis, C. Mancinus
ayant auffi fait la paix avec ceux de Numance, fans ordre du Senat, demanda
de leur être livré; & fut le premier
autheur de la propofition que le Senat
en fit faire au peuple par L. Furius, &
Sextus Atilius; & qui fut reçuë & éxe-
cutée.

en ufoient, à l'égard de ceux qu'ils ne vouloient pas avoüer des traitez qu'ils avoiët faits au nom de la Repu-blique.

3 Bourgade de la Poüille. Les troupes des Samnites
étoient commandées par ce même Pontius, dont Ciceron parle au chap. 21. du fecond Livre.

Cette action fut plus honnête que
celle de Q. Pompeius, qui étant tombé dans la même faute, demanda grace,
& pria qu'on ne luy fit point subir la
même loy. A l'égard de celui-cy, une
apparence d'utilité l'emporta sur l'honnêteté: mais à l'égard des autres, l'honnêteté l'emporta sur la fausse apparence de l'utilité.

CHAPITRE XXXI.

Du serment extorqué par force. Rien de plus beau,
dans l'action de Regulus, que d'avoir ouvert
l'avis de ne pas rendre les prisonniers. Rien
ne peut faire que ce qui n'est pas honnête le de-
vienne. Fidelité de Regulus à garder son ser-
ment, vertu de son siecle: Combien le serment
étoit sacré parmi les anciens Romains, jusqu'à
celuy qui avoit été extorqué par force. Bel
exemple sur ce sujet.

Ce qu'on
doit penser
d'un sermēt
extorqué par
force.

MAIS, disent ceux qui blâment
l'action de Regulus, le serment
qu'il avoit fait, n'étoit de nulle consideration ; puisqu'on le luy avoit fait faire
par force. Comme si la force pouvoit
quelque chose sur un grand cœur.
Mais pourquoy venir vers le Senat,

dit-on encore, s'il n'avoit point d'autre
conseil à donner que de ne pas rendre
les prisonniers ? C'est le blâmer de ce
qu'il y a de plus beau dans son action.
Car il ne voulut pas s'en tenir à son jugement ; & il ne se chargea de la com-
mission, que pour remettre l'affaire à
celuy du Senat. Il est vray que s'il n'a-
voit luy-même été de cet avis, on auroit
infailliblement rendu les prisonniers, &
il seroit demeuré tranquille dans son
païs, & auroit sauvé sa vie. Mais comme il croyoit qu'il étoit utile à la Republique de ne les pas rendre ; il trouva
qu'il étoit honnête pour luy d'en ouvrir
l'avis, & de s'exposer à tout ce qui en
pourroit arriver.

Un homme de bien ne regarde point à son interêt, quand il opine dans les affaires de l'Etat.

On ajoûte que ce qui est souverainement utile, devient honnête. Mais
il faut donc dire qu'il l'est, & non pas
qu'il le devient. Car RIEN n'est utile
que ce qui est honnête ; & ce n'est pas
parce qu'il est utile qu'il est honnête ;
mais c'est parce qu'il est honnête qu'il
est utile. On pourroit prouver par beaucoup de grands exemples que c'est ainsi
que les plus grands hommes en ont jugé :
mais je ne sçay s'il y en a un plus illustre

Nôtre interêt ne fait point deve-nir honnête ce qui ne l'est pas.

que celuy de Regulus.

　　* Dans toute la conduite de Regulus, il n'y a donc rien de plus beau ni plus admirable que d'avoir opiné à ne pas rendre les prisonniers. Car d'être retourné chez les ennemis, cela nous paroît admirable presentement : mais en ce tems-là, il ne pouvoit s'en dispenser ; & c'est le siecle qu'il en faut loüer plûtôt que l'homme. Car nos peres ont toûjours regardé le serment, comme le plus inviolable de tous les liens par où on peut serrer les hommes, & les obliger de se garder la foy les uns aux autres. C'est ce qui se voit par la loy des douze Tables ; par celles qu'on appelle sacrées ; par l'exactitude religieuse avec laquelle on observoit les traitez faits avec les ennemis ; & enfin par les animadversions des Censeurs, qui ne punissoient rien si rigoureusement que l'infraction du serment.

　　L. Manlius fils d'Aulus, qu'on avoit fait Dictateur, ayant exercé cette charge, quelques jours au-delà du tems pour lequel elle luy avoit été donnée, M.

* Le Chapitre 31. ne commence qu'icy dans le latin ; mais il doit commencer plus haut.

Pomponius

On mettroit la vertu à la mode comme autre chose si on le vouloit mais il n'y a que les Rois qui le puissent.

F Rien de si sacré que le serment.

Bel exemple de l'observation religieuse du serment par-

Pomponius, Tribun du peuple , intenta
action contre luy ; l'accufant même de
dureté envers Titus fon fils, qu'on à
depuis appellé Torquatus , qu'il tenoit
comme relegué à la campagne, hors du
commerce des hommes. Celuy-cy n'eut
pas plûtôt appris que l'on pourfuivoit
fon pere , qu'il accourut promptement
à Rome , & vint dez le point du jour à
la maifon de Pomponius , qui étoit encore au lit , & demanda à luy parler.
Pomponius , croyant qu'il venoit donner quelques memoires contre fon pere,
dont il n'avoit pas fujet d'être content,
le fait entrer ; fe leve , & fait fortir tout
le monde. Auffi-tôt le jeune homme
mit l'épée à la main ; & menaça Pomponius de le tuër , à moins qu'il ne luy
jurât de fe defifter de l'action qu'il avoit
intentée contre fon pere. La crainte
ayant forcé Pomponius de faire le ferment qu'on luy demandoit, il abandonna
la pourfuite qu'il avoit commencée contre Manlius, & le laiffa en repos; aprés
avoir rendu compte au peuple de ce qui
l'y obligeoit : tant on étoit religieux , en
ce tems-là , à garder la foy du ferment.

mi les Ro-
mains.

Ce Titus Manlius est celuy qui par la belle action qu'il fit auprés du Teveron[1], lorsqu'il tua un François qui l'avoit défié au combat, d'où il revint ayant au col le colier qu'il luy avoit arraché, s'acquit le nom de Torquatus. Ce fut luy qui étant Consul pour la troisiéme fois, défit & mit en fuite les Sabins auprés du Veseris[2]; & c'est un des grands hommes que nous ayons eu. Mais autant qu'il avoit été doux & benin envers son pere ; autant fut il severe & rigoureux envers son fils[3].

1 Fleuve d'Italie qui se jette dans le Tibre; & de là est venu son nom Italien, *Teverone*, qui veut dire *le petit Tibre*.

2 Autre fleuve d'Italie, voisin du mont Vesuve.

3 A qui il fit couper la tête, pour avoir combattu sans ordre, quoy qu'il fût demeuré victorieux dans ce combat.

CHAPITRE XXXII.

Severité des anciens à punir l'infraction du ser-
ment. Histoire de ces dix prisonniers, renvoyez
à Rome par Annibal, aprés la bataille de Can-
nes, rapportée à ce propos. Les Autheurs va-
rient sur cette histoire. Bel exemple de la se-
verité des anciens Romains envers leurs sol-
dats, & de leur fierté dans le plus mauvais état
de leurs affaires. Conclusion de tout ce qu'il a
dit, pour faire voir que tout ce que la crainte
& la bassesse de cœur fait faire ne sçauroit
jamais être utile.

MAIS autant que Regulus s'est acquis de gloire, par la fidelité qu'il
a eüe à garder son serment ; autant ces
dix autres prisonniers, qu'Annibal, aprés
la bataille de Cannes, envoya vers le Senat, pour retirer ceux que nous avions
faits, se sont-ils attiré de honte ; s'il est
vray qu'ils ayent manqué au serment
qu'il leur avoit fait faire de revenir dans
le camp dont il s'étoit rendu maître, en
cas qu'ils ne pûssent obtenir ce qu'il sou-
haitoit. C'est surquoy les autheurs ne
sont pas d'accord.

Polibe, un des meilleurs, dit que n'ayant

pû rien obtenir du Senat, quoyqu'ils fuſſent tous gens de conſideration, neuf des
dix retournerent chez les ennemis, & que
le dixiéme demeura à Rome ; ſe prétendant quitte de ſon ſerment , ſur ce qu'a-
prés être ſorti du camp , il y étoit rentré , ſous pretexte de chercher quelque
choſe qu'il feignit d'avoir oublié. Mais
c'étoit une pure illuſion ; puiſque BIEN
LOIN qu'on ſe puiſſe dégager de ſon ſerment par la fraude , elle ne fait que le
ſerrer davantage , & rendre le parjure
plus odieux.　Ce ne fut donc qu'une
mauvaiſe fineſſe , qui ſe couvrit inutilement du maſque de la prudence & de
l'habileté. Auſſi cet homme , qui en ſça-
voit tant, fut-il renvoyé chargé de chaînes à Annibal par le Senat.

Ceux qui pretendent éluder le ſerment par de vaines ſubtilitez , doublement coupables.

　　Mais voicy encore quelque choſe de
plus grand.　Annibal avoit fait priſonniers huit mil hommes de nos troupes,
non qu'il les eût pris au combat, ni que
la peur de la mort leur eût fait prendre
la fuite ; mais par la faute de Paulus &
de Varron , qui les avoient abandonnez
dans le camp.　Cependant, quoy qu'on
pût les ravoir pour tres-peu de choſe,
le Senat ne voulut jamais les rachepter,

Hauteur des anciens Romains dans leurs diſgra-ces.

pour apprendre à nos soldats, qu'il falloit vaincre ou mourir. Et Polibe ajoûte, que cette hauteur du Senat & du peuple Romain, dans le plus mauvais état de leurs affaires, abatit plus le courage d'Annibal, qu'aucune autre chose n'auroit pû faire. C'est ainsi que l'honnêteté l'emporte sur tout ce qui a quelque apparence d'utilité.

Acilius[1], qui a aussi écrit nôtre histoire en Grec, dit que de ces dix prisonniers il y en eut plusieurs qui s'aviserent de la même subtilité; & qui crûrent éluder leur serment, en rentrant dans le camp sous quelque pretexte; mais qu'ils furent tous flétris par les Censeurs de quelque note d'infamie.

Belle marque de la vertu des anciens Romains.

Mais en voila assez sur ce point là; & il est clair, par tout ce que nous venons de dire, que tout ce que la crainte & la bassesse de cœur fait faire, c'est à dire toutes les actions comme auroit été celle de Regulus, si en opinant sur la reddition des prisonniers, il eût regardé ce qui luy convenoit, plûtôt que ce qui

Ce qui est mal honnête ne peut jamais être utile.

1. C'étoit un homme des premieres familles de Rome; & il fut Questeur & Tribun du peuple. Il vivoit environ le milieu du 6. siecle de la fondation de Rome.

F f iij

convenoit à la République, ou qu'au
lieu de retourner, il fût demeuré chez
luy, ne sçauroient jamais être utiles,
puisqu'elles sont mal-honnêtes, honteuses, & infames.

CHAPITRE XXXIII.

*Que ce qui blesse la temperance & la bien-séance
ne sçauroit être utile. Lesquels d'entre les Philosophes se sont avisez les premiers de faire consister le souverain bien dans la volupté. Combien cette doctrine est ennemie et toute contraire
A quoy les Epicuriens réduisoient les quatre
vertus principales. Quel étoit leur embarras
quand ils vouloient accorder les vertus avec
leur doctrine. Extravagance de ceux qui ont
crû pouvoir tout concilier, en joignant la volupté
à l'honnêteté. Que le souverain bien doit être
quelque chose de simple & de précis. Conclusion
de tout ce qu'il a dit dans ce dernier Livre, sur
la comparaison de l'honnêteté avec ce qui a
quelque apparence d'utilité. A quoy se reduit
tout ce qu'on peut dire en faveur du plaisir.
Epilogue de Cicéron à son fils.*

IL NOUS reste à parler des appareñ-
ces d'utilité qui blessent la decence,
la modestie, la moderation, & la temperance. Peut-on donc trouver utile ce

qui eſt oppoſé à cet aſſemblage de tant
de vertus ſi excellentes, & ſi eſtima-
bles?

Cependant, certains Philoſophes, diſciples d'Ariſtipe, qui ont été appellez
Ceroniens[1], & d'autres encore, qu'on
appelle *Anniceriens*[2], ne connoiſſoient
point d'autre bien que la volupté; &
prétendoient que la vertu même n'é-
toit eſtimable que par le plaiſir qu'elle
donne. Cette doctrine s'étoit éteinte;
mais Epicure la renouvellée, & il en eſt
le grand défenſeur, & comme le ſecond
autheur. C'eſt contre ces ſortes de Philoſophes que nous devons combattre
de toutes nos forces, ſi nous voulons
ſoûtenir le parti de l'honnêteté.

S'il eſt donc vray, comme Metrodo-
re[3] le dit en propres termes, que tout
ce qu'on peut appeller utile, & tout ce
qui fait le bon-heur de la vie, ſe reduit
à la bonne conſtitution du corps, & à la

Premiers partiſans de la volupté entre les Philoſophes.

Il ne faudroit qu'être bons Epicuriens, pour ne pas ruiner ſa ſanté.

1 A cauſe qu'Ariſtipe dont ils étoient diſciples, & qui l'avoit été de Socrate, étoit de Cirene, ville d'Affrique.

2 Autre ſecte de Philoſophes, diſciples d'Anniceris, qui l'avoit été d'Ariſtipe; & qui avoit fait la belle action de rachepter Platon, & de le tirer de ſa capti-
vité.

3 Athenien, diſciple d'Epicure, & ſon principal amy.

*par des dé-
bauchos.*

confiance que l'experience peut donner
qu'elle se soûtiendra ; une telle utilité,
qui leur paroît même la plus grande de
toutes, l'emportera toûjours sur l'honnêteté, & anéantira la vertu.

*Toute vertu
aneantie,
par les prin-
cipes des
Epicuriens.*

Car, en premier lieu, que deviendra
la Prudence ? Ne servira-t'elle plus qu'à
rechercher de toutes parts tout ce qui
flatte le plus ? C'est une étrange condition pour une vertu, que d'être la ser-
vante de la volupté. Sera-ce donc là
tout l'employ de la Prudence ; & n'au-
ra-t'elle autre chose à faire, qu'à discerner finement & habilement ce qui peut
donner le plus de plaisir ? Je veux qu'il
n'y ait rien de plus agreable : mais peut-
on rien imaginer de plus honteux ?

De même, si l'on prétend que la douleur est le souverain mal ; que deviendra la Force, qui n'est autre chose que
le mépris des douleurs & des travaux ?

Je sçay bien qu'Epicure dit des choses sur cela qui paroissent assez fermes.
Mais il ne faut pas tant prendre garde
à ce qu'il dit, qu'à ce qu'il doit dire selon ses principes ; luy qui soûtient que
la volupté est le souverain bien, & la
douleur le souverain mal.

Qui voudroit même l'écouter sur la Temperance, il en dit merveilles en beaucoup d'endroits : mais quoy qu'il puisse dire, c'est là que son foible paroît le plus. Car quand on fait consister le souverain bien dans la volupté, comment peut-on loüer la Temperance, qui fait profession de combattre, non seulement la volupté, mais tous les mouvemens qui nous y portent ?

La raison est si difficile à étouffer, qu'il échappe toûjours quelque chose de vray à ceux-mêmes qui sont infectez des plus mauvais principes.

Ils tâchent pourtant de se défendre le mieux qu'ils peuvent sur ces trois premieres vertus ; & ce n'est pas sans adresse. Ils admettent quelque sorte de *Prudence*, qu'ils font consister dans la science de se fournir des plaisirs. Ils veulent aussi une maniere de *Force*, qu'ils reduisent à ne se pas inquieter de la mort, & à sçavoir porter la douleur. Enfin, ils admettent jusqu'à une espece de *Temperance* ; & quoy qu'ils ne soient pas peu embarassez sur ce point-là, ils s'en tirent à leur maniere, en disant que l'exemption de la douleur est tout ce qu'ils cherchent dans la volupté; & qu'elle est à son comble quand on ne sent aucun mal.

A quoy les Epicuriens reduisoient la vertu.

Quant à la *Iustice*, elle est fort chancellante chez eux; & l'on peut même dire qu'elle est par terre ; aussi-bien que toutes les autres vertus par où la societé des hommes se soûtient. Car NI LA BONTE', ni la liberalité , ni l'affabilité, ni l'amitié même, n'ont plus de lieu, dez qu'on ne les recherche point pour elles-mêmes ; & qu'on rapporte tout à la volupté , ou même à l'utilité.

Qui ne cul-
tive point la
vertu pour
elle-même ,
n'en a point.

Mais pour nous reduire sur tout cela, nous nous contenterons de dire , que comme nous avons fait voir, que tout ce qui est contraire à l'honnêteté n'est point un bien, la volupté n'en est point un ; puisque rien ne luy est plus contraire.

Ainsi je trouve que Calliphon & Dinomachus ont encore plus de tort que les autres , de s'être imaginez que le moyen de terminer toute la dispute , étoit de joindre l'honnêteté à la volupté [4] : car c'est à peu prés comme qui voudroit faire un composé de l'homme & de la bête. L'honnêteté ne sçauroit souffrir un si monstrueux assemblage : elle

---

4 Leur sentiment étoit , à ce que nous apprenons de Ciceron même , au 4. Liv. de ses Questions Academiques ; au 5. *de fin.* & au 5. des Tusculanes , que le souverain bien étoit l'honnêteté jointe à la volupté.

l'abhorre & le rejette ; & d'autant plus
que CE QU'ON appelle *le souverain bien*,
& *le souverain mal*, doit consister dans
quelque chose de precis & de simple ; &
non pas dans un composé de choses de
nature differente. Mais c'est une grande matiere, où nous n'entrerons point
icy ; l'ayant traitée ailleurs [5] avec beaucoup d'étenduë. Revenons à nôtre sujet.

Les seuls Stoïciens ont raisonné juste sur le souverain bien.

Ce que j'ay dit dans ce dernier Livre
est plus que suffisant pour faire voir ce
que nous avons à faire sur les choses qui
ont quelque apparence d'utilité , mais
qui se trouvent contraires à l'honnêteté,
& ce que nous en devons juger. Ainsi,
quand on pretendroit qu'il y a dans la
volupté quelque apparence d'utilité ;
il demeureroit toûjours pour constant,
qu'elle ne sçauroit rien avoir de commun avec l'honnêteté ; & qu'on ne peut
jamais faire un composé de l'une & de
l'autre. Car TOUT CE qu'on peut faire
en faveur du plaisir, c'est peut-être de
le regarder comme une espece d'assai-

Conclusion de tout l'ouvrage.

Il y a long-tems que l'accessoire

5 C'est dans ses Livres *de finibus bonorum & malo-
rum*, où il traite avec beaucoup de soin de ce que c'est
que le souverain bien , & le souverain mal.

sonnement aux autres choses, mais non pas comme utile par luy-même.

Voila, mon cher fils, le present que j'avois à vous faire. Je le croy de tres-grand prix : mais ce qu'il sera à vôtre égard dépend de la manière dont vous le recevrez. Au moins peut-il esperer d'être receu, comme par droit d'hos-pitalité, parmi les écrits de Cratippus. Il vous tiendra lieu de ce que j'aurois pû vous dire moy-même, si j'avois été à Athenes, où j'esperois aller vous trou-ver, si ma patrie ne m'avoit rappellé à haute voix au milieu de ma course. Ce sera donc comme si vous m'entendiez parler dans ces trois Livres. Vous don-nerez à cette lecture tout le tems que vous pourrez ; & vous y en pourrez don-ner autant que vous voudrez.

Quand je sçauray que vous vous plaisez à cette sorte de science, je prendray plai-sir à m'en entretenir avec vous ; & de vive voix, comme j'espere le pouvoir faire bien tôt ; & par écrit, tant que je seray éloigné de vous.

Adieu, mon cher Ciceron. Vous de-vez être persuadé que je vous aime ten-drement : mais comptez que je vous ai-

meray encore davantage, fi je vois que
vous ayiez du goût pour ces fortes
d'ouvrages, & pour les preceptes qu'on
y trouve.

F I N.

Note oubliée à la page 361. lig. 1. fur le mot
Collatin.

Il étoit de la famille des Tarquins ; aufli s'appelloit-il
L. Tarquinius Collatinus. Ce fut ce qui luy fit ôter le
Confulat, & qui le fit chaffer de Rome ; avec tous ceux
du même nom. On auroit pû excepter celuy-cy ; car
c'étoit le mary de Lucrece ; & l'outrage qu'il avoit reçû des Tarquins pouvoit bien prevaloir fur la liaifon du
fang. Mais ce nom-là étoit devenu fi odieux aux Romains, qu'ils ne pûrent fouffrir parmi eux un feul homme qui le portât.

mieux encore davantage, il je vois que vous aviez du goût pour ces fortes d'ouvrages, & pour les préceptes qu'on

TABLE DES MATIERES
contenuës dans cet Ouvrage.

A, denote les 9. premieres lignes de la page ; B, les
9. d'aprés ; & C, les dix dernieres.

A

Gg

DES MATIERES.

Gg ij

DES MATIERES.

DES MATIERES.